용신 연못의 작은 시체

RYUUJINIKE NO CHIISANA SHITAI

by Tatsuo Kaji
Copyright © Hisako Kani 2022
This edition originally published in Japan in 2022
by TOKUMA SHOTEN PUBLISHING CO.,LTD., Tokyo.
Korean translation rights arranged with TOKUMA SHOTEN PUBLISHING CO.,LTD.
through JM Contents Agency Co.

이 책은 JMCA를 통해 일본의 TOKUMA SHOTEN PUBLISHING CO.,LTD. 와 독점 계약하여
한국어판 출판권이 블루홀식스에 있습니다.
저작권법에 의해 한국 내에서 보호를 받는 저작물이므로 무단 전재와 복제를 금합니다.

contents

제1장
굶주린 무리
7

제2장
용의 산 제물
99

제3장
C=16 배합법
199

제4장
살의의 순간
333

제5장
균열 파국
379

해설
미쓰다 신조
465

옮긴이의 말
474

일러두기
1. 본문의 각주는 전부 독자의 이해를 돕기 위한 옮긴이 주입니다.
2. 출간 당시 시대상을 반영해 현대에는 쓰이지 않는 차별적인 어휘나 표현이 있을 수 있습니다.

제1장

굶주린 무리

어머니는 죽음이 임박한 걸 아는 상태에서 마지막 이성을 다해 그 말을 내뱉었을까.
 아니면 단지 죽음을 앞둔 자들이 흔히 빠지는 혼탁한 환상 때문이었을까.
 그때, 도모이치의 어머니는 말했다.
 "도모이치, 네 동생은 살해됐단다. 슈지는 살해당한 거야……."

1

1968년 9월 2일(월)

　나카조 도모이치가 연구실에 들어섰을 때 건축 공학과 주임 교수인 하이타니와 연구실 조교 도모쿠라가 창밖으로 상반신을 내밀고 소란을 피우고 있었다. 창틀 바로 아래에 벌이 집을 지었다고 했다.
　"교수님, 이건 두눈박이쌍살벌이라는 종입니다."
　도모쿠라가 지식을 뽐내자 그쪽 방면으로는 무지한 듯한 하이타니가 연신 감탄했다.
　"우리가 여름방학을 보내는 동안 벌들은 이렇게 부지런히 일했군. 그런데 그런 것치고 모양이 묘하게 길쭉하고 볼품이 없는데."
　"그림에 나오는 벌집은 반구형이 많지만 실제 꼭 그런 건 아닙니다. 종에 따라 정말 다양한 형태의 집을 짓죠. 그보다 신기한 건, 벌이 이렇게 낮은 곳에 집을 지었다는 사실입니다."

"벌집이 있는 곳치고 낮은 편인가?"

"네. 제 고향에서는 벌이 낮은 곳에 집을 싯는 해에는 좋은 일이 생긴다고들 합니다. 홍수와 관련된 미신에서 유래한 것 같습니다. 곤충은 인간에게 없는 예지 능력이 있어서 그해 홍수가 없을 거라고 느끼면 물이 차오를 만한 낮은 곳에도 집을 짓는다는 논리죠. 그런 의미가 확장돼 그해는 모든 일이 길하다고 여기게 된 겁니다."

"그러고 보니 자네 고향이 지바현 스이고 근방이랬나?"

"네."

"그 벌집 이야기를 믿는다면 올해 우리 학교에도 좋은 일이 생긴다는 건데……. 음, 적어도 학교 소요 사태가 여기서는 일어나지 않는다는 뜻이려나?"

"그럴지도 모르겠습니다. 무엇보다 지금껏 그런 기미도 안 보이니까요."

마흔에 가까운 교수와 20대 중반의 조교가 이렇게 한가롭게 대화를 주고받는 건 학기 초의 들뜬 분위기 때문일지 모른다.

특히 긴 여름방학을 끝내고 맞는 2학기의 시작은 학교생활에 무뎌진 이들에게도 어딘지 모를 신선한 흥분을 안기는 법이다. 그 안에는 아마 어린아이처럼 설레는 감정도 깃들어 있을 것이다.

도모이치도 마찬가지였다. 그래서 그도 연구실에 들어와 한동안 장난기 어린 표정으로 잠자코 서서 두 사람의 대화에 귀를 기울이고 있었다.

그때 문 너머에서 노크 소리가 들렸다. 두 사람은 고개를 돌려 비로소 도모이치의 존재를 알아차렸다.

"여어, 오셨습니까"라든가 "네" 같은 가벼운 인사가 오가는 사이, 두 사람 중 누군가가 바깥 노크 소리에도 응답했다.

정중하게 문을 두드린 걸 보면 외부에서 찾아온 방문객이 틀림없었다.

그 예상이 맞았다. 연구실에 들어온 사람은 미사와 댐의 기술자 아이하라 후사오였다.

"도모이치 교수님. 오는 길에 뵙고 인사드리려고 했는데 걸음이 워낙 빠르셔서……."

도모이치를 향한 그의 말에는 확실히 숨 가쁜 기색이 배어 있었다.

"이쪽으로."

도모이치는 연구실 구석 탁자로 그를 안내하고 자리에 앉았다.

"간신히 다 마련했습니다. 안에 서류 목록이 있으니 한번 확인해 주세요."

아이하라는 대형 봉투에 감긴 실을 빙글빙글 돌려서 빠르게 풀었다. 봉투에는 '마야마 건설'이라고 인쇄된 글자가 보인다.

아이하라는 봉투에서 서류 한 장을 꺼내 도모이치에게 내밀었다.

반듯한 선과 도면용의 정갈한 정자체 글씨로 정리된 목록을 도모이치는 위에서부터 손으로 하나씩 짚어 가며 살폈다.

"고맙습니다. 이 정도면 충분합니다. 여러모로 번거롭게 해 드렸네요."

"그런데 테스트 쪽 균열 문제는…… 괜찮은 건가요?"

아이하라는 낮고 무거운 목소리로 물었다.

"네. 아직 별일 없습니다."

"테스트 종료일이 10일이라고 들었습니다만."

"어제부터 균열 발생 예상 기간에 들어갔고, 오차를 감안해 모레인 4일까지 균열이 생기지 않으면 괜찮다고 말씀드렸지요. 하지만 만약을 대비해 추가 확인 차원에서 나흘 정도 실험을 더 해 볼 생각입니다."

"결과를 제게도 직접 알려 주실 수 있을까요?"

"물론이죠."

"혹시 그전에 균열이 생기면 그때도 꼭 연락 부탁드립니다."

"당연히 그렇게 하겠습니다. 저도 요새는 예전과 달리

매일 꼼꼼하게 점검하고 있기는 한데……."

도모이치는 갑자기 멋쩍은 듯 난처한 표정을 지었다.

"이론에 대해서는 이제 어느 정도 자신이 있지만, 테스트 프로그램을 짜는 단계에 뭔가 실수가 없었다고 장담할 수는 없어서요. 아무튼 조금이라도 이상이 생기면 바로 연락드리겠습니다."

도모이치는 어떤 식으로든 아이하라에게 도움을 주고 싶었다. 현장 기술자답지 않게 학구적이고 성실한 아이하라의 태도가 마음에 들었다.

나이는 아직 서른이 되지 않았을 것이고 독신일 가능성이 크다.

도모이치는 그를 자신의 연구실로 들이고 싶다는 생각도 했다. 믿고 의지할 조교가 없는 게 늘 고민이었기 때문이다.

하지만 곧 포기했다. 이 젊은이는 지금 자신의 일에 너무 열성적이다. 연구실 영입을 제안해도 아마 단호히 거절할 거라는 예감이 들었다.

"그럼 전 이만 실례하겠습니다."

서둘러 일어서려는 아이하라를 도모이치가 붙잡았다.

"그렇게 서두르실 필요 있나요? 식당에 가서 커피라도 한잔하시죠. 저희 학교 커피가 썩 맛있지는 않지만……."

"아뇨. 이대로 우에노에 들렀다가 곧장 미사와로 돌아가야 해서요. 열차 시간이 빠듯합니다."

"그런데도 굳이 이걸 가져다주신 건가요? 우편으로 보내도 괜찮았을 텐데."

"아, 회사 기밀 서류라 그럴 수는 없었습니다……."

아이하라는 연구실을 나서려다가 문 앞에서 들어오는 사람과 마주쳤다.

학교 총무과 여직원 사가와 미오였다. 그녀는 공학부 학부장인 사가와 유스케 박사의 비서다. 하나 더 덧붙이자면 박사의 딸이기도 했다.

미니스커트 아래로 드러난 하얀 다리가 신선해 보였다.

여름방학 중에는 학교에서 마주친 사람이 거의 없었다. 있어도 경비원이나 청소원, 당직 직원처럼 단조로운 얼굴들뿐이었다.

그런 만큼 미오의 모습이 도모이치의 눈에 더 신선하게 비친 것일 수도 있다.

미오는 제법 두툼한 우편물 뭉치를 들고 있었다. 여름방학 동안 도착한 우편물은 대부분 총무과에서 관리한다.

미오는 탁자에 우편물을 내려놓고 우선 도모이치에게 돌아가신 어머니에 대한 애도를 표했다.

미오에 이어 하이타니와 도모쿠라도 조의를 표했고, 도모이치는 세 사람에게 장례식에 와 줘서 고맙다며 답례했다.

그날 이후 이런 인사를 몇 번이나 했을까. 어느 순간부터는 조금 지겹게 느껴질 정도였다.

그러나 동시에 깨달았다. 형식적으로 반복하는 이런 의례가 가슴을 에는 듯한 슬픈 죽음도 서서히 일상으로 바꿔 준다는 것을.

인사를 마친 도모이치는 구로이와 교수의 행방을 물었다. 애초에 연구실을 찾은 가장 큰 목적이 바로 그것이었다.

하이타니가 다소 노골적으로 빈정거리며 말했다.

"옆방에서 뭔가 급한 원고를 쓰시는 것 같던데요. 아무래도 잘나가는 분이라 많이 바쁜 모양입니다."

그때 연구실 한가운데에 있는 탁자에서 전화벨이 울렸다.

사가와 미오가 수화기를 들었다. 늘 그렇듯 동작이 상쾌하고 단정했다.

구로이와 교수에게 걸려 온 전화였다. 미오는 내선 버튼을 눌러 옆방의 구로이와를 호출하고 수화기를 내려놓았다.

도모이치는 먼저 사가와 미오에게 용건을 전하기로 했다.

"구로이와 교수와 상의해서 나중에 정식으로 신청서를 낼 계획이긴 한데, 5일부터 9일까지 좀 쉬고 싶어."

"그 기간에 담당 강의가 있으신가요?"

"응. 목요일 오후 1시에 교양 과목인 '건축 개론'이 있어. 이번 학기부터 석 달간 내가 맡기로 돼 있고……."

간토 대학 공학부의 교양 과목인 '건축 개론'은 '건축 구조학', '건축 재료학', '건축 설계학'으로 세분화돼 있다. 세 과목을 각각의 전공 교수들이 3개월씩 강의하고 1년에 총 4

학점이 부여된다.

도모이치는 4월에서 7월까지 '건축 설계학'을 맡은 교수의 뒤를 이어 이번 2학기부터 '건축 재료학' 강의를 할 예정이었다.

"이대로면 5일 목요일 강의는 휴강해야 할 것 같고, 가능하면 그다음 주인 12일 목요일도 쉬고 싶어. 지금 하는 실험이 8일에 끝나기는 하는데……."

"그 콘크리트 결함인가 뭔가 하는 실험 말인가요?"

"알고 있었나?"

"네, 아버지께 살짝 들었어요. 벌써 두 달이 넘었죠?"

"석 달째야. 아무튼 8일에 실험이 끝난 후 4, 5일 동안은 마지막 계측과 점검, 보고서 작성에 전념하고 싶거든. 그렇게 되면 그다음 주 12일 목요일도 걸리게 되지. 그래서 생각난 건데, 아직 강의 시작 전이니 다음 3학기의 구로이와 교수의 '건축 구조학'과 내 '건축 재료학' 강의를 통째로 바꾸는 건 어떨까 싶어서 말이야."

"구로이와 교수님과 협의만 된다면 문제는 없을 것 같은데요……."

옆방에서 구로이와 교수가 통화하는 소리가 이상하리만치 크게 들렸다. 정확한 말은 알아들을 수 없지만 흥분한 목소리로 뭔가를 외치고 있다. 드문 일이었다.

도모이치는 미오와 눈을 잠시 마주치고 다시 말을 이었다.

"아무튼 이야기가 정리되면 바로 사무실에 신청하러 갈게."

"그런데 8일부터 바빠진다고 하셨는데 그전인 5일부터 자리를 비워야 한다는 건…… 혹시 돌아가신 어머님과 관련된 일인가요……?"

"사실은……."

도모이치는 잠시 머뭇거렸다. 설명하기 복잡하고, 무엇보다 다른 사람이 들으면 유치하고 우스운 이야기처럼 들릴까 봐서였다.

하지만 미오가 앞에 있으니 말해도 될 것 같은 기분이 들었다. 아니, 정확히는 말하고 싶어졌다.

"어머니가 돌아가실 때 어떤 말을 남기셨거든. 그것 때문에 4, 5일 정도 조사를 해 보려고 해."

도모이치는 최대한 아무렇지 않은 듯이 말했다.

"남기신 말씀이라면…… 유언 같은 건가요?"

"아니, 그렇게 거창한 건 아니야. 어쩌면 병 때문에 정신이 혼미하셨던 걸지도 모르지만, 어머니는 내 동생이 살해당했다고 했어."

"동생분이…… 살해당했다고요? 교수님한테 동생이 있으셨어요?"

"응. 벌써 20년도 더 된 일이지. 정확히 말하면, 23년 전 전쟁 중에……."

"그분이 살해됐다고요?"

굶주린 무리 17

"그래. 나도 아닌 밤중에 홍두깨 같은 이야기였어. 내 동생의 이름은 슈지고, 당시 초등학교 3학년이었지. 그해⋯⋯ 그러니까 1945년에 동생은 학동 소개*로 지바현의 깊은 산골 마을에 보내졌거든. 나중에 안 사실인데, 1945년의 집단 소개는 제2차 소개라고 불린다고 해. 6학년부터 4학년 아이들을 대상으로 한 제1차 소개가 1944년 여름 초에 있었고, 그다음 해 봄부터 3학년까지로 범위가 확대됐나 봐. 3학년이라면 유치원을 졸업한 지도 얼마 안 된 나이잖아. 가혹한 일이었지."

"저는 그 무렵 서너 살 정도밖에 안 돼서 잘 모르지만, 소개에는 연고 소개와 집단 소개라는 게 있었다면서요?"

"그래. 친척이나 아는 사람이 있으면 개인적으로 아이를 그쪽 시골에 보내는 게 연고 소개야. 아이와 연락하기 쉽고, 부모가 마음만 먹으면 언제든 찾아갈 수 있다는 장점이 있었지. 또 가장 걱정되는 식사나 위생 문제에서도 부모의 의사를 전달하기 수월했고. 그러니 솔직히 말하면 당시 모든 부모들은 자기 아이를 연고 소개로 보내고 싶었을 거야. 특히 어머니들은 더. 하지만 당시 도시 사람 중에는 시골에 의지할 친척이나 지인이 없는 이가 적지 않았어. 설령 있다고

---

* 2차 대전 말기인 1944년 7월부터 전화를 피해 대도시 아동들을 집단 또는 연고로 시골 등에 피난시켰던 일.

해도 그 식량난에 아이를 맡아 달라고 쉽게 부탁할 상황도 아니었고. 게다가 당시 많은 사람들의 머릿속에는 국가 정책에 따라 고난을 견디고 단체 생활에 익숙한 '강인한 소국민'을 길러야 한다는 생각도 있었다고 해. 그러니 결국 소개를 떠난 아이들 중 70, 80퍼센트는 아마 집단 소개에 참가했을 거야. 우리 집은 어머니 친정이 센다이 근처 시골이기는 했지만, 사정이 있어 그곳에 갈 수 없었지. 아마 경제적으로 여유만 있었다면 인맥을 동원해 연고 소개를 보낼 곳을 구할 수도 있었겠지만, 그때 우리 집은 아버지가 돌아가셔서 형편이 정말 어려웠거든. 그래서 내 동생은 처음부터 집단 소개 대상이었어."

"그러고 보니 교수님의 아버지께서는 그 무렵 이미 돌아가셨다고 하셨죠?"

"그래. 돌아가신 지 한 5, 6년쯤 됐던 것 같아."

"역시 그런 일들 때문에 건강을 해치셔서……?"

미오의 목소리는 낮게 가라앉아 있었다.

"응. 내 기억 속 아버지는 뼈와 가죽만 남아 이미 산 사람이 아닌 모습으로만 남아 있어."

당시 도모이치의 아버지는 과학사 분야의 권위자로 저명했다. 그러나 일본의 군국주의가 점차 강화되며 사회주의적 사상을 지닌 아버지는 정부와 군부의 거센 탄압 대상이 됐다. 심지어 그의 저서가 출간 정지 처분을 받거나 압수당하기에 이르렀다.

그것도 모자라 그는 '위험 사상을 가진 인물'로 낙인찍혀 여러 번 체포됐고, 오랫동안 미결 구치소에 수감되기도 했다. 어떤 때는 스파이 혐의까지 씌워져 고문을 당했다.

당시 어렸던 도모이치는 그런 일들을 현실감 있게 기억하지는 못했다. 전쟁이 끝난 뒤 발표된 기록이나 회고록, 비사 같은 책을 읽고서 비로소 한 인간으로서의 아버지의 삶을 알게 됐다. 아버지는 위대한 사람이었다.

그러나 어린 도모이치의 눈에 비친 아버지는 늘 음울한 그림자를 짊어지고 누군가에게 쫓기는 사람이었다.

아버지와 집 주변에 왠지 망령처럼 음산한 분위기를 풍기는 키 큰 남자가 어슬렁거린다는 걸 어린 도모이치도 어렴풋이 느끼고 있었다.

까마귀. 그것이 도모이치가 그 남자를 보며 받은 인상이었다.

정확히 뭔지 모르지만 사람들이 그를 '특고*'라고 부른다는 건 알고 있었다. 하지만 그게 이름인지 직책인지 당시에는 알 도리가 없었다.

현관문이 벌컥 열리며 사내 몇 명이 신발도 벗지 않고 밀려들어 와 아버지의 서재에 들어서자마자 책을 마구잡이로

---

* 일본 구 경찰 제도에서 정치·사상 관련 일을 담당한 특별 고등 경찰의 준말.

다다미에 쏟아내던 광경은 특히나 또렷하게 기억에 남아 있었다.

결국 1940년 봄, 도모이치의 아버지는 몇 번째인지 모를 출옥 후 몇 달 만에 세상을 떠났다.

"……세상 사람들 눈에는 권력에 굴하지 않은 위대한 학자였을지 모르지만, 뒤집어 말하면 세상 물정을 모르는 고집불통이기도 했어. 아버지가 만약 그 뒤로 계속 살아 계셨다고 해도 집안 사정에 얼마나 도움을 줬을지는 미지수야. 아무튼 전쟁이 막바지로 치달은 극심한 식량난 속에서 여자 혼자 아이 둘을 키운다는 건 보통 일이 아니었겠지. 어머니로서는 슈지를 다시 떠나보내는 게 무척 괴로우셨겠지만……."

"다시라니, 그전에도 떠나보낸 적이 있었던 건가요?"

"아까 우리 어머니의 고향이 센다이라고 했지? 사실 아버지가 돌아가신 직후 동생은 그곳에 맡겨졌어. 네 살 때였지. 아버지가 돌아가시자 살림이 더 어려워졌거든. 그렇게 동생은 초등학교 1학년이 끝날 무렵까지 그곳에서 살다가 도쿄 집에 돌아왔어. 그때는 나도 아직 초등학교 6학년이라 자세한 사정은 잘 몰랐어. 듣기로는 교육상의 문제 같은 것 때문에 돌아왔다고 하더라. 학교에 갈 아이의 교육을 조부모가 감당하기가 벅찼던 게 아닐까. 그런데 그런 문제를 두고 어머니와 본가 사이에 감정적으로 조금 복잡하게 꼬인 부분도 있었던 것 같아. 그래서 어머니는 그 후 연고 소개로 다시 동생을 친정에 보낼 수 없게 됐고…… 슈지는 어쩔 수 없이 학동 집단 소개로 지바현 기미쓰군의 쓰루마이라는 곳에 가게 된 거야."

"교수님은 그때 어떻게 지내셨나요?"

사가와 미오의 넓고 하얀 이마에는 호기심의 빛이 반짝이고 있다. 좋게 말하면 지적 호기심이지만, 조금 끈질기게 캐묻는 기색도 없지 않았다.

어느덧 하이타니와 도모쿠라도 가까운 의자에 앉아 귀를 기울이고 있었다.

"그때 난 중학교 2학년이었어. 그런데 그해 3월에 초등학교…… 아니, 그때는 국민학교라고 불렸는데, 국민학교 학생 외에는 전부 수업이 중단되고 근로 동원에 나가게 됐거든. 다행히 우리는 공장에 가지 않고 강제 철거 명령이 떨어진 집들을 부수거나 정리하는 작업을 맡았어. 구청을 거점 삼아 여기저기 돌아다녔고 공습 사이렌이 울릴 때마다 근처 방공호에 뛰어들곤 했지."

그러자 하이타니도 당시를 떠올린 듯 말을 얹었다. 20여 년은 추억이 될 만한 세월이다.

"말씀을 들어보니 제가 도모이치 교수님보다 두 살쯤 위겠군요. 전 중학교 4학년 때 다치카와에 있는 다치카와 비행기 공장에 근로 동원을 가서 미군기의 공습을 받기도 했으니까요."

옆에서 도모쿠라도 회상했다.

"그때 전 세상을 겨우 조금씩 인식하던 무렵…… 그러니까 네 살쯤 됐을까요. 사이렌이 울리면 어머니께서 방공 두건을 씌워 주셨고, 약간 들뜬 기분으로 신나게 마당에 있는 방공호에 뛰어들었던 기억이 납니다. 어린아이였죠. 무엇보다 그런 생활을 비정상이라기보다 당연한 일처럼 여겼으니까요."

도모이치가 뒤를 이었다.

"아니, 그건 중학교 2학년이었던 나도 마찬가지였어. 그 시절 비정상인 세상을 비정상으로 인식하지 못하고 그럭저럭 평범하게 중학교 생활을 했으니까. 그래서 동생이 소개지로 떠난 날에도 난 근로 동원을 갔다 돌아와 보니 동생이 없었다…… 수준의 기억만 있는 거야. 그 후 동생을 별로 그리워하거나 걱정하지도 않았어. 워낙 오래 떨어져 지낸 탓에 정서적으로 그리 가깝지 않았기 때문일까."

하이타니가 공감하듯 말했다.

"그럴 수도 있겠네요. 아까 말씀을 들어보니 동생과 가장 오래 함께 지낸 시기가 네 살 무렵까지였던 건가요?"

"그렇습니다. 그런데 동생은 아기였고 저도 겨우 사리분별을 하던 나이라…… 둘 다 서로를 확실하게 인식하고 지낸 시기라면 동생이 초등학교 2학년이었을 때의 1년 남짓이었던 셈입니다."

"그렇다면 동생분은 초등학교 3학년 때 집단 소개를 갔고…… 이후 어떤 일이 있었던 거죠?"

"소개지로 떠난 지 석 달쯤 됐을 무렵, 갑자기 학교에서 동생이 소개지에서 죽었다는 연락이 왔습니다. 전 그날도 근로 동원을 나가 있있기 때문에 저녁에 놀아와서야 옆집 아주머니께 그 이야기를 전해 들었죠. 어머니는 급히 현지로 떠난 탓에 집에 안 계셨고, 돌아오신 건 다음 날 밤늦게였습니다. 보기만 해도 눈물겨운 하얀 천에 감싼 상자를 품에 안고 오셨는데, 그 안에 동생의 뼛가루가 담겼다는 유골함이 있었죠. 그때 전 뭔가 멍한 기분이었고…… 솔직히 말하면 어처구니없기까지 해서, 굳이 표현하자면 동생이 그냥 갑자기 사라진 것 같은…… 그것도 잠시 사라진 것 같은…… 그런 느낌밖에 없었습니다. 아니, 사실 지금도 동생이 죽었다는 실감은 없다고 해야 할지 모르겠네요."

그때 구로이와 도쿠오 교수가 옆방과 연결된 문을 거칠게 열고 연구실에 들어왔다. 그는 마치 화가 난 것처럼 씩씩거렸다.

"정말 어이가 없어서 원……."

구로이와는 연구실 안 사람들이 도모이치의 이야기에 귀 기울이고 있는 것을 알아채고 어딘가 머쓱한 표정으로 황급히 입을 다물었다.

사가와 미오가 분위기를 바꾸려는 듯 조심스럽게 말을 건

냈다.

"전화로 무슨 이야기라도 들으셨어요?"

구로이와는 잠깐 망설인 후 미오의 호의에 기대어 자기 이야기를 시작했다.

"내 이름을 사칭해서 바나 클럽에서 술을 마시고 다니는 놈이 있는 모양이야. 그런 가게 중 한 곳에서 갑자기 외상값을 내라고 연락이 와서."

그러자 하이타니가 싱긋 미소 지으며 비꼬는 투로 말했다.

"유명세일지도요."

구로이와는 최근 매스컴에서 눈부신 활약을 펼치고 있다. 주력 분야는 물론 건축 구조학이다.

거기에 글솜씨가 뛰어난 덕에 활동 범위가 건축 전반, 주거 문제, 생활 과학으로까지 확장됐고, 좌담회나 라디오 상담, 인터뷰, 각종 시민 강좌 등에도 자주 출연하게 됐다.

특히 쉽고 친숙한 비유와 구체적인 사례를 들어 이야기를 푸는 그의 독특한 화법은 대중에게서 큰 호응을 얻었다.

그리고 또 하나 주목할 점은 TV 출연만은 일절 거절한다는 사실이었다.

간토 대학에도 몇몇 '학자 연예인'이 있었다. 그중에는 TV 퀴즈 쇼나 아마추어 예능 프로그램에 출연해 열심히 대중의 비위를 맞추는 사람이 있고, 그런 게 결국 학생들 사이에서 인기로도 이어지는 묘한 세상이었다.

그러나 구로이와는 그런 식의 노출은 피했다. 지식인으로서 자신의 이미지를 소중히 하는 마음이 느껴졌고, 그게 또 다른 방식으로 학생들에게 호감을 사는 요인이 된다고 들었다.

어쩌면 영리한 구로이와는 그런 것도 전부 계산에 넣고 있는지 모른다. 조금 냉소적으로 보사면 체면도 잊고 방송에 얼굴을 들이미는 학자들보다 학자다운 품격을 유지하며 조용히 팬층을 끌어모으려는 전략일 수도 있다.

하지만 오늘 구로이와는 평소 지적이고 세련된 이미지의 중요한 한 축인 균형감을 조금 잃고 있었다. 그는 하이타니의 발언에 약간 날을 세워 반응했다.

"유명세를 치러야 할 만큼 제가 유명하진 않습니다. 왜 그런 어이없는 짓을 하고 다니는지……. 어쩌면 학교 내부인이나 관계자가 장난삼아 그러는지도 모르겠습니다만……."

"구로이와 교수님."

하이타니가 갑자기 목소리를 낮게 깔며 단호하게 말했다.

"근거 없는 추측으로 학교 관계자들을 거론하는 건 좋지 않습니다."

"흐음……."

건축학과 주임 교수로서 하이타니는 구로이와보다 높은 위치였다.

"아무튼 이상한 소문이 돌지 않게 잘 조사해서 적절히 대응하셨으면 합니다."

"네. 알겠습니다."

"혹시라도 어떤 식으로든 학교와 연관된 정황이 있다면 가장 먼저 제게 알려 주시겠습니까?"

"그러겠습니다."

"함께 논의해 내부 문제로 처리하도록 하겠습니다."

"알겠습니다."

그 후 구로이와는 이야기의 흐름을 다시 도모이치에게 돌리며 다분히 학자답고 공손한 대화를 마무리 지었다.

"뭔가 도모이치 교수님의 이야기로 분위기가 무르익었던 것 같던데요."

사가와 미오가 그의 유도에 자연스럽게 호응했다. 그녀는 지금껏 도모이치가 들려준 이야기를 구로이와에게 간단히 설명하고 도모이치에게 다시 이야기를 이어가 달라는 듯이 물었다.

"교수님, 그래서 그 동생분은 어떻게 돌아가신 건가요?"

"익사였다고 해. '초대'를 받아 간 집 근처 연못에서 발을 헛디뎌 빠졌다고······."

"'초대'라뇨?"

"근처에 있는 중대형 농가나 부잣집 저택 같은 곳에서 소개지 아동을 몇 명씩 불러다가 대접해 주는 행사를 뜻해. 그날만큼은 굶주린 아이들을 배불리 먹이자는 호의에서 시작됐다지. 집을 떠나 외로운 아이들에게 가정의 따뜻함을 잠시나마 느끼게 해 준다는 의미도 있었던 것 같고."

사가와 미오가 구로이와 쪽으로 몸을 돌려 물었다.

"그러고 보니 구로이와 교수님도 그 무렵 소개 아동들과 비슷한 또래 아니었나요?"

가까운 의지에 앉은 구로이와 교수는 여전히 전화 통화 때의 분노가 가시지 않은 듯했다. 마음을 가라앉히려는 듯 담배에 불을 붙이지만 손끝이 조금씩 떨린다.

"아, 그렇기는 한데…… 난 군마현 시골에서 자라서 학동 소개 같은 경험은 없어. 오히려 전쟁 자체가 어디 먼 나라 이야기처럼 느껴질 정도였지. 그냥 평범하게 학교에 다닌 기억뿐이야."

"같은 전쟁인데도 환경이나 나이에 따라 경험한 방식이 참 다르네요……."

미오는 다시 도모이치에게 질문을 돌렸다.

시원한 눈매에 살짝 긴 얼굴형을 지닌 사가와 미오는 제법 적극적인 성격에 호기심이 많다. 하지만 이상하게도 그런 게 전혀 거슬리지 않는 것이 그녀의 또 다른 매력일지 모른다.

"동생분이 돌아가셨을 때의 구체적인 정황은 어땠나요?"

"그게 말이지. 사실 나도 잘 몰라. 어머니에게 들은 건 동생이 '초대'를 받아 간 마을 연못에 빠져서 익사했다는 것 정도니까. 어머니는 자세히 말하고 싶지 않은 듯했고, 그때는 나도 나름 눈치가 있어서 괜히 그런 걸 캐물어 어머니의 슬픔을 건드리고 싶지 않았어. 또 아까도 말했듯 난 동생이 죽었다는 실감 자체가 없었거든. 동생의 죽음을 어느 정도 실감하게 된 건 오히려 전쟁이 끝나고 몇 년이 흐른 뒤야. 동생이 남기고 간 책이나 학용품 같은 게 나오면 문득 '아, 나한테도 동생이 있었지'라는 감회가 불현듯 밀려들었지. 그런데 재밌는 건, 동생의 존재를 인식하면 할수록 내 안에 있는 동생의 이미지는 오히려 점점 더 추상적인 색채를 띠게 됐다는 거야."

이렇게 다소 형이상학적인 설명도 이 대학의 연구실에서는 자연스럽게 받아들여진다.

미오가 옆에서 말을 덧붙였다.

"그건 아까 말씀하신 것처럼 실제 형제 사이의 교류가 지극히 짧았기 때문일까요?"

"그래, 맞아. 그리고 동생의 사진 같은 게 한 장도 남아 있지 않다는 것도 큰 이유일 거야. 전쟁 때 다 불탔고, 가까운 친척 집에도 그럴듯한 동생 사진은 한 장도 없었지. 보통은 잊혔을 기억도 사진이 있으면 그걸 보고 다시 떠올릴 수 있잖아. 때로는 전혀 기억하지 못한 장면도 사진을 본 순간부터 꼭 기억하고 있었던 것처럼 착각하게 되는 경우도 있고. 하지만 내 동생 슈지에 관해서는 그런 사진도 전혀 없으니, 결국 내 기억 속 동생의 모습이나 얼굴은 완전한 공백이 되었고⋯⋯ 결과적으로 추상적인 존재가 돼 버린 거야. 그러니 가끔 죽은 동생을 떠올린다고 해도 솔직히 말해서 슬픔 같은 건 뒤따르지 않았어. 그냥 오래된 과거를 회상하는 느낌이랄까."

"어머님께서는 그동안 동생분이 살해됐다는 식의 말씀을 한 번도 안 하셨나요?"

"응. 말씀은커녕 그런 기색을 내비치신 적도 한 번도 없어. 정말 단 한 번도."

"그럼 역시 돌아가시기 직전에 그만 정신이 혼미해지셔서……."

"급성 폐렴 때문에 고열에 시달리신 건 맞아. 하지만 이렇게 생각할 수도 있지 않을까? 동생은 어디까지나 사고로 죽은 게 맞다. 그러나 그건 주변 사람들의 지나친 부주의나 태만이 원인이었다. 그래서 어머니는 그 불만을 오랫동안 가슴에만 품고 계시다가 임종 직전 터뜨리셨다……. 만약 그게 사실이라면 난 그 과실이나 태만이 정확히 뭐였는지 다시 한번 제대로 조사해 보자고 결심한 거야."

"하지만 그렇다고 해도…… 그러니까 정말 누군가의 부주의나 태만 때문이었다고 해도 이제 와서 그걸 따질 수는……."

"그래. 따질 수 없겠지. 그래도 그걸 조사하는 행위 자체가 죽은 동생을 위한 작은 위령이 될 수 있지 않을까? 생전 동생은 불행하게도 어머니와 거의 함께 살지 못했고, 그것도 모자라 아주 어린 나이에 세상을 떠났어. 그런 슬픈 운명을 지닌 동생과, 마음에 큰 응어리를 안고 세상을 떠난 어머니를 위해 내가 할 수 있는 만큼은 해 보고 싶어."

도모이치는 점점 감상에 젖는 자신을 느꼈다. 그리고 그 김에 또 하나의 감회를 털어놓았다. 거의 고백하는 분위기에 가까웠다.

"……또 이런 일을 하겠다고 마음먹은 데는 일종의 속죄 같은 감정도 영향을 미쳤을 거야."

"속죄라뇨?"

"속죄라기보다 '미안함'이라고 해야 할까. 장남인 나는 어머니 곁을 떠나지 않고 비교적 따뜻한 환경에서 편히 자랐어. 그게 미안함 중 하나야. 또 하나는 나보다 훨씬 똑똑하던 동생이 죽고 내가 살아남아 쇼와 겐로쿠* 같은 평온한 시대에 좋아하는 연구나 하면서 살고 있다는 것. 만약 동생이 살아 있다면 나 같은 건 비교도 안 될 만큼 뛰어난 학문적 성과를 냈을 거야. 삶의 보람을 느끼면서……."

"그렇게 똑똑했나요?"

"응. 초등학교 2학년일 때 내 헌 국어 교과서를 6학년 것까지 거의 다 읽을 수 있었어. 그렇다고 해서 모범생처럼 딱히 예민하거나 허약했던 것도 아니야. 오히려 날쌔고 용감했

---

* 2차 대전 후 20여 년이 지나 태평 무드에 젖은 일본의 세태를 근세 겐로쿠 시대에 비유한 말.

다고 할까. 아직 여덟, 아홉 살밖에 안 됐는데도 당찬 구석이 있었지. 어른들 못지않게 요령도 좋았고. 이제는 동생 얼굴도 잘 떠오르지 않지만, 우리가 함께했던 일 중 한 가지는 지금도 선명하게 기억나. 우리 둘은 한동안 장난에 빠진 적이 있었거든. 어느 날 슈지가 대담한 장난을 생각해냈어. 근처의 초인종이 달린 집 대문이나 현관에 가서 초인종을 누르고 그대로 그 자리에 서 있자는 거야. 물론 초인종을 누르는 장난이야 흔했지. 당시에는 초인종이 있는 집이 그리 많지 않아 아이들에게는 큰 관심 대상이었으니까. 그래도 보통은 버튼을 슬쩍 누르고 잽싸게 도망치는 식이었는데…….

우리 장난은 오히려 그다음부터가 시작이었어. 그대로 그 자리에 가만히 있으면서 집 안에서 누가 나오기를 기다리는 거야. 그리고 누가 나오면 멍한 얼굴로 길 건너편을 바라보는 연기를 해. 즉, 장난친 아이는 따로 있고 우리는 그냥 우연히 지나가다가 상황을 목격한 것처럼 행동하는 거지. 우리는 몇 번이나 그걸 시도했고, 번번이 성공했어. 난 속으로 조마조마했으니 아마 긴장한 게 얼굴에도 드러났을 거야. 하지만 동생의 당당하고도 침착한 태도가 그걸 충분히 덮어 줬지. '저보다 조금 큰 아이가 방금 저쪽으로 뛰어갔어요'. 어른이 나와서 물으면 동생은 아주 태연하게 그렇게 대답했어.

가끔은 우리가 범인 아니냐는 식의 눈초리를 보내는 어른도 있었어. 하지만 곧 '설마 이 아이들이겠어' 하는 표정으로 바뀌었지. 조금 더 캐물으려는 사람도 몇 명 있었지만, 결국 아무 말 하지 않아. 괜히 그랬다가 아이를 의심하는 못난 어른처럼 보일까 봐 망설였던 거야. 그런데 동생은 그런 어른들의 속마음까지 다 아는 눈치였어. 그런 걸 보면 역시 나이 차이가 많이 나는 형보다 동생이 훨씬 똑똑했던 게 분명해. 똑똑하다고 해도 조금 약삭빠르고 얄미운 똑똑함이었지만."

"지금 이야기하는 교수님을 보면 정말 동생을 그리워하시는 것 같아요."

"솔직히 말해 지금처럼 동생에게 강한 감정을 느낀 적이 없는 것 같아. 어머니가 이상한 말을 남기고 동생의 죽음을 다시 조사해 볼까 하기 전까지 내 의식 속에서 동생의 존재는 거의 사라져 있었던 거나 마찬가지야. 하지만 동생에 대한 기억이 한번 되살아나자 그리움과 죄책감 같은 감정이 마구 뒤섞여 떠올랐고, 지금은 동생의 죽음을 조사하는 게 거의 의무처럼 느껴지기도 해. 원래는 지금 진행 중인 연구를 완전히 마무리하고 조사에 들어가려고 했지만, 왠지 그렇게 미뤄서는 안 될 것 같은 느낌이 들어서……."

"구로이와 교수님. 그런 사정 때문에 도모이치 교수님께서 이번 학기에 개설될 '건축 개론' 강의 일정과 관련해 교수님과 상의하고 싶으신가 봐요."

미오는 능숙하게 이야기를 구로이와에게 넘겼다.

덕분에 도모이치는 그 자리에서 곧장 구로이와에게 강의 순서를 바꾸자고 제안했다.

결론은 의외로 순조롭게 나왔다. 듣자 하니 구로이와는 올해 스케줄이 비교적 한가한 편이고 해가 바뀐 뒤부터 바빠질 예정이라고 했다. 외부 강좌나 매스컴과 관련해 정기적인 일이 잡힌 듯했다.

"5일부터 동생의 소개지였던 지바 쪽에 조사를 다녀오려고 합니다. 8일 밤에는 돌아올 예정이니 그때까지 실험 감독을 잘 부탁드립니다. 모레 4일까지가 균열 예상 기간이라 그 후에는 거의 가능성이 없을 것 같습니다만…… 그래도 만에 하나 무슨 일이 생기면 즉시 연락해 주세요."

도모이치는 그렇게 덧붙였다.

이번 실험은 처음부터 구로이와 교수의 협조하에 진행된 것으로, 실험 장소도 구로이와의 관할인 건축 공학과 실험 별관 내 변온실을 빌려 쓰고 있었다.

"알겠습니다. 도모쿠라와 함께 잘 지켜보도록 하죠. 현재 상황은 어떤가요?"

도모이치는 다소 무겁게 대답했다.

"내일까지 균열이 생기지 않으면 가능성이 희박하겠지만……. 아무튼 지금 다시 실험실에 가 보려고 합니다."

도모이치는 연구실을 나가 복도로 나섰다.

사가와 미오가 뒤따라왔다. 손에는 여전히 우편물 뭉치가 들려 있다. 다른 연구실에 갖다 줘야 할 우편물일 것이다.

"동생 사건에서 혹시 내가 도울 일이 있으면 말해 줘. 추리 소설 팬으로서 가만히 있자니 손이 근질거려서 말이야."

연구실을 나서자 미오의 말투가 존댓말에서 반말로 바뀌었다. 한층 생기 있고 활발해졌고 조금 남은 거리감도 사라진 듯했다.

도모이치가 사가와 교수의 집에 드나들기 시작한 대학교 3학년 무렵부터 알았으니 미오와는 벌써 10년 넘게 알고 지낸 사이다.

학교 안에서 다른 사람과 함께 있을 때는 격식을 차리지만, 둘만 있으면 친한 친구처럼 지낸다. 미오 쪽은 왠지 그런 관계로 만족 못 하는 느낌이지만.

"아, 그러고 보니 넌 엄청난 추리 소설 마니아였지."

"'그러고 보니'는 너무하잖아?"

미오는 서운한 것처럼 말했다. 추리 소설 마니아인 걸 모르는 사실보다 도모이치가 자신에게 별로 관심이 없다는 점에 더 서운함을 느낀 듯했다.

"학교 오가는 길에도 늘 추리 소설을 들고 다니는 여자라는 걸 모르지 않을 텐데. 심지어 요새는 한가할 때 사무실에서도 몰래 읽어."

"팔자가 좋군. 학교에 놀러 오는 건가?"

"솔직히 말하면 그런 느낌도 없지는 않아. 하지만 바쁠

때는 또 엄청 바쁘다고. 아무튼 그래서, 5일에 현지에 간다고 했지? 그럼 앞으로 이틀은 시간이 남을 텐데, 그사이에도 동생 사건과 관련해 뭔가 조사할 계획이 있어?"

도모이치보다 사가와 미오가 더 의욕을 불태우는 것처럼 보였다.

"당시 동생과 같은 반이었다는 사람을 한 명 먼저 만나보려고 해. 초등학교에도 들러서 다른 동급생이나 당시 담임선생님 같은 사람을 찾을 수 있을지 알아볼 생각이야."

도모이치는 복도 끝 문을 밀고 밖으로 나갔다.

상쾌하게 맑은 날씨였다.

불과 일주일 전만 해도 지긋지긋한 더위가 계속됐다. 이대로 가다가 9월까지 폭염이 이어질 것처럼 보였다. 그런데 며칠 전 소나기 같은 장대비가 이틀 연속 내리고 나서 갑자기 서늘해졌다. 자연의 뜻은 분명하고 단호했다.

눈앞으로 시원한 바람이 통하는 연결 통로가 약 30미터쯤 곧게 뻗어 있다. 그 끝으로 하늘을 향해 우뚝 솟은 직사각형 콘크리트 건물이 보였다. 현재 도모이치가 실험을 진행 중인 건축 공학과 실험 별관이다.

도모이치는 여름방학의 한 달 남짓 동안 거의 매일 그 건물을 오갔다.

그사이 건물은 키 큰 여름풀에 둘러싸였다. 지금은 그 풀에도 조금씩 가을빛이 배어들고 있다. 노란 기운이 점점 눈에 띄기 시작했다.

동쪽으로 약 50미터 앞에는 공학부 사무실이 있는 갈색 타일의 5층 건물이 보인다. 미오는 그곳 정문 현관으로 걸어가는 사람을 알아보고 말했다.

"어머, 요코카와 씨잖아. 아빠한테 가나 봐. 나도 가 봐야겠어."

미오는 도모이치 곁을 떠나 그를 향해 발걸음을 옮겼다.

건물로 들어가는 남자는 짙은 남색 양복을 반듯하게 차려입고 보기 드물게 모자까지 갖춰 썼다. 나이는 마흔 조금 안 됐을까. 한껏 멋을 부린 자의식 덩어리가 걸어가는 느낌이었다.

도모이치는 그가 자신과 완전히 무관한 사람이 아닌 걸 눈치챘지만 그래도 모르는 척했다. 관계가 있든 없든 내 연구를 계속해 나갈 뿐이다.

2

9월 3일(화)

"네? 어머님이 돌아가셨다고요?"

도모이치가 불쑥 꺼낸 말에 아사카와 마키코는 깜짝 놀라며 홍차 잎에 뜨거운 물을 붓던 손을 멈췄다.

그래도 도모이치가 "나카조 슈지의 형입니다"라고 하며 문을 열고 들어섰을 때의 충격보다는 덜해 보였다. 그때는 꼭 슈지의 유령이라도 맞닥뜨린 듯이 반응했다.

도모이치도 다소 흥분한 상태여서 아무 설명 없이 바로 본론으로 들어가고 말았다.

"마키코 씨 이야기는 전에 어머니께 들었습니다. 어머니가 집 대문으로 나가자 말을 걸어 오셨다고……."

"네. 그렇긴 한데 벌써 4, 5년 전 일이에요. 어느 날 우연히 그 집 앞을 지나다 '나카조'라는 문패를 봤고, 예전 집과 가까운 곳이라 혹시나 싶었죠. 그때 마침 어머님께서 대문으로 나오셨는데 옛 모습이 그대로 남아 있어서 바로 알아볼 수 있었어요. 만약 동네에서 그냥 스쳐 지나쳤다면 알아보지 못했을걸요. 어머님이 절 먼저 알아보실 리도 없고요. 마지막으로 뵈었던 게 그 학동 소개 때였으니까요. 벌써 17, 18년이 지났잖아요. 게다가 그때 전 아직 초등학교 저학년 어린아이였고 그 후 사춘기를 지나 지금에 이르렀으니 몰라보시는 게 당연해요."

"그때 어머니께서는 '예전 네 동생과 같은 반이던 아사카와 마키코라는 여자를 만났다. 고텐야마에 새로 생긴 아파트로 이사 왔다더라'라고 하셨습니다. 그래서 저도 어렴풋이 마키코 씨를 떠올렸고요. 저희 집에 두어 번 놀러 오신 적도 있지 않나요?"

"네, 두 번이었을까요. 아주 가까운 데 사는 친구는 아니었으니 약간 손님처럼 슈지네 집에 놀러 갔던 것 같아요."

"어머니께 들은 이야기로는, 지금은 그림을 그리신다고……?"

그러자 아사카와 마키코는 어쩐지 쑥스러운 듯한, 아니 오히려 난처한 듯한 표정을 지었다. 그런 모습이 묘하게 잘 어울린다. 둥근 얼굴에 소녀 같은 분위기가 짙게 남은 그녀는 슈지의 동급생이니 아마 나이가 서른둘, 셋쯤 될 것이다.

"그림이라고 해도 그냥 잡지나 인쇄물에 그리는 정도라……."

"아아, 요새 흔히 말하는 일러…… 일러스트레이터?"

공학 박사로서 나름 용을 써서 짜낸 사회적 지식이었다.

"그렇게 거창한 건 아니고 그냥 작은 컷 그림 작가예요. 소녀풍 도안 같은……."

아사카와 마키코는 작은 잔에 브랜디를 덜어 홍차에 섞었다. 은은한 향이 실내에 퍼져 갔다.

응접실은 가구에서 벽지까지 여성스러운 부드러움과 화려한 곡선 장식으로 가득했다. 콘크리트를 전공한 공학 박사 선생이 물론 그것이 로코코풍이라는 사실을 알 리 없다. 그저 '커피숍 같다'라는 게 그의 솔직한 느낌이었다.

"혼자 사십니까?"

도모이치가 그런 걸 묻는 건 드문 일이었다. 상대에게 특별한 감정이 싹트기 시작했음을 보여 주는 증거였다.

"네. 뭐 좋아하는 일을 하며 그림 같은 걸 그리다 보니 어느덧 혼자 사는 아줌마가 돼 버렸네요……."

"아뇨, 그런 말씀을."

도모이치는 역시 이런 상황에 어색하고 서툴렀다.

"가까운 곳에 사니 어쩌면 도모이치 씨와도 시나가와역 근처에서 몇 번 마주쳤을지 모르겠네요."

"아뇨. 그런 적은 없습니다. 만약 뵌 적이 있다면 단번에 기억했을 테니까요."

진심이 담겨 있기에 이런 대담한 발언도 입에 담을 수 있었다.

이쯤 되자 마키코도 도모이치의 마음을 어느 정도 눈치채지 않을 수 없었다. 그녀는 전보다 더 수줍은 기색을 보였다.

하지만 도모이치는 자신이 한 말에 부끄러움을 넘어 거의 당황한 모습이었다.

도모이치는 본래 용건을 꺼내며 어색해진 분위기를 돌파하고자 했다.

"어머니께서는 마키코 씨가 그 시절 슈지와 가까운 사이였다고 하셨습니다. 그게 떠올라 오늘 이렇게 찾아뵀습니다만, 사실 어머니가 돌아가시기 전에 조금 이상한 말씀을 하셔서……."

"네?"

"동생이 살해됐다고 하셨습니다."

"살해요? 슈지는 야마쿠라의 용신 연못이라는 곳에서 익사한 게 아니었나요……?"

"그러고 보니 그 마을 이름이 야마쿠라였죠. 이제야 저도 생각났습니다. 전 그곳에 가 본 적이 없고 당시에는 별 관심도 없어서 아무것도 모르는 거나 마찬가지거든요."

"그런데 슈지가 살해당했다니요……. 뭔가 착오가 있는 게 아닐까요? 아니면 어머님께서 혹시 고열 때문에 정신이 혼미해지신 나머지……. 당시 모두들 슈지는 실수로 연못에 빠져 익사한 거라고 했고, 선생님께서도 그렇게 말씀하셨어요."

"어쨌든 당시 상황을 조금 더 구체적으로 듣고 싶어서 오늘 이렇게 찾아뵌 겁니다."

"하지만 너무 오래전 일이고 전 그때 겨우 초등학교 3학년이라……. 지금 다시 떠올리려고 해도 어떤 부분은 기억이 잘……."

"그래도 괜찮으니 말씀 부탁드립니다. 동생이 '초대' 받아서 갔다는 그 집은 어떤 집이었습니까?"

"아, 그건 저도 기억해요. '다에미' 가家라는 집이에요. 왜냐하면 처음 두 번 '초대' 때는 저도 슈지와 함께 그 집에 갔거든요. 저와 슈지가 친하다는 걸 선생님께서 아시고 배려해 주셨던 것 같아요."

"그럼 슈지가 죽은 건 마키코 씨와 함께 '초대'를 받아 간 날이 아니었다는 말이군요."

"네. 그건 세 번째 '초대'였고, 그때는 다른 여자아이와 함께 갔어요."

"그때는 왜 함께 가시지 않은 거죠?"

"글쎄요……."

마키코의 목소리가 가라앉았다. 곤란한 기색이 드러나자 코에서 입가에 걸쳐 슬픈 표정이 떠오른다. 도모이치는 깊은 미안함을 느꼈다.

"……뭔가 이유가 있었을지 모르지만, 전 몰라요. 그래도 별건 아니었을 거예요. 예를 들어 늘 같은 친구와만 어울려 교우관계가 치우치면 안 된다든가, 같은 집에 계속 '초대'받아서 그 집과 특별한 관계가 생기면 안 된다든가 하는 이유 아니었을까요."

"다른 아이들도 그렇게 짝을 바꿔서 갔나요?"

"글쎄요……. 아직 어렸으니 그런 것도 전혀 알 수 없었어요. 어쩌면 다에미 가의 '초대' 때만 짝을 바꿨을지도 모르죠. 다에미 가는 그 지역에서 손꼽히는 부잣집이라 대접이 아주 특별했고 진수성찬이나 선물이 많이 나왔거든요. 선생님은 되도록 많은 아이들에게 그런 좋은 경험을 시켜주고 싶으셨을지 몰라요."

"그렇다면 슈지도 다른 아이로 바꿔야 하지 않을까요?"

"네, 그건 그렇지만……."

"또 그랬다면 두 번째 '초대' 때부터 구성원을 전부 바꾸는 게 나았을 텐데요."

도모이치는 자기도 모르게 논리적으로 따지며 학자다운 면모를 드러냈다. 마키코는 한층 더 곤란한 표정을 지었다.

"잘 모르겠어요. 지금 생각해 보니 그럴지도 모르겠다는 거고…… 그때는 너무 어려서 그런 건 전혀 알지도 못했으니까요……."

도모이치는 자신의 태도를 돌아보며 쓴웃음을 지었다.

"네, 죄송합니다. 확실히 마키코 씨도 어렸으니 잘 모르시겠죠. 아무튼 동생이 죽은 건 다에미 가의 세 번째 '초대'를 받아서 갔을 때라는 말이군요."

"네."

"그때 동생은 누구와 함께 갔습니까?"

"아오타 게이코라는 아이였어요. 얘는 지금도 비교적 잘 기억나요. 친한 편이었거든요. 피부가 하얗고 차분한 아이였는데…… 차분한 만큼 어딘가 멍한 구석이 있어서 '멍코'라는 별명으로 불리기도 했죠. '멍하다'에서 '멍'을 따왔을 거예요."

"그 게이코라는 분은 동생이 익사한 현장에 함께 있었습니까? 아는 범위에서 최대한 자세히 알려 주셨으면 합니다. 저희 어머니께서는 너무 슬프셔서 그랬는지…… 아니면 다른 더 격한 감정에 시달리셨는지 몰라도 그날 일에 대해 극도로 말을 아끼셨거든요. 그래서 제가 들은 이야기라고는 동생이 '초대'를 받아 간 마을에서 근처 연못에 놀러 갔다가 물에 빠져 익사했다는 것 정도입니다."

"게이코는 슈지가 물에 빠졌을 때 근처에 없었다고 했어요. 이, 지금 생각났는데, 게이코가 돌아와 저한테 이야기해 줬거든요. 슈지와 함께 저택에 있는 넓은 방에서 낮잠을 자고 있는데, 갑자기 다에미 가의 아주머니가 와서 깨우더니 슈지가 연못에 빠져 죽었다고 했다고……. 아마 슈지는 낮잠을 자다가 중간에 깨서 혼자 연못 쪽으로 간 것 같아요. 그 뒤 곧장 쓰루마이에 있는 저희 소개지 숙소에 사고 소식을 알리러 간다며 다에미 가의 남자 하인들이 나섰고, 그때 게이코도 함께 숙소에 돌아왔어요. 그래서 게이코도 아마 그 이상은 모를 거예요."

"학교 선생님은 그 일에 대해 별말씀 없으셨습니까?"

"거의 없었어요……. 그때는 어린 저조차 뭔가 부족한 느낌이었던 걸 기억해요. 아이들을 불안하게 하고 싶지 않은 선생님의 배려겠죠. 그 무렵 소개지 아이들은 거의 대부분 심한 향수병에 걸려 있었거든요. 느닷없이 울음을 터뜨리거나, 집에 몰래 편지를 보내려고 하거나, 심지어 도쿄로 탈출하려던 아이도 몇 명 있었어요. 그렇게 모두가 불안정한 상황에서 슈지의 죽음을 자세히 말하면 더 큰 충격을 줄 수 있다고 판단하셨던 것 같아요."

"그럼, 동생의 장례식 같은 건……."

"저희가 있던 소개지 숙소에서는 하지 않았어요. 그러고 보니…… 누가 슈지의 어머니께서 흰 천으로 감싼 유골 상자를 들고 버스를 타고 돌아가시는 걸 봤다고 한 기억이 나네요. 딱 그 정도라 저도 조금 얼떨떨했다고 할까요. 게다가 아직 어려서인지 슬픔 같은 감정도 거의 느끼지 못했어요……."

도모이치도 거의 비슷했다. 유골함을 감싼 그 하얗고 안쓰러운 천……. 슈지의 죽음은 그 기억 하나로 남아 있다.

"소개 당시 아이들의 담임선생님은 누구였습니까?"

"우에키 선생님…… 아마 우에키 히로시 선생님이었던 것 같아요. 나이는 아마 마흔쯤 되었던 것 같은데……."

"지금 어디 계신지는?"

"모르겠어요."

"동생에게 다른 친한 친구는 없습니까?"

"슈지는 인기가 많았으니 친구도 많았을걸요. 아, 혼조와 특히 친했어요. 똑똑해서 반장도 했던 아이인데."

"그분은 지금 어디에……?"

"그것도 모르겠어요."

"그 밖에 그 시절 반 친구 중 더 기억나는 분은 없을까요?"

"네. 전혀요. 전 종전 이후 스기나미에 있는 초등학교로 전학을 가서 줄곧 거기서 지냈거든요. 초등학교 저학년을 보낸 이 시나가와로 다시 오게 된 것도 거의 우연이에요."

아사카와 마키코에게 더 들을 만한 건 별로 남지 않은 듯했다.

남은 질문은 향후 조사를 위한 사전 정보 수집에 가까웠다.

"야마쿠라의 다에미 가에는 어떤 사람들이 살았습니까?"

"저희 아버지와 비슷한…… 그러니까 그때 마흔이 조금 안 된 것 같은, 갸름한 얼굴에 조금 무서운 인상의 당주와, 비슷한 느낌의 안주인분, 또 모두가 '집사'라고 부르는 것치고 꽤 젊었던 사람, '기치 씨'라고 불리던 마흔이 넘은 남자 하인, 그리고 여자 하인도 두 명쯤 있었던 것 같은데……. 제가 기억하는 건 그 정도예요. 그리고 어린 마음에 재밌다고 느낀 건, 마을 사람들 모두 그 집 당주를 '어르신'이라고 부른다는 점이었어요."

"전쟁 전에는 그런 곳이 많았던 것 같더군요."

"게다가 집 구조도 흥미로운 점이 있었어요. 나중에 커서 지방의 부유한 집이나 대지주의 집에 몇 군데 가 봤지만 다에미 가는 유독 독특했죠. 꼭 요새처럼 느껴졌달까요. 기둥이나 벽이 굉장히 투박했지만 그만큼 튼튼했고요. 그리고 창문이 높은 곳에 작게 나 있어서 집 안이 전체적으로 어두웠어요. 그중에서도 가장 요새 같았던 곳은 '야구라'라고 불리는 방이었는데……."

"'야구라'라면 망루 같은 걸 말씀하시는 건가요?"

"네, 맞아요. 정말 망루처럼 생긴 건물이에요. 집 본채 뒤에는 산이 있었는데, 그 산 중턱을 따라 통로가 비스듬히 있고 가파른 구간에는 계단이 펼쳐졌죠. 그 통로가 약 30미터쯤 이어진 곳 끝에는 다다미 여덟 장쯤 되는 공간이 하나 있었는데, 거기서 아래를 내려다보면 정말 멋진 경치가 펼쳐졌어요. 용신 연못 쪽 산도 거기서 잘 보였고요."

"동생이 빠졌다는 연못 말입니까?"

"네."

"거리는 얼마나 됐죠?"

"한 3백 미터 정도 됐을까요."

"마키코 씨도 연못에 가 본 적이 있습니까?"

"네. 두 번째 '초대' 때 남자 하인인 기치 씨라는 분이 데려가 주셨어요. 슈지도 그때 처음 저와 그곳에 갔는데 무척 마음에 들어 하는 것 같았어요. 물가를 뛰어다니며 신나게 놀았죠. 그러고 보니 '다음에 또 오고 싶다'라고 한 것도 기억나네요. 그러니 슈지는 세 번째 '초대' 때 낮잠을 자다가 몰래 빠져나가서……."

뒤로 갈수록 아사카와 마키코의 목소리가 작아졌다. 고개를 숙이고 손끝을 내려다보는데 손가락 끝이 빨간색과 초록색으로 희미하게 물들어 있다. 물감 자국인 듯했다.

"연못은 구체적으로 어떤 곳이었습니까?"

"어렸을 때 일이고…… 딱 한 번밖에 안 가 본 곳이라 뭔가 꿈처럼 어렴풋하지만, 다른 건 몰라도 물이 굉장히 맑았던 게 기억나요. 맞은편 물가에는 산이 바짝 다가와 있는데 깎아지른 듯한 절벽이었던 것도 또렷이 기억나네요. 아마 슈지는 그때처럼 신나게 놀다가 물가에서 떨어져…….."

"물가 근처에도 그렇게 수심이 깊은 곳이 있었을까요?"

"글쎄요……. 그런 것까지는 저도 신경 못 써서……."

"어쨌든 마키코 씨도 동생이 사고로 죽었다고 보시는 거군요."

"그건 제가 단정 짓기에는……. 하지만 살해됐다니…… 대체 누가 무슨 이유로 슈지를 죽였다는 말인가요?"

"어쩌면 누군가의 중대한 과실 때문에 동생이 죽었고, 어머니는 그걸 '살해당했다'라는 식으로 표현하셨을지도 모릅니다."

"아, 네……. 그럴지도 모르겠네요. 슈지를 제대로 챙기지 못하고 아이 혼자 연못에 가게 만든 다에미 가 분들을 원망하셨을까요?"

"하지만 그런 과실을 '살해'로까지 표현하는 건 조금 과한 느낌도 듭니다만……."

"그 과실이 정말 중대한 건지 단순 실수였는지는 저도 모르겠어요. 그래도 슈지가 사고로 죽은 것만은 분명하겠죠."

수확이 많다고는 할 수 없었다.

하지만 두 번째 '초대'까지 슈지의 짝은 아사카와 마키코였는데, 세 번째 때 유독 그녀만 빠졌다는 사실이 어딘가 의미심장하게 느껴졌다. 또 동생의 죽음이 왠지 비밀스럽고 조심스럽게 처리된 듯한 기분도 떨칠 수 없었다.

그러나 도모이치는 이 정도 수확에 만족하기로 했다.

그보다 또 하나의 더 큰 수확을 확실히 손에 넣고자 하는 마음이 그를 안달 나게 하고 있었다.

그래서 서른여섯까지 독신으로 살아온 이 수줍음 많은 학자는 아사카와 마키코에게 꽤나 대담한 요구를 했다. 자기 명함을 내밀며 명함을 교환하자고 한 것이다. 덕분에 그녀의 연락처를 알 수 있게 됐다.

하지만 그것만으로는 마음이 놓이지 않았다. 도모이치는 뒤이어 한층 더 대담하게 선언했다.

"어쩌면 앞으로 한두 번 정도 더 말씀을 들으러 찾아뵐지도 모르겠습니다."

아오타 게이코와 아사카와 마키코를 가른 것은 무엇이었을까.

아오타 게이코를 눈앞에 둔 도모이치는 그런 생각을 떨칠 수 없었다. 당시 두 사람은 같은 반 친구에 나이도 같았다.

철골 프리패브 구조의 2층짜리 간이 공동주택 남쪽에는 넓은 모래땅 공터가 펼쳐져 있었다. 그 위에 서쪽으로 기운 태양 빛이 맹렬하게 내리쬐고 있다. 9월이라고 하지만 아직 3일. 여전히 한여름 같은 땡볕이었다.

그런 밝은 햇살 아래 서 있어서 그런지 아오타 게이코의 몸에 새겨진 삶의 피로가 더 고스란히 드러났다.

건강하지 못한 회백색 피부, 거칠고 윤기 없는 머리카락, 잔주름, 그리고 흐릿한 눈동자까지.

그러나 도모이치가 초등학교 시절 이야기를 꺼내자 기적처럼 아오타 게이코의 눈에 생기가 살아났다.

도모이치는 그 모습을 보며 왠지 가슴이 먹먹해졌다.

아오타 게이코에게는 초등학생 시절이 인생에서 가장 찬란했던 시간이었는지 모른다.

"조금 전 초등학교에 가서 학동 소개 당시 선생님과 학생들의 이름을 조사하고 왔습니다. 쓰루마이 소개지에 가신 분은 구도 선생님, 우에키 선생님, 그리고 도오이라는 여자 선생님이었다더군요. 그중 우에키 선생님은 몇 년 전 돌아가셨고, 도오이 선생님은 결혼 후 멀리 떠나셔서 학교에서도 현주소는 모른다고 했습니다. 구도 선생님은 교감 선생님께서 지금도 연하장을 주고받는다며 나중에 주소를 알려 주시기로 했습니다. 그리고 당시 학생들 중 슈지를 잘 알고, 지금도 근처에 사는 분으로 아오타 게이코 씨와 혼조 아키라라는 분의 주소를 알려 줬습니다."

아오타 게이코의 어딘가 흐릿한 반응을 보며 도모이치는 왠지 불안해졌다. 설마 어린 시절 그대로 '멍코'인 걸까.

"소개 당시 제 동생 슈지와 '초대'를 받아서 간 걸 기억하십니까?"

그 질문에는 비교적 생기 어린 대답이 돌아왔다.

"네, 기억해요. 그렇게 큰 집에 가 본 건 처음이라…… 꿈만 같았거든요……. 그때 슈지 씨가 죽은 것도 꿈만 같고요……."

"그 부분을 조금 더 자세히 말씀해 주실 수 있을까요?"

"자세히, 라고 하셔도……."

게이코는 말끝을 흐렸다.

"동생이 사망할 당시 낮잠을 자고 계셨다고 들었습니다만."

도모이치는 유도하듯 말을 걸었다.

"네."

그게 전부였다.

"낮잠을 자려고 누웠을 때는 동생도 옆에 있었나요?"

"네."

"중간에 동생이 일어나 연못 쪽으로 간 건 모르셨고요?"

"네."

"동생이 죽었다는 소식은 언제 들으셨죠?"

"글쎄요. 이제는 기억이 잘……."

"아사카와 마키코 씨 말로는 낮잠을 자는 도중 누군가가 와서 게이코 씨를 깨웠다고 하던데요."

"마키코 씨를 만났나요?"

게이코의 표정에 살짝 화색이 돌았다.

"네, 오늘 오전에 만나고 왔습니다. 지금은 화가로 활동

중이시더군요. 나중에 주소를 알려 드리죠. 아무튼 그 마키코 씨 말로는 게이코 씨가 낮잠을 자는 도중에 갑자기 깨워져 사건 소식을 들으셨다고."

그제야 기억이 떠오른 듯 아오타 게이코는 생기 있는 목소리로 말했다.

"네, 맞아요. 그랬어요."

"그 소식을 알려 준 사람이 누구였습니까?"

"그 집 아주머니께서⋯⋯."

"동생이 빠진 연못에는 가지 않았나요?"

"네."

"소식을 듣고서는 어떻게 하셨죠?"

"그 집 남자분들을 따라 바로 소개지 숙소로 돌아갔어요⋯⋯. 하루 만에 일어난 일이라 뭔가 꿈만 같고⋯⋯ 그 정도밖에⋯⋯."

아사카와 마키코도 그 시절 일들이 희미하다고 했다. 초등학교 3학년 무렵이니 그럴 만하다. 아오타 게이코에게도 얻을 정보는 크게 없는 듯했다.

그래도 도모이치는 조금 더 파고들어 보기로 했다.

"'초대'에 가 있는 동안 뭔가 다른 이상한 일은 없었나요?"

"이상한 일요⋯⋯? 그런 부잣집은 처음 가 봐서⋯⋯. 그래도 마키코 씨가 전에 두 번이나 갔다고 했고, 이런저런 이야기를 들려줘서 그렇게 많이 놀라지는 않았는데⋯⋯."

여전히 말이 끊기고 뭔가 두서가 없다. 그녀는 옆에서 잡초처럼 꽃 피운 코스모스의 잎을 뜯어 손가락으로 짓이기며 말을 이었다.

햇볕이 얼굴에 뜨겁게 내리쬐었다. 도모이치는 주머니에서 손수건을 꺼내 땀을 닦았다.

아오타 게이코는 면목 없다는 듯 말했다.

"죄송해요. 이런 곳으로 모셔서……. 남편이 어제 밤샘 근무를 했거든요……. 자고 있어서……."

집 안쪽으로 문이 열렸을 때 도모이치는 그녀의 어깨 너머에 침구가 깔려 있는 것을 보았다.

"괜찮습니다. 그래서, 어떤 점이 놀라우셨던 겁니까?"

"글쎄요……. 상다리가 휘어질 정도로 진수성찬이 나온 것도 그렇고, 너무 넓어서 길을 헤맬 것 같은 집 구조도 그렇고, 거기에 조금 이상한 아이가 있었던 것도 기억나요……."

"이상한 아이?"

"그것도 마키코 씨가 알려 줬는데…… 집 뒤뜰 숲에 곳간 같은 게 있었거든요. 거기 2층 창문으로 얼굴이 하얀 아이가 보인다고……."

"게이코 씨도 그 아이를 봤습니까?"

"네. 슈지 씨한테 그 이야기를 했더니 자기도 마키코와 함께 봤다면서 그 곳간 창문 아래로 절 데려갔어요. 그때 딱 한 번 스치듯 아이 얼굴이 보였고…… 그때 슈지 씨가 "귀신이다!" 하고 장난을 치는 바람에…… 너무 무서워서 비명을 지르며 도망쳤어요……."

도모이치는 문득 '자시키와라시' 이야기를 떠올렸다.

그 이야기를 해 준 사람이 누군지도 선명하게 기억난다. 센다이에 있는 어머니의 본가에서 일하던 **구메**라는 하녀였다. 아니, 유모라고 해야 할까. 나이는 쉰이 넘었던 것으로 기억하며 '구메'가 성인지 이름인지는 지금도 모른다.

그녀는 여름방학 때 놀러 온 도모이치와 슈지에게 전설과 괴담을 자주 들려주고는 했다. 대개는 부엌 아궁이 앞에 쪼그리고 앉아 불을 때면서.

그 안에 자시키와라시 이야기도 있었다. 오래된 가옥 천장 위나 낡은 흙벽 창고에 조용히 숨어 사는, 어린아이 모습을 한 혼령이라고 했다.

자시키와라시가 사는 집은 대대로 번창한다고 한다. 심지어 집에 화재가 나면 몰래 짐까지 옮겨 주기도 하는데, 어른들 눈에는 보이지 않고 오직 아이들만 볼 수 있다.

훗날 들어보니 이 자시키와라시 이야기는 도호쿠 지역에 널리 퍼진 전설이었다.

아오타 게이코는 어디선가 그런 이야기를 들었고, 그게 어린 시절 기억과 섞인 게 아닐까. 오래전 '멍코'라고 불린 이 여자에게는 타인의 암시에 쉽게 휘둘릴 것 같은 몽롱하고 흐릿한 면이 있었다.

"그 창문으로 봤다는 아이는 몇 살 정도로 보였습니까?"

도모이치의 추궁에 그녀는 어정쩡하게 대답했다.

"글쎄요…… 잠깐 본 거라……. 곧장 도망쳤거든요……. 저희와 비슷한 또래였던 것 같기도 하고……."

"남자아이였습니까? 아니면 여자아이?"

"글쎄요, 거리가 좀 있었던 터라 정확히는 못 봤어요."

괜한 선입견을 심을까 봐 일부러 함구한 질문을 도모이치는 여기서 꺼내 들었다.

"실은 저희 동생이 살해당한 게 아닐까 하는 이야기가 있던데, 혹시 짐작 가는 바가 없으십니까?"

그러나 게이코에게는 역시 무리한 질문이었다.

"살해당했다니요……? 언제요? 누가?"

"제 동생 말입니다. 그 연못에서 사고로 익사한 게 아니라 살해당했다는 소문이 있어서요."

"그럴 리가……."

아오타 게이코가 할 수 있는 말은 그뿐인 듯했다.

"혹시 용신 연못에 직접 가 보셨습니까?"

"아뇨."

도모이치는 이쯤에서 그만두기로 했다.

"쓰루마이라는 곳은 주로 농사를 짓는 사람들을 위한 작은 온천 마을이었습니다. 여관이 세 채 있었고, 학생들은 그중 두 여관에 나뉘어 숙박했죠. 제가 묵은 숙소는 우에키 선생님이 담당하셨고, 다른 한 곳은 구도 선생님이 맡았습니다. 구도 선생님 쪽이 연세가 훨씬 많아서 학동단의 단장을 맡기도 했죠. 꽤나 권위적인 분이었어요. 그리고 도오이라는 젊은 여자 선생님도 계셨는데, 이분은 여관 아주머니들과 함께 학생들을 위한 밥 짓기와 세탁 같은 일을 도맡아 하셨습니다. 그런데 그 시절을 떠올리면 별로 달갑지는 않네요. 무엇보다 늘 굶주려 있었거든요. 거의 만성 기아 상태에 있었죠. 그래서 슈지와는 짝을 이뤄 자주 먹을 걸 훔치며 다녔습니다. 그것도 꽤 지능적인 수법으로요. 지금 돌이켜보면 죄책감 때문에 등골이 서늘해질 정도인데……."

혼조 아키라는 탁자 위에 놓인, 손때가 묻어 번들거리는 투박한 주판을 세웠다 눕혔다 하며 회상에 잠겼다.

보통 키에 다부진 체격. 나이는 아마 서른한두 살쯤으로 보인다. 실제 나이보다 조금 더 들어 보이는 건 상인 특유의 묵직하고 침착한 분위기 때문인지 모른다.

말투는 또렷하고 예리하며 지적인 느낌을 준다. 그는 학동 소개 시절 3학년 반장을 맡았다고 들었다.

정면 간판 폭만 7.2미터는 되는 제법 규모 있는 도매상이었다. 넓은 유리 미닫이문에 굵고 고풍스러운 금박 글씨로 '주식회사 혼조 총업'이라고 적혀 있고, 위에는 '혼本' 자가 들어간 둥근 상표, 그 양옆에는 '각종 펌프 판매·시공 공사'라는 문구가 새겨져 있었다.

대대로 내려온 가업인 듯했다.

유리문을 열고 들어서자 50제곱미터쯤 되는 흙바닥 사무실에서 직원 대여섯 명 정도가 책상을 마주하고 앉아 일하고 있었다.

왼쪽 벽에 있는 유리문 달린 키 큰 진열장에 작은 펌프 부품들이 전시돼 있다. 오른쪽 벽 아래에는 하얀 레이스 천이 덮인 테이블을 사이에 두고 소파가 있었다.

지금 도모이치와 혼조 아키라는 그 소파에 마주 앉아 있다. 두 사람 앞에는 물방울이 송골송골 맺힌 보리차 컵이 놓여 있다. 하늘색 사무복을 입은 여직원이 내왔다.

"돌이켜보면 그 시절 저와 슈지는 도둑질을 일종의 놀이처럼 즐기는, 거의 프로급 도둑이 아니었나 싶습니다. 도둑질을 하면서 머리를 얼마나 잘 쓰는지, 얼마나 재빠르게 움직이는지 스스로 시험하며 즐겼던 거죠. 초등학교 3학년에 불과한 아이가……."

원래부터 말이 많은 성격인 듯하지만 학동 소개 시절 이야기가 나오자 입담이 더 살아난 듯했다.

"처음에는 저와 슈지도 다른 아이들처럼 산에서 발견한 정체 모를 열매를 따 먹거나, 잡초 뿌리를 훑거나, 철쭉꽃을 빨아먹고는 했습니다."

"철쭉꽃이요?"

"네. 철쭉을 따서 암술이나 수술이 있는 아래쪽…… 정확히는 모르겠지만 씨방이라고 하나요? 그 부분을 쪽 빨면 단맛이 나거든요. 한번은 이 이야기가 퍼져서 마을에 있는 철쭉이 하루이틀 만에 깡그리 사라진 적도 있습니다. 근처 사찰 정원에 핀 철쭉, 촌장인가 면장인가 하는 사람 집의 자랑거리였던 대문에서 현관까지 늘어선 철쭉 화단이 전부 민둥산이 돼서 그 집 사람이 선생님한테 따지러 왔다는 이야기도 들었죠. 혹시 크레용에서도 단맛이 난다는 걸 아시나요?"

"크레용 말입니까?"

"네. 그림 그릴 때 쓰는 크레용 말입니다. 지금은 기억이 가물가물하지만, 빨간색이었나 노란색이었나 꽤 단맛이 나는 게 있었어요. 그러니까 색깔마다 맛이 달랐던 거죠. 어떤 건 맛이 정말 지독해서 살짝 핥기만 해도 속이 울렁거릴 정도였는데."

도쿄에서 중학생 시절을 보낸 도모이치도 이런저런 희한한 것을 먹어 본 적이 있었다. 떫은맛을 없앤 도토리 가루, 고구마 줄기, 썩은 무처럼 역한 냄새가 나던 침수 감자 등.

하지만 지금 혼조 아키라의 이야기를 들어보니 그래도 당시 자신이 입에 넣은 것들은 그나마 '음식' 언저리에 속한다는 것을 알 수 있었다.

"전 말이죠. 심지어 공기알도 먹어 봤습니다."

혼조는 쓸쓸하게 미소 지었다.

"거 있잖습니까. 옛날에는 흔히 볼 수 있었던, 벚꽃잎 모양에 빨강, 파랑, 노랑, 하양 같은 예쁜 색이 칠해져 있는 공기알이요."

"가운데에 둥근 구멍이 뚫려 있는……."

"네, 맞습니다. 그게 밀가루로 만든 거라 먹을 수 있다는 소문이 돌았거든요. 아마 누군가가 여자아이들이 가지고 놀려고 집에서 가져온 걸 심심한 나머지 입에 물고 있다가 발견했겠죠."

"혼조 씨도 그걸 먹어 보신 건가요?"

"네, 먹어 봤습니다. 하지만 한 알로 충분했죠. 확실히 입 안에 오래 넣고 있으면 침과 체온 때문에 서서히 흐물흐물해지면서 밀가루 같은…… 그러니까 뭔가 먹을 것 같은 맛이 나기는 하는데, 그래 봐야 아주 잠깐입니다. 이내 찐득한 느낌이 혀에 퍼지고 그게 조금이라도 목구멍 쪽으로 넘어가면 바로 토할 것처럼 속이 메스꺼워지거든요. 제 느낌상 주재료는 찰흙 같은 거고, 거기에 접착제라고 할까요. 그러니까 접착력이나 점성을 더하려고 곡물 가루 같은 걸 섞었던 게 아닐까 싶습니다. 그 밖에도 '빨간약'이라 불리던 머큐로크롬이나 안약 같은 것도 핥아먹어 봤습니다. 달콤하거나 자극적인 맛이 나는 게 있었거든요. 굶주린 아이들은 저마다 '이거다' 싶은 걸 스스로 시험했고, 그중 조금이라도 괜찮은 건 순식간에 소문으로 퍼졌습니다. 하지만 저희 둘만은…… 그러니까 저와 슈지만은 얼마 안 돼 그런 짓을 그만

됐어요. '도둑질'이라는 훨씬 간단하고도 효과적인 방법에 매료됐으니까요."

"밭에서 채소 같은 걸 훔치신 겁니까?"

"아뇨. 밭에는 거의 안 갔습니다. 저희 때 학동 소개는 1945년 봄에 있었던 제2차 학동 소개였거든요. 여름이 가까워지기 전까지는 밭에 제대로 자란 작물 같은 게 별로 없었습니다. 그리고 그리 멀리 갈 것도 없었죠. 먹을 건 바로 우리 눈앞에 있었으니까요."

"그게 무슨 뜻이죠?"

"숙소 주방 말입니다. 그 안에 몰래 들어가기만 하면 쌀, 된장, 콩, 채소 등 뭐든 다 있었습니다. 아무리 식량난이라고 해도 시골이니까요. 그리고 초등학생이 그런 도둑질을 할 거라곤 숙소 직원이나 선생님들도 예상 못 했는지 식자재 관리가 아주 허술했어요. 그냥 평범한 가정집 부엌처럼 여기저기 대충 놓여 있었죠. 그래서 훔치기 아주 쉬웠고, 몇 번을 가든 늘 성공했습니다. 그러다 보니 저희 둘은 아까도 말씀드렸지만, 도둑질 그 자체에 즐거움을 느끼게 됐고, 배고프다며 이상한 걸 주워 먹는 다른 아이들이 바보처럼 보이기까지 했습니다. 말 그대로 아주 뼛속까지 범죄자 심보였던 겁니다. 만약 그 상태 그대로 컸더라면 지금쯤 전 이 자리에 없었을걸요. 아마 감옥과 사회를 오가며 전과 몇 범쯤 되는, 망가진 인간이 됐겠죠."

혼조 아키라는 쓴웃음을 지었다.

"그런데 주방에 음식을 훔치러 간다고 해도…… 언제 가신 거죠? 낮에는 무리였을 텐데요."

"물론이죠. 그래서 모두가 잠든 밤에 몰래 움직였습니다. 그런데 여러 번 그러다 보니 식자재가 눈에 띄게 줄었고, 주방 쪽에서도 뭔가 이상하다고 눈치채기 시작했던 것 같아요. 외부인의 소행인지 내부인의 소행인지 알 수 없지만 주방에 도둑이 든다는 소문이 퍼졌고, 저희는 누구보다 그걸 빨리 알아챘습니다. 그리고 슈지가 엄청난 아이디어를 떠올렸죠. '대장을 범인으로 몰자'라는 아이디어를요."

"대장?"

"요즘 말로 하면 일진쯤 될까요. 공부는 못하지만 힘과 악착같은 행동력으로 반 아이들 절반 이상을 자기 수하로 만든 놈이었어요. 당시에는 어느 학교, 어느 반에나 그런 못된 애가 꼭 하나씩 있었습니다. 특히 소개지에서는 모두가 한 곳에서 먹고 자며 생활하니 그런 녀석은 정말 참기 힘든 존재였죠. 저희 반의 대장은 이시구로라는 녀석이었습니다. 걔는 주로 기습 같은 방법을 써서 아이들을 굴복시켰어요. 예를 들어 뒤에서 갑자기 이불이나 담요를 뒤집어씌워 넘어뜨리고 항복 선언을 할 때까지 누르고 있다든가, 10전짜리 동전으로 머리카락을 뜯는다든가……."

문득 도모이치도 그 시절이 떠올라 히죽 웃었다.

"아, 그 동전 세 개를 겹쳐서 상대 머리를 '딱' 하고 때리는……."

"네, 맞습니다."

그 시절 남학생들은 대학생까지 전부 까까머리였다.

그런 머리에 세 장 겹친 동전을 빠르게 내려치는 것이다. 이때 가운데 있는 하나는 미리 반쯤 튀어나오게 해 둔다.

그리고 동전이 머리에 부딪히는 순간 그 튀어나온 동전이 딱 소리를 내며 다시 들어가 양옆 동전과 맞물려 겹쳐진다.

그럼 희한하게도 거의 백이면 백 상대의 짧고 까칠한 머리카락이 동전 사이에 끼어서 뽑혔다. 또 그렇게 뽑힌 머리카락에는 어김없이 하얀 모근이 붙어 있었다.

머리카락이 뽑힐 때의 고통은 꽤나 심했다.

머리카락 뽑기 장난은 도모이치가 초등학생일 때도 한창 유행했다. 운동장에서 놀든 복도를 걷든 언제 괴한처럼 동전이 불쑥 나타나 딱 소리를 낼지 알 수 없었다. 도모이치는 하루에 무려 네 번이나 당한 적도 있었다.

내성적이던 도모이치는 그 일로 거의 노이로제에 걸릴 정도였고, 한때는 학교를 잠시 쉴까 진지하게 고민했던 적도 있다.

그런 일을 소개지에서까지 당한다면 정말 견디기 힘들었을 것이다. 자나 깨나 긴장 속에 살아야 했을 테니까.

"아무튼 이시구로는 그런 식으로 아이들을 자기 밑에 두고 식사 시간에는 아이들에게서 밥과 반찬을 빼앗고, 물 긷기나 청소 같은 일을 떠넘기는 등 정말 제멋대로 군림하고 있었습니다. 슈지는 바로 그런 이시구로에게 식량 도둑의 누명을 덮어씌우기로 한 겁니다. 그렇다고 뭐 대단한 일을 한 건 아니었습니다. 한밤중에 설탕이 든 선반 아래에 이시구로의 이름이 적힌 작은 동전 지갑을 떨어뜨려 놓았죠. 그 지갑은 이시구로가 장롱에 넣어 둔 대형 방공 가방에서 꺼낸 것이었고요. 저희는 대신 가방 안에 작은 종이에 감싼 설탕을 넣어 뒀습니다. 설탕은 전에 훔쳐서 숨겨 두고 있었어요. 그 뒤로는 결과를 기대하며 몰래 이시구로와 선생님을 지켜봤습니다. 이후 모든 게 공식적으로 밝혀지지는 않았지만, 계획은 분명 성공했습니다. 선생님이 이시구로의 소지품을 조사해서 안쪽으로 들고 가는 모습을 슈지가 목격했고, 저는 이시구로가 다른 아이들 몰래 선생님께 불려 가 꽤 오랫동안 돌아오지 않는 걸 지켜봤으니까요. 물론 저희가 결과를 두 눈으로 확인한 건 아닙니다. 하지만 이시구로가 그날 이후 갑자기 난폭한 짓을 멈추고 잔뜩 풀이 죽어 스스로 대장 자리에서 내려온 게 모든 걸 말해 줬죠."

"그런데 이야기를 들어보면 '못된 아이'라는 점에서는 그 이시구로보다 제 동생이 더 심했던 거 아닌가요?"

"뭐, 그렇게 볼 수도 있을 겁니다. 어쨌든 당시 저와 슈지는 단짝 친구였지만 지금 생각해 보면 도둑질로 맺어진 우정,

말하자면 범죄 공범으로서의 두터운 유대감이 있었는지 모릅니다."

혼조 아키라는 사뭇 진지한 얼굴로 말했다.

"한마디로 도둑질이라는 스릴 속에서 다져진 우정이라고 할까요."

"그런 우정이었으니 더 끈끈한 걸 수도 있지 않을까요?"

"네, 그건 확실히 맞을지도요."

"그럼 저희 동생이 죽었다는 소식을 처음 들었을 때는 충격이 컸겠습니다."

"네. 정말 큰 충격이었습니다. 제 인생에서 처음 겪은 죽음에 대한 충격이었으니까요. 이런 표현은 진부할지 몰라도 말 그대로 믿을 수 없는 기분이었죠. 그날은 저도 '초대'를 받아 다른 마을에 가서 저녁 무렵에 돌아왔습니다. 그리고 그때 다른 친구들에게 사고 소식을 들었죠. 담임인 우에키 선생님은 이미 야마쿠라로 급히 달려가서 자리를 비우고 계셨고요."

"동생이 죽었을 당시 상황에 대해서는 얼마나 알고 계십니까?"

"그건…… 거의 모른다고 해도 좋을 정도입니다. 슈지와 함께 그 마을에 간 여자아이가 있는데…… 이름은 잘 기억나지 않지만, 아무튼 그 아이도 슈지가 죽은 현장에는 가지 않았는지 뭘 물어도 모른다는 대답뿐이었어요. 선생님들도 제대로 설명해 주지 않았고요. 그래서 전 그때 슈지의 죽음에 뭔가 숨겨진 비밀이 있고, 어른들이 전부 우리에게 거짓말을 하는 게 아닐까 의심했을 정도입니다. 심지어 선생님을 향한 불신이 너무 깊어져서 선생님이라는 족속들은 다들 거짓말쟁이에 형편없는 인간들이라고 느끼기도 했고요."

혼조 아키라의 말에 도모이치는 순간 긴장했다.

"동생의 죽음에 뭔가 숨겨진 비밀이 있다는 게 무슨 뜻일까요? 혼조 씨는 그때 선생님들이 거짓말을 했다고 보시는 건가요?"

그러나 돌아온 대답은 도모이치의 기대에 못 미쳤다.

"아뇨. 방금 말씀드렸듯 전부 선생님들을 향한 불신에서 비롯됐습니다. 그들이 슈지의 죽음에 대해 거짓말을 한다고 해도 구체적으로 뭐가 거짓말인지 떠올린 건 아니었어요. 그렇게 의심할 만한 명백한 뭔가가 있었던 것도 아니고요. 그냥 '평소에 선생님들은 거짓말만 가르치니 슈지의 죽음에도 뭔가 거짓이 있을 것이다. 그러니 우리에게도 자세히 말해 주지 않는 거다'라는 식으로 어린아이답게 조금 엉뚱한 상상을 했을 뿐입니다."

"선생님들이 거짓말만 가르친다…… 라는 건 정확히 무슨 뜻일까요?"

"당시 선생님들의 강압적인 애국 교육 속에서 어렸던 저는…… 아니, 오히려 어린아이였기에 더 순수하게 거짓말을

굶주린 무리 65

느꼈다고 할까요. 특히 집으로 보내는 편지를 검열당해 내용이 삭제되거나 고쳐 쓰게 됐을 때는 정말 '선생님들은 전부 거짓말쟁이야!'라고 소리치고 싶을 정도였습니다. 제 입으로 이런 말 하긴 뭐하지만, 그때 전 3학년치고 글을 잘 쓰고 어휘도 풍부했던 터라 편지를 제법 그럴듯하게 썼거든요. 그런데 그런 만큼 더 자주 검열을 당해 수정이나 삭제 지시를 받고 요즘 말로 정말 '뚜껑이 열릴' 때가 많았습니다. 고치라고 지적받은 부분들은 주로 '얼른 집에 가고 싶다'라거나 '배가 고프다', '벼룩이나 이가 많다' 같은 소개지 생활의 고단함을 솔직하게 쓴 내용들이었습니다. '대일본제국의 소국민이 이런 약한 소리를 해서야 되겠는가?', '일본의 승리를 위해 싸우고 있는 어른들을 걱정시키지 않기 위해 너희는 지금 이곳에 왔다. 그런데 이런 나약한 편지를 써서 다시 어른들을 걱정시키려고 하는가?'. 선생님은 항상 그렇게 말씀하셨지만, 전 도무지 납득할 수 없었습니다. 특히 유난히 잔소리가 심하고 깐깐했던 분이 구도 선생님이었는데, 사실 지금도 그 얼굴을 떠올리면 기분이 나빠집니다."

"구도 선생님이라면, 담임이 아니라……."

"네. 다른 선생님이죠. 아까도 말씀드렸듯 그분은 소개지 숙소를 총괄한 책임자였는데, 늘 군인처럼 거들먹거리며 자기 잘난 맛에 사는 사람이었습니다. 당시에는 그런 어른이 흔했죠. 아이들도 꼭 사병처럼 복종시키려고 했고요."

펌프 기계 도매상의 사장치고 혼조 아키라는 제법 사상이 뚜렷하고 급진적인 사람처럼 보인다. 가업 때문에 본의 아니게 가야 할 길을 잘못 들어섰을 수도 있다.

"아사카와 마키코라는 분을 아십니까?"

"아사카와……. 아, 그때 저희와 같은 반이었던? 여자아이들 중에서 제일 공부를 잘했던 것 같은데."

"네. 다름이 아니고 오전에 그분을 만나 뵙고 왔는데, 그분 말씀으로는 당시 선생님들이 가장 우려한 건 아이들의 정신적 동요였다고 하더군요. 그래서 편지를 검열하고 동생의 죽음에 대해서도 자세히 말하지 않았던 게 아닐까요?"

"분명 그런 면도 있었겠죠. 하지만 그럼 왜 일기까지 매일 검열했던 걸까요? 그러면서 꼭 자기감정을 솔직하게 쓴 부분만 골라서 다시 쓰게 했을까요? 자꾸 그런 일이 반복되다 보니 전 점점 선생님이 트집을 잡는 포인트를 알게 됐고, 나중에는 잔소리를 듣지 않기 위해 정해진 말만 몇 문장 쓰고 빨리 끝내곤 했습니다. 결국 당시 선생님들은 '자기 마음을 속이는 법'을 아이들에게 가르친 겁니다. 그런 인간은 점점 못나질 수밖에요. 하지만 한편으로 저희는 집에 보낼 편지만큼은 나름대로 빠져나갈 구멍을 찾기도 했습니다. 바로 '전달 편지'라는 건데……."

"'전달 편지'?"

근로 동원을 겪은 중학생과 집단 소개지에 간 초등학생

들은 같은 시대를 살았으면서도 사는 세계와 사용하는 말이 사뭇 달랐다.

"가끔 학부모들이 소개지에 면회 올 때가 있었습니다. 원칙적으로 부모의 면회는 금지되지만 가족이 사망했다거나, 식구 중 누군가가 징집됐다거나, 집이 불탄 것 같은 정말 부득이한 사정이 있을 때는 허락됐거든요. 그리고 '비공식 면회'라는 것도 있었는데…… 사실 이쪽이 훨씬 빈번하게 성행했습니다."

"'비공식 면회'요?"

"아까도 말씀드렸지만 쓰루마이에는 여관이 총 세 채 있었고, 그중 한 곳은 소개 아동을 받지 않았습니다. 그래서 학부모들이 그곳에 묵으며 자연스럽게 아이를 슬쩍 만나거나 멀리서 바라보는 것 정도는 선생님들도 뭐라 할 수 없었던 거죠. 아마 슈지의 어머님도 몇 번인가 오셨던 걸로 기억합니다."

도모이치는 당시를 떠올렸다. 분명 어머니는 몇 번인가 면회를 다녀온 적이 있다. 그때는 먼 곳에 가려면 여행 허가증을 받아야 했고, 어머니는 그걸 발급받으려고 마을 회관이나 구청을 오가며 무척 애를 썼다. 편모 가정인 데다 세상을 뜬 남편이 '반체제 사상가'로 알려졌기 때문에 그러지 않아도 받기 어려운 여행 허가증을 더 발급받기 어려웠다고 어머니는 한탄했다.

"……'전달 편지'란 공식 면회건 비공식 면회건 어쨌든 면회를 온 어른들에게 몰래 자기 편지를 집에 전해 달라고 부탁하는 걸 뜻합니다. 구도 선생의 검열을 피할 수 있으니 그 안에는 하고 싶은 말을 거리낌 없이 쓸 수 있었죠. 언제 전달될지 기약은 없지만요. 하지만 이 역시 나중에는 비극적인 결말을 맞이했습니다. 이름은 기억 안 나지만, 어떤 남학생이 그 '전달 편지'를 써서 몰래 소지하고 있다가 들켰거든요. 구도 선생님만큼은 언제 불시에 소지품을 뒤질지 모르니 아이들도 나름 철저하게 숨기기는 했습니다. 그렇지만 고작 아홉 살, 열 살 아이들이 하는 발상이라 봐야 뻔하죠. 언젠가 누군가는 들키게 돼 있었던 겁니다. 게다가 구도는 마치 본보기라도 보이겠다는 것처럼 그 아이에게 편지를 모두 앞에서 낭독하게 했습니다.

지금은 편지의 자세한 내용까지 기억나지는 않습니다. 하지만 외롭다는 것, 배가 고프다는 것, 어서 데리러 와 달라는 내용이 간절하게 적혀 있었던 것만은 확실해요. 물론 다소 과장된 부분이 있고 거짓말처럼 느껴지는 대목도 있었죠. 아이가 쓴 것이니 사실과 거짓이 조금 뒤섞일 수밖에 없지 않겠습니까? 하지만 그때 아이 옆에 서 있던 구도는 편지에 조금이라도 과장된 내용이 나오면 그 즉시 낭독을 멈추게 하고 아이들에게 '이게 사실이냐?'라고 물었습니다. 그 상황에서 '네, 사실이에요'라고 대답할 아이가 어딨겠어요. 그럼 구도는 그때마다 그 아이의 머리를 주먹으로 한 대씩 내려쳤습니다. 시간이 갈수록 아이 눈에 점점 눈물이 고이고, 떨리는 목소리는 작게 기어들어 가고…… 차마 눈 뜨고 보기 힘든 광경이었죠."

혼조가 구도 선생에게 느끼는 증오는 상당한 듯했다. 어리고 순진했던 만큼 상처가 더 깊었을 것이다.

칭찬은 금세 할 말이 떨어지지만 험담은 아무리 해도 끝이 없는 법이다. 도모이치는 이쯤에서 이야기의 주도권을 되찾는 게 좋겠다고 판단했다.

"저희 동생도 그 '전달 편지'를 쓴 겁니까?"

"아뇨. 안 썼던 것 같습니다. 슈지는 굳세고 야무진 아이였고 어머님도 비록 '비공식 면회'지만 자주 면회를 오셨으니 별로 외롭지 않았겠죠. 우에키 선생님은 구도와 다르게 인간미가 있는 분이라 '비공식 면회'에도 관대하셨습니다. 저도 우에키 선생님이 몰래 알려 주신 덕에 짧지만 두 번 정도 어머니를 만날 수 있었고요. 이건 소개지에서 돌아오고 한참 지나 어머니에게 들은 이야기인데, 우에키 선생님은 슈지네 집이 편모 가정인 걸 알고 특별히 신경 써 주셨다고 합니다. 참, 그러고 보니 아버님께서 쓰신 책을 읽고 존경했다고도……."

"그럼 구도 선생님과는 성향이 많이 달랐을 테니 잘 맞지 않았겠네요."

"아마도요. 확실히 둘 사이가 어색한 느낌은 있었습니다. 하지만 그때는 워낙 어려서 자세히 관찰하지는 못했죠."

"동생의 죽음에 대해 다른 아이들에게 전한 사람은 구도 선생님이었습니까?"

"네. 저희가 묵은 숙소 두 곳 사이에 있는 '히카와 신사'라는 곳의 경내에서 아침 조회를 했습니다. 슈지가 죽고 이틀 지난 아침에도 조회를 했는데, 구도 선생이 '그제 아주 안타까운 일이 있었다'라는 식으로 간단히 설명했고 모두 함께 묵념을 했던 기억이 나네요."

"우에키 선생님에게서는 동생의 죽음에 대한 이야기를 듣지 못하셨나요?"

"네. 전혀요. 뭔가 일부러 회피하는 듯한 느낌도 들더군요. 그래서 그런지 전 슈지가 죽었다는 게 영 실감이 안 나서…… 시간이 흐르며 천천히 마음으로 받아들인 것 같습니다. 슈지에게 받은 유리 배를 꺼내 가만히 쓰다듬고 있으면 가슴에 쓸쓸함이 퍼지며 '아, 슈지는 정말 죽었구나'라고 실감됐다고 할까요……"

"그 유리 배라는 건 혹시 주형에 유리를 부어 만든 문진 같은 건가요?"

"맞습니다. 잠깐만요. 지금도 잘 간직하고 있는데."

혼조가 소파에서 일어섰다. 사무실 가장 안쪽에 있는 자기 책상으로 가더니 서랍 맨 아래 칸에서 뭔가를 꺼내 다시 돌아왔다. 그의 손에 틀림없는 닛타마루호 모형 문진이 들려 있었다.

초등학교 3학년인가 4학년 때였다. 도모이치는 선생님의 인솔로 도쿄항에 닛타마루호를 견학하러 간 적이 있다. 당시 일본이 세계에 자랑하던 신형 대형 여객선이었다. 그때 기념품으로 받은 게 바로 이 문진이었다.

길이 약 18센티미터에 높이가 3센티미터도 안 되는 이 모형은 지금 시대 기준으로 보면 별것 아닐지 모른다. 하지만 그 시절 초등학생들에게는 세상 무엇보다 소중한 보물이었다.

도모이치는 소개지로 떠나는 슈지에게 그 모형을 줬다. 작별의 의미였다. 그리고 그 존재를 점차 잊어 갔다.

그게 지금 바로 여기 눈앞에 있다. 그렇게 생각하니 배 한쪽의 살짝 깨진 부분도 선물했을 당시부터 있었던 듯한 기분이 들었다.

혼조는 감개무량한 것처럼 말했다.

"지금 이렇게 보고 있어도…… 너무 오래전이라 슈지가 왜 이런 걸 저한테 줬는지도 잊어버렸습니다. 하지만 왠지 자신의 죽음을 예감하고 저한테 이걸 준 것 같다는 느낌도 드네요. 정확히 언제인지 기억은 안 나지만, 이걸 받은 시점이 슈지가 죽기 바로 직전이었던 것 같기도……."

도모이치는 애초에 그 모형을 준 사람은 자신임을 이야기했다.

"그런가요. 그렇다면 이건 도모이치 씨께 돌려드려야겠네요."

"아뇨. 제가 동생에게 줬으니 동생의 뜻을 존중한다면 역시 혼조 씨께서 간직하시는 게 맞습니다."

도모이치는 이제는 핵심을 꺼내야겠다고 마음먹었다.

"사실 며칠 전에 어머니께서 돌아가셨습니다."

"어머님이요? 이럴 수가. 이런 말은 좀 그렇지만, 어린 마음에도 참 고우신 분이라고 생각했는데……."

"이제는 연세가 많으셔서."

"그래도 아직 예순은……."

"네. 안 되셨습니다. 쉰아홉에 일찍 돌아가셨죠. 그런데 그 어머니가 돌아가시기 직전에 조금 이상한 말씀을 남기셨어요. 동생이 살해당했다는 겁니다."

"살해당했다고요?"

"네."

혼조는 놀란 듯이 얼떨떨한 얼굴로 한동안 침묵했다. 그러다 조금 빠르게 다시 입을 열었다. 어딘가 조급해 보이기도 했다.

"모르겠네요……. 도무지 무슨 말인지……."

"조금 전 혼조 씨는 동생의 죽음에 뭔가 거짓이 있는 것 같다고 느꼈다고 하셨습니다만."

"아, 그건 전혀 다른 의미로 한 말이었습니다."

굶주린 무리 73

"저도 압니다. 그래도 뭔가 있으니 그렇게 느끼신 것 아닐까요? 아이들의 감각이라는 건 어떤 의미에서는 동물처럼 예민하니까요."

"그래도 전 그때 슈지가 '초대'를 받아 간 마을 연못에 빠져서 익사했다는 소식만 들었을 뿐입니다……. 느낄 만한 뭔가도 없었던 게 사실이에요."

더 이상 들을 이야기는 없어 보였다. 도모이치는 인사를 하고 자리에서 일어섰다.

"제 성격이 워낙 느긋한 걸까요? 아니면 환경에 쉽게 적응하는 걸까요? 전 혼조 씨만큼 구도 선생님을 싫어하지 않았던 것 같은데……."

아사카와 마키코는 와인 잔의 스템을 손가락에 끼워 허공에 살짝 들며 말했다. 레스토랑 안은 어두컴컴하다 싶을 정도로 간접 조명뿐이다. 그 안에서 하얀 마키코의 얼굴이 보였다.

옆쪽 넓은 창 아래로 차들이 줄지어 고속도로를 느릿느릿 나아가고 있다. 새로 생긴 이 다케바시 입체 교차로 부근은 언제나 붐빈다.

창 아래로 그런 풍경을 내려다보며 공학 박사인 나카조 도모이치는 제법 긴장하고 있었다. 학업에만 몰두해 온 이 학자 선생은, 돌이켜 보면 여성과 단둘이 고급 레스토랑에서 식사를 해 본 경험이 한 번도 없었다.

그래서 아사카와 마키코와 간다에서 만나기로 약속할 때도 어디서 만날지를 정하는 데 한참을 헤맸다.

도모이치가 간다에 가는 목적은 거의 책 구입에 한정돼 있었다. 또 한번 간다 하더라도 서점 말고는 어디에도 들르지 않으니 적당한 만남 장소 같은 걸 알 리 없었다.

굳이 억지로 꼽아 보자면 유명 서점 한쪽 구석에 있는 찻집 겸 레스토랑, 혹은 다이쇼* 시대부터 명맥을 이어 온 맥줏집 정도일까.

하지만 전자는 약속 시간인 저녁 7시 반에는 문을 닫고, 후자의 맥줏집은 아사카와 마키코 같은 여성을 혼자 기다리게 하기 마땅치 않았다.

그래서 두 사람은 결국 마키코가 잘 아는 커피숍에서 만나기로 했다. 도모이치는 그 위치를 마키코에게 상세하게 설명 들었고, 마키코는 그곳에서 만나 근처 레스토랑으로 안내하겠다고 덧붙였다. 그렇게 온 곳이 바로 이 신문사 이름이 붙은 빌딩 최고층에 있는 레스토랑이었다.

도모이치가 히가시고탄다에 있는 집에 돌아갔을 때는 이미 저녁 여섯 시 무렵이었다. 집에 들어서자마자 마키코에게 전화가 걸려 왔다. 그녀는 벌써 세 번이나 전화했다고 했

---

* 1912년부터 1926년까지의 일본 연호.

다. 지금 간다에 있는 출판사에 그림을 전하러 가야 하는데, 일이 끝난 후 함께 저녁을 먹지 않겠느냐는 제안이었다.

도모이치는 평소 무뚝뚝한 사람은 아니었다. 다만 서른여섯이 된 지금도 자신을 호칭할 때 '보쿠*'를 쓰는 학자 선생은 아직 어린아이처럼 수줍음이 많았다.

그런 도모이치가 여자의 적극적인 제안에도 당황하지 않고 흔쾌히 응한 이유는 상대가 아사카와 마키코이기 때문이었다.

그리고 지금 다소 긴장하면서도 이렇게 말이 많아진 것 역시 마키코 덕이었다.

덧붙이자면 테이블 위 바스켓에서 차갑게 식은 와인을 마시고 취기가 살짝 오른 것도 한몫했을지 모른다. 물론 와인도 마키코가 주문했다. 공학 박사 선생에게 그런 센스 있는 행동은 무리였다.

마키코는 도모이치가 오늘 조사한 것을 이야기하는 동안 거의 끼어들지 않았다. 소개지 시절 이야기를 들을 때는 그리운 것처럼 표정이 부드러워지고 입가에 미소도 번졌다.

이따금 슬픈 것처럼 미간을 찌푸리기도 했다. 소개지의 참담했던 상황 이야기가 나올 때였다.

하지만 아사카와 마키코는 슬픈 표정을 지을 때 오히려

---

* 남성이 쓰는 일본어 1인칭 대명사. 다소 점잖고 소년 같은 느낌을 준다.

더 매력적이라는 걸 도모이치는 꽤 뻔뻔하게 눈여겨보고 있었다.

둥글고 어려 보이는 얼굴 때문일까. 조금 큰 눈과 입 때문일까. 일반적으로 입이 큰 여자는 미인의 기준에서 벗어난다는 통념이 있지만, 도모이치는 그건 틀린 생각이며 오히려 미인의 요소가 될 수 있다는 걸 깨달았다.

도모이치는 태어나 처음으로 그런 '미인학' 연구를 하고 있었다. 물론 철저히 속으로만.

겉으로는 줄곧 동생과 관련해 자신이 조사한 내용을 진지하게 이야기했다.

그리고 그 이야기가 일단락됐을 때 마키코는 소개 당시 상황을 받아들인 인식에 있어 혼조 아키라와 자신의 차이를 설명하며 그것이 자신의 느긋함 때문이 아닐까 자문했다.

"느긋하다기보다 침착하신 거겠죠."

도모이치로서는 최선을 다한 칭찬이었다.

마키코가 도모이치의 잔에 와인을 따라 줬다.

"그래서, 오늘 조사로 뭔가 감이 잡히셨나요?"

"구체적인 수확은 많지 않은 것 같습니다. 하지만 여러 생각을 하게 됐습니다. 그중에서도 가장 많이 든 생각은, 제 동생의 죽음이 너무 단순화된 게 아닌가 하는 겁니다."

"너무 단순화됐다고요?"

학자 특유의 추상적이고도 비약적인 설명에 마키코는 약

간 당황한 기색을 보였다.

"네. 동생은 사고로 사망했다. 그리고 어머니가 달려가 동생의 유골을 받아 왔다. 단지 그뿐이죠. 뭔가 지나치게 의도적으로 단순화된 듯한, 그런 작위적인 느낌을 지울 수가 없습니다."

"이런 말씀을 해도 되는지 모르겠지만 그때는 전쟁 중이었잖아요……. 주변에 죽음이 너무 흔해서 비단 슈지뿐 아니라 누구의 죽음이든 다 그렇게 무덤덤하고 단순하게 받아들여졌던 게 아닐까요?"

"네. 그럴지도 모르죠. 하지만 동생의 죽음이 만약 의도적으로 단순화된 거라면 그 이면에 숨겨진 진실은 훨씬 복잡할 테니 철저히 조사하면 반드시 진실이 드러날 거라고 믿습니다. 그래서 내일 하루 더 도쿄에서 조사를 하고, 모레는 쓰루마이와 야마쿠라에 가 보려고 합니다. 다에미 가에 가면 불분명한 동생의 죽음이 어느 정도 명확해질 겁니다. 23년이라는 세월은 결코 짧지 않지만, 잊혀진 역사가 될 만큼 먼 과거는 아니죠. 사건에 대해 직접 혹은 간접적으로 보고 들은 사람이 아직 남아 있을 겁니다. 다에미 가의 당주나 그의 부인, 그리고 기치라는 남자 하인 같은 사람들이……. 그러고 보니 다에미 가에는 동생이나 마키코 씨와 비슷한 또래의 아이가 있었다고도 들었습니다만, 마키코 씨가 들려주신 이야기에는 그런 내용이 없었던 것 같은데요."

"전 잘 모르겠어요."

"하지만 아오타 게이코 씨는 집 뒤쪽에 있는 곳간 창문에서 그런 아이의 얼굴을 봤다고."

"그래요……?"

"물론 그분의 착각일 수도 있습니다. 혹은 어릴 적이니 어디선가 들은 이야기를 혼동하시는 걸지도 모르죠. 상황만 보면 '자시키와라시' 괴담과 꽤 비슷하거든요."

"자시키와라시요?"

도모이치는 마키코에게 그 전설에 대해 설명했다. 그리고 곧 이상한 점을 눈치챘다.

"아니, 잠깐만요……. 그러고 보니 아오타 게이코 씨는 다에미 가에 이상한 아이가 있다고 알려 준 사람이 마키코 씨였다고 하던데요?"

"제가요?"

"네."

"기억이 전혀 안 나요……. 어쩌면 자시키와라시 이야기를 어디선가 듣고 게이코에게 장난치려고 그런 말을 했을지도 모르겠네요."

"그런데 방금 마키코 씨는 자시키와라시 이야기를 완전히 처음 듣는 것처럼 반응하시지 않았나요?"

"네. 그것도 어쩌면 어릴 때 들은 이야기라 잊어버려서일지도……."

"그렇다면 아오타 게이코 씨는 마키코 씨가 장난으로 한 그 이야기를 믿고 그곳에 갔다가 정말 하얀 얼굴의 아이를 봤다고 착각하신 걸까요……."

"게이코는 원래 멍한 구석이 있고 다른 사람 말에 잘 휩쓸리는 편이라 제 이야기를 완전히 믿고, 보지도 않은 걸 봤다고 착각했을 수도 있어요."

"그렇군요."

조금 집요하게 논리로 몰아붙이던 과학자가 여기서 순순히 물러선 것은 탐정으로서는 지나치게 호의적인 편견에 사로잡혀 있기 때문일 것이다.

"음식을 시킨 지 꽤 된 것 같은데……."

진지한 연인은 그렇게 화제를 바꾸고 말았다.

3

9월 4일(수)

낡고 비좁은 데다 초라한 느낌이 물씬 드는 집이었다. 그러나 그 안에서 정좌한 구도 다케지 노인 앞에 있는 흑단 책상만은 묵직한 존재감과 위엄을 자아냈다.

"그렇습니까. 교감 선생님에게 들으시고……."

구도는 오른손을 들어 벗겨진 머리 뒤를 가볍게 쓰다듬으며 말했다. 전통복 소매가 아래로 처져 노쇠한 손이 드러났다.

본래 마르고 키가 큰 체형일 것이다. 그렇다고 해도 지나치게 말라서 꼭 메마른 고목처럼 보인다. 나이는 일흔에 가까워 보이지만 그에 비해 팽팽한 기운이 감돌고 있었다.

"오늘 아침 교감 선생님께 전화해서 연하장에 적힌 주소를 알려 달라고 부탁드렸습니다."

"그렇군요."

구도는 책상에 놓인 도모이치의 명함을 다시 한번 내려다봤다.

"교수님이시라니. 높으신 분께서 황송하게도."

무엇이 황송하다는 건지 모르는 바는 아니지만 도모이치는 그런 식의 사고방식을 좋아하지 않았다. 그렇다고 이 전직 초등학교 교사가 교수에게 느끼는 열등감을 깨뜨려 주고 싶은 충동도 들지 않았다. 무엇보다 시간이 없었다.

도모이치는 곧장 본론으로 들어갔다.

"기억하실지 모르겠습니다만, 저는 지바의 소개지에서 사고로 죽은 나카조 슈지라는 학생의 친형입니다."

"아, 기억합니다. 기억하고말고요! 그 학생의 형님이셨군요. 아아, 그건 참으로 안타까운 사건이었지요. 소개 기간 중의 가장 큰 오점이었습니다……."

오점이라니, 무엇에 대한 오점이라는 걸까.

도모이치는 약간 기분이 나빴지만 지금은 일단 신경 쓰지 않기로 했다.

"아주 오래전 일이라 기억이 가물가물하실 수 있겠지만, 동생이 사망한 당시 상황에 대해 기억나시는 범위에서 최대한 자세히 들려주셨으면 합니다."

"이제 와서 왜 그런 걸?"

상대 쪽에서 먼저 이유를 묻는 건 이번이 처음이었다.

도모이치는 당황하며 급히 생각을 정리하고 그럴듯한 이유를 꺼냈다.

"사실 지난달 말에 어머니가 돌아가셨습니다……. 그 후 깨달은 건 전쟁과 전쟁 직후의 혼란 속에서 동생의 죽음에 대해 제대로 들어보지 못했다는 사실이었습니다. 형제라고는 저와 동생 둘이어서 이제 동생을 기억하는 사람은 저 하나 남았다고 생각하니 이대로는 안 되겠다는 마음이 들더군요. 그래서 최대한 많은 분들을 찾아뵙고 이야기를 들어보고자 결심한 겁니다."

구도는 다시 오른손을 들어 벗겨진 머리 뒤쪽을 쓰다듬었다. 다소 당황하는 기색이었다.

"그 일에 대해 안다고 해도 저 역시 그 자리에 있었던 건 아니고, 다른 사람들에게 전해 들었을 뿐이라……."

그때 뒤쪽 미닫이문 너머에서 다다미를 거칠게 밟으며 뛰어가는 발소리가 들렸다. 어린아이인 듯하다. 뒤이어 엄마처럼 보이는 여자가 야단치며 쫓아가는 소리도 들렸다.

구도는 아무것도 들리지 않는다는 표정이었다. 이곳에서는 일상적인 소리일 것이다.

"처음 소식을 접하신 게 언제였습니까?"

"사건 당일 오후…… 그것도 꽤 늦은 오후였지요……. 아마 3시쯤일까요? 슈지와 함께 '초대'를 받아 간 여학생이 그 집 남자 하인에게 이끌려 숙소로 돌아와서야 알게 됐습니다. 곧장 도쿄에 계신 어머님에게 전보를 쳤고, 우에키 선생이 급히 야마쿠라로 달려갔지요. 그래서 사고에 관한 건 저도 대부분 그 우에키 선생에게 전해 들었습니다."

"어떤 이야기였나요?"

"그러니까…… 낮잠을 자는 줄 알았는데 슈지가 그 집 식구들도 모르는 사이 집을 빠져나가 마을 안쪽에 있는 연못으로 놀러 간 것 같다더군요. 마침 그 집 남자 하인이 연못 근처를 지나다 물에 뜬 아이를 발견하고 급히 끌어올렸지만, 너무 늦었다고……. 시신 상태로 보아 아이가 연못가에서 놀다가 발을 헛디뎌 빠진 것 같다고 했습니다. 옷도 그대로 입고 있었다고 하고요."

"동생의 시신을 발견한 사람이 기치라는 남자 하인이 맞습니까?"

"글쎄요. 저도 이름은……. 여학생을 데리고 쓰루마이에 사건을 알리러 온 하인과 같은 사람입니다."

"그럼 기치라는 분이 맞군요. 그분에게 직접 이야기를 들어보시지는 않았습니까?"

"네. 못 들었습니다."

"그럼 우에키 선생님 말고는 누구에게 사건 이야기를 들으셨나요? 예를 들어 다에미 가의 당주나 안주인, 담당 순경 같은 분들께는 못 들으셨습니까?"

"다에미 가 안주인은 당시 여행 중이라 집에 없었고, 당주도 사건 현장에 직접 간 건 아니라 자세한 건 모른다고 했습니다. 그냥 미안하다는 말만 반복했지요⋯⋯. 우에키 선생 외에는 주로 마을 주재소에서 근무하는 순경에게 이야기를 들었습니다. 하지만 그 순경도 사고 소식을 듣고 연못으로 달려갔다는 정도이지, 역시 자세한 건 잘 모르고 있었습니다."

"그 주재소 순경이라는 분은 성함이?"

"글쎄요⋯⋯. 워낙 오래전이라 기억이 전혀 안 나네요. 아무튼 고향을 그리워하는 학생들의 마음을 조금이라도 달래 보고자 시작한 일이 말도 안 되는 결과를 낳았죠. 끔찍한 사건이었습니다. 슈지는 당시 학생들 중 편지나 일기를 가장 잘 쓰는 아이였고 소개지 아동으로서의 본분도 누구보다 잘 알았습니다. 그래서 글을 다시 쓰라고 지시한 적도 없었지요."

"편지나 일기를 검열하셨다고 들었습니다."

"네."

구도는 아무렇지 않게 대답했다.

"아이들의 향수병이 심각했고, 정신적 동요를 막기 위해 통신 검열과 면회 금지는 절대적으로 필요한 조치였습니다. 학동 소개는 그 당시 국가의 주요 정책이었어요. 그 체제가 무너지면 국가의 천년 대계가 물거품이 될 우려가 있었지요……."

판에 박힌 듯한 말은 도모이치를 조금 질리게 했다. 동시에 묘하게 어릴 적 추억을 떠올리게도 했다. 초등학교 시절 일주일에 서너 번은 교장이나 교감 선생님에게 이런 식의 훈화를 듣곤 했다.

"말씀을 들어보니 동생의 편지와 일기도 검열하신 듯한데…… 당시 담임은 우에키 선생님 아니었나요?"

"아, 그건 맞습니다. 다만 우에키 선생은 아무래도 젊어서 학생들의 심리를 잘 이해하지 못했는지 그런 일을 꺼렸습니다. 검열이라는 건 사실을 숨기기 위한 게 아닙니다. 그때는 전쟁 중이었고 모든 게 부족했죠. 아이들이 그런 현실을 부모에게 과장되게 전해 괜한 오해를 불러일으키고 싶지 않았던 겁니다……."

도모이치는 뭔가 이상하다고 느끼며 고개를 갸웃거렸다. 과학자답게 논리에 엄격한 그는 문득 본래 용건도 잊고 입을 열었다.

"하지만 오해를 불러일으키더라도 그건 학부모들 쪽 문제지, 학생들의 정신적 동요와는 상관없지 않나요? 오히려 부모가 보낸 편지를 검열하는 편이 낫지 않았을까요?"

"지당하신 말씀입니다. 부모의 편지를 받은 학생이 그 후 며칠을 풀 죽어 지내거나, 반대로 잔뜩 들뜨는 등 이상한 행동을 보이며 단체 생활에 지장을 주는 경우가 있었죠……."

이렇게 태연하게 인정해 버리면 더 할 말도 없다. 아무래도 논리의 차원 자체가 다른 듯했다.

구도는 다시 뒤통수에 손을 얹으며 회상에 잠겼다.

"뭐, 지금은 뭐든 민주주의, 자유주의의 시대이니 방식도 바꿔야겠지요. 하지만 그때는 그게 옳은 방식이었다고 봅니다."

문득 요새 흔히 볼 수 있는 '시대에 순응하는 교사'를 또 한 명 발견한 기분이 들었다. 시대 변화에는 민감하지만 진리에 둔하고, 학부모의 오해를 사지 않으며 자기 경력에 흠을 남기지 않는 것을 무의식적으로 신념처럼 따르는 교사를 뜻한다.

편지 검열에 분개하는 혼조 아키라의 이야기를 들으며 도모이치는 속으로 그럴 법하다고 인정하면서도 한편으로는 교사의 입장에도 일말의 동정을 품고 있었다.

하지만 지금은 그조차 의심스러웠다.

마음을 열고 진실과 정면으로 마주한다. 편지에도, 일기에도 있는 그대로의 감정을 담는다. 괴로우면 불만을 토로하고, 슬프면 울고, 즐거우면 웃는다. 진실에 충실한 자세야말로 진실을 이기는 법이다.

구도에게는 학생들의 마음에 진심으로 다가서려는 마음이 없었던 것처럼 보인다. 냉정하게 말하자면 '사랑'이 없었던 것이다.

정신분석학에 '카타르시스'라는 게 있다. 마음의 상처나 콤플렉스를 말과 행동, 감정으로 표출하게 해서 마음의 짐을 덜어 주는 요법이다.

우에키라는 교사가 그 이론을 알고 있었는지는 확실치 않다. 그리 적극적인 성향도 아니었던 것 같다. 하지만 적어도 구도와 반대되는 입장에서 뭔가를 고민한 흔적은 엿보인다. 도모이치의 아버지가 쓴 저서도 읽었다고 하니 어쩌면 그 시절 초등학교 교사치고는 보기 드물게 진보적인 성향을 가진 사람이었을지 모른다.

"그럼 '초대' 때 누구와 누구를 짝지어 어디로 보낼지 같은 것도 선생님 혼자 정하신 건가요?"

"아뇨. 전 제가 담임을 맡은 1반을, 우에키 선생은 2반을 맡아서 분담했습니다. 학생 수가 워낙 많았기에 저도 모든 학생을 다 알 수는 없었습니다."

"제 동생은 앞선 두 번의 '초대' 때는 같은 여자아이와 함께 갔는데, 마지막에만 다른 여자아이와 갔다고 합니다. 그건 왜였을까요?"

"그렇습니까? 처음 듣는 이야기네요. 몰랐습니다."

"혹시 '초대' 때 짝이나 방문할 집을 바꾸는 건 원칙적으로 없었던 건가요?"

구도는 당혹스러운 표정을 지었다. 그런 건 생각해 본 적도 없는 듯했다.

"딱히 그런 규칙이 있었던 건 아닐 텐데……. 조금 더 자세히 알고 싶으시다면 우에키 선생님께 직접 물어보시는 게 좋을 것 같습니다."

"돌아가셨다고 들었습니다."

"돌아가셨다고요……? 언제?"

"글쎄요. 그건 저도 잘……."

"저보다 한참 젊었는데……."

"동생의 사망 소식을 듣고 선생님이 야마쿠라 마을에 가신 건 언제였습니까?"

"바로 그다음 날이었습니다. 오전에 어머님이 찾아오셔서 함께 갔죠. 어머님은 그 전날 도쿄를 출발하셨는데 중간에 열차 운행이 끊겨서 구루리에서 하룻밤을 묵으셨습니다. 모든 게 비상 상황인 터라 구루리선도 하루에 세 번밖에 운행하지 않았던 시절이지요."

"선생님은 동생이 빠졌다는 용신 연못에 직접 가 보셨습니까?"

"아뇨. 야마쿠라의 다에미 가에 도착하니 벌써 뒷산에서 화장이 시작됐다고 해서 허겁지겁 거기로 달려갔죠. 그 후 바로 쓰루마이로 가면 버스를 탈 수 있고, 잘만 갈아타다면 그날 안에 도쿄에 돌아갈 수 있다고 해서 저희는 정신없이 서둘렀습니다."

도모이치는 당혹감을 느꼈다. 그리고 그 감정은 점점 놀라움으로 바뀌었다. 다시 확인하지 않을 수 없었다.

"저희 어머니가 선생님과 함께 야마쿠라에 가셨다는 말씀인가요?"

"네, 그렇습니다."

"그리고 현지에 도착했을 때는 이미 화장이 시작되고 있었다?"

"네."

시대의 흐름에 떠밀려 살아가는 이 교사는 그 모든 사실에 특별히 의심을 품은 기색도 없었다.

"즉, 저희 어머니의 동의도 없이 이미 화장이 진행 중이었다는 말입니까?"

"결국 그렇게 됩니다만……."

말하고 나니 본인도 조금 이상하다고 느낀 듯했다.

"정확히 화장이 어느 정도 진행된 상태였습니까?"

"뒷산 비탈 공터에 그 지방 특유 방식이라는 '우물 정#' 자 모양으로 나무를 쌓아 화장하고 있었는데, 이미 거의 다 타서 곧바로 유골을 수습할 수 있는 정도였습니다."

"어머니는 화를 내지 않으셨습니까? 자기가 도착하기도 전에 아들이 멋대로 화장된 걸 보고……?"

왠지 대화가 어딘가에서 미묘하게 어긋나는 느낌이었다.

"워낙 의연하고 훌륭한 분이셨기에 슬픔을 눌러 삼키듯 입술을 깨물고 두 손을 움켜쥐고 계셨습니다……. 그리고 제게 다른 아이들이 동요하지 않게 아들의 죽음에 대해 이야기하더라도 간단히만 해 달라고 부탁하셨습니다."

'슈지는 살해당한 거야'. 어쩌면 그 말의 시작은 이것이었던 게 아닐까. 어머니는 슬픔을 참은 게 아니라 분노를 억누르고 있었던 게 아닐까.

그제야 도모이치는 어머니가 임종 직전 남긴 말의 의미를 조금씩 이해하기 시작했다.

슈지가 사고로 죽었는지 누군가에게 살해됐는지는 확실치 않다.

다만 어머니가 도착하기도 전에 이미 화장이 진행됐다는 사실 하나만으로 어머니는 아들이 '살해당했다'라고 말할 수 있었다.

누군가 부르는 소리에 돌아보니 멈춰 선 차 안에서 도모쿠라 조교가 얼굴을 내밀고 있었다.

도모이치는 차 뒤로 걸어가며 말을 걸었다.

"이 차, 자네 차 아니지?"

"네. 제 차는 고장 나서요. 구로이와 교수님 차를 빌렸습니다. 지난주 일요일에 지바로 낚시를 가다가 고장이 나서 근처 정비소에 맡기고 기차를 타고 돌아왔습니다."

"나도 좀 태워 주겠나?"

도모이치는 도모쿠라의 옆자리에 올라탔다.

구도 노인의 집이 있는 가미이타바시와 도모이치가 근무하는 대학이 있는 역은 같은 도부도조선 라인에 있다.

그래서 노인의 집에서 나온 지 30분도 안 돼 학교가 있는 역에 도착했다.

하지만 역에서 대학 정문까지 가는 길이 꽤 멀었다.

빠른 걸음으로 걸어도 대략 8분은 걸리고 정문을 지나 공학부 건물까지 가려면 넓은 주차장을 가로질러야 해서 또 6분가량 걸린다.

요즘은 슈퍼마켓, 레스토랑, 오락 시설은 물론 학교에 이르기까지 모든 곳이 운전자를 중심으로 설계돼 있다. 도모이치처럼 운전을 못 하면 그만큼 손해인 셈이다.

"차 안이 꽤 넓네."

도모이치는 내부를 둘러봤다.

"'프레지던트'라는 차입니다. 원래는 보통 뒷좌석에 주인이 떵떵거리며 앉는데, 구로이와 교수님은 큰 차 운전을 귀찮아해서 평소에는 좀 더 날렵한 '알파 로메오'라는 멋진 스포츠카를 타고 다니십니다."

"아, 나도 알아. 그 영화에 나올 것처럼 멋진 디자인의 은색 차 말이지?"

"네, 맞습니다."

"가끔 캠퍼스에 세워져 있는 걸 봤는데 그게 구로이와 교수 차였군."

"독신 귀족이시니 참 멋지게 사시죠."

구로이와 교수는 아직 미혼이다. 세타가야에 있는 제법 큰 저택에서 어머니와 단둘이 산다고 들었다.

"미혼인 건 나도 마찬가지지만 난 차까지 가질 형편은 못 돼."

"아, 그건……."

도모쿠라는 농담에 어떻게 반응해야 해야 좋을지 머뭇거리는 기색이었다.

차는 교문으로 들어서서 양쪽에 넓게 펼쳐진 학생 주차장을 가로질렀다.

"그나저나 교수님. 어제 교수님 실험도 한번 점검해 봤는데, 눈에 띄는 변화는 없었던 것 같습니다."

"아, 고마워. 이야기가 좀 어두워지는군. 내 계산으로는 오늘이 마지막 날이야. 내일부터 시작될 확인 테스트에는 내가 자리를 비우게 되니 잘 부탁해."

"그게…… 죄송하지만 저도 내일부터 구로이와 교수님 연구 때문에 교토 쪽 대학에 다녀와야 해서요. 구로이와 교수님께서 직접 챙기겠다고 하셨습니다."

"언제 돌아오지?"

"9일에는 돌아올 예정입니다."

"딱 좋군. 나도 그날 돌아올 예정이니 그럼 끝난 이후 마지막 종합 점검과 측정, 보고서 작성을 부탁할게."

"네."

도모쿠라는 도모이치의 연구실 소속 조교가 아니다. 건축공학과의 조교다. 하지만 도모이치가 구로이와 교수 연구실에 딸린 변온실을 장기 대여해서 쓰기 때문에 도모쿠라도 자연스럽게 협력하게 됐다. 그는 변온실의 관리 책임자이기도 했다.

도모쿠라는 유능한 연구자다. 조만간 건축 구조학 관련 박사 논문을 제출할 예정이고 심사를 통과할 게 거의 확실하다. 그러면 조교수로 승진할 가능성이 크다.

교문에서 곧게 이어진 길을 대략 150미터쯤 가니 '직원 차량, 작업 차량 외 진입 금지'라는 안내판이 나왔다.

그 안내판 옆을 지나 계속 직진하면 공학부 본부 사무실과 주요 강의실이 있는 갈색 건물이 있다. 차량 진입로는 건물을 관통하는 아치형 터널을 지나 뒤편 운동장으로 이어지며 그 주변에는 공학부 연구실, 실험실, 기계실 등이 흩어져 있다.

아치 근처 건물 앞에 조금 전 이야기한 구로이와 교수의 은색 알파 로메오가 세워져 있었다.

도모쿠라는 그 옆에 차를 나란히 세웠다.

"이게 구로이와 교수 차지?"

"네, 맞습니다."

차에서 내린 두 사람은 그길로 헤어졌다. 도모이치는 사무실로 향했다.

사무실 안에서는 심장 이식 이야기가 화제에 오르고 있었다. 요새는 어디를 가든 이 이야기가 빠지지 않는다.

오늘 자 신문에는 심장 이식을 받은 M군이 처음으로 일광욕을 했다는 기사가 실려 있었다.

같은 학자 입장에서 도모이치는 여러 감정을 느꼈지만, 무엇보다 수술 집도의인 W의사의 '학자 연예인' 같은 태도는 당혹스러웠다. 구로이와 같은 사람은 명함도 못 내밀 정도였다.

뭔가 수상쩍은 기운도 느껴졌다. 최근 심장을 기증한 사람의 죽음에 대한 흉흉한 소문이 돌고 있기 때문이다.

도모이치는 교무과 직원을 만나 강의 일정 협의 내용을 전하고 관련 서류를 제출했다.

그 후 직원에게 공학부 학부장인 사가와의 사무실에 전화 연결을 부탁했고 그가 지금 학부장실에 있다는 답변을 받았다.

학부장실은 건물 정면 2층에 있었다.

입구 쪽에 다가서자 안에서 한 남자가 나왔다.

그제도 본, 한껏 멋 부린 차림에 모자를 쓴 남자였다.

남자는 도모이치의 얼굴을 보자마자 당황한 듯 시선을 피했다. 오히려 그 행동이 도모이치를 알고 있다는 사실을 드러내는 듯했다.

도모이치는 앞쪽 대기실로 들어갔다.

책상 너머에서 책을 펼쳐 읽고 있던 사가와 미오가 고개를 들었다. 추리 소설을 읽고 있을까.

"방금 나간 사람, 그제 봤던 그 남자지?"

굳이 캐묻지 않으려 했지만 역시 그냥 넘길 수 없었다.

"응, 맞아. 오이즈미 그룹의 요코카와라는 사람이야."

"그렇군."

도모이치는 일부러 가볍게 말하고 학부장실 문을 노크했다. 안에서 응답이 들렸다.

사가와 학부장은 몸을 반쯤 돌린 채 책상 뒤에 있는 창문으로 밖을 내다보고 있었다.

나흘 동안 맑은 날씨가 계속되며 여름 더위가 다시 고개를 들기 시작했다. 창밖 햇살이 눈 부시고 방 안은 에어컨 냉기로 가득 차 있었다.

운동장 저편에서는 럭비 선수들의 화려한 유니폼이 시선을 끌었다.

학부장은 그 풍경을 무심히 바라보다가 이내 몸을 돌려 도모이치를 향해 한쪽에 있는 응접용 테이블을 가리켰다. 자신도 그쪽으로 다가가며 말했다.

굶주린 무리 95

"미오한테 이야기는 들었네."

늘 그렇듯 학부장의 말과 행동에는 온화하고 성실한 느낌이 배어 있다. 그는 토목건축 학계에서도 신망이 두터운 인물이다.

정치적 수완이 좋은 사람은 뭔가 다른 속내가 있는 것처럼 보이기도 하지만, 사가와 유스케 박사에게는 그런 인상도 전혀 없다. 사람들의 신뢰를 바탕으로 자연스럽게 인재가 모이고 저절로 훌륭한 조직이 생긴 듯한 느낌을 주는 사람이었다.

게다가 이 조직은 아직 젊다. 건축학과의 하이타니 주임 교수도 쉰이 안 됐고, 구로이와와 도모이치는 아직 30대다.

"죄송합니다만 조금만 쉬어 가려고 합니다. 마음에 걸리는 일은 미리 정리해 두는 게 좋을 것 같아서요."

도모이치는 그렇게 양해를 구하며 낮은 티 테이블을 사이에 두고 사가와 학부장과 마주 앉았다.

"그것도 딸한테 들었네. 이해해. 솔직히 말하면 모든 잡음을 배제하고 테스트를 계속해 줬으면 하지만, 뭐 잡음이라고 해도 그건 연구와 무관한 일이니. 어쨌든 다음 주 초쯤에는 돌아와서 결론을 내 주겠나?"

"물론입니다."

"테스트가 9일에 끝난다면 공단에는 언제쯤 보고서를 제출할 수 있을까? 지난번에도 말했지만 최대한 빨리 내 달라고 재촉하고 있어서 말이야."

"사흘 안에 정리해서 13일쯤에는 제출할 수 있을 것 같습니다."

"좋아. 그럼 그렇게 말해 두겠네. 아무튼 연못에 던진 돌이 일으킨 파문은 생각보다 컸어. 자네 연구가 그런 일로 흐트러져서는 안 된다고 판단해 되도록 쓸데없는 말은 하지 않으려 했네만."

"네. 잘 알고 있습니다. 감사드립니다."

"……여기까지 오니 더는 그럴 수도 없게 돼서 말이야."

"다만 현재까지 상황만 놓고 보면 제 이론에도 조금 신빙성이 떨어진 느낌입니다."

"그런가? 난 이론적으로 자네 주장이 맞다고 보네만."

그때 미오가 티백 라벨이 밖으로 늘어진 김이 모락모락 나는 홍차 찻잔을 들고 학부장실에 들어왔다.

사가와 학부장은 가벼운 농담조로 화제를 바꿨다.

"그나저나 탐정 일은 좀 어떤가? 벌써 시작했다고 들었는데."

"네, 뭐 이것저것……."

미오가 옆에서 끼어들었다.

"어머님께서 남긴 말씀에 대해 뭔가 알아냈어?"

사가와 학부장이 말을 보탰다.

"탐정 일이라면 자기도 돕고 싶다며 이 아이가 계속 아쉬워해서 말이야."

굶주린 무리 97

"명탐정이 등장하기에는 아직 이른 것 같습니다. 때가 되면 협력을 부탁하려고 합니다. 어쨌든 이틀간의 조사로 확실해진 건, 제 동생의 죽음에는 어떤 움직임이…… 아니, 정확히 말하면 누군가의 의지가 작용했다는 것입니다. 어떻게든 그걸 밝혀 보겠습니다."

도모이치의 목소리에는 결연한 의지가 담겨 있었다.

제2장

용의 산 제물

1

9월 5일(목)

광장을 향한 역사의 유리 미닫이문이 열리고 사람이 나왔다. 동시에 유리에 잔뜩 붙어 있던 하얀 점들이 대부분 공중으로 날아올랐다. 그제야 그 점들이 최근 대량 발생한 작은 나방이라는 걸 깨달았다. 그전까지 도모이치는 하얀 점들을 보고도 전혀 신경 쓰지 않았다.

도모이치는 버스 정류장 표지판 아래 벤치에 앉아 있었다. 텅 빈 역 앞 광장이 시야를 가득 채웠다.

광장을 사이에 두고 역과 마주한 곳에는 만물상처럼 보이는 잡화점과 생선과 채소를 파는 가게가 몇 군데 있을 뿐이었다. 가게에는 사람 그림자가 보이지 않고 찾아오는 손님도 없다. 광장 자체에 인적이 드물었다.

지금 역 건물에서 나온 저 사람도 20여 분 만에 처음 본 사람이다.

도모이치는 조금 안도했다.

그가 앉은 벤치 아래에는 켄트 담배꽁초가 수북이 흩어져 있었다. 도모이치는 상당한 골초였다. 마음까지 불안정하니 더 담배의 유혹을 떨칠 수 없었다.

버스 정류장 시각표를 보면 하루 네 번 운행되는 버스 중 두 번째 차가 이제 10분 후 도착할 예정이지만 사람도 버스도 기척이 전혀 없다.

도쿄를 떠나기 전 가즈사카메야마에서 나오는 버스 노선과 시각을 대형 시각표로 확인하고 왔다. 하지만 도모이치는 이제 그것도 의심하기 시작했다.

역에서 나온 사람이 광장을 가로질렀다. 버스 정류장 쪽으로 가고 있다. 키가 작아서 발걸음이 더 분주해 보이는 걸까.

나이는 서른 언저리. 피부가 유난히 하얀 건 햇빛을 받지 않아서라기보다 타고난 체질처럼 보인다. 둥근 얼굴에 넓은 이마, 가느다란 눈썹이 왠지 예민한 인상을 줬다.

흰색 와이셔츠 소매를 걷어붙이고 있고, 아래에는 갈색 바지를 입었다.

그가 손에 든 큼직한 검은 가방을 보며 도모이치는 어떤 예감을 품었다. 하지만 그런 직업의 사람치고는 조금 소심해 보이기도 했다.

남자는 손목시계를 내려다보며 도모이치 옆 벤치에 앉았다.

이런 시골에서는 자연스럽게 시작되는 대화가 있다. 그리고 말문을 여는 쪽은 언제나 현지인이다.

"어디까지 가십니까?"

"쓰루마이입니다. 가능하면 거기서 야마쿠라에 가고 싶은데, 역시 걸어야겠죠?"

"그거 잘됐네요. 저도 야마쿠라에 삽니다. 야마쿠라에서 일하는 의사예요. 뭐 걷는다고 해도 20분 남짓이고 가는 길 풍경도 꽤 볼 만합니다."

검은 가방을 보며 짐작한 남자의 직업이 역시 맞아떨어졌다.

"4년 전까지는 버스가 야마쿠라 더 깊은 곳까지 갔는데 자가용이 늘며 버스 승객이 줄었죠. 만약 쓰루마이에 온천이 없었다면 노선 자체가 폐지됐을지도 모릅니다. 그런데 야마쿠라의 누구 댁에 가시는 겁니까?"

의사는 담배에 불을 붙였다. 그런 사소한 동작에서도 어색한 자의식이 묻어나는 듯했다.

도모이치도 따지고 보면 비슷한 부류라고 할 수 있지만, 지금은 그저 남자의 모습을 곁눈질로 흥미롭게 지켜봤다.

"다에미 가에 가려고 합니다만."

"다에미 가요?"

의사는 묘하게 반문하더니 잠시 뜸을 들였다가 말을 이었다.

"다에미 가라면…… 그건 또……. 하지만 그렇다면…… 지금은 아무도 살지 않습니다. 뭐라고 해야 할지……. 대가 끊겼다고 할까요. 아니, 마지막까지 혼자 남아 있던 분이 계셨다는 이야기를 들었지만 그분도 이미 마을에서 사라졌다고……. 아, 저도 자세한 건 잘 모릅니다. 야마쿠라에 온 지 5년밖에 안 됐거든요. 그때 이미 다에미 집안은 사라지고 없었습니다."

23년이라는 세월이 작은 역사를 만든 것이다.

"집안이 사라졌다니…… 어떻게 사라졌다는 겁니까?"

"뭔가 비극적인 형태로 사라진 것 같습니다."

"비극적이요?"

"저도 자세히 아는 건 아니지만 전쟁 후 지방의 부잣집은 대부분 몰락의 길을 걸었고 다에미 가도 비슷했던 게 아닐까 싶습니다. 거기에 무슨 일이 있었는지 당주가 스스로 목숨을 끊는 사건이 일어났고, 결국 마지막까지 남아 있던 어머니라는 분도 도망치듯 마을을 떠나 행방불명이 됐다고……."

"어머니라는 분은…… 당주의 어머니인가요?"

"그렇지 않을까요?"

"그럼 자살한 당주라는 사람은 젊은 나이에 자살을?"

"그랬겠죠……. 아니, 잠깐. 어머니가 아니라 아내였을지도 모르겠네요. 아무튼 저도 자세한 건 모릅니다."

그렇게 대답하고 나서 의사는 '어라?' 하는 표정을 지었다.

"그런데 그쪽도 다에미 가에 대해 자세히는 모르시는 겁니까?"

"그렇습니다."

"아, 그럼 저희 병원에 나에바라는 간호사가 있는데, 그 친구가 꽤 자세히 알고 있을 겁니다. 아버지가 전에 다에미 가에서 집사로 일했다고 하거든요. 괜찮으시다면 그녀에게 직접 물어보세요."

"그렇군요. 알겠습니다."

"소개가 늦었습니다. 전 하나시마라고 합니다."

"나카조 도모이치입니다."

"그런데 다에미 가에 대해 잘 아시는 것도 아닌데 굳이 왜 이런 외진 곳까지 오신 거죠?"

도모이치는 대략적인 사정을 설명했다. 하지만 어머니가 돌아가실 때 남긴 말은 언급하지 않고, 동생의 죽음도 '사고사'라는 한마디로 정리했다. 동생을 추억하고 여행을 즐기려는 두 가지 목적 때문에 무심코 찾아온 것처럼 보이게 꾸몄다.

동생이 살해됐을지도 모른다는 이야기는 필요 이상 자극적이다. 괜히 마을 사람들을 경계하게 만들어 입을 닫게 하고 싶지 않았다.

도모이치의 이야기가 마무리될 즈음에 광장으로 이어지는 완만한 비탈길을 따라 버스 한 대가 내려오는 모습이 보였다.

버스는 광장 바깥을 시계 방향으로 돌아 역 건물 앞에서 멈췄다.

일곱, 여덟 명쯤 되는 사람이 내렸고 두 명 정도를 제외하고는 모두 역 안으로 사라졌다.

버스는 다시 움직여 도모이치와 하나시마가 앉은 벤치 쪽으로 다가왔다.

이렇게 한적한 곳에서도 승하차장을 구분해 놓은 게 묘하게 흥미로웠다.

버스에 올라탔다. 하나시마는 여자 차장과 기사에게 "안녕하세요" 하고 가볍게 인사했다. 도모이치 앞에서 보인 조심스러운 태도는 사라지고 없었다.

"혹시 묵을 일이 생기면 야마쿠라보다 쓰루마이로 돌아가는 게 나을까요?"

버스 맨 뒷자리에 하나시마와 나란히 앉으며 도모이치가 물었다.

"쓰루마이에 여관이 있기는 합니다만…… 농촌 사람들이 쉬러 오는 허름한 여관 하나뿐입니다. 온천도 광천이고요."

"전에는 여관이 세 곳 정도 있지 않았나요?"

"전에는 그랬던 것 같지만 지금은 농촌 사람들도 단체 관광버스를 타고 아타미나 미나카미 같은 유명 관광지에 가니까요. 쓰루마이 같은 곳은 완전히 한물간 거죠. 아, 참, 그럼 차라리 저희 집에 묵으시겠습니까? 꽤 넓거든요. 혼자 살아서 심심하니 저로서도 대환영입니다."

"선생님은 독신이신가요?"

"네. 병원이라고 해도 근처 무의촌 다섯 곳이 힘을 합쳐 세운 공립 진료소입니다. 전 3년 계약으로 부임했고 지금이 2년 차인데 그곳의 한가로운 분위기에 푹 빠졌죠. 이렇게 외진 시골에 시집오겠다는 여자가 있을 리도 없고요."

무의촌에서 의료 장비와 주택을 갖춰 좋은 조건으로 의사를 모집해도 좀처럼 지원자가 없다고는 들었다. 그렇다면 하나시마는 그런 곳에 자원해서 들어온 요즘 보기 드문 의사인 셈이다.

그러고 보니 하나시마에게는 확실히 그런 느낌이 있었다.

도시에서 개업해 성공한 의사가 되기에는 조금 소심해 보인다. 아직 청년처럼 앳된 티도 남아 있다.

버스가 움직이기 시작했다. 결국 승객은 도모이치와 하나시마 둘뿐이었다.

"아무튼 야마쿠라에 묵고 가세요. 깊은 산속이라 계곡 풍경도 쓰루마이보다 훨씬 근사하죠. 아, 그리고 그 다에미 가 저택 터의 경치도 아주 좋습니다. 관광지가 아닌 곳이라 도심의 찌든 기운을 털어내기에는 더 제격일 겁니다. 이삼일쯤 천천히 머물다 가시는 것도 추천드립니다."

꽤나 열성적인 초대다. 산골 병원의 독신 의사는 정말 무료한 일상을 보내는 듯했다.

하지만 도모이치는 다른 게 더 신경 쓰였다. 그래서 물었다.

"다에미 가 저택 터라는 건…… 저택 건물이 지금은 없다는 말씀인가요?"

"네, 6년 전쯤에 철거됐다고 들었습니다. 일부는 정성스럽게 해체돼 지바 근교 어딘가의 유원지로 옮겨져 '닌자 저택'이라는 이름으로 전시되고 있다더군요."

"닌자 저택이요?"

"오래전 큰 집들에는 도둑 방지나 보물 은닉, 화재 확산 방지 같은 걸 이유로 다양한 장치가 있었거든요. 그런 장치를 요즘 유행하는 닌자와 엮어서 닌자 저택이라는 시설이 여기저기 생기고 있는 것 같습니다."

"다에미 가 저택도 그런 구조였던 겁니까?"

"네. 게다가 꽤 본격적이었다고 합니다."

"닌자 저택으로서 말인가요?"

"네. 저도 외지인이라 자세한 건 모르지만, 주위들은 이야기로는 애초에 야마쿠라 마을을 처음 개척한 것도 다에미 가의 선조들이었고 그들은 '소파'였다고 합니다."

"소파요?"

"소박할 소素에 물결 파波를 써서 '소파'라고 읽는다네요."

"그게 뭐죠?"

버스 기사는 시골의 비포장도로를 느긋하지만 제멋대로

인 속도로 달렸다. 두 사람의 몸은 앉은 자세 그대로 10센티미터 가까이 튀어 오르곤 했다.

"소파는 원래 산속에 틀어박혀 사는 도적 떼 같은 이들을 뜻했던 것 같습니다. 그런데 전국 시대에 들어와 여러 다이묘들에게 고용돼 첩보 활동이나 게릴라 작전 같은 걸 맡게 됐죠. 그래서 다양한 속임수 기술이나 장치들을 잘 알았고, 그런 면에서 보면 닌자라고 부를 수도 있을 겁니다."

"과연. 그렇군요."

도모이치는 이런 쪽에는 문외한이라 어쨌든 고개를 끄덕일 수밖에 없었다.

"다에미 가 선조들은 그런 혼란한 시대 속에서 충분한 재물을 모은 후 손을 씻고 야마쿠라에 들어와 자신들 일족만의 고립된 마을을 만들었다고 합니다. 즉, 재산을 빼앗는 자에서 지키는 자로 전향한 셈이죠. 어쨌든 그렇게 긁어모은 보물을 외부의 손길로부터 지키려 했다는 겁니다. 마을 자체를 하나의 창고로 삼아서요. 야마쿠라山蔵라는 이름도 거기서 비롯됐다고 하고요."

"상당히 잘 아시네요."

"저도 다 주워들은 이야기입니다. 야마쿠라 깊숙한 곳에는 오치아이라는 마을이 있는데, 그곳에 나에바 고키치라는 향토사 연구가가 계시거든요. 아까 제가 말한 저희 병원 간호사의 숙부님이기도 한데, 대부분 그분한테 들은 이야기입니다. 도모이치 씨도 한번 찾아가 보세요. 흥미로운 이야기가 많아서 사나흘쯤 머물러도 지루하시지 않을 겁니다."

이 일대가 어떤 계기로든 관광지로 주목받게 될 날이 오지 말라는 법도 없다. 그때가 되면 하나시마는 틀림없이 면사무소의 관광과장 등을 맡지 않을까.

"그렇게 오래 머무를 수는 없지만 시간이 허락된다면 한번 들러 보겠습니다."

"다에미 가는…… 그런 조상의 피를 오래도록 이어 온 만큼 그에 얽힌 뭔가 기묘하고 복잡한 이야기도 많은 것 같습니다."

"어떤 이야기일까요?"

"선조들의 약탈로 목숨을 잃은 자들의 저주라든가, 쉽게 지워지지 않는 도적의 피, 그리고 근친혼이 잦았던 점 등이 얽혀 대대로 평범하지 않은 사람들이 태어난다거나……."

"흐음……."

하나시마가 느닷없이 으스스한 이야기를 꺼냈지만 실증주의자이자 공학 박사인 도모이치에게는 별 감흥을 주지 못했다.

"아무튼 그런 배경이 있다 보니 야마쿠라라는 땅 자체에도 꽤 기묘하고 괴상한 전설이 있는 것 같습니다. 참, 혹시 관심 있으시다면 전에 야마쿠라에 계셨던 의사가 그런 쪽에 관심이 많았던 분이라 일기나 메모 같은 곳에 기록을 남겨

두셨을 겁니다. 한번 찾아보겠습니다."

"전에 계셨던 의사라면……."

그 말에는 도모이치가 민감하게 반응했다.

"8년 전쯤에 돌아가신 혼고라는 의사 선생님입니다. 오래전부터 야마쿠라에 계셨는데, 사실 지금 진료소도 그 선생님의 병원 부지에 세워졌고, 제가 사는 숙소도 절반 정도는 선생님의 옛집을 개조해서 쓰고 있습니다. 그때 옛집의 오래된 광에서 혼고 선생님이 쓰신 노트와 메모 같은 걸 본 기억이 나서요."

"혼고 선생님은 전쟁 전부터 야마쿠라에 계셨던 분인가요?"

"네. 원래 야마쿠라 근방 출신이셨던 것 같습니다. 그러다 8년 전에 갑자기 돌아가셨죠. 그때 연세가 예순여덟이었을 겁니다."

"가족분들은?"

"듣기로는 두 아드님도 의사인데 도쿄 쪽에 개원을 해서 여기 남아 계시던 어머니를 형제 중 한 명이 모셔갔다고 합니다. 그 후 제가 오기 전까지는 한동안 지역에 의사가 없었죠."

"혼고 선생님이 쓰셨다는 일기나 노트…… 혹시 찾게 되면 꼭 보여주십시오."

도모이치는 더는 감출 수 없다고 판단해 일부러 밝히지 않은 이야기를 어느 정도 털어놓기로 했다.

"아까 잠깐 말씀드렸던, 야마쿠라에서 사고사한 제 동생

말입니다만…… 사실 학동 소개 중 다에미 가에 놀러 갔다가 용신 연못이라고 하던가요. 그런 이름의 연못이 있다면서요?"

"네, 있습니다. 그 연못에서 익사한 아이가……."

"그 이야기를 아십니까?"

"네. 전에 그런 아이가 있었다는 이야기를 얼핏 들은 적이 있습니다. 그리고 그 연못에는 뭔가…… 찝찝한 전설 같은 것도 전해 내려오긴 합니다."

"전설 말고 실제로 제 동생이 연못에서 익사한 사건에 대해서는 혹시 더 아는 게 없으신가요?"

괴담이나 으스스한 이야기에 전혀 관심을 보이지 않는 도모이치를 보며 하나시마는 약간 당황한 듯했다.

"그쪽은 방금 말씀드린 대로 아이가 익사했다는 이야기만 들은 게 전부입니다."

"돌아가신 혼고 선생님의 일기나 메모에 그런 내용이 남아 있을 수도 있겠죠?"

"네, 어쩌면……."

"꼭 좀 찾아봐 주십시오. 그리고 호의를 받아들여 선생님 댁에서 하루이틀 정도만 신세를 지겠습니다."

"그럼요. 환영합니다."

하나시마의 얼굴에 기뻐하는 기색이 역력히 드러났다.

들고 온 여행 가방이 그리 크지 않지만 슬슬 무게가 느껴질 무렵, 도모이치와 하나시마는 야마쿠라로 접어드는 갈림길에 도착했다. 쓰루마이에서 내려 약 20분 거리였다.

그동안 길 오른쪽 아래에는 사사가와강이 보였고 기암괴석이 어우러진 아름다운 풍경이 펼쳐졌다. 만약 여기가 도심 근처였다면 충분히 관광지로 이름을 알렸을 법한 경치였다.

"저 넓은 다리를 건너 본길을 계속 따라가면 안쪽에 오치아이, 요모키 같은 마을이 나옵니다."

하나시마가 설명했다.

"그 너머는 어디인가요?"

"니치렌 성인*의 세이초지 절이 있는 산을 지나면 태평양이 내려다보이는 아마쓰코미나토초라는 마을이 나오죠."

야마쿠라에 가려면 다리 기슭에서 지류를 따라 왼편으로 오르는 길을 가야 했다. 점점 좁아지는 흙길 위에 자동차 바퀴 자국이 깊게 남아 있다. 풀잎의 푸른 기운이 점차 눈에 띄고 차 한 대 반 정도로 길 폭도 좁아지지만 중간중간 차량 교행을 위한 공간이 넓게 마련돼 있었다.

야마쿠라 너머에도 마을이 있는지 묻자 하나시마는 마을을 지나 길이 한동안 더 이어지다가 다시 본길과 합쳐진다고 했다. 야마쿠라는 본길에서 살짝 벗어난 샛길에 있는 마을인

---

* 일본 가마쿠라 시대의 불교 승려이자 사상가.

듯했다.

확실히 '소파' 같은 자들이 요새로 삼았을 법한 지형임을 도모이치도 그제야 이해했다.

길은 갈수록 더 가팔라졌다. 오른편을 따라 흐르던 계류가 어느새 발아래 멀리 사라졌고, 물 흐르는 소리만 희미하게 들렸다.

양옆 나무도 점차 원시림처럼 변해 갔다. 하나같이 줄기가 두툼하고 이끼나 지의류가 표면을 덮고 있다.

그래도 어두운 느낌이 들지 않는 건 해가 막 돌아서 골짜기에 햇살이 내리쬐고 있기 때문일지도 모른다.

빛을 받는 각도와 나무의 종류에 따라 어떤 곳은 싱그러운 연둣빛 덩어리를 이루고, 어떤 곳은 짙은 남색 그림자를 만들었다. 또 어떤 곳은 빛을 잘게 부수어 반사시키기도 했다.

거칠어진 숨소리가 귀에 들리고 셔츠 아래로 몸이 땀에 젖는 게 느껴질 무렵, 길이 완만해지더니 서서히 내리막이 되었다.

그리고 바로 그 순간 눈앞에 확 트인 풍경 속에 들어선 느낌은 정말이지 극적이었다.

양옆의 산이 멀리 밀려나고 길이 훨씬 넓어졌다. 강은 어디로 사라졌는지 더는 보이지 않았다.

아득한 옛날, '소파' 무리가 은신처를 찾아 계류를 거슬러 와 이 너른 땅에 처음 들어섰을 때의 감격을 도모이치도 어렴풋이 이해할 수 있을 것 같았다.

그때 갑자기 머리 위쪽에서 엔진 소리가 들렸다.

왼편에 약 16미터 정도 되는 계단식 밭이 있고 그 위에 작고 허름한 농가가 보였다. 밭을 가로질러 곧게 뻗은 좁은 내리막길에서 지금 막 오토바이가 출발하려는 참이었다. 오토바이에 탄 사람은 제복을 입은 경찰관이었다.

"아, 하나시마 선생님. 구루리에서 돌아오는 길이신가요?"

경찰이 시동을 끄고 오토바이를 밀며 아래로 내려왔다.

스물대여섯쯤 됐을까. 햇볕에 그을렸고 얼굴에 점이 많아 유난히 검게 보인다. 인상은 날카롭고 강인해 보였다.

"뺑소니 사건은 어떻게 돼 갑니까?"

하나시마가 아래에서 말을 걸자 경찰은 내려오며 대답했다.

"그거 말인데요. 마침내 단서를 찾았습니다. 진작 저 집 할머니를 떠올렸으면 좋았을 텐데……."

경찰은 의사 옆에 다가서며 방금 자신이 내려온 길 위쪽을 올려다봤다.

한 노파의 모습이 보였다. 마당과 계단식 밭의 경계에 산사태 방지를 위한 돌담이 있고, 그 돌담 끝에 아슬아슬하게 놓인 등나무 의자에 앉아 있다. 의자는 비바람에 시달렸는지 쥐색으로 바랬고 여기저기 부서지고 갈라졌어도 노파의 몸을 간신히 지탱하고 있었다.

허리가 굽은 노파의 상반신이 앞으로 쏠려 있고, 그 불안정한 자세는 땅에 짚은 지팡이로 유지됐다.

 곁에는 높게 뻗은 활엽수 한 그루가 가지를 넓게 펼치고 있다.

 노파는 흐트러진 하얀 머리칼을 얼굴 앞에 드리운 채 길 아래에 있는 도모이치 일행을 뚫어지게 바라봤다.

 "흐음……. 그러니까 저 오카시와 나미 할머니가 사고에 대해 뭔가 알고 있다는 말씀인가요?"

 소심해 보이는 하나시마는 노파의 강렬한 시선에 기가 눌렸는지 말을 약간 더듬으며 물었다.

 "네. 그 사고가 나기 전후에 도시에서 온 것 같은 멋진 녹색 차가 이 앞길을 지나 쓰루마이 쪽으로 달려가는 모습을 저기서 봤다고 합니다."

 "멋진 녹색 차요?"

 "네. 아, 나미 할머니는 이 마을의 수문장 같은 분입니다. 좀 더 일찍 알려 주셨으면 좋았을 텐데……."

 하나시마가 도모이치에게 설명했다.

 "아, 그제 저녁에 여기서 뺑소니 사건이 있었거든요."

 "이렇게 조용하고 작은 마을에 말입니까?"

 "그렇습니다. 아무리 조용하고 작은 마을이어도 일어날 일은 일어납니다. 피해자는 벌목을 하는 집의 네 살짜리 여자아이인데…… 죽었습니다. 방금 조용한 마을이라고 하셨죠? 오히려 그 조용함이 화를 부른 셈입니다. 아무도 사고를 목격하지 못했거든요. 피해 아이는 그대로 방치돼 있다가……저녁 7시 반쯤에야 겨우 발견됐고, 저희 병원에 실려 왔을 때는 이미 사망한 지 한참이 지난 상태였습니다. 이런 마을에서는 정말 큰 사건이죠……."

하나시마는 다시 경찰을 보며 물었다.

"그래서, 할머니는 언제쯤 차를 봤다고 합니까?"

"6시 20분에서 30분쯤이라고 하시더군요."

"그 시간이면 조금 어두웠을 텐데, 할머니 시력이 괜찮은 편인가요?"

"네. 할머니는 시력과 청력 모두 젊은 사람 못지않게 좋습니다. 그리고 그 차를 탄 도시 남자를 마을에서 봤다는 또 다른 목격자도 있습니다."

"다른 목격자도 있다고요?"

"네. 사실 그 이야기는 전에도 언뜻 듣긴 했는데, 나미 할머니 이야기를 듣기 전까지는 뺑소니 사건과 연결 지어 생각하지 못했습니다……. 하지만 이제 그 남자를 유력 용의자로 봐도 되겠죠."

"그 목격자는 뭐라고 했죠?"

"목격자는 나에바 집안의 다키 할머니입니다."

"그분도 눈과 귀가 밝고 소문을 좋아하기로 유명한 분이죠."

하나시마의 얼굴에 미소가 번졌다.

외딴 시골 마을은 겉보기에 조용하고 한산한 것 같지만,

실은 사람들의 은밀한 눈과 귀, 특히 시간이 남아도는 노인들의 예리한 감시망이 곳곳에 펼쳐져 있는 듯했다.

"목격한 시간은 해가 막 떠오른 새벽 5시가 조금 지난 무렵이라고 합니다. 다키 할머니는 평소처럼 3이 붙은 날에 용신님을 참배하러 용신 연못 위에 있는 사당에 가는 길이었습니다. 할머니 말로는 그 남자는 몸을 숨긴 채 들키지 않으려 했던 것 같지만, 할머니는 다 알아보셨다고 합니다. 어쨌든 그 남자가 연못 근처 길가 숲속으로 차를 몰고 들어가서는 차 반대편 쪽에 나와 서 있었다는 겁니다."

"그 차는 어떤 차였다고 합니까?"

"그렇게 자세히는 못 보신 것 같습니다. 번호판이나 차종 같은 건 전혀 기억 못 하셨고 그냥 멋진 녹색 차였다고만 하시더군요. 그래도 남자에 대한 묘사는 조금 더 자세했습니다. 이렇게 더운 날씨에 양복 상하의를 차려입었고 색은 희끄무레했다고 합니다. 아마 얇은 여름용 양복이겠죠. 참, 그리고 요즘 보기 드물게 모자까지 쓰고 있었다고 합니다. 거기에 짙은 색 선글라스까지……. 그래서 얼굴 생김새는 전혀 알 수 없었지만, 할머니 말씀으로는 외국 영화에 나오는 멋진 갱 같았다고 하더군요. 요새는 TV 영향으로 할머니들도 영화를 많이 보시는가 봅니다."

"나이대는 어느 정도였다고 합니까?"

"그게, 그런 말끔하게 차려입은 도시 사람을 보면 시골 어르신들은 감이 잘 안 잡히는 모양이에요. 아무리 물어도 '스물에서 쉰 사이'에서 도무지 좁히지 못하시더라고요."

하나시마는 쓴웃음을 지었다.

"나미 할머니가 본 차와 그 차가 꼭 같은 차라고 단정할 수는 없지 않을까요?"

"하지만 두 분 모두 녹색 차를 봤다고 했고, 이 일대에 그런 도시 사람이 운전하는 차가 두세 대씩 들어올 리는 없잖습니까."

"그런데 다키 할머니가 차를 본 건 아침 5시고, 나미 할머니가 그 차가 마을을 빠져나가는 걸 본 게 오후 6시 20, 30분쯤이라면 시간차가 너무 크지 않나요? 도시 남자가 그 긴 시간 동안 마을 어귀에서 계속 뭉그적거렸다는 건 상상하기 좀 어려운데요."

"그래서 전 아마 그가 이 마을에 사는 누군가를 찾아왔던 게 아닐까 싶습니다. 애초에 이런 외진 곳에 도시 사람이 이유도 없이 불쑥 나타날 리는 없지 않을까요. 그래서 앞으로는 마을 안에서 본격적으로 탐문 수사를 벌이려고 합니다."

이런 곳에서 본격적인 수사는 드문 일이라서인지 젊은 순경은 열의를 보였다.

"피해자의 시신은 돌아왔나요?"

"네, 오늘 아침 일찍 돌아왔습니다. 대학 병원에서 추정한 사망 시간이 선생님의 소견과 거의 일치했습니다. 부검이 늦게 진행된 탓에 오전 5시 30분에서 7시 30분 사이로 다소 넓게 나오긴 했지만요. 하지만 선생님께서 6시 10분쯤 왕진에서 돌아오시는 길에 현장을 지났을 때는 아무 이상이 없다고 하셨고, 피해자가 병원에 실려 왔을 때는 사망한 지 20, 30분은 지났다고 판단하셨으니 결국 6시 10분에서 7시 10분 사이로 좁혀지지 않을까요?"

"직접 사인은 뭐라던가요?"

"그것도 선생님의 진단과 같았습니다. 목덜미가 부러졌다고……. 잠깐만요. 정식 명칭은……."

경찰은 가슴 주머니를 뒤져 수첩을 꺼냈다.

"상위 경수 손상이라고 합니다. 아, 그리고 시신의 옷에서 가해 차량의 파편으로 보이는 게 조금 나와서 현 경찰 감식과에 분석 감정을 의뢰했다고 합니다."

도모이치는 위를 바라보고 있었다. 계단식 밭 경사에 앉은 노파를 보면서 사람도 자연 속 풍경의 일부가 될 수 있다는 것을 실감했다.

"저 할머니는 항상 저렇게……?"

"네. 거의 항상 저 자리에 앉아 계십니다."

하나시마도 덩달아 위를 올려다봤다.

"……그럼 정신적으로 조금……."

"네. 약간 이상한 구석은 있죠. 그래도 전반적으로는 정정하신 편입니다. 저희 병원에 진찰받으러 오실 때는 말씀도 잘하시고, 뒤뜰 밭에 나가 직접 채소를 키우시고, 때로는 마을 어르신들 모임에도 나가시니까요. 그런데 단 하나, 확실하게 이상한 점도 있습니다."

"그게 뭐죠?"

"가출한 아들이 반드시 돌아올 거라고 지금도 믿고 계십니다. 자세한 건 저도 잘 모르지만, 할머니의 아들이라는 사람이 9년인가 10년 전쯤에 집을 나가 버렸다고 합니다. 그 일이 할머니에게는 큰 충격이었던 것 같습니다. 그래서 언젠가 아들이 꼭 돌아올 거라고 믿고 그 뒤로 한가할 때마다 저 자리에 앉아 아래쪽 길을 계속 지켜보시는 겁니다. 처음에는 진심으로 그렇게 믿으셨겠지만 지금은 일종의 습관이 돼 버렸을 수도 있죠. 뭐, 할머니 자신도 이제는 아들이 돌아오지 않을 걸 알고 계시지 않을까요. 안쓰러운 일이라 마을에서는 웬만하면 그 이야기를 꺼내지 않습니다. 자, 그럼 슬슬……."

하나시마는 그제야 사교 예절을 떠올린 듯 경찰 쪽으로 돌아섰다.

"아, 아와타 씨. 이분은 도쿄에서 오신 나카조 도모이치 씨시고 아마 이삼일 정도 여기 머무르실 수 있습니다. 도모이치 씨, 이쪽은 야마쿠라 주재소의 아와타 순경입니다."

도모이치는 명함 교환을 썩 좋아하지 않았다. 그런데도 자진해서 먼저 명함을 내민 건, 이 순경과 조만간 다시 만나

이야기를 나눠야 할 필요가 있다고 느꼈기 때문이다. 아니, 사실 지금 당장에라도 묻고 싶은 게 있었다. 하지만 지금은 분위기가 너무 산만하고, 괜히 성급하게 굴었다가 의심을 살 수도 있으니 참았다.

아와타에게 명함을 건넨 이상 하나시마에게도 안 줄 수는 없었다. 도모이치는 "늦어서 죄송합니다"라는 말과 함께 명함을 내밀었다.

돌아온 것은 여느 때와 비슷한 평범한 감탄이었다.

"이야, 대학교수님이셨군요."

하나시마는 아와타에게 덧붙여 설명했다.

"이 교수님의 남동생분이 전쟁 중 학동 소개로 마을에 와 있다가 돌아가셨다고 합니다. 정확히는 그 용신 연못에서 익사했다고 하네요. 그래서 당시 상황을 조금 더 자세히 알고 싶어서 오신 거예요."

"아, 그런 일이 있었나요?"

20년도 더 된 도시 소년의 죽음이 마을에 흔적을 남기지 않은 건 당연한 일이다. 하지만 역시 어딘가 쓸쓸한 기분이 들었다.

도모이치는 문득 자신이 지금 이 일을 하고 있는 의미를 더 깊이 자각하기 시작했다.

동생의 죽음이 사고든 타살이든 상관없다. 이렇게 진실을 추적하는 것만으로 너무나 허무했던 동생의 죽음에 무게와

의미가 실린다. 그것은 무심하고 무책임했던 형에게 주어진 하늘의 고마운 뜻인지도 모른다.

도모이치는 다시 한번 고개를 들어 위쪽에 있는 노파를 바라봤다. 저곳은 서쪽에서 야마쿠라 마을로 들어오는 길목에 있는 첫 번째 민가일 것이다. 그렇다면 저 노파는 마을의 감시자라고도 할 수 있지 않을까.

도모이치는 문득 구메 유모가 들려준 이야기 중 삼도천을 지키는 문지기 중 한 명이라는 '다쓰에바'를 떠올렸다.

그러나 이 야마쿠라의 다쓰에바는 전혀 무섭지 않다. 맑고 투명한 가을 햇살 속에서 그저 초가을 풍경의 일부처럼 지그시 아래를 내려다보고 있을 뿐이었다.

2

(앞장에 이어) 9월 5일(목)

이토록 많은 고추잠자리가 무리 지어 나는 광경은 처음 봤다. 이 정도로 잠자리가 몰리니 날갯짓 소리가 공기를 가르는 게 분명하게 느껴졌다. 공중을 날아오르거나 방향을 틀 때의 날갯짓 소리는 마치 잔잔한 파도 소리 같았다.

도모이치는 자연이 선사하는 서정적인 경이로움 아래에 앉아 담배를 피우고 있었다. 엉덩이 밑에는 원기둥 모양의 둥근 돌이 있는데, 아마 다에미 가 저택을 떠받치던 기초석 중 하나였을 것이다. 그리고 그 위치로 보아 어쩌면 아사카와 마키코가 말한 '야구라'라고 불리던 별채 자리가 아닐까 하는 생각이 머리를 스쳤다.

도모이치는 자연 속에 몸을 맡긴 채 벌써 몇 개비째인지 모를 담배를 기분 좋게 피우고 있었다.

그때 사람 그림자가 비탈 아래쪽에서 천천히 올라오는 게 보였다. 여자였다.

블라우스 위에 얇은 브이넥 크림색 카디건을 걸쳤다.

"도모이치 씨…… 맞으시죠?"

여자가 웃으며 말을 걸었다. 친근하면서도 차분한 미소였다.

이런 장소에서 불쑥 이름이 불린 데 대한 당혹감은 잠시였다. 도모이치는 곧 상황을 이해했다.

"아아, 하나시마 선생님 병원의……."

"네. 간호사로 일하는 나에바 교코입니다."

조금 전 다에미 가 저택 터로 가는 길을 안내받고 하나시마와 막 헤어진 참이었다.

그는 아마 병원으로 돌아가 그녀를 이곳으로 보냈을 것이다.

"병원 쪽은 괜찮은가요?"

"네. 지금은 한가해서요……. 저기, 저 돌에 앉을까요?"

나에바 교코는 10미터쯤 떨어진 곳에 있는 돌을 가리켰다. 전에는 정원석이었을 법한 윗부분이 평평하게 잘 다듬어진 돌이었다.

적극적이다. 그런 성격은 여자의 다부진 입매나 큰 눈에서도 잘 드러났다.

아름다움으로 압도하지는 않지만 둥근 얼굴, 낮은 코, 쌍꺼풀진 눈 같은 전형적인 일본 여성의 얼굴에서 따뜻하고 가정적인 아름다움이 느껴졌다.

그래서인지 실제 나이보다 조금 더 들어 보이긴 한다. 실제 나이는 서른쯤 되지 않을까.

"선생님께 들었는데, 어머님께서 돌아가셨다고……."

"네. 지난달 말에. 저희 어머니를 아십니까?"

"네. 마지막으로 뵌 게 언제였더라…… 아아, 8년쯤 전이네요."

도모이치는 전혀 모르던 사실이었다.

"어머니가 전쟁 뒤에도 여기 오신 적이 있었다는 말인가요?"

"네. 자세히는 모르지만 제가 알기로 두 번 오셨어요. 방금 말씀드린 8년쯤 전과 그보다 2년쯤 전에 한 번 더……. 아, 맞아요. 어르신 댁에서 큰마님마저 사라지셔서 주인 없는 집이 된 직후쯤이었어요."

"'어르신 댁'이라는 건 이 다에미 가를 말하는 겁니까?"

"네."

이런 젊은 여자도 다에미 가를 '어르신 댁'이라고 부른다는 사실에 도모이치는 놀라움을 금치 못했다.

어머니가 전쟁 후에도 이 마을에 왔다는 사실 또한 놀라웠다.

좀처럼 없는 일이지만 어머니는 2년에 한두 번 정도 1박 이상 여행을 떠나곤 했다. 대개는 센다이에 있는 친정에 갔고 가끔 남편의 고향인 기후에 성묘를 가기도 했다. 그럴 때 도모이치에게 따로 말하지 않고 이곳을 찾은 듯했다.

도모이치는 이제 어머니가 임종 전에 남긴 말이 중병 환자의 단순한 허튼소리가 아니라고 확신하기 시작했다. 어머니는 아들 슈지의 죽음에 대한 진상을 밝히려고 이곳을 찾은 게 틀림없다. 그때는 슈지가 죽은 지 10년이 훌쩍 지났지만 어머니는 여전히 납득하지 못했던 것이다. 아니, 어쩌면 시간이 흐를수록 아들의 죽음을 더 원통하게 여겼는지 모른다.

"어머니가 이곳에 와서 뭘 했는지는 아십니까?"

"글쎄요……. 저도 자세한 건 잘 몰라요. 전 쓰루마이에 살았는데 어머님께서 거기로 절 찾아오셨어요."

"어머니께서 뭘 물으셨습니까?"

"어르신 댁 일가 사람들이 어떻게 사라졌는지와, 이후 소식 같은 걸…….'

"이 마을에서는 어떤 분들을 만나셨을까요?"

"주재소 순경과 혼고 선생님…… 아아, 기치 씨라고, 전에 어르신 댁에서 남자 하인으로 일한 분도 만나셨다는 이야기를 들은 기억도 나네요. 하지만 다들 어르신 댁 큰마님께서 어디로 갔는지는 모를 거예요."

어머니가 느꼈을 실망과 초조함이 전해졌다. 세월은 그녀의 의혹을 풀어 주기는커녕 키우기만 했다.

그건 어머니가 그로부터 2년 뒤 다시 이곳을 찾았다는 사실로도 알 수 있다.

"어머니가 왜 이곳을 찾아왔는지는 말씀 안 하셨나요?"

그러자 나에바 교코는 잠시 난처한 표정을 지었다.

"딱히 그런 말씀은……. 아마 아드님에 대한 기억 때문 아닐까요? 하지만 전 도움이 별로 못 돼 드렸어요. 그래도 남동생분이 돌아가셨을 당시 일이라면 조금은 말씀드릴 수 있을 것 같아서 이렇게 도모이치 씨를 뵈러 온 거예요."

"부탁드립니다. 어떤 이야기든 좋습니다."

"여기 오는 길에 잠깐 계산해 봤는데요. 그 사건이 있었던 1945년이 제가 초등학교에 입학하기 1년 전이었더라고요."

교코의 나이가 대충 짐작이 됐다. 아직 서른이 안 된, 스물여덟이나 아홉쯤 되는 듯했다.

"……아직 어렸을 때라 기억이 흐릿하거나 틀린 부분이 있을지도 몰라요."

"괜찮습니다."

"사실 저, 연못에서 동생분의 시신이 옮겨지는 걸 본 기억이 있어요."

이렇게 생생한 목격자를 만난 건 처음이었다. 도모이치는 마음속의 흥분을 억누르며 이야기를 재촉했다.

"조금 더 자세히 부탁드립니다."

"자세히라고 하셔도……. 너무 어릴 때라 제가 왜 거기 있었는지, 그 후 어떻게 됐는지 같은 건 전혀 기억나지 않아요. 다만 어떤 장면 하나만은 또렷하게 기억에 남아 있어요. 기치 씨가 물에 흠뻑 젖은 동생분을 등에 업고 저택 뒤뜰로 이어지는 비탈길을 올라오고 있었어요. 동생분은 기치 씨의 어깨에 몸을 반쯤 기댄 채 얼굴을 푹 숙이고 있었고요……. 그때 저희 아버지도 뒤에서 올라오시다가 제 얼굴을 보시곤 갑자기 큰 소리로 화를 내셨어요. 뭐라고 하셨는지 지금은 잘 기억나지 않지만, '아이가 있을 곳이 아니다. 저리 가라'라는 말을 들었던 것 같아요. 전 너무 놀라서 도망쳤고…… 기억하는 건 그게 전부예요."

"교코 씨의 아버님께서 다에미 가에서 집사로 일하셨다고 들었습니다만."

"네. 어르신 댁 재정 관련 일은 거의 아버지께서 담당하셨고, 덕분에 저희 가족도 어르신 댁 저택에서 살았죠. 서재 뒤편에 하인들의 가족이 사는 집이 세 채 있었는데, 그중 한

채에서 살았어요."

"기치 씨가 동생의 시신을 옮겼을 때 아버님 외에 또 누가 있었는지 기억하십니까?"

나에바 교코는 잠시 뜸을 들이다가 힘이 실린 목소리로 말했다.

"아, 그러고 보니 생각났어요! 주재소 순경도 있었어요. 칼집을 찰그랑찰그랑 울리며 비탈길을 올라오셨고, 아버지와 함께 무척 무서운 표정이었던 게 기억나요. 무슨 말을 했는지는 기억나지 않지만……. 그래도 어릴 적 일도 이렇게 억지로 떠올리려고 하니까 의외로 꽤 떠오르네요."

도모이치는 교코의 기억력에 더 기대를 걸고 싶어졌다.

"동생이 죽기 전후로 더 떠오르는 기억은 없을까요? 예를 들어 시신을 화장했을 때 일이라든가."

"그건 전혀 기억에 없어요. 아마 그런 데는 가지 않았던 게 확실해요. 하지만 동생분의 시신이 옮겨지고 나서 의사 선생님이 급히 달려오시던 모습이나, 동생분과 함께 '초대' 받아서 온 여자아이가 기치 씨 손에 이끌려 돌아가던 장면 같은 건……. 아, 그때 전 대문 앞 돌계단 아래에서 놀다가 그걸 봤던 것 같아요."

떠오른 장면에서 다음 기억이 되살아나는 듯하다. 하지만 도모이치의 다음 질문만큼은 그런 방식으로도 회상이 이어지지 않는 것 같았다.

"그럼 그때 동생이 어떻게 죽었는지 이미 알고 계셨던 건가요?"

"글쎄요……. 잘 모르겠어요. 아마 나중에 들었던 게 아닐까요……. 상황을 보면 그때는 워낙 정신이 없어서 어른들도 저한테 설명해 줄 틈이 없었을 거예요. 그 후 이삼일이 지나 여기저기서 들은 정보들을 끼워 맞춰서 어떤 일이 있었는지 얼추 알게 된 것 같아요."

"그 '어떤 일'이라는 게 정확히 뭡니까? 그때 아이들을 소개지까지 인솔한 선생님들도 별로 아는 게 없거나 이미 돌아가셔서 아무것도 모르는 거나 마찬가지인 상태입니다."

나에바 교코는 바로 옆에 자란 강아지풀을 바위 위에서 툭 끊더니 그 줄기를 입에 물었다.

다리가 조금 짧은 편이라 바위에 앉아 다리를 늘어뜨려도 도모이치처럼 땅에 닿지 않았다. 게다가 그 다리는 요새 유행하는 미니스커트 아래로 튀어나와 있고 제법 통통하고 살집이 있어 귀여운 느낌을 줬다. 서른을 앞두고 있을 나이인데 왠지 소녀 같은 분위기와 천진함이 묘한 매력으로 다가오기도 했다.

"……그렇다고 해도 구체적인 건 거의 몰라요. 어쨌든 '초대' 받아서 온 도쿄의 초등학생 중 한 명이 저택을 빠져나가 용신 연못에 놀러 갔다가 물가에서 발을 헛디며 익사했다. 그걸 우연히 지나가던 기치 씨가 발견해서 건져 올렸지만 이미 숨진 뒤였다……. 그 정도예요."

조금은 기대했지만 역시 나에바 교코에게도 많은 정보를 얻기는 어려울 것 같았다.

"아버님께서는 지금……."

"이미 돌아가셨어요. 1955년에요. 그보다 2년 전 선대 어르신께서 돌아가시자 아버지는 안주인분과 잘 지내지 못하셨는지 다에미 가 집사 일을 그만두셨고, 1954년에 온 가족이 함께 쓰루마이 쪽으로 이사했어요."

"당시 의사였던 혼고 씨도 돌아가셨다지요?"

"네."

23년이라는 세월이면 그 정도 사람들이 세상을 떠난 것도 이상한 일은 아닌 걸까.

도모이치는 좀처럼 가늠하기 어려웠다.

"당시 주재소에 계시던 순경분은 성함이?"

"이시이케 씨……. 그래요, 그런 이름이었던 걸로 기억해요. 동생분 사건이 있었을 무렵에는 이미 나이가 제법 많으셨어요."

"그분은 지금 어떻게 지내십니까?"

"그러고 보니 어느샌가 마을에서 사라지셔서……. 그래도 꽤 오랫동안 여기 계셨던 걸로 알아요. 아마 정년퇴직하지 않으셨을까요? 지금은 어떻게 지내시는지 전혀……."

"그렇다면 동생의 죽음에 대해 자세히 아는 사람은 이제

이 마을에 아무도 없는 걸까요?"

"기치 씨라면 잘 알겠죠."

도모이치는 무심코 지금껏 자신이 잘못 짚고 있었다는 걸 깨닫고 흠칫했다.

"아, 기치 씨는 아직 살아 계신 건가요?"

"네. 묘진산으로 들어가는 산길 중턱에서 밭을 일구며 혼자 사세요."

"연세는 어느 정도 되셨을까요?"

"이제 꽤 많으실 텐데 그래도 아직 일흔은 안 되셨을 거예요. 다만……."

말을 흐리는 모습이 지금까지의 그녀답지 않았다.

"다만…… 뭐죠?"

"아니, 아무것도 아니에요."

교코는 단호히 잘라 말하더니 오히려 반격하듯 물었다.

"그런데 도모이치 씨. 이렇게 멀리까지 오신 건 정말 동생분이 돌아가셨을 당시 상황을 알고 싶어서…… 단지 그뿐인 건가요?"

"그뿐이냐니. 다른 이유도 있다고 보시는 겁니까?"

"아뇨, 딱히 그런 건 아니에요. 다만 그 이유 하나로 여기까지 오셨다는 게……."

"이상하다고 느껴지시나요?"

"아뇨, 그런 건……."

조금 더 파고들어 속마음을 끌어내 볼까도 싶었지만 거기서 멈췄다. 도모이치는 서두르지 말자고 마음을 다잡으며 화제를 전환했다.

"다에미 가 분들에 대해 조금 더 들려주실 수 있을까요? 동생이 죽었을 당시 저택에 있던 당주라는 분은 아까 교코 씨가 말씀하신 그 선대 어르신이셨던 것 같습니다. 하지만 하나시마 씨 이야기로는 다에미 가의 당주 중 자살한 분이 있다고 하던데……. 그분은 어떤 분이셨나요? 하나시마 씨 이야기만 들으면 그 부분이 좀 혼란스러워서요."

"그럴 만해요. 하나시마 선생님은 최근에 여기 오신 분이니까요."

"혹시 자살했다는 사람은 그 선대 어르신의 아드님인가요?"

"네, 맞아요. 선대 어르신은 성함이 다에미 요시로라고 하는데, 아까도 잠깐 말씀드렸듯 1953년에 병으로 돌아가셨어요. 자살했다고 알려진 사람은 그분의 아드님인 요시노리 씨예요."

"그렇다면 다에미 요시로 씨에게는 아들이……."

"네, 외아들이 있었죠."

"여기 오기 전 동생이 죽었을 당시 함께 '초대'를 받아서 간 여자분을 만났습니다. 그분 말로는 별채의 곳간처럼 생긴 건물 2층 창문에서 아이 얼굴 같은 걸 봤다던데요. 혹시 그게……."

"네, 아마 요시노리 씨였을 거예요."

'자시키와라시'의 환상은 너무도 쉽게 깨져 버렸다.

"왜 그런 곳에……. 본채에 살지 않았던 건가요?"

"네. 본채에는 살지 않았을 거예요. 아까 말씀드렸듯 전 어르신 댁에서 지냈는데 제가 태어난 곳도 그곳이에요. 하지만 사물을 알아보기 시작했을 때도 요시노리 씨를 본채에서 본 기억이 없어요."

"본채에 왜 살지 않았던 겁니까?"

"정신적으로 문제가 있었다고……. 구체적으로 어떤 문제였는지는 모르겠어요. 나중에도 요시노리 씨는 그 일에 대해 별로 언급하고 싶어 하지 않는 듯했고요……."

"언급하고 싶어 하지 않았다는 건…… 나중에는 그 병이 나았다는 말인가요?"

"네. 신경계 질환이나 외상, 또는 선천적인 결함 같은 건 아니었어요. 그래서 환경을 바꾸는 게 좋겠다는 의사의 권유로 마을을 떠나 군마현 다카사키 쪽 친척 집으로 요양을 갔다고 해요. 그리고 나니 눈에 띄게 상태가 호전돼서 이듬해부터는 학교에 다닐 정도로 좋아졌었대요."

"다카사키에 간 건 그분이 몇 살 때였을까요?"

"초등학교 3학년쯤이었을 거예요……. 사소한 일에도 상처를 많이 받는 성격이었다고 하니 그만큼 감수성이 예민하고 머리도 비상했다고 할 수 있겠죠. 그전까지는 계속 별채 곳간에서 큰마님께 조금씩 공부를 배웠는데 그 상태 그대로 초등학교 3학년에 올라가도 아무 문제가 없었대요."

"그 후 언제 이 마을에 다시 돌아오게 된 겁니까?"

"처음 돌아온 건 고등학교 1학년 때 여름방학 때였다고 해요. 병의 원인이 되었을지 모를 환경으로 돌아가는 셈이니 본인도 주위 사람들도 조심스러웠던 모양이에요. 그런데 막상 별문제가 없다는 걸 알게 되자 그 뒤로는 여름방학 때마다 마을에 돌아왔어요."

"하지만 결국 완전히 나은 건 아니었던 거군요? 스스로 목숨을 끊었으니……."

"아뇨, 나았어요. 정신적으로 이상한 구석은 전혀 없었어요."

갑자기 나에바 교코는 발끈하듯 말했다.

도모이치는 명탐정들이 흔히 보이는 냉소적이거나 의심 많은 기질을 가진 사람이 아니었다. 나에바 교코의 반응에도 별로 개의치 않았다.

"자살한 것도 여름방학 때였나요?"

"아뇨, 그때는 요시노리 씨가 이미 스물한 살이었어요. 1957년이었으니……."

"그럼 그때는 여기 돌아와서 살고 있었던 건가요?"

"네. 요시노리 씨의 아버지께서 돌아가신 건 1953년, 그러니까 요시노리 씨가 고등학교 2학년 때였어요. 요시노리 씨는 고등학교를 졸업하고 이과 계열 대학에 가고 싶어 했지만, 그럼 다에미 가를 지킬 사람이 없는 상태가 계속되잖아요. 그래서 결국 고등학교까지만 다니고 꿈을 접고 돌아왔고, 그 뒤로는 쭉……."

유서 깊은 가문일수록 가문을 잇고 지키는 게 인생에서 가장 우선시되는 경우가 있다고 한다. 먼 옛날 '소파'의 혈통을 물려받았다는 다에미 가라면 더욱 그럴 법하다.

하지만 자유로운 분위기 속에서 자라 과학자의 길을 걷고 있는 도모이치에게는 납득이 가지 않는 일이었다.

"그럼 학업을 중단하고 집에 돌아온 게 다에미 가의 전통이나 규율 같은 거였던 건가요?"

"글쎄요……. 그런데 어디든 비슷하지 않나요?"

도모이치의 진의가 교코에게 잘 전달되지 않는 듯했다. 이 지역에서 자란 그녀 역시 그런 방식의 삶을 당연하게 여기는 것 같았다.

"그…… 요시노리 씨가 정신적으로 아무 문제가 없었다면 왜 스스로 목숨을 끊었을까요?"

"독을 마시고 자살한 걸로 알려졌어요. 가족들이 모두 잠든 깊은 밤중에 독을 마셨고, 다음 날 아침 잠자리에서 싸늘한 시신으로 발견됐죠."

'왜 자살했는가'라는 도모이치의 질문이 뭔가 다른 의미로 전해진 것 같았다. 그는 말을 다시 고쳐 물었다.

"그럼 자살 원인이 뭐였습니까?"

"경제적으로 굉장히 막막한 상황이었다고…… 하더라고요."

"다에미 가는 부잣집 아니었나요?"

"네. 그런데 농지 개혁이니 재산세니 때문에 전쟁 이후로는 어르신 댁도 점점 가세가 기울었죠. 비밀리에 보관한 서화나 골동품들을 처분하고, 빚도 지고, 마지막에는 저택과 땅까지 저당 잡혔다고 해요. 하지만……."

"하지만…… 뭐죠?"

"여기서 다에미 가의 영향력은 전쟁 후에도 결코 약해지지 않았어요. 이곳을 처음 개척한 게 어르신 댁의 선조들이고, 마을 사람들도 대부분 그 직계 후손이거나 함께 이주한 가신들의 자손이에요. 아주 끈끈한 유대가 있었죠. 산림이나 신사, 사찰, 창고 속 재산 같은 마을 공동 자산도 많았고요. 그런 걸 바탕으로 마을 사람들이 힘을 합쳤다면 기울어 가는 어르신 댁을 다시 일으켜 세울 수도 있었을 거예요. 저희 나에바 집안도 어르신 댁 선조분과 함께 이주한 가신의 후손으로 알려져 있어요. 그래서 아버지께서는 큰마님과는 비록 사이가 멀어졌지만, 돌아가실 때까지 어르신 댁의 집안 사정을 남몰래 계속 걱정하셨죠."

나에바 교코는 할 말이 더 남은 듯했지만 도모이치가 궁금해하는 주제와 점점 멀어지는 느낌이었다. 도모이치는 화제를 본래 방향으로 되돌렸다.

"동생의 사망과 관련해…… 그 후 뭔가 이야기가 돌거나, 예를 들어 소문 같은 건 없었나요?"

그러자 교코는 갑자기 입을 다물었다.

"……왜 그러시죠?"

"아뇨, 그냥……."

교코는 뭔가 말을 꺼내려다 멈추고는 되려 도모이치에게 물었다.

"혹시…… 도모이치 씨는 정말 단순히 동생분의 죽음에 대해 알고 싶어 오신 게 아니라, 다른 목적이 있어서 오신 건가요?"

교코는 비슷한 질문을 이미 한 바 있었다.

이면에 뭔가가 있는 듯한 느낌이 드는 질문이었다.

그러나 도모이치는 들뜨려는 마음을 억누르고 담담하게 대답했다.

"아뇨, 딱히 다른 뜻은 없습니다만……. 그렇게 말씀하시는 걸 보면 뭔가 있는 걸까요?"

"도모이치 씨는 이제 기치 영감님도 만나실 예정이죠?"

"다에미 가에서 하인으로 일했다는 기치 씨 말인가요?"

"네, 맞아요. 이제 연세가 많아서 다들 그렇게 부르고 있어요."

"네. 뵈러 갈 생각입니다."

"그럼 그 이야기는 기치 영감님께 직접 들어 주세요."

도모이치는 비밀을 지키겠다고 약속하고 조금 더 이야기를 캐 볼까 하는 유혹을 느꼈지만 이내 그만뒀다.

이 작고 폐쇄적인 마을에서는 누군가의 사소한 말 한마디가 파문을 일으킬 수 있다. 교코는 그런 위험을 경계하는 눈치다. 괜히 일을 그르쳐 어렵게 얻은 협조자를 잃고 싶지 않고 스스로도 곤란한 처지에 놓이고 싶지 않았다.

도모이치는 그렇게 신중하게 판단했다.

"알겠습니다. 그럼 지금 바로 그 기치 영감님 댁에 다녀오겠습니다. 그 후 용신 연못에도 가 보고 싶은데, 길을 알려 주실 수 있을까요?"

작고 아담한 체구의 교코는 앉아 있던 바위에서 미끄러지듯 조심스럽게 내려왔다.

"길 순서로 보면 용신 연못 근처를 먼저 지나니 거기부터 들르시는 게 좋을 것 같아요. 제가 안내해 드릴게요."

다에미 가 저택 터에서 용신 연못까지는 대략 5분, 거리로 치면 3백 미터가 조금 넘는 정도일 것이다.

걷는 동안 도모이치는 마을의 대략적인 지리를 파악할 수 있었다.

마을은 남북으로 산에 끼어 있으며 동서로 길게 늘어진 지형이다. 사사가와강으로 흘러드는 지류인 미도리카와강이 남쪽 산기슭 가까이에 흐르고 있고 용신 연못은 그 강을 건너 더 깊숙한 남쪽에 자리하고 있었다.

남쪽과 북쪽 산 사이를 따라 폭 10미터 정도 되는 마을 길이 중앙을 관통하고 있고 그 중간쯤 되는 곳에 경찰 주재소, 마을 사무소, 잡화점 등이 모여 있다. 하나시마의 병원도 약간 떨어져 있기는 하지만 그 근처에 있었다.

용신 연못까지 가는 길은 마을 중심을 거쳐서도 갈 수 있지만, 도모이치와 교코는 그보다 앞서 남쪽으로 갈라지는 길을 택했다.

양옆에 늘어선 농가들의 울타리와 돌담이 형성한 좁은 길을 몇 분쯤 걷자 미도리카와강에 걸린 다리에 이르렀다. 강폭은 20미터도 되지 않아 보였다.

그 다리를 건너 더 좁아진 길을 따라 남서쪽으로 향하자 남쪽 산맥이 점점 가까워졌다. 용신 연못은 그 산맥이 앞으로 불쑥 튀어나온 비탈의 품에 안기듯 자리 잡은 채 고요하게 물을 머금고 있었다.

아마 오래전에는 이곳도 미도리카와강의 일부였는데 물길이 바뀌며 남은 웅덩이가 연못이 된 듯했다.

크기는 그리 크지 않다. 동서로 약 70미터, 남북으로 40미터 정도 될까.

예상보다 훨씬 작은 크기에 도모이치의 의혹은 한층 더 짙어졌다.

이런 연못에서도 사람이 익사할 수 있을까.

무엇보다 지금 자신이 선 연못 가장자리에서 들여다보이는 수심도 그리 깊지 않다. 기껏해야 무릎 높이 정도일 것이다.

그렇다면 안쪽의 더 깊은 곳에서 익사한 걸까.

그때 도모이치는 문득 떠올렸다. 슈지가 조금은 수영을 할 줄 알았을 거라는 사실을.

도모이치가 초등학교 5학년 여름방학 때 일이었다. 센다이에 있는 외가에 가서 그곳에서 당시 초등학교 1학년이던 슈지와 근처 강에 수영을 하러 갔다. 그때 슈지는 수영을 할 줄 안다며 수영하는 모습을 자꾸만 형 앞에서 자랑하지 않았던가.

물론 수영이라고 해도 물살을 타고 상류에서 하류로 7, 8미터쯤 떠내려가는 정도에 불과했지만.

그래도 최소한 물에 뜨는 요령 정도는 알고 있었다고 볼 수 있다.

그런 동생이 왜 이런 작은 연못에서 익사했다는 말인가.

도모이치는 주위를 둘러봤다.

지금 자신이 선 연못 북쪽 기슭 길은 연못을 따라 잠시 이어지다가 천천히 남쪽으로 굽는다. 그 후 산비탈로 접어들며 갑자기 좁은 산길이 된다. 그 지점부터는 차량 진입이 불가능하며 사람만 걸을 수 있는 길 폭이 된다.

맞은편 연못 남쪽의 물가 부근은 확실히 절경이었다.

깎아지른 절벽이 20미터 넘게 하늘을 향해 솟아 있고, 절벽 중간쯤부터 위는 나뭇가지와 잎들에 덮여 거의 보이지 않는다. 절벽 위에 있는 나무들이 열악한 지형 조건에도 아랑곳하지 않고 좌우는 물론 아래로도 가지를 힘차게 뻗고 있었다.

절벽의 바위 표면에는 나무들이 우거진 아래쪽까지 담쟁이덩굴이 뻗어 있다. 벌써 단풍이 든 붉은 잎 몇 장이 눈길을 끌었다.

도모이치가 서 있는 연못 북쪽 물가는 작은 나무들이 섞인 풀밭이라 발밑의 수면까지 수심은 1미터 남짓에 불과했다. 아래를 내려다보니 바닥이 훤히 보일 정도로 물이 맑았다.

"용천수가 풍부하게 솟는 연못이라고 해요."

교코가 설명했다.

"저 길은 어디로 이어지는 겁니까?"

도모이치는 연못 서쪽을 돌아 산으로 올라가는 길을 가리키며 물었다.

"묘진산 정상이요. 조금만 가면 지그재그로 꺾이는 산길이 나오는데 좀 더 가면 저 절벽 위로 올라가게 돼요. 거기에 작은 동굴 같은 게 있고 그곳에 용신님을 모신 사당이 있답니다."

"아, 그 이야기는 아까 잠깐 들었습니다. 다키라는 할머니께서 3이 붙은 날마다 그곳에 참배를 하러 가신다고요."

"맞아요. 나에바 다키 할머니죠. 그 집안은 오래전부터 용신님을 모시는 역할을 맡아 왔어요. 3이 붙은 날에는 사당을 청소하고 등불을 밝히는 일을 하세요."

"성이 나에바라면 혹시 교코 씨의 친척인가요?"

"네, 먼 친척이에요. 이 야마쿠라 일대에는 나에바 씨와 오카시와 씨 성을 가진 집안이 많아요. 오래전 어르신 댁 선조께서 여기 정착할 때 함께 온 가신 중 큰 가문이 바로 이 두 집안이었다고 해요. 하지만 지금은 거의 흩어져서 가메야마나 가모가와, 그리고 도쿄 쪽으로 이사 간 분들도 많아요."

"용신 연못이라는 이름은 사당에 용이 산다는 전설에서 유래된 건가요?"

"네. 여기 있다는 용은 일정 기간마다 연못에 들어가거나 동굴로 숨어든다고 해요. 어릴 때 오치아이에 사시는 큰아버님께 그렇게 들은 기억이 있어요. 아, 참. 그 용이 움직이는 날이 3이 붙은 날이라 다키 할머니도 매번 그날 아침 일찍 사당 청소를 겸해 참배를 하러 가시는 거예요. 이곳 용은 마을의 수호신이자 비도 내려 주는 신이라고 하더라고요. 하지만 요새는 이런 걸 아는 사람도 마을에 거의 없어요. 사당이 있는 사실조차 모르는 사람도 있는 것 같고요. 다들 눈이 도시를 향해 있거든요. 한 번도 이 산에 발을 들여 본 적 없는 젊은이도 많을걸요. 대부분 고등학교를 졸업하자마자 도시로 나가 버리거든요."

"딱히 고향이라는 게 없는 도시 출신인 저에게는 좀처럼 실감이 나지 않는 이야기입니다."

"아무튼 그래서 요새는 마을 사람들조차 이 근처에 거의 오지 않아요. 제가 어릴 때는 장작을 하러 간다거나, 버섯이나 산나물을 캐러 저 길을 지나 산에 들어가는 사람이 제법 있었거든요. 저 위에 용신님의 사당이 없었다면 아마 저 길도 사라졌을 거예요. 혹시 괜찮으시다면 한번 올라가 보시겠어요?"

"네. 부탁드립니다."

길은 올라갈수록 양옆에서 뻗은 무성한 잡초에 거의 덮일 지경이었다. 하지만 가파른 오르막에 접어들면서부터는 키 큰 나무가 울창하게 드리운 숲에 접어들고 그 안에는 뚜렷한 발자국이 이어진 오솔길이 나타났다.

산비탈에 상처처럼 패인 듯한 그 산길이 점점 고도를 높여 갔다.

그때 갑자기 옆쪽의 나무숲이 끊기며 발밑의 시야가 확 트이는 지점이 나왔고, 그곳에서는 용신 연못 전체가 한눈에 훤히 내려다보였다.

마치 땅속에 박힌 거울 같다. 단, 이 거울은 녹색을 띤 납빛이었다.

"여기가 용신 연못을 보기 가장 좋은 장소예요. 날씨나 계절에 따라 하늘빛과 나뭇잎 색이 달라지잖아요. 그럼 연못도 그 색을 비춰서 다양한 빛깔로 바뀌죠."

누구라도 이곳에 서면 발걸음을 멈추고 한동안 바라보지 않고는 못 배길 장소였다.

거기서 조금 더 오르자 길이 곧 완만해졌다.

순간 교코가 오른편 약간 앞쪽을 가리켰다.

"사당이 저기예요."

수풀 사이에는 신성한 구역을 알리는 금줄이 둘려져 있었다. 햇빛이 들지 않아 꽤 습하고 어둡지만 그 안에서 하얀 고헤이*만은 선명하게 빛나고 있었다.

종이를 잘라 만든 고헤이는 용의 형상을 정교하게 표현하고 있었다. 오랜 전통 속에서 다듬어진 기술이 민속 예술의 아름다움으로 승화된 것이다.

물론 예술과 거리가 먼 도모이치에게 그 깊은 뜻까지 와닿지는 않았지만 충분히 눈길을 끌고 감탄할 정도로 인상 깊었다. 그런 점에서 도모이치에게도 보는 눈은 있었다.

동굴은 약 1.5미터 너비의 반원형으로 길을 향해 열려 있었다. 자연의 산물인지, 누군가가 판 것인지는 알 수 없지만 어쨌든 오랜 세월의 흔적이 느껴졌다. 입구 바위는 고사리와 이끼에 덮여 음습하고 신비로운 분위기를 자아냈다.

동굴 안은 허리를 약간 숙이면 충분히 들어갈 높이였고,

---

* 일본의 전통 종교인 신토(神道)에서 무녀나 신관들이 쓰는 제례용 도구.

용의 산 제물

안쪽으로 약 6미터 정도 들어가자 촘촘한 격자문이 앞을 가로막았다. 거기까지 가니 햇빛이 거의 들지 않아 안에 무엇이 모셔져 있는지 잘 보이지 않았다.

문 앞에 있는 바위 몇 개가 공물을 올리는 받침대나 등잔대 역할을 하고 있었다.

원래는 붉게 칠해져 있었을 법한 색이 벗겨진 산보* 위에 말라붙은 찹쌀떡처럼 보이는 것과, 여우가 좋아한다고 알려진 유부가 놓여 있다. 왕에 비유되는 용신도 음식 취향만큼은 의외로 서민적인 듯했다.

또 다른 몇몇 바위는 녹은 촛농이 흘러 제법 지저분했다. 그 안에는 타다 만 큰 양초나 숯처럼 새까맣게 탄 심지도 섞여 있었다.

무심코 오른쪽을 보니 약간 움푹 들어간 바위벽에 인형 몇 개가 기대어져 있었다. 옆으로 쓰러진 것도 있다. 비닐로 된 캐릭터 아기 인형이 보이고 나무와 종이로 만든 일본 인형도 있다. 인형들은 옷이 낡아 해지고 실밥이 풀려 있었다.

지방의 작은 신사나 사당에서 흔히 볼 수 있는 풍경이다. 자식이나 손자와 얽힌 어떤 소망을 담아 놓고 간 것들이겠지만 제삼자의 눈에는 왠지 으스스했다.

신비주의 같은 것과 거리가 먼 도모이치도 분위기에 눌린

---

* 신불이나 귀인 앞에 음식물을 받쳐 내놓는 굽 달린 쟁반.

듯 서둘러 동굴 밖으로 발길을 옮겼다.

폭이 1미터도 되지 않는 좁은 산길이었다. 맞은편에는 풀과 나무가 섞인 완만한 경사면이 있고 그 아래는 거의 수직으로 떨어지는 낭떠러지처럼 보였다.

"이 나무를 잡고 아래를 내려다보세요. 용신 연못이 아주 잘 보여요."

교코가 옆 나무에 손을 얹고 시범을 보였다.

도모이치도 그녀를 따라 다른 나무를 붙잡고 아래를 내려다봤다.

순간 차가운 전율이 발끝에서부터 서서히 올라왔다. 물론 거의 수직으로 떨어지는 절벽 높이에 대한 공포도 있지만 무성한 나뭇잎 너머로 펼쳐진 깊고 짙은 물빛의 섬뜩함이 훨씬 강하게 다가왔다.

보는 위치에 빛의 반사각이 달라지기 때문일까. 지금 보이는 연못 색은 아까 본 녹색이 감도는 납빛이 아니다. 숨이 멎을 정도로 눈부신 청록색이었다. 그 색이 미묘하게 흔들리는 것은 물결이 살짝 일고 있기 때문일 것이다.

앞에 늘어선 나뭇잎과 가지들은 시야를 가리지 않을 정도로 적당히 드리워져 연못의 색감을 더 인상 깊게 만들고 있었다.

문득 그 안으로 빨려 들어갈 것 같은 감각이 밀려왔다. 도모이치는 진심으로 위기감을 느끼고 황급히 몸을 돌려 산길

쪽으로 물러났다.

"용이 산다는 이야기가 진짜일지도 모르겠네요."

도모이치는 드물게도 그답지 않은 한마디를 내뱉었다.

갈림길에 자리한 석불은 잘 부서지는 사암 위에 부조로 새겨진 것이었다. 오랜 비바람에 시달린 끝에 이제는 부처 형상이 희미하게 남아 있을 뿐이다. 하지만 나에바 교코가 알려 준 그 석불이 틀림없었다.

용신 사당에서 길을 내려와 연못으로 돌아온 도모이치는 거기서 기치 영감의 집까지 가는 길을 들었다. 연못을 벗어나 약간 산속으로 들어간 서쪽 깊숙한 곳에 있다고 했다.

병원으로 돌아간다는 교코와는 거기서 헤어졌다.

그녀가 알려 준 대로 길을 따라 걸어가니 갈림길의 석불까지 5분도 걸리지 않았다.

하지만 거기서 도모이치는 잠시 발을 멈췄다. 오른쪽인지 왼쪽인지를 그만 잊어버린 것이다.

교코는 헤어지기 전 도모이치에게 간단한 정보를 몇 가지 알려 줬다.

기치 영감의 본명은 이바 기치스케. 다에미 가가 해체될 때까지 마지막까지 일하던 하인이고, 그 후로는 마을 외곽의 산속에서 작은 밭을 일구며 혼자 산다고 했다.

그런 점들로 미루어 보면 기치 영감의 집은 오른쪽으로 난 좁은 길일 가능성이 컸다. 오른쪽 길은 왼쪽 길과 달리 차가 들어간다고 해도 작은 경차 정도가 아니면 어려울 정도로 좁다. 왼쪽 길에 비해 잡초가 훨씬 무성하게 자라 있기도 했다.

혹시 몰라서 머리 위를 올려다봤다. 그리고 확신했다. 오른쪽 길 위에는 홀로 외롭게 살아가는 까다로운 노인의 집으로 향하듯 전선 하나만 길게 뻗어 있었다.

길이 꽤 가팔라지기 시작했다. 양옆에서 풀과 나무들이 우거지며 길 위 공간을 더 좁혔다. 걸음을 옮길수록 여기저기 있는 잎과 가지 사이에서 잠자리와 나비들이 날아올라 허공으로 도망쳤다.

해는 이미 서쪽으로 기울고 있고, 나뭇잎 사이로 스며드는 빛도 붉은 기운을 띠기 시작했다.

왼쪽 절개지의 바위와 흙 사이에서는 스며 나온 물이 길을 사선으로 가로질러 조그만 개울을 만들고 있었다.

그 물을 뛰어넘고 또 한참을 걸었다.

문득 도모이치는 등 뒤에서 어떤 기척을 느꼈다. 사람의 인기척…… 아니, 동물일까.

하지만 이런 곳에 그리 큰 동물이 있을 것 같지도 않다.

아마 자신의 발소리나 바람의 움직임이 묘하게 어우러져 착각을 불러일으켰을 것이다.

학창 시절 도모이치는 산에 종종 갔다. 그리고 산속에서 그런 정체 모를 섬뜩한 소리를 듣고 자주 놀라곤 했다. 하지만 막상 차분히 따져 보면 늘 설명은 가능했다.

새가 수풀을 가르며 날아가는 소리, 작은 돌멩이가 떨어지는 소리, 바람에 잔가지가 부러지는 소리……. 산의 복잡한 지형과 나무숲에 반사된 그런 소리들이 적막한 배경 속에서 더 오싹하게 들린 것이다.

도모이치는 '아무것도 아니야'라고 스스로를 달래며 어깨를 스친 서늘한 기분을 털어냈다. 늦어진 발걸음을 다시 재촉했다.

3, 4분쯤 더 가자 왼편 절개지의 절벽이 암석이 섞인 흙에서 붉은 흙으로 바뀌었다.

절개지 위쪽은 경사진 밭이었고, 그 너머에 함석 지붕을 얹은 민가가 보였다.

절개지 일부가 깎여 민가 쪽으로 비스듬히 이어지는 길이 나타났다. 그 입구에서 도모이치는 잠시 멈춰 서서 땀을 닦았다.

밭에는 이미 수확 시기가 지나 색이 바랜 가지와 오이들이 흩어져 있었다. 군데군데 남은 열매들 중 가지는 흉하게 부풀었고 오이는 밑동이 썩어 떨어져 나간 것도 있었다.

기치 영감은 장작을 쌓아 짚 끈으로 단단히 묶는 일에 몰두하고 있었다. 작업을 마친 장작더미가 집 바깥쪽 나무 벽 앞에 이미 제법 쌓여 있다.

그는 쥐색 작업복 차림으로 도모이치에게 등을 돌리고 있었다. 도모이치는 그 뒤로 조심스럽게 다가가며 어떤 말부터 꺼내야 할지 고민했다. 그리고 결국 기치 영감이 아는 사람의 이름부터 대기로 했다. 우선 경계심을 풀어야 했다.

도모이치의 목소리에 고개를 돌린 기치 영감은 예상한 대로 시골 사람 특유의 경계심으로 가득 찬 얼굴이었다.

"저…… 하나시마 선생님과 나에바 간호사에게 이야기를 듣고 찾아뵀습니다만……."

"아, 그래."

기치 영감의 얼굴에서 의심의 기색이 조금 사라졌다. 하지만 어디까지나 조금일 뿐 도모이치가 기대한 만큼의 변화는 아니었다. 지금 분위기에 바로 동생 이야기를 꺼낼 수는 없었다.

그럼 무슨 이야기를 해야 할까.

도모이치는 형식적인 날씨 이야기나 임기응변으로 하는 상투적인 인사치레 같은 것과 거리가 먼 성격이었다. 따라서 그가 다음으로 입에 담은 말은 그 입장에서는 나름 훌륭한 성과라 해도 좋았다.

"장작을 정리하고 계시나요?"

"그래."

기치 영감이 다시 도모이치를 돌아봤다. 일흔 가까운 나이치고 꽤 젊은 인상이다. 햇볕에 그을린 황갈색 피부는 야외에서 일하는 다른 사람들과 비슷하지만, 이마와 뺨에 감도는 붉은 기운이 어딘가 생생하고 원기 있는 느낌을 줬다.

유명 전자 회사 이름이 적힌 노란 작업모 아래로는 짙은 눈썹이 눈에 띄었다. 곰이 떠오를 만큼 위압감이 있었다.

"겨울 준비를 하고 계신 거죠?"

"그래."

분위기를 풀어 보려고 간신히 짜낸 말도 또다시 '그래'라는 짧은 한마디로 일축됐다.

도모이치는 결국 자포자기하는 심정으로 본론에 들어갔다.

"실은 20년도 더 된 전쟁 중 일입니다만…… 제 동생이 이 마을에 잠시 신세를 진 적이 있습니다."

"그래."

기치 영감은 대답하면서도 굵은 손가락으로 장작을 모아 땅바닥에 깔린 짚 끈 위에 차곡차곡 얹었다. 그 위에 고무신을 신은 발을 대고 묶기 시작한다.

"신세를 지긴 했지만…… 동생은 이 마을에 있는 용신 연못에 빠지는 사고로 죽고 말았는데요……"

"그래. 그렇군."

"그 일에 대해 조금 여쭙고 싶은 게 있어서……"

"난 아무것도 몰라."

워낙 매몰차고도 단호하게 잘라 말한 탓에 도모이치는 차마 다음 말을 잇지 못했다.

도시에서 온 마음 약한 30대 남자와 무신경한 시골 촌로의 기싸움은 싸움이 되기도 전에 끝났다고 봐야 할 것이다.

그렇다면 결국 불편함이나 거리낌을 느끼지 않는 쪽이 훨씬 유리한 법이다.

혼란의 수렁에서 벗어나기 위해 도모이치는 어쨌든 한 번 더 애를 써 보았다.

"어떤 사소한 것이든 괜찮습니다. 조금이라도 기억나시는 게 있다면, 말씀을 조금……."

"그러니까 난 아무것도 모른다고 했잖아."

나에바 교코가 한 말이 사실인 듯하다. 이 정도로 딱 잘라 거절하면 더 붙잡을 여지도 없다.

마음 약한 탐정은 이미 퇴각을 시작하고 있었다.

"실례했습니다. 너무 갑작스럽게 찾아뵈서 불편하셨을지도 모르겠습니다. 다음에 다시 와야 할 것 같네요. 그렇게 거창한 이유가 있는 건 아니고, 단지 동생을 추억하고 싶어 마을을 찾은 것뿐입니다……."

"그래."

"다시 정식으로 인사드리러 오겠습니다."

도모이치는 물러설 수밖에 없었다.

밭 사이로 난 좁은 길을 빠져나와 자신이 올라온 산길을 다시 내려가기 시작했다.

조금 전 길을 가로지르던 물줄기 앞에 이르렀을 때 그의 발이 멈췄다.

물에 젖은 흙 위에서 누군가의 발자국을 발견한 것이다. 올라올 때만 해도 이런 건 없었다. 도랑을 뛰어넘기 전 분명히 발밑을 살폈기 때문에 확실히 기억했다.

그때는 이런 발자국이 없었다.

하지만 지금은 도모이치가 남긴 발자국에서 그리 멀지 않은 곳에 또 다른 발자국이 선명하게 남아 있다.

아까 등 뒤에서 느낀 그 인기척이 역시 착각이 아니었던 걸까.

누군가가 몰래 뒤를 밟고 있었던 걸까.

도모이치는 주변의 흙바닥을 다시 한번 면밀히 관찰했다.

수상한 발자국은 두 개 있다. 신발을 신은 자국처럼 보인다. 하지만 남자 것인지 여자 것인지는 분명하지 않았다.

땅이 너무 젖어 있어 신발 밑창의 세부적 무늬나 뚜렷한 윤곽도 보이지 않았다.

이 발자국의 주인이 정말 자신을 따라온 것이라면, 대체 무슨 이유로?

불과 한 시간 전쯤 마을에 나타난 자신이 미행당할 이유라면 하나밖에 없다.

조금 전에도 느꼈지만 이 마을에는 사람들의 은밀한 눈과 귀, 입이 거미줄처럼 얽혀 있는 듯하다. 그러니 정보도 순식간에 전해지는지 모른다.

도모이치가 마을에서 죽은 소년의 형이라는 것, 그리고

그 죽음의 진상을 조사하러 왔다는 사실 역시 이미 마을 사람들이 다 알고 있을 가능성도 있다.

하지만 이렇게 즉시 감시와 미행을 시작하다니, 도대체 왜?

동생 슈지의 죽음에는 그토록 들키고 싶지 않은 무언가가 숨겨져 있는 걸까.

아니, 단순한 기우일지 모른다. 아까는 없던 발자국이 젖은 땅 위에 찍혀 있다고 해도 그렇게까지 상상하는 건 지나치다. 더 깊이 생각해 봐야 소용없다.

그럼에도 도모이치는 그때부터 어디선가 누군가가 자신을 지켜보고 있다는 감각을 끊임없이 받게 됐다.

"아무튼 이런 외진 곳까지 오느라 고생 많으셨습니다. 앞으로 잘 부탁드립니다."

하나시마는 희석한 위스키가 담긴 잔을 도모이치의 잔에 가볍게 부딪쳤다.

테이블에는 조금 전까지 일하던 나이 든 가정부 할머니가 만들고 간 요리들이 차려져 있었다. '사다'라는 이름의 이 가정부는 매일 집에 와서 하나시마의 생활 전반을 돕는 듯했고 약 30분 전쯤에 돌아갔다.

나에바 교코 역시 그보다 10분쯤 앞서 안마당에 세워 둔 경차에 시동을 걸고 저녁 어스름 속으로 사라졌다.

"서둘러 가지 않으면 배고픈 아이들이 기다릴 테니까요."

헤어질 때 그녀가 남긴 한마디는 도모이치를 다소 당혹스럽게 했다.

"결혼하신 분이었군요……."

도모이치의 착각에 교코는 웃음을 터뜨렸다.

"네. 저, 두 아이의 엄마예요. 세 살과 다섯 살 된 남자아이가 있어요."

그리고 지금 다이닝키친이 있는 이 거주 공간과 병원 건물 사이의 안마당에는 밤의 어둠이 내려앉고 있다. 도시에서는 좀처럼 볼 수 없는 짙고 축축한 진짜 어둠이었다.

안마당 한가운데쯤에는 서양식 정원처럼 등나무 덩굴이 있는 공간이 있고 그 아래에 붉은 벽돌이 깔려 있다. 그곳에 크림색 벤치가 하나 놓여 있는 것이 어둠 속에서 희미하게 보였다.

하나시마는 안마당을 바라보며 진심으로 맛있다는 표정으로 희석한 위스키를 마시고 있었다.

희석했다고는 하지만 굉장히 독했다. 위스키 3에 물 1 정도 비율일까.

도모이치는 하나시마가 만들어 준, 일종의 '아이스 플로트 위스키'라고 할 만한 술을 보며 처음에는 어이가 없었다. 그래서 자기 잔에 물을 조금 더 탔다.

"전 이 술만 있으면 더 바랄 게 없거든요. 그래서 이런 시골까지 아무렇지 않게 올 수도 있었던 거죠. 언젠가 이 술 때문에 저 자신을 망칠지도 모르겠습니다. 아니, 어쩌면 벌써 망치는 중일지도……."

하나시마는 허무한 것처럼 웃음을 터뜨리며 말을 이었다.

"그래서 오늘은 뭐 흥미로운 수확이라도 있었나요?"

"아뇨, 별로 대단한 건……. 기치 영감님이라는 분이 당시 상황을 알고 계신 것 같은데 성격이 까다롭다고 할까, 입이 무거우시다고 할까. 전혀 말씀을 안 하시더군요."

그러다 도모이치는 문득 떠올렸다.

"……이런 시골에 사시는 분들은 사찰 스님이나 의사 선생님 같은 분의 말씀은 잘 듣는다고 하던데요. 혹시 선생님께서 직접 물어봐 주시거나 한 말씀 거들어 주실 수는 없을까요?"

하나시마의 얼굴은 술기운으로 벌써 붉게 물들어 있었다. 피부가 하얘서 더 두드러져 보이는 것일 수도 있다. 그렇다고 해도 술 마시는 속도가 너무 빠르다. 아이스 플로트 위스키는 이미 절반 이상 비워진 상태였다.

"해 보죠. 확실히 제가 나서면 마음을 열고 이야기해 주실지도 모르겠네요."

"부탁드립니다. 남들 눈에는 굳이 이렇게까지 할 일이 아닌 것처럼 보일 수도 있겠지만…… 동생의 죽음을 직접 아는 분이 지금은 기치 영감님밖에 없다는 걸 알게 되니 더 그분의 이야기를 듣고 싶어졌습니다."

지금은 도모이치도 거리낌 없이 이 정도 거짓말은 할 수 있었다.

"시간은 조금 걸릴지 모르지만 꼭 도와드리겠습니다. 그동안은 여기서 천천히 쉬다 가세요. 연못 위에 있는 용신 사당에도 다녀오셨다면서요?"

"네."

"교코 씨는 거기 있는 용신에 대해 뭐라고 하던가요?"

"마을의 수호신이라든가, 3이 붙은 날마다 연못과 동굴을 오가며 거처를 옮긴다든가…… 같은 이야기를 들었습니다."

"용이 산 제물을 원한다는 이야기는?"

"그런 건 못 들었습니다."

"이 지역 사람들도 이제 젊은 분들은 그런 전설을 잘 모를지도 모르죠. 하지만 나이 든 분들이라면 상당수가 알고 계실 겁니다. 아니, 안다기보다 믿는다고 하는 게 더 정확할지 모르겠네요. 그리고 이 '믿음'이라는 건 인간에게 때때로 터무니없는 행동이나 생각을 하게 만들죠."

"즉 용이 산 제물을 원한다는 전설 자체보다 그걸 믿는 사람들의 의식이 더 문제라는 말씀인가요?"

"그런 셈입니다."

도모이치는 현실주의자이지만 상상력이 부족한 사람은 아니다. 오히려 때때로 상상에 지나치게 깊이 빠져드는 경향이 있고 이는 유능한 과학자가 갖춰야 할 자질이기도 했다.

하지만 과학자로서 진정 중요한 것은, 그런 상상을 일정 선에서 멈추고 실증으로 상상을 쫓아가려는 자세다.

도모이치 역시 마찬가지였다.

용에게 바치는 산 제물 이야기를 들었을 때 그의 머릿속에 어떤 상상이 순식간에 퍼져 나갔다. 그러나 곧 상상이 과하다는 것을 자각하고 의도적으로 현실적인 태도로 말을 이었다.

"아무래도 저로서는 솔직히 아직 잘 감이 안 잡히는 이야기입니다. 그보다 낮에 말씀하신, 그 광에 남아 있을 거라는 전임 의사 선생님의 일기나 메모 쪽이 궁금합니다."

"일기나 메모?"

"혼고 선생님이 남기셨다는 기록 말입니다."

"아아, 그거 말이군요······."

하나시마의 얼굴에는 술기운이 제법 올라와 있었다.

"내일 보여 주실 수 있을까요?"

"네. 좀 바쁘기는 하지만······ 아무튼 내일 진료가 끝나면 바로 한번 찾아보겠습니다."

느긋한 말을 듣고 도모이치는 약간 짜증이 났다. 어쩔 수 없는 일일지 모른다. 이곳에서는 모든 게 시골의 속도로 돌아간다.

그때 전화벨이 울렸다.

하나시마는 몸을 일으켜 전화기 쪽으로 다가갔다.

수화기를 들고 두어 마디 주고받더니 그는 쾌활한 목소리로 우렁차게 말했다.

"좋아! 알았어. 바로 가 주지!"

전화를 끊고 돌아오며 하나시마는 다시 입을 열었다.

"호랑이도 제 말 하면 온다더니, 기치 영감님께서 갑자기 배가 심하게 아프다고 하네요."

"네? 아까 봤을 때 그런 기색은 전혀 없었는데……."

"아무튼 잠깐 다녀오겠습니다. 잠시 혼술로 견뎌 주세요. 스쿠터를 몰고 금방 다녀올 거니 2, 30분이면 돌아올 겁니다."

일어선 하나시마의 발걸음은 술기운 탓인지 다소 휘청거렸다.

3

9월 6일(금)

"……이시이케 씨 이름은 몇 번인가 들은 적이 있습니다. 꽤 오랜 기간 이곳에서 근무하셨다고 들었습니다. 하지만 이곳 근무를 그만두신 이후나 현재 상황에 대해서는 전혀 모릅니다. 그래도 본서에 한번 문의해 보겠습니다. 어디까지 알아낼 수 있을지는 장담 못 드리겠지만……."

아와타 순경은 도모이치의 부탁을 꼼꼼하게 메모장에 받아 적었다. 메모장이라고 해도 필요 없게 된 업무용 서류를 자른 후 오른쪽 위에 종이 끈을 넣어 만든 것이었다.

"혹시 그분이 아직 정정하시고 현재 주소까지 알 수 있다면 그것도 부탁드립니다."

정직해 보이는 순경의 얼굴에 잠깐 공무원다운 경직된 표정이 스쳐 갔다.

"그건…… 네, 윗선에서 허가만 해 준다면……."

"오늘도 하나시마 선생님 댁에서 신세를 질 예정이니 혹시 뭔가 알게 되면 연락 부탁드립니다."

"알겠습니다. 그럼 이제 어디로 가십니까?"

"나에바 교코 씨의 차를 얻어 타고 쓰루마이로 갑니다."

도모이치는 뒤를 돌아봤다. 주재소 앞길 건너편에 교코가 차를 세워 두고 기다리고 있었다.

시선이 마주치자 교코는 환하게 웃으며 창밖으로 손을 흔들었다.

점심부터 오후 3시 진료가 시작되기 전까지 남는 시간 동안 도모이치가 가고 싶은 곳에 데려다주겠다고 교코가 먼저 제안했다.

그래서 도모이치는 야마쿠라 주재소를 시작으로 쓰루마이와 오치아이로 이어지는 코스를 부탁했다.

아와타는 교코를 향해 정중하게 경례하며 말했다.

"쓰루마이에 가시는 것도 역시 돌아가신 동생분과 관련된 일인가요?"

"네. 쓰루마이에는 당시 학동 소개로 온 아이들을 기억하는 분이 아직 꽤 남아 있다고 하더군요. 어제 교코 씨가 그런 분들을 알아봐 주셔서 가서 이야기를 좀 들어보려고 합니다. 여관집 주인아주머니나 마을 사무소에서 소개 아동을 담당하던 분이라든가."

도모이치는 인사하고 길을 건너 교코의 차로 돌아갔다.

교코가 모는 경차는 포장되지 않은 시골길을 앙증맞게 흔들리며 달렸다.

어제 그 마을 입구 근처에 이르자 도모이치는 계단식 밭 위를 올려다봤다. 그리고 입에서 무심코 말이 새어 나왔다.

"아아, 저 할머니, 역시 계시네요."

교코는 슬쩍 위를 올려다보고는 곧 시선을 앞으로 되돌렸다.

"네. 오카시와 나미 할머니죠. 혹시 하나시마 선생님께 할머니의 아들 이야기는 들으셨어요?"

"네, 들었습니다. 그런데 문득 그런 생각이 들더군요. 어쩌면 정말 언젠가 아드님이 돌아올 수도 있지 않을까 하는."

"그건 어려울 거예요. 실종된 지 5, 6년 정도면 가능성이 있겠지만 아들이 집을 나간 게 어언 10년…… 아니, 정확히는 11년 전인 1957년 여름이에요. 그러니 지금 살아 있다면 나이가 서른하나나 둘쯤 됐을 텐데, 이미 어딘가에 자리를 잡고 살면서 고향 생각 같은 건 거의 안 하지 않을까요."

차는 곧 사사가와강을 따라 난 넓은 길로 들어서더니 쓰루마이를 향해 완만한 내리막길을 달리기 시작했다.

이곳에도 당시의 학동 소개를 다른 시각으로 바라보는 이가 있었다.

포동포동한 여관집 아주머니는 어떤 상황에서도 환하게 웃으며 세상을 바라보는, 멋진 인생철학을 지닌 사람처럼 보였다.

실제 나이는 아마 쉰이 훌쩍 넘었을 것이다. 그런데도 윤기 나는 피부며 또랑또랑한 목소리 덕에 도무지 40대로만 보이는 것도 어쩌면 그런 삶의 자세가 가져다준 결과일지 모른다.

이름은 고타니 나오코. 1945년경부터 '모미지관'이라는 여관의 안주인으로 일했고 지금도 계속하고 있다.

시골의 온천 여관답게 현관을 지나자마자 나오는 응접실이 겨우 다다미 여덟 장 정도 크기였다. 그래도 소파나 테이블, 의자 같은 게 아기자기하게 배치돼 있고, 근처 관광지인 요로 계곡의 포스터 사진이 벽에 붙어 있다. 장식장에는 박제된 꿩과 대형 말벌 집이 전시돼 있었다.

"저희 여관은 학생들을 받지는 않았어요. 지금은 두 곳다 없어졌지만 '세세라기관'과 '쓰루마이장'이 학생들의 숙소로 쓰였죠. 대신 저희 여관에는 면회를 오는 부모님들이 자주 머물렀답니다. 150명이 넘는 활기찬 아이들이 한꺼번에 우르르 몰려오고 그들의 부모님들도 찾아오시고 해서 이 조용한 시골 온천이 정말 북적였죠. 이곳에서 그런 일은 앞으로 두 번 다시 없지 않을까요. 네, 슈지의 어머니는 잘 기억해요. 면회를 자주 오셨는데, 아마 횟수로 치면 첫 번째나 두 번째였을걸요. 아들을 무척이나 아끼시는 것 같았죠."

그 말을 듣고 도모이치는 잠시 말문이 막혔다.

둘째 아들에 대한 어머니의 애정이 사실 그렇게 깊지 않다고 느낀 적도 있었다. 그러니 어릴 때도 그렇게 오랫동안 친정에 맡길 수 있었던 게 아닐까.

하지만 그건 오해였을지 모른다. 생활고 때문에 여자 혼자 힘으로 아이를 한 명밖에 키울 수 없었다면 그저 순리대로 장남을 곁에 뒀을 뿐일 수도 있다.

사실 어머니는 누구보다 깊이 슈지를 사랑한 게 아닐까. 아니, 어쩌면 어릴 때부터 그런 역경을 짊어지게 했다는 죄책감 때문에 장남인 도모이치보다 슈지에게 더 마음을 썼을 수도 있다. 그러니 소개지에도 그렇게 여러 번 찾아갔던 걸까.

"그럼 제 동생이 사고로 죽은 일도 알고 계시겠군요."

"네, 물론이죠. 정말 안타까운 일이에요……. 슈지는 참 활달하고 눈치 빠른 아이였죠. 자유 시간에 '아주머니, 아주머니' 하면서 또 한 명, 그 이름이 뭐였더라…… 아무튼 그 아이와 자주 놀러 왔는데…….”

"혹시 이름이 혼조 아니었습니까?"

"맞아요! 혼조! 혼조 아키라!"

소탈하고 따뜻한 아주머니의 얼굴이 환하게 빛났다.

"그 애는 잘 지내나요?"

"네, 이틀 전에 만나고 왔습니다."

"그 둘은 틈만 나면 부엌에 와서 장작을 패거나 물을 길어 오는 등 이것저것 도와줬어요. 그래서 가끔 보답으로 다른 아이들 몰래 찐 고구마나 경단을 주기도 했죠."

'틈만 나면 부엌에 왔다'라는 아주머니의 말에서는 왠지 수상한 기운이 느껴졌다. 도모이치는 속으로 쓴웃음을 지었다. 슈지와 혼조 아키라, 그 악동 콤비라면 단지 기분 탓은 아닐 것이다.

"어머니께서 마지막으로 동생을 면회하러 온 게 언제쯤 이었는지 기억하시나요?"

"글쎄요……. 너무 오래된 일이라 정확히는 기억 안 나지만…… 그래도 그 사건이 있기 그리 오래전은 아니었던 것 같아요. 그때도 우에키 선생님이 함께 오셔서 슈지를 포함한 세 사람이 뒷산 쪽으로 갔던 게 확실히 기억나거든요."

"'그때도'라고 하신 걸 보면, 어머니가 오실 때마다 우에키 선생님이 항상 동생과 함께 여기 왔다는 말씀인가요?"

"늘 그랬던 건 아니겠지만 대체로 그랬던 것 같아요. 원래 규칙상 면회는 금지돼 있었거든요. 그런데 선생님께서 자발적으로 나서서 함께 오셨으니 저도 기억이 선명한 거예요. 다른 아이들 같으면 제가 우에키 선생님이나 도오이 선생님께 몰래 연락을 드렸죠. 그럼 선생님이 그 학생에게 살짝 귀띔을 하고, 그 학생은 다른 친구들에게 들키지 않게 정해진 시간 동안만 몰래 여기서 면회를 했어요. 그런데 슈지만큼은 늘 우에키 선생님이 직접 데려오셨어요."

이 사실은 혼조 아키라도 증언한 바 있다. 우에키 선생님이 편모 가정인 슈지와 슈지와 어머니에게는 특별히 신경을 써 주는 것 같았다고.

도모이치는 문득 떠올렸다.

그 시절 어머니의 나이는 서른여섯이나 일곱. 우에키 선생과 크게 차이 나지 않았을 것이다. 혹시 두 사람 사이에서 어떤 감정이 싹텄던 게 아닐까.

평소 이런 종류의 상상을 거의 해 본 적 없는 도모이치는 당황하며 생각을 얼른 다른 곳으로 돌렸다.

"그런 비공식 면회는 구도 선생님에게 비밀이었겠죠?"

"구도 선생님요? 아아, 그 연세가 많았던 단장 선생님 말씀이시죠. 딱히 비밀이었던 건 아니지만…… 그러고 보니 구도 선생님은 면회에 전혀 관여하지 않으셨던 것 같아요."

"구도 선생님이 면회를 절대 금지해야 한다고 강하게 주장하셨던 게 아니고요?"

"네? 그래요?"

아무래도 이 한없이 해맑은 여인은 세상의 어두운 면을 보고 느끼는 능력이 다소 부족한, 한마디로 복 받은 별에서 태어난 사람인 듯했다.

"……이건 '철릉'이라고 합니다. 도망칠 때 도주 경로에 뿌려 두면 추격자의 발에 박히게 되죠. 수리검 대용으로도 씁니다. 이건 '시노비 낫'이라고 해서 보다시피 쇠사슬낫을 작게 만든 형태로 전체가 쇠로 돼 있습니다."

나에바 고키치는 앞쪽 다다미에 늘어놓은 소위 '닌자 도구'들을 열정적으로 설명했다.

자기가 좋아하는 것을 이야기할 때 특유의 도취된 듯한 즐거움에 가득 찬 모습이다.

"그리고 이건 '닌자도'라고 하는데, 날 길이가 보통보다 짧아서 대개 두 자(약 60센티미터) 이내입니다. 보시다시피 칼자루 보호대도 아주 크고 네모난 모양이죠. 그리고 보세요. 이 칼집에 달린 끈이 굉장히 길어서 거의 두 간(약 3.6미터) 정도 됩니다. '소파'들은 이 끈을 다양한 방식으로 활용했습니다. 칼을 나뭇가지에 던져서 걸고 매달려 올라가기도 하고, 적을 포박할 때는 밧줄처럼 썼죠. 또 낮은 담장을 넘을 때도 요긴하게 활용했다고 합니다."

나에바 고키치는 자리에서 일어나 방 한쪽 벽에 닌자도를 기대어 세웠다.

일흔이 넘은 나이에도 여전히 정정했다. 마른 체구가 오히려 더 기백을 느끼게 했다.

노인은 기대어 놓은 칼의 칼자루 보호대에 한쪽 발을 올리더니 그걸 디딤돌 삼아 몸을 훌쩍 들어 올렸다. 뻗은 한 손으로는 문틀을 움켜쥐었다.

"이런 식으로 담장에 손을 얹고 담을 넘는 겁니다. 칼집 끈의 끝부분을 쥐고 있으니 담 너머로 내려간 후 끈을 당기면 칼을 회수할 수도 있죠. 그 밖에도 이 끈의 사용법에는 여러 가지가 있었던 것 같습니다. 다만 다에미 가에 남아 있던 그 자세한 사용법이 적힌 비전서가 팔려 버려서…… 지금 이렇게 빌려 온 닌자 도구들 중 일부라도 저에게 남아 있는 게 행운이라 할 수 있겠지요."

나에바 노인은 칼을 챙겨서 다시 자리에 돌아왔다.

"……'소파'나 '랏파乱波'라고 불린 이들은, 우리가 흔히 아는 이가伊賀나 고가甲賀 닌자들보다 훨씬 먼저 생겼습니다. 말하자면 전략과 기술을 활용하는 산적 떼에 가까웠죠. 그렇기 때문에 이런 닌자 도구들을 이가, 고가 닌자 수준으로 고안했다면 이는 정말 놀라운 일입니다. 물론 사실 더 후대에나 다에미 가에 전해져서 선조들의 우수성을 과장하거나 미화하는 데 쓰였을 수도 있죠. 이 부분은 앞으로 더 연구해 봐야 합니다만, 아쉽게도 핵심 자료들이 다에미 가의 몰락과 함께 흩어져 버려서……."

노인은 한숨을 내쉬며 동쪽 정원에서 불어오는 시원한 바람을 향해 고개를 돌렸다.

오치아이에 있는 나에바 고키치의 집은 그야말로 명망 있는 옛 가문답게 위엄 있는 고택이었다.

그런 집 안채는 대부분 무더운 여름을 고려해서 지어져 바람이 잘 통한다. 이곳도 예외는 아니었다.

도모이치는 기분 좋게 바람을 맞으며 노인의 이야기를 경청하고 있었다.

물론 교코의 차를 타고 쓰루마이에서 되돌아와 나에바 고키치의 집을 찾은 건 '소파' 이야기를 듣기 위해서는 아니었다. 목적은 따로 있었다.

그리고 노인의 취미 이야기를 충분히 들어준 만큼 슬슬 본론을 꺼낼 때가 됐다고 판단했다. 도모이치는 자연스럽게 화제의 전환점을 만들며 대화를 다른 방향으로 돌리기 시작했다.

"이런 연구도 향토사 범주에 들어가는 건가요?"

"아뇨. 향토사라고 할 정도로 거창한 건 못 됩니다. 그저 좋아서 지역의 역사나 전설을 조사하는 정도라……."

"그 전설 말입니다만, 혹시 야마쿠라의 용신 연못 전설에 대해서도 아시나요?"

"뭐, 어느 정도는……. 그런데 그 연못 전설이 그리 특별한 건 아닙니다. 그런 전설은 어느 지방에나 비슷하게 존재하니까요."

그렇게 대답하고 나에바 고키치는 문득 떠올랐다는 듯 말했다.

"그러고 보니 도모이치 씨의 동생분이 그 연못에서 사고를 당했다고……."

"연못의 용이 산 제물을 원한다는 식의 전설이 다른 지방에도 있는 건가요?"

"용이 산 제물을 원한다고요? 용신 연못의 용이? 전 처음 듣는 이야기입니다만."

도모이치는 조금 당황했다.

"하나시마 선생님이 알려 주셨습니다."

"전 그런 이야기는 전혀 들은 바 없는데……. 선생님은 어디서 그런 이야기를 들으셨을까요?"

"저도 잘……. 혹시 야마쿠라에 선조인 '소파'들이 이주해 왔을 때 용에 관한 신앙도 함께 들어왔다는 식의 이야기는 없습니까?"

"하하. 글쎄요."

나에바 고키치는 의외라는 듯이 감탄하며 잠시 말을 멈췄다.

"제가 관심을 갖고 조사해 온 것 중 하나가 바로 다에미 가의 역사인데, 그 부분에 대해서는 저도 조금 말씀드릴 수 있겠습니다. 제가 지금껏 조사한 범위에서는 용신 연못의 용이 등장하는 이야기 같은 건 전혀 없었습니다. 물론 말씀드린 대로 어디까지나 '제가 지금까지 조사한 범위'에서 그렇다는 겁니다. 다에미 가에는 아직 연구되지 않고 공개되지도 않은 일기나 기록, 문서 등이 많이 남아 있는데, 그걸 마지막 당주였던 요시노리 군이 저에게 한마디 말도 없이 몰래 팔아 버렸지요. 그러니 아직 밝혀지지 않은 게 많고, 어쩌면 그 안에 용에 대한 자료가 있었을 수도 있습니다."

나에바 고키치의 말투에는 귀중한 자료들이 팔려 버린 것에 대한 깊은 안타까움이 묻어났다.

"즉, 고키치 씨께서 연구하시던 자료가 도중에 다른 사람 손에 넘어간 거군요."

"그렇습니다. 제 형이 다에미 가에서 집사로 일할 때는 덕분에 저도 소장된 문서들을 자주 읽을 수 있었습니다. 어쩌면 그런 자료들을 접한 경험이 제가 이 길에 흥미를 갖게 된 출발점이었는지 모르죠. 그런데 선대 당주인 요시로 씨께서 돌아가시고 저희 형까지 집사 일을 그만두면서부터 그런 기회가 거의 없어졌습니다. 어떻게든 손을 써야겠다고 생각은 했지만, 저희 나에바나 오카시와 같은 다른 가문에도 꽤 많은 문서들이 남아 있었기에 자연히 그쪽 연구에 집중하다 보니 다에미 가 일은 뒷전이 돼 버렸어요. 그러는 사이 요시노리 군이 대를 잇고 다에미 가의 재산 중에서 돈이 될 만한 것들을 몰래 하나둘 팔아치우기 시작했던 겁니다."

"요시노리 군이라면…… 어릴 때 정신이 이상해서 계속 다카사키인가 어딘가에 가 있었다는 사람 아닌가요?"

"네, 맞습니다. 전쟁 후 다에미 가는 뚜렷한 수입원이 없어 점점 쇠락한 게 사실입니다. 하지만 '어르신'이라는 칭호는 여전히 남아 있었고, 조상 대대로 야마쿠라 지역의 대표로서 체면도 지켜야 했기에 부담이 컸겠죠. 하지만 차기 당주가 된 요시노리 군이 경제관념이 전혀 없었던 데다가 여자에 빠져 방탕하게 살았던 게 몰락의 큰 원인이 됐습니다. 큰마님께서 그런 그를 그냥 내버려두신 것도 커다란 실수였고요."

"큰마님이라면 선대 요시로 씨의 부인인가요?"

"그렇습니다. 어릴 적 요시노리 군은 꽤 심각한 정신 질환을 앓았고 이후 열일곱, 여덟 살이 될 때까지 가족과 멀리 떨어져 지냈습니다. 그런 사정 때문에 큰마님은 아들을 맹목적으로 사랑한 나머지 그 외의 것들은 전혀 못 보게 된 겁니다. 그 틈을 타 요시노리 군은 땅과 저택은 물론 마을의 공동 재산까지 이중, 삼중으로 담보를 잡혔고, 집안에서 대대로 아끼던 서화와 골동품들을 몽땅 팔아치운 것으로 모자라, 심지어 외부에 절대 공개되지 않았던 문서들까지 모조리 처분해 버렸습니다. 결국 상황이 막다른 길에 몰리고 요시노리 군이 자살한 뒤에야 밝혀진 것은 다에미 가에는 이미 단 한 푼도 남아 있지 않다는 사실이었습니다."

"그 큰마님이라는 분이 야마쿠라를 떠난 건 요시노리 군이 죽고 얼마나 지나서였습니까?"

"반년쯤 지난 뒤였을까요. 그렇게 되니 다에미 가의 존재가 지금껏 눈에 보이지 않는 방식으로 마을 사람들의 마음을 얼마나 깊이 지배해 왔는지 다들 실감하게 됐죠. 그 후 약 4, 5년 동안은 야마쿠라를 떠나는 사람이 끊이지 않았습니다. 특히 다에미 가 사람들을 '어르신, 어르신'이라고 부르며 존경해 온 다른 집안이나 나이 든 분들의 이주가 눈에 띄었죠. 은둔하듯 살아온 '소파'의 전통이 와르르 무너져 내린 느낌이었달까요. 그리고 그런 흐름이 가라앉았을 때 야마쿠라는 더는 특별한 의미가 있는 곳이 아닌, 그저 작고 외진 산골 마을이 돼 버렸습니다. '소파'니 닌자의 은신처 같은 이야기를 떠올리는 사람은 이제 저 같은 골수 향토사 연구가밖에 남지 않게 된 거죠……."

노인의 목소리에는 안타까움이 배어 있었다.

"요시노리라는 분이 그토록 경제관념이 없었다거나, 방탕한 생활을 했다거나, 돈에 쪼들려 끝내 스스로 목숨을 끊었다는 이야기를 들으면…… 꼭 어린 시절의 정신 질환이 어떤 식으로든 영향을 끼친 게 아닐까 하는 의심도 듭니다만."

"그럴지도 모르겠습니다."

나에바 고키치는 잠시 생각에 잠긴 채 술잔을 입에 가져갔다. 이 지역 특산인 청주라고 했다.

도모이치의 입에는 그리 맛있는 술이 아니었다. 어딘가 죽 냄새 같은 게 났다. 양주에 익숙한 그에게는 질척하고 텁텁했지만 계속 조금씩 마시고는 있었다.

"하나시마 선생님 말로는 다에미 가는 도적의 피를 물려받았고 근친혼으로 나쁜 유전자가 섞여서 대대로 평범하지 않은 인물들이 태어났을 거라던데…… 혹시 요시노리라는 분도 그런 경우 아닐까요?"

노인은 힘없이 미소 지었다.

"제가 그분께 어떻게 말씀드렸는지 이제 잘 기억나지 않지만, 아무래도 하나시마 씨의 해석은 조금 과장 섞인 느낌도 듭니다. 유서 깊은 집안일수록 역대 당주에 대한 이야기가 여러 갈래로 전해지다 보니 자연히 과장되는 경향이 있거든요. 아무튼 제가 곁으로 지켜본 요시노리 군은 유전적으로 이상하다는 느낌은 없었습니다. 제법 개성 강한 청년이기는 했습니다만……."

"나에바 교코 씨도 요시노리 씨의 유년기 병은 유전 때문이 아닌 단순히 정신적인 충격이 원인이었다고 하더군요."

"교코라면 당연히 그렇게 말하겠지요."

"당연히…… 라니요?"

노인의 손이 다시 뒷머리로 향했다.

"교코는 요시노리 군을 좋아했거든요. 그러니 요시노리 군과 관련된 이상한 소문 같은 건 전혀 믿지 않았습니다."

"아, 그렇군요."

옛 다에미 저택 터에서 요시노리의 죽음이 광기 끝의 자살이 아니라고 단언하던 그녀의 단호한 말투가 인상 깊게 남아 있었다. 이제야 그 이유를 이해할 수 있었다.

"그래서 요시노리 군이 자살했을 때는 엄청난 충격을 받은 듯했죠……. 시신의 상태가 뭔가 납득이 가지 않는다며 한바탕 소란을 피우기도 했죠. 원체 강단 있는 아이라서요."

"납득이 가지 않는다니…… 구체적으로 어떤 부분이 말입니까?"

"그건 교코에게 직접 물어보시는 게 좋겠습니다. 저로서는 잘 이해되지 않았던 부분이라 제가 따로 뭘 개입하지는 않아서요."

노인의 태도를 보면 전혀 모르는 사람 같지는 않았다. 그러나 먼저 입을 열고 싶지는 않은 듯한, 어떤 복잡한 속내가 느껴졌다.

"어머, 숙부님께서 그런 이야기까지 하셨어요?"

나에바 교코는 운전대를 잡은 채로 미소 지었다. 그리고 개의치 않는다는 듯이 말을 이었다. 차분한 말투라 더 강한 신념이 느껴졌다.

"전 지금도 요시노리 씨의 죽음에는 뭔가 석연치 않은 게 있다고 믿어요."

저녁 무렵 교코는 나에바 고키치의 집까지 도모이치를 데리러 왔고 지금 함께 돌아가는 길이었다.

"석연치 않은 거라니요?"

"당시 요시노리 씨 주변에는 온통 안 좋은 소문만 가득했어요. 여자를 밝힌다느니, 돈을 함부로 쓴다느니……."

"그게 전부 거짓말이었다는 겁니까?"

"네. 예를 들어 여자를 밝힌다는 이야기도 정작 구체적인 사례 같은 건 하나도 없었거든요. 씀씀이가 헤펐다는 소문도 마찬가지예요."

사랑하던 사람을 향한 편향적 시선. 문득 그런 생각이 머리를 스쳤지만 도모이치는 차마 입에 담을 수 없었다.

"몰래 집을 팔거나 귀중한 물건들을 처분한 건 사실 아닌가요?"

"전쟁이 끝난 뒤부터는 아무런 수입이 없었고, 그 와중에도 야마쿠라의 대표로서 다에미 가의 격식은 갖춰야 했으니까요. 사실 요시노리 씨는 이런 힘든 집안에서 벗어나 자유로운 몸이 되어 대학에서 공부하고 싶다고 저한테 자주 털어놓곤 했어요."

"그 모든 게 정말 아무 근거도 없는 소문이라면 대체 왜 그런 말들이 퍼지게 된 걸까요?"

오치아이 방면에서 야마쿠라로 들어가는 경로는 미도리카와강을 건너야 한다. 하지만 그곳에 걸린 다리는 쓰루마이에서 들어가는 다리에 비해 훨씬 초라했다. 이용률이 낮기 때문일 것이다. 난간 같은 것도 목재로 만들어져 노후화돼 있었다.

교코는 차를 다리 난간 쪽에 가까이 세웠다.

그녀에게는 차를 멈추지 않고서는 차분히 할 수 없는 이야기인 듯했다.

"어쩌면 이건 제 피해망상일 수도 있어요. 전 그 소문들이 저와 요시노리 씨 사이를 일부러 갈라놓으려고 누군가가 퍼뜨린 것 같다는 생각이 들어요. 그리고 어쩌면 그의 어머니가 거기 가담했을지도 몰라요."

"요시노리 씨의 어머니가 말인가요?"

"네. 저와 요시노리 씨의 사이를 갈라놓기 위해 그런 악의적인 이야기들을 일부러 지어내지 않았을까요. 아들을 향한 그분의 집착은 정말 대단했거든요……."

"그랬다더군요. 그 이야기는 숙부님께도 들었습니다."

"네. 그런 분이셨어요. 그러니 저한테 사랑하는 아들을 빼앗긴다고 느끼셨던 게 아닐까요? 전 요시노리 씨가 죽기 전후 일들을 떠올릴 때마다 자꾸만 그게 마음에 걸려요."

"그…… 시신의 상태가 뭔가 납득이 가지 않는다며 교코 씨가 한바탕 소란을 피웠다는 이야기도 있던데, 그건 무슨 일이었나요?"

교코는 잠시 침묵했다.

해는 어느새 서쪽으로 기울고 있었다. 계곡을 가로지르는 다리 위는 산에 가려진 탓에 햇빛이 닿지 않아 꽤 어둑하다. 저녁노을에 물든 머리 위 좁은 하늘을 정체 모를 새 한 마리가 날카롭고 탁한 울음소리를 내며 날아갔다.

마침내 교코가 입을 열었다. 그 목소리는 지금껏 듣지 못한 무겁고 담담한 울림이었다.

"요시노리 씨가 세상을 떠났을 때도 그 어머니는 노골적으로 절 배제하려고 했어요. 마침 그때 전 도쿄에 있는 친척 집에 열흘 정도 놀러 가 있었거든요. 그런데 저희 어머니가 저한테 그 소식을 전하려고 하자 요시노리 씨의 어머니는 절대 알리지 말라며 강하게 만류하셨대요. 갑자기 큰 충격을 주면 안 된다는 게 이유였죠. 하지만 그런 건 이유가 되지 않잖아요."

교코의 말이 전적으로 옳아서 도모이치는 반박할 수 없었다. 그는 바지 주머니에서 담배를 꺼내 불을 붙이며 침묵을 모면했다.

교코는 감정이 점차 격해지는 걸 스스로 느끼는 듯 혼자 말을 이어 가기 시작했다.

"……그래서 아무것도 모르는 상태로 제가 쓰루마이에

돌아왔을 때는 이미 초칠일*이 지나 있었어요. 정말 충격이었죠. 요시노리 씨의 죽음을 그날 바로 들었다면 그렇게까지 충격이 크지 않았을지도 몰라요. 어쩌면 요시노리 씨의 어머니는 그것도 다 계산해서 저에게 알리지 않았을 수도 있고요……."

요시노리의 어머니가 보인 집착 같은 감정이 아예 이해가 안 되는 건 아니다. 그러나 도모이치는 그런 집착에 반응하는 교코에게서도 뭔가 집착에 가까운 감정이 느껴지는 걸 부인할 수 없었다.

그런 도모이치의 속내를 읽어서는 아니겠지만 그녀는 이내 진심을 털어놓기 시작했다.

"……그러니 솔직히 말하자면, 제가 요시노리 씨의 죽음에 뭔가 수상한 점이 있다고 주장하게 된 동기에는 그런 분노나 억울함이 섞여 있었을지 몰라요. 하지만 실제로 이상한 점도 많았어요. 아까 말씀드렸듯이 요시노리 씨가 자살한 이유로 돌았던 낭비벽이나 방탕한 생활 같은 건 근거라고는 없는 헛소문이었으니까요."

"즉, 그가 실제로 자살할 이유 같은 건 전혀 없었다는 말인가요?"

---

* 사람이 죽은 지 7일째 되는 날을 가리키는 말. 일본에는 그날 불공을 드리는 풍습이 있다.

"맞아요. 전 그가 죽기 사흘 전쯤에도 만났는데, 뭔가를 고민하거나 괴로워하는 기색은 전혀 없었어요."

"유서를 남겼다면서요? 자살하는 이유 같은 것도 적혀 있었고, 필적도 본인 것이었다던데요."

그러자 교코의 격앙된 목소리가 눈에 띄게 약해졌다.

"그건 맞아요……. 하지만 그 밖에도……."

논리에 관해서만큼은 엄격한 도모이치는 다소 모호하게 흐르는 이야기의 방향을 바로잡고자 했다.

"잠깐만요. 이 부분은 분명히 해 두고 싶은데, 요시노리라는 분의 죽음을 자살이라고 하기에 뭔가 석연치 않다면, 그럼 그 일은 대체 뭐였다는 말입니까?"

"사고사일 수도……."

교코는 말을 한 번 멈추고 마치 토해내듯 말했다.

"……아니면 누군가에게 살해됐을지도 몰라요."

"살해요?"

"어쨌든 그가 스스로 죽음을 택했다는 건 도저히 믿을 수 없어요. 그래서 더 조사해 달라고 주재소 경찰한테도 강하게 요구했지만 전혀 받아 주지 않았죠. 너무 분한 나머지 제 의심을 마을 사람들에게 마구 퍼뜨리고 다녔어요. 하지만 그것도 아무 소용 없었고요……."

"그런데…… 그가 정말 사고사를 당했거나 누군가에게 살해된 거라면, 그의 어머니는 왜 아무 말 하지 않았을까요?"

"모르겠어요. 하지만 말하지 않은 것도 그럴 만한 이유가 있었기 때문 아닐까요?"

이런 식의 억지 논리는 도모이치로서는 도저히 수긍할 수 없었다. 과학자라기보다 남자이기 때문이다. 그리고 아무리 야무지고 강인하다고 해도 교코는 역시 여자였다.

"요시노리 씨는 독을 마시고 자살했다고 하죠? 어떤 독을 마신 겁니까?"

"청산염이었대요. 공장 같은 데서 자주 쓰는 독극물인데, 요시노리 씨는 어디선가 그걸 구해 와 한밤중에 다다미방 안에서 몰래 마셨다는 거예요. 베개 옆에는 유서와 함께 독을 마실 때 쓴 물컵도 있었고요. 어머니는 그런 상태로 죽어 있는 요시노리 씨를 발견했다고 하는데……."

"거기에도 뭔가 석연찮은 점이 있나 보군요."

"네. 실은 장례식이 끝난 다음 날 일인데, 큰마님이 피로 얼룩진 듯한 옷가지를 뒤뜰 한쪽 구석에서 태우는 걸 하녀 중 한 명이 봤다는 이야기가 있어요."

도모이치는 잠시 망설인 끝에 조심스럽게 물었다.

"……그러니까 교코 씨는 요시노리 씨의 죽음이 독 때문이 아니라 피를 흘릴 만한 어떤 일이 원인이었을지 모른다고 추측하시는 건가요?"

"네."

"그렇군요. 그의 죽음이 뭔가 납득하기 어렵다고 주장하는 이유에는 그런 것도 포함돼 있었군요."

"맞아요."

"하지만 피 묻은 옷을 태웠다고 해도 그게 꼭 요시노리 씨 것이라고 단정할 수는 없겠죠. 아니, 설사 그렇다고 해도 그의 죽음을 타살이나 사고사라고 결론 내리는 건 비약이 크지 않나요? 그 이야기는 경찰에도 하셨습니까?"

"네. 직접은 아니지만 넌지시요. 이건 분명 중요한 결정적 증거가 될 수 있으니까요. 그래서 더 효과적으로 쓸 수 있을 때까지 조금만 더 시기를 재기로 한 거예요. 그날은 끝내 오지 않았지만요……."

"잠깐만요. 경찰 수사나 검시 결과도 음독자살로 결론 나지 않았나요?"

그러자 교코의 목소리에서 힘이 빠졌다.

"그건 그렇지만……."

그녀는 반발하듯 다시 말을 이었다.

"그 경찰 수사라는 것도 이미 자살로 확정된 상태였기 때문에 읍에서 경찰관이 따로 수사하러 나온 것도 아니었어요. 주재소 순경이 조사했을 뿐이에요."

"그래도 검시는 했잖습니까?"

"네, 혼고 선생님이."

슈지의 죽음과 엮인 사람도 다에미 집안사람들과 혼고 의사 같은 인물들이었다.

그리고 이 두 사건 모두 폐쇄적인 작은 마을 안에서 어딘가 은밀하고 빠르게 처리된 듯한 느낌을 줬다.

"요시노리 씨가 사망했을 당시 주재소에서 근무하던 경찰이 누구였죠?"

"그때도 이시이케 씨였어요. 아, 그 이야기를 하니 생각났는데, 아까 주재소의 아와타 순경이 병원에 전화해서 알려 줬어요. 이시이케 씨는 역시 정년퇴직을 하셨다고 해요. 1960년에 경찰직에서 물러나셨대요."

"그럼 지금은 어디 계시죠?"

도모이치는 새로운 희망의 실마리를 발견한 것처럼 들뜬 얼굴로 물었다.

그러나 다음 순간 그 희망은 한마디로 간단히 꺾이고 말았다.

"아마쓰코미나토 쪽에 집을 마련해 은퇴 생활을 하신 것 같은데, 2년 전쯤 돌아가셨다고 해요. 자, 그럼 이제 슬슬 가 볼까요?"

교코는 차에 다시 시동을 걸고 출발했다.

도모이치는 아연실색한 채로 지퍼가 열린 여행 가방 안을 들여다보고 있었다.

누군가가 가방을 뒤진 흔적이 역력했다.

뭐가 어떻게 달라졌다고 정확히 설명하기는 어렵다. 그러나 아침에 나가기 전 가방을 열었을 때와는 확실히 뭔가 느낌이 달랐다.

속옷이 정리된 방식이며 문고본 몇 권이 놓인 위치도 어딘가 달랐다.

아니, 그보다 더 명백한 변화도 있었다.

가방 맨 밑에는 대학 노트가 있었다. 연구 아이디어가 떠오를 때마다 메모하거나 일상의 단상, 책 대여 기록, 모임 일정 등 다양한 것을 기록하는 노트였다.

그 노트가 누군가에 의해 펼쳐진 흔적이 있었다. 증거로 노트 사이에 끼워 둔 영수증이 가방 안에 떨어져 속옷 사이에 끼어 있었다.

도모이치가 머무는 방은 다이닝키친에서 방 한 칸 떨어진 다다미 여섯 장 크기의 방이었다.

여행 가방은 그 방 창문 아래에 있었다. 안마당 쪽으로 열리는 창문이다. 창문의 걸쇠는……

도모이치는 고개를 들어 확인했다. 걸쇠는 걸려 있지 않았다.

처음으로 의식한 것이기에 오늘 아침이나 어젯밤에 어땠는지는 알 수 없다. 어쩌면 어제저녁 이 방에 처음 안내받았을 때부터 풀려 있었을 수도 있다.

어쨌든 누구든 방에 들어올 수 있었다. 아니, 굳이 들어올 필요도 없다. 창문을 열고 상체만 들이밀면 가방에 손을 넣는 것쯤이야 어렵지 않다.

하지만 대체 누가 그런 짓을 한다는 말인가.

기치 영감의 집에 갈 때 몰래 뒤따라왔던 그 누군가일까. 그날 이후 도모이치는 어디서 누군가가 자신을 향해 보이지 않는 손을 뻗고 있다는 기분을 떨칠 수 없었다.

그러고 보니 조금 전 하나시마도 다른 이야기를 하던 중에 그 '누군가'의 존재를 암시하는 듯한 수상한 말을 했다.

혼고 의사가 남겼다는 일기나 메모들이 아무리 찾아도 보이지 않는다는 것이다.

"……이 복도 끝 오른쪽 광에 있었던 건 확실한데 말입니다……."

"혹시 뒤쪽 벽 틈새 같은 곳에 떨어진 게 아닐까요?"

"저도 그렇게 생각해 주위를 꼼꼼히 살펴봤습니다만 역시 없더군요."

"하지만 그런 걸 누가 슬쩍했으리라고는……."

"네, 저도 그렇게 보지는 않습니다."

"내일 오전에 제가 광을 다시 한번 살펴봐도 될까요? 그리고 오후에는 도쿄에 돌아가려고 합니다."

"네? 벌써요? 월요일에 돌아가실 예정 아니었나요?"

"이제 조사할 건 거의 다 조사해서……."

"오후는 토요일이라 휴진이니 저도 함께 찾아보겠습니다. 그러니 내일 하루만 더 있다 가세요."

두 사람은 그런 대화를 주고받았다.

하지만 지금 다시 생각하니 내일 오후 다시 광을 살핀다고 해도 헛수고로 끝날 듯한 예감이 들었다.

내 여행 가방을 뒤진 사람이 있다. 그리고 그가 혼고 의사의 일기나 메모까지 이미 훔쳐 간 게 아닐까.

그는 지금 뭔가에 쫓기듯 초조해하고 있다. 그리고 동시에 뭔가를 꾸미고 있다.

이유는 아직 알 수 없다. 그러나 무엇이 원인인지는 거의 확실하다. 20여 년 전 동생의 죽음과 관련된 일이 틀림없다.

하지만 20년도 더 된 동생의 죽음이 지금까지도 누군가를 이렇게까지 몰아세우는 이유가 뭘까.

좋아, 조금만 더 버텨 보자. 분명 머지않아 그 누군가는 실수를 저질러 덜미가 잡힐 것이다. 그리고 거기서 동생의 죽음에 대한 진실도 드러날지 모른다.

도모이치는 여행 가방의 지퍼를 닫고 복도에 있는 화장실로 향했다.

가는 길에 다이닝키친 앞을 지났다.

그때 하나시마가 통화하는 소리가 어렴풋이 들렸다.

"······그건 좀······ 이 이상은 도저히 무리입니다. 아니, 정말 열심히 하고는 있습니다만, 그렇게 오래는······."

위독한 환자라도 있는 걸까. 그렇다고 해도 의사로서 뭔가 안쓰럽고 믿음직하지 못한 말투다.

그러고 보면 하나시마에게도 어딘가 설명하기 어려운 면이 많았다.

학생 티를 벗지 못한 것처럼 순수하고 둔감해 보이면서도 소심한 구석이 있다. 때로는 눈에 띄게 불안정한 기색을 드러내기도 한다.

한편으론 솔직하고 인간적인 면도 있다. 특히 술을 마실 때 그런 성향이 두드러진다. 술이라는 것은 인간의 본모습을 드러내는 걸까. 아니면 거짓된 가면을 씌우는 걸까.

그 점에 대해서는 도모이치도 잘 알 수 없었다.

하나시마의 통화는 여전히 계속되고 있다.

그러나 도모이치는 그런 소리를 엿듣기 위해 계속 멈춰 서 있을 만큼 몰상식한 사람은 아니었다. 그는 신사였고, 그에 걸맞게 조용히 발걸음을 옮겼다.

4

9월 7일(토)

도모이치가 병원에 돌아왔을 때는 어느덧 오후 3시에 가까워져 있었다.

마을을 한 바퀴 돌고 온 참이었다. 옛 다에미 저택 터와 용신 연못을 한 번 더 둘러보고, 기치 영감의 집에도 찾아가

봤다.

그러나 기치 영감은 집에 없었다.

하나시마는 마치 기다렸다는 듯이 도모이치에게 말했다.

"혼고 선생님의 일기와 메모 말입니다만, 가정부의 도움을 받아 광을 다시 뒤져 봤지만 역시나 없었습니다. 이렇게 되면 믿기 어려운 일이지만, 누군가가 가져간 것이라고밖에……. 하지만 그런 걸 왜 가져갔을까요……."

믿기 어렵다고 하지만 도모이치는 믿을 수 있었다. 누군가가 **그런 물건을** 가져갔다는 것을.

문제는 그게 누구냐는 것이다. 그리고 동생의 죽음과 확실한 관련이 있고 현재 생존해 있는 인물은 도모이치가 아는 한 단 한 명뿐이다.

"하나시마 선생님. 기치 영감님께 물어보겠다고 하신 건 어떻게 됐을까요? 이제 더 느긋하게 기다릴 수가 없습니다. 내일 아침에는 도쿄에 돌아가야 하니까요."

도모이치의 말투는 평소답지 않게 단호하고 날카로웠다.

"저녁에 구루리에서 일하는 친구를 만나러 갑니다. 그 친구도 의사고 제 바둑 라이벌이라 매주 토요일 밤마다 한 판씩 두거든요. 가는 길에 기치 영감님 댁에도 들러 보겠습니다. 아, 그래서 말인데요. 오늘 저녁은 죄송하지만 혼자 드셔야겠습니다."

하나시마는 그렇게 말하고 병원 쪽으로 떠났다.

도모이치는 이곳에 온 첫날부터 매일 걸어 온 정기 전화를 걸기로 했다. 구로이와 교수에게 콘크리트 결함 실험 상태를 확인하는 전화다.

결과는 굳이 듣지 않아도 예상이 됐다. 추가 확인 테스트를 한 5일과 6일 모두 시험체에 아무 변화가 없었고 오늘도 마찬가지일 것이다.

역시나 예상대로였다. 이상 없음.

"내일 정오쯤에는 도쿄에 돌아가서 실험실에도 잠깐 들를 생각입니다."

도모이치는 그렇게 전하고 전화를 끊은 뒤 주머니에서 수첩을 꺼냈다. 가슴이 살짝 두근거렸다. 수첩에 끼워 둔 명함을 한 장을 꺼내서 다이얼을 돌린다. 아사카와 마키코의 전화번호였다.

이 수줍음 많은 연인은 마키코의 목소리를 듣자마자 금세 긴장하고 말았다.

그건 수화기 너머의 상대도 마찬가지였다.

어른처럼 보이려 애쓰는 만큼 아이들의 사랑은 성숙해 보이고, 어른들의 사랑은 지나친 자의식 탓에 오히려 어설프고 유치해질 때가 있다.

두 사람의 대화도 처음에는 어딘가 어색하고 끊기기 일쑤였다. 하지만 도쿄에서 나눈 이야기 중 하나가 화제가 되자 서서히 대화의 흐름이 자연스러워졌다. 학동 소개라는 극한의 상황에서 벌어진 사건조차 사람마다 받아들인 방식이 다르다는 이야기였다.

이야기는 도모이치가 고타니 나오코를 만났다고 한 것에서부터 시작했다.

마키코는 그 키 작고 얼굴이 동그란 아주머니를 반갑게 떠올렸다. 아이들은 그녀를 '꼬마 전차'라는 별명으로 불렀다고 했다.

어색하게 시작된 통화는 이를 계기로 매끄럽게 이어졌고 어느덧 20분 정도 시간이 흘렀다.

통화를 마치고 담배 한 대를 피운 후 시간이 더 지나자 하나시마가 다이닝키친으로 들어왔다. 그는 외출복 차림으로 나갈 참인 듯했다.

도모이치는 그를 배웅할 겸 다이닝키친의 테라스로 나가 샌들을 꺾어 신고 안마당으로 향했다.

하나시마와 거의 동시에 안마당 중앙쯤 다다랐을 때 다이닝키친과 진료실 양쪽에서 동시에 전화벨이 울렸다.

진료실 창문으로 나에바 교코가 고개를 내밀어 외쳤다.

"선생님. 우에쿠사 씨 댁 며느리가 갑자기 심한 진통이 시작됐다고 합니다!"

"그럴 줄 알았어. 그래서 미리 입원하라고 그렇게 말했건만! 많이 심각한가? 시내 산부인과까지 못 갈 정도야?"

"네, 도저히 안 될 것 같다고……."

"교코 씨도 좀 도와줄 수 있겠어? 난 산과 쪽은 전문이 아니라 자신이 없어."

"네. 최대한 도와드릴게요."

"좋아. 그럼 오늘 바둑은 취소해야겠군. 교코 씨, 히라카와초 산부인과의 쓰가와 선생에게 지금 당장 연락해."

그러면서 하나시마는 자못 언짢은 것처럼 도모이치에게 말했다.

"마을에 난산 우려가 있는 임신부가 있어서요. 병원에 미리 입원하라고 몇 번이나 주의를 줬는데도 도무지 말을 듣지 않아서……."

하나시마가 운전하는 하늘색 이스즈 플로리안 차량이 교코를 태우고 정원 차고를 나선 건 그로부터 약 5분 후였다.

다이닝키친 밖은 단조롭게 깊어지는 밤의 어둠에 잠겨 있었다. 그리고 집 안은 전기 탁상시계의 미세한 진동 소리가 귀에 거슬릴 만큼 적막했다.

그런 분위기 속에서 혼자 술을 마시며 젓가락질을 하다 보면 쓸쓸함보다 알 수 없는 불안과 동요가 고개를 들기 마련이다.

어느새 도모이치도 도시병 환자가 됐음을 자각했다. 조금이라도 빛과 소리가 없으면 평정심을 유지할 수 없는 사람을 뜻한다.

결국 도모이치는 TV를 켰다.

그러자 순식간에 현대 사회의 소란스러운 광경이 눈앞에 펼쳐졌다. 학생 운동 관련 뉴스였다.

니혼대의 소요 사태는 사흘 전 경찰이 투입돼 절정에 이르렀고 현재까지 체포된 인원은 132명에 달한다고 했다.

도쿄대에서는 학생들이 야스다 강당을 다시 점거하고 있다는 소식이 짧게 덧붙여졌다.

소위 학생 운동은 거기서 그치지 않았다. 규슈대, 교육대, 도요대, 메이지대……. 일일이 세자면 끝이 없을 정도로 많은 대학이 소요에 휩싸여 있었다.

이처럼 많은 대학에서 일제히 소란이 일어나게 된 필연성은 어디 있는 걸까.

사상이나 이념 같은 문제와 별개로 뭔지 모를 열병 같은 게 학생들 사이에 퍼지고 있다는 듯한 인상을 도모이치는 떨칠 수 없었다. 무엇보다 현상을 냉정하게 바라보고 그 안에서 본질에 접근하려는 과학자 특유의 사고방식은 자연스럽게 생각을 그쪽으로 이끌었다.

언젠가 도모이치는 연구실에서 '학교 소요 사태의 진짜 원인은 사상이나 국가 정책보다 관리 체제 사회 속에서 입시 경쟁을 견딘 학생들의 누적된 스트레스 폭발이 원인 아닐까'라는 의견을 말한 적이 있다.

그때 그런 말을 두고 현대 청년에 대한 모욕이라며 격앙되게 반박한 사람이 있었다. 도모쿠라 조교였다.

도모이치는 의외의 인물에게서 터져 나온 반응을 보며 놀랐다. 그리고 이런 일로 자신에게 반동 교수라든가 우유부단한 사람이라는 낙인이 찍히면 곤란하다고 생각했다. 그 뒤로는 가급적 의견을 내지 않으며 스스로 조심하게 됐다.

하지만 헬멧에 수건을 두른 학생들이 각목을 휘두르고 돌을 던지는 모습을 TV로 보고 있자니 열병처럼 번지는 집단적 흥분이라는 생각을 역시나 떨치기 어려웠다.

도모이치는 살짝 짜증 섞어 TV를 껐다. 그러자 몸을 서서히 감싸는 어둠과 정적이 피부로 느껴졌다.

이상하게 반갑기도, 한편으로는 왠지 그립기도 한 감정이었다.

도모이치는 희석한 위스키 잔을 가끔 입에 가져가며 한동안 이 고요하고 충만한 분위기를 만끽했다.

그러나 정적은 묘한 외로움도 함께 데려왔다.

5분쯤 지나자 그는 누구라도 좋으니 대화를 나누고 싶어졌다.

구로이와 교수에게는 아까 전화를 걸었다. 실험 진행 상황을 확인하기 위한 정기 연락이었다. 내용도 특별할 것 없이 금세 끝났다.

그로써 할 일은 다 마쳤기에 두 번이나 전화할 필요는 없다. 무엇보다 구로이와 교수와는 아직 크게 친한 사이가 아니라 이번 실험으로 3개월 전쯤에 처음 안 사이다. 물론 전에 교수 회의 자리나 교내에서 몇 번 스친 적은 있다.

이럴 때 전화를 걸고 싶은 사람은…… 두 명 있었다. 그중 첫 번째는.

술기운이 조금 오른 탓도 있을 것이다. 도모이치는 무작정 전화를 걸기 시작했다. 이번에는 수첩 속 명함을 꺼내 보지도 않았다.

그러나 신호음만 공허하게 울릴 뿐 아무도 전화를 받지 않았다.

한 번 더 걸어 봤지만 결과는 마찬가지였다.

결국 독신의 교수는 묘하게 쓸쓸하고 민망한 실망감을 혼자 곱씹어야 했다.

5분 정도 시간을 두고 위스키로 목을 축인 후 다음 번호로 다이얼을 돌렸다. 방금 아사카와 마키코에게 전화를 걸었다는 사실에 약간의 죄책감 같은 것을 느끼며. 이번에 전화를 건 상대는 사가와 미오였다.

오랜만에 듣는 미오의 쾌활한 목소리는 역시나 마음을 즐겁게 했다.

―어머, 반가워라. 한 번도 전화가 없길래 나한테는 관심도 없나 보다 하고 섭섭해하고 있었는데. 시골 의사 선생 집에 묵고 있다며?

"응, 그런 상황이야."

―그래서, 조사는 잘돼 가?

"별로 잘돼 간다고 할 수는 없을 것 같아. 그래도 거의 확실한 게 하나 밝혀지기는 했어."

─뭔데?

"동생의 죽음에는 분명히 뭔가 이상한 점이 있다는 거야."

─조금 더 자세히 설명해 줘.

도모이치는 지금까지의 상황을 꽤 자세히 설명했다.

미오의 목소리는 들떠 있었다.

─그 '소파'가 은신한 마을이나 용에게 바치는 산 제물, 사람들이 사라진 옛 저택 터까지. 뭐랄까, 설정이 너무 완벽한데?

"설정이라니, 그게 무슨 말이지?"

─아니, 아무것도 아니야. 아무튼 나 같은 사람은 확 끌린다는 말인데, 당신은 역시 그런 것에 휘둘리는 타입이 아니구나.

"아무튼 모든 게 뭔가 꽉 막혀 있는 느낌이라 내일 아침에는 일단 돌아가려고 해. 연구가 어느 정도 정리되면 다시 정식으로 조사하러 올 생각이야."

─그럼 월요일부터는 학교에 계시겠네요? 교수님.

"응. 내일도 돌아가는 길에 실험실에 한 번 들르려고 해."

전화를 끊자 순식간에 어둠과 정적이 밀려오는 느낌이 들었다. 그 안에서 도모이치는 또다시 **어떤 기척**을 느꼈다. 바깥 마당 쪽에서였다.

미오와 통화할 때부터 어렴풋이 느끼고 있었지만 착각이라고 생각했다.

하지만 다시 테이블 앞에 앉아 정적에 몸을 담그고 있으니 이제는 단순한 착각이 아니라고 느꼈다.

이런 환경에 있으면 원시 시대 인간의 본능이 되살아나는 걸지도 모른다.

그 본능이 지금 무언가…… 아마 생명체 같은 무언가가 유리문 밖 테라스에서 움직이고 있음을 알려 줬다.

오늘 밤은 정원에 조명이 꺼져 있고 하늘도 짙은 구름으로 덮였는지 달빛조차 비치지 않았다.

그래서 유리문 밖도 몇 미터 앞부터는 어둠에 잠겼다.

통화하고 있을 때 그 빛이 닿지 않는 어둠 저편에서 뭔가가 움직인 것 같은 느낌이 들었다.

하지만 지금은 유리문 옆…… 그러니까 도모이치가 볼 때 방 벽 너머 바깥에서 무엇인가가 확실히 움직이고 있었다.

산길에서 몰래 자신을 뒤쫓던 자. 여행 가방을 뒤진 자. 누군가가 여전히 주변을 맴돌며 보이지 않는 손을 뻗고 있는 것이다.

그런 느낌은 줄곧 받고 있었다. 그럼에도 불구하고 도모이치가 별 경계 없이 일어나 유리문을 열고 밖을 내다본 것은 약간의 취기 때문이었을지 모른다.

무엇보다 그는 그 누군가가 자신에게 실제로 폭력을 행사하리라고는 전혀 상상하지 못했다.

도모이치는 완전히 무방비하게 상반신을 유리문 너머로 내밀었다. 기척이 느껴진 오른편을 바라봤다.

그 순간, 반대편인 왼쪽에서 무언가 바람을 가르는 듯한 미세한 소리가 났다. 동시에 자기 의지와 상관없이 몸이 앞으로 휘청이는 느낌이 들었다. 머리에 통증을 느낀 건 그다음이었다.

도모이치는 왼쪽을 봤다. 사람이 있었다. 얼굴이 무언가에 가려져 있다. 그렇게 알아챈 게 마지막이었다. 다시 한번 머리에 타격을 입은 듯한 기분이 들었지만, 그때는 이미 의식이 흐려져 있었다.

그는 그대로 정신을 잃고 말았다.

제3장

C=16 배합법

1

9월 8일(일)

바로 위에 있는 천장 조명이 눈부셔서 눈을 뜨자마자 바로 다시 감아 버렸다.

그리고 이번에는 눈을 떠도 빛이 직접 들어오지 않게 고개를 살짝 옆으로 돌렸다.

순간 뒤통수에서 쿡쿡 쑤시는 듯한 통증이 올라왔다. 아까부터 머리가 묘하게 무겁다고 느꼈는데, 그제야 도모이치는 자신에게 무슨 일이 있었는지 이해했다.

눈을 감은 채 조심스럽게 손을 머리로 가져가 봤다. 손끝에서 천의 감촉이 느껴졌다. 붕대였다.

통증을 참으며 다시 눈을 떴다. 자신이 다이닝키친의 소파에 누워 있다는 걸 알아챘다.

맞은편 테이블에서는 하나시마가 위스키를 마시고 있었다.

"선생님, 폐를 끼쳤네요."

그러자 하나시마는 도모이치를 보고 자리에서 일어나 다급하게 말했다.

"그대로! 그대로 계세요! 당분간 움직이지 않는 게 중요합니다."

그가 다가오자 술 냄새가 확 풍겨 도모이치의 코를 찔렀다. 머리가 아파서인지 모든 감각이 예민해진 느낌이었다.

"머리를 다쳤을 때는 조심해야 하니 가만히 누워 계세요. 대체 무슨 일이 있었던 겁니까?"

도모이치가 설명할 수 있는 건 그리 많지 않았다. 유리문 밖에서 뭔가가 움직이는 기척이 느껴져 몸을 바깥으로 내밀었더니 누군가에게 얻어맞았다는 것. 상대는 천 같은 것으로 얼굴을 가리고 있었던 것 같지만 정확하지는 않다는 것. 그 정도였다.

하나시마의 얼굴이 굳어졌다.

"누군가에게 습격당했다는 말씀인가요?"

"그렇습니다."

"하지만 왜……?"

"그건 오히려 제가 묻고 싶네요."

물론 도모이치의 마음속에도 어떤 의심은 있었다. 하지만 그게 이렇게까지 강력한 수단을 동원할 정도로 중요한 일일까.

"뭔지 정확히는 모르겠지만 아무래도 단단하고 모서리가 있는 막대 같은 걸로 가격한 것 같습니다. 좌창…… 이라기보다 좌열창이라고 해야 할 상처가 두 군데 있습니다."

"그럼 두 번 맞았다는 말인가요……?"

머리가 아프기는 해도 말을 못 할 정도는 아니었다.

"그렇습니다. 언제쯤 습격당하신 겁니까?"

"정확한 시간은 모르겠지만, 9시 뉴스를 보고 나서 도쿄에 장시간 통화를 했으니 10시 10분쯤 됐을까요."

"지금이 밤 12시 10분이니 대략 두 시간 정도 의식을 잃었던 셈이군요. 집에 돌아와서 테라스에 쓰러져 있는 도모이치 씨를 보고 정말 놀랐습니다."

하나시마는 그동안의 상황을 이렇게 설명했다.

문제의 임신부는 몹시 위험한 난산 상태였다. 하나시마는 나에바 교코의 도움을 받아 필사적으로 분투했고, 그 사이 마을에서 산부인과 전문의도 달려와 상황은 겨우 호전됐다.

하지만 결국 아이는 사망하고 어머니만 간신히 목숨을 건졌다.

하나시마와 교코가 지친 몸을 이끌며 병원에 돌아온 건 밤 11시 45분쯤이었다.

차고 앞으로 차를 몰고 가며 하나시마는 도모이치가 아직 다이닝키친에 있는지 궁금해서 그쪽을 봤다.

그러자 다이닝키친의 유리문이 열려 있고, 안에서 새어나오는 불빛 속에서 도모이치가 쓰러져 있는 모습이 눈에 띄었다. 온몸이 거의 밖으로 나와 있고 발끝만 안쪽에 조금 남은 채 옆으로 쓰러져 있었다고 했다.

하나시마와 교코는 최대한 충격을 주지 않게 조심하며 도모이치의 몸을 집 안으로 옮기고 소파에 눕혔다.

다행히 외과 전문인 하나시마는 이런 응급 처치에 익숙해 간단한 처치를 금세 마쳤다.

마지막으로 소파를 침대처럼 쓸 수 있게 교코가 쿠션과 이불을 가져와 만반의 준비를 마치고 집으로 돌아갔다.

"그러니 오늘 밤은 여기서 쉬십시오. 제가 보기에 부상은 그리 심각하지 않아 보입니다. 하지만 유명한 뇌외과 전문의도 '가벼워 보여도 위험하고, 심각해 보여도 의외로 가벼울 수 있는 게 머리 타박상'이라고 할 정도니까요. 앞으로 하루 이틀은 경과를 지켜볼 필요가 있습니다. 제 소견으로는 단순 뇌진탕이고 의식 상실도 일시적이었다고 생각됩니다만……."

머리 부상의 위험성은 도모이치도 교통사고 사례 등을 통해 잘 알고 있었다. 이렇게 된 이상 순순히 의사의 말에 따르는 수밖에 없다.

"아무튼 도모이치 씨께서 습격당한 사실은 바로 주재소의 아와타 순경에게 보고하겠습니다. 그를 부르는 건 내일…… 아니, 정확히는 오늘 낮 이후로 하죠. 앞으로 열두 시간은 담당 의사로서 절대 안정을 지시합니다. 머리 상처의 통증은 심한가요?"

"네. 맥박에 맞춰 욱신욱신 쑤시는 통증이……."

"그럼 진통제를 드리겠습니다."

하나시마는 물 한 컵과 함께 알약을 건넸다.

그러나 그걸 먹어도 통증은 쉽게 가라앉지 않았다.

하나시마는 환자에게 자극을 주지 않으려는 배려인지 상시등만 남기고 다이닝키친의 조명을 끈 뒤 자리를 떴다.

잠시 후 마당을 사이에 두고 맞은편 진료실 창에 불이 켜지는 모습이 누워 있는 도모이치의 자리에서도 보였다. 창문 반쯤 걸쳐 통화 중인 의사의 실루엣이 비쳤다.

욱신거리는 머리 통증은 고비를 넘기는 듯하다가도 심해졌다가 다시 가라앉곤 했다. 그 반복되는 통증과 짜증스러운 싸움을 이어 가던 중에 도모이치는 어느새 잠이 들었다.

눈을 뜨자 바로 옆 의자에 하나시마와 아와타가 앉아 있었다.

벽시계를 보니 12시 30분을 가리키고 있다. 밖은 약간 어둡고 비가 내리는 듯했다. 처마의 양철을 두드리는 희미한 빗소리로 알 수 있었다.

지금이 정오가 지났다는 걸 비로소 확실히 깨달았다. 그렇다면 거의 열두 시간을 잔 셈이다.

"통증은 어떻습니까?"

하나시마의 말에 도모이치는 머리를 다쳤다는 사실을 새삼 깨달았다.

그러고 보니 통증이 느껴지기는 했다. 하지만 열두 시간 전과 비교하면 꽤 가벼워졌다.

"별로 심하지는 않습니다. 일어나도 될까요?"

"많이 아프지 않다면 괜찮습니다. 단 천천히 조심해서 일어나세요."

도모이치는 이불을 젖히고 조심스레 몸을 일으켰다. 머리가 심하게 아프지는 않았다.

아와타가 몸을 일으켜 다가왔다. 꽤 긴장한 표정이었다.

"정말 어처구니없는 일이 벌어졌네요……. 저희 마을에서 이런 일이 일어날 줄은 전혀 예상 못 했습니다. 상황을 좀 설명해 주시겠습니까?"

도모이치가 말할 수 있는 건 그리 많지 않았고, 결국 어제 의식을 회복한 직후 하나시마에게 했던 이야기를 되풀이할 수밖에 없었다.

아와타는 뺑소니 사건 때처럼 이번 사건에도 순수하게 열정을 불태우는 듯했다. 그는 도모이치의 말을 열심히 수첩에 받아 적었다.

"아무래도 강도 사건 종류는 아닌 것 같습니다. 그 증거로 집 안에는 도난당한 물건이 아무것도 없거든요. 그렇다면 도모이치 씨께서 지금 여기저기서 조사하고 계시는 내용……
그러니까 전에 동생분이 이곳에서 돌아가신 일과 관련이 있는 게 아닐까요?"

아와타의 접근 방식은 예리했다. 시골 풋내기 순경이라고 얕볼 수 없다.

이쯤 되면 도모이치도 적극적으로 나서야겠다고 결심했다. 이대로는 분이 풀리지 않았다. 거기에 머리를 얻어맞기도 했다.

"정말 그럴 수도 있겠네요."

"무슨 일이라도 있었습니까?"

"섣부른 추측으로 괜한 소란을 일으키고 싶지 않으니 지금은 아무 말 하지 않겠습니다. 일단 어젯밤 기치 영감님의 알리바이를 조사해 주시겠습니까? 물론 당사자에게는 비밀로 하고요."

"기치 영감님을 의심하시는 건가요?"

괜한 말을 했다고 후회했지만 이미 늦었다. 이렇게 된 이상 억지로라도 논리를 갖춰야 했다.

"의심한다기보다 생각나는 분이 그분밖에 없어서요. 조사 결과에 따라 조금 더 말씀드릴 수 있을지도 모릅니다."

아와타의 순수함이 고마웠다. 그 말만으로 납득해 줬기 때문이다.

그는 옆에 있던 제모를 쓰고 정중하게 경례한 후 자리에서 일어섰다.

"아와타 씨도 참 바쁘겠네요. 뺑소니 사건에 이어 이런 사건까지."

하나시마가 안타까운 듯이 말했다.

"그 뺑소니 용의자로 추정되는 도시 남자의 마을에서의 행적은 좀 파악됐습니까?"

"그게 말이죠. 오리무중입니다. 마을 사람 누구도 그를 만나지 못한 것 같습니다."

아와타는 그 말을 끝으로 자리를 떠났다.

하나시마가 도모이치에게 다가왔다.

"우선 붕대를 갈며 상처도 다시 한번 보겠습니다. 뭐, 외상은 이제 더 걱정할 정도는 아니겠지만 문제는 눈에 보이지 않는 뇌입니다. 어제도 말씀드렸듯 뇌진탕 가능성이 크지만, 그래도 뇌 내부에 출혈이 있을 수도 있거든요. 거기에 또 하나 마음에 걸리는 게 의식을 잃고 있었던 시간이 조금 길었다는 점입니다."

"그게 그렇게 긴 편이었나요?"

"네. 뇌진탕은 대개 아주 잠깐의 의식 장애로 끝나는 게 보통인데, 그 정도로 길면 뇌좌상 가능성도 걱정해야 합니다. 뇌 조직이 출혈하거나 괴사하는 경우지요. 손상 후 일정 시간이 지난 뒤에 구토, 현기증, 두통, 졸림 같은 증상이 나타나는 경우도 많습니다. 그러니 앞으로 닷새 정도는 관찰 기간을 두고 그동안 검사를 하고 상태를 계속 지켜볼 필요가 있습니다."

"잠깐만요. 전 오늘 도쿄로 돌아갈 예정이었는데, 그럼······."

"오늘 돌아가시는 건 말도 안 됩니다. 최소한 내일이나 모레까지는 절대 안정이 필요합니다."

"하지만 내일 월요일까지는······."

"안 됩니다."

하나시마는 평소와 달리 단호하게 못을 박았다.

도모이치도 전문가의 신념 어린 단언은 존중해야 한다는 걸 다른 분야의 전문가로서 알고 있었다. 결국 그는 의사의 지시에 순순히 따르는 환자가 될 수밖에 없었다.

"알겠습니다. 그럼 전화 좀 걸 수 있을까요?"

"이 정도면 코드가 닿을 겁니다."

하나시마는 전화기를 받침대에서 들고 왔다.

도모이치는 구로이와 교수의 집으로 전화를 걸었다. 몇 번을 걸어도 응답이 없었다.

이번에는 사가와 학부장의 집으로 걸었다.

두 번의 통화 중을 거친 후 세 번째서야 연결됐다. 전화를 받은 사람은 학부장의 아내였다.

―남편과 딸 모두 학교에 가 있어서······.

"네? 오늘은 일요일인데요······?"

―그게, 학교에서 뭔가 소란이 일어날 조짐이 있다고 해

서요. 걱정된다고⋯⋯.

"소란이라니, 혹시 학생들이 집회라도 연 건가요?"

—자세한 건 저도 잘 모르겠는데, 일부 학생들이 일요일이라 학교가 빈 틈을 타 여기저기 점거를 시작했다는 말이 있더라고요.

결국 올 것이 왔다고 해야 할지 모른다. 간토 대학 역시 학교 소요 사태라는 열병에서 벗어날 수 없었던 것이다.

도모이치는 시험 삼아 구로이와 교수의 연구실, 자신의 연구실, 공학부 학부장실 등으로 닥치는 대로 전화를 걸어 봤다. 하지만 어디도 받지 않았다.

초조했지만 당분간 기다릴 수밖에 없을 듯했다.

전화벨 소리를 듣고 눈을 떴다.

밖은 제법 어두워져 있었다. 비구름 탓에 해가 일찍 진 것이다.

어쩌다 보니 또 잠들어 버렸다.

도모이치는 소파에서 몸을 일으켜 조심스럽게 두 발을 바닥에 내려놓고 일어섰다.

몸에 특별한 이상은 없었다. 약간의 탈력감만 느껴질 정도였다.

수화기를 들자마자 미오의 활기찬 목소리가 귀에 꽂혔다.

—결국 우리 학교도 당했어! 정보가 조금 들어오긴 했지만

설마 하고 방심한 게 실수였어…….

"점거가 시작된 건가?"

―응, 교내 점거야. 공학부 건물 몇 곳이 점거당했고…… 건축 공학과 실험 별관도 그 안에 포함돼 있어. 소식을 듣고 아빠랑 급히 달려갔는데…… 구로이와 교수님이 쫓겨나듯 운동장 쪽으로 나오시더라.

"그럼 이제 별관 근처에 못 가는 거야?"

―응. 공학부 본관 일부도 점거됐어. 아버지를 본 몇몇 학생들은 심지어 욕설까지 퍼부었어. 일요일처럼 인적이 드문 틈을 노린 걸 보면 보통 각오로 벌인 일이 아닌 것 같아.

"그럼 내일도……."

―응. 정식으로 수업이 시작되는 내일 월요일부터 본격적으로 봉쇄를 시작하지 않을까?

"그럼 내일 내가 가 봐야……."

―실험실에 들어갈 수는 없을 거야.

"언제까지 계속될까? 전망은 좀 보여?"

―비밀리에 진행된 학생 동향 조사에서는 아무 일도 일어나지 않을 거라고 예측했었기 때문에 지금으로서는 불투명해. 하지만 그렇기 때문에 지금 점거가 일부 학생들의 돌발 행동일 가능성도 있어서 정말 그런 거면 짧게 끝날 수도 있어.

"내 실험실 테스트는 어떻게 됐는지 알 수 없을까?"

―그건 나도 몰라. 구로이와 교수님께 직접 물어보는 게

좋을 거야.

"사실 나도 좀 이상한 일이 있어서……."

도모이치는 최대한 조심스럽게 자신이 습격당한 사건에 대해 설명했다. 부상이 심하지 않다는 걸 여러 번 강조했다.

"너도 내 목소리를 들으면 멀쩡한 게 느껴지지?"

그러나 미오의 목소리는 눈에 띄게 달라져 있었다.

―정말 괜찮은 거야?

"응, 괜찮아. 다만 하나시마 선생님은 책임감이 강해서 그런지 혹시 모를 후유증을 조금 과하게 걱정하는 것 같아."

―그래도 머리를 다쳤으면 조심해야 해.

"응, 나도 알아."

―게다가 그 습격범이 또 나타날 수도 있고.

"그런가. 그건 미처 생각 못 했네."

―조심해. 마음 같아서는 당장에라도 차를 몰고 거기 가고 싶지만, 학교 일 때문에 오늘내일은 할 일이 너무 많을 것 같아.

"난 걱정 안 해도 돼. 그럼 끊을게. 구로이와 교수한테 다시 전화해 봐야겠어."

미오와 통화를 마치고 도모이치는 구로이와 교수의 자택에 다시 전화를 걸었다. 이번에는 무사히 연결됐다.

―아, 교수님의 실험 점검을 마치고 이상이 없는 걸 확인한 바로 그때였습니다. 갑자기 헬멧에 수건을 두른 패거리가

우르르 들이닥치는 게 아니겠습니까. 절 보자마자 '꺼져!'라고 하던데, 완전 폭도들이더군요.

부드러운 목소리와 침착함이 트레이드마크였던 구로이와도 다소 격앙된 말투였다.

도모이치는 당황했다.

"그럼 변온실 장비는……?"

―그건 걱정 마십시오. 위험하겠다 싶어 전부 전원을 껐거든요. 검증 테스트이니 하루 정도 앞당겨 끝내도 결론은 낼 수 있지 않을까요.

"정말 감사합니다."

그러나 안도와 동시에 또 다른 걱정이 밀려왔다.

"학생들이 실험 장비나 측정 데이터를 망가뜨리거나 버리지는 않을까요?"

―그건…….

구로이와의 목소리도 어두워졌다.

―학문을 하는 사람의 양심에 맡길 수밖에 없겠죠.

"그럼 13일에 공단에 보고하는 건 불가능하겠네요."

―사정이 이러하니 그쪽도 이해해 줄 겁니다.

"아, 그리고 실은 저한테도 예상치 못한 일이 좀 생겨서……."

도모이치는 사건에 대해 간략히 설명한 뒤 덧붙였다.

"아이러니하게도 학교가 봉쇄된 덕에 오히려 미련 없이

편하게 요양할 수 있을 것 같습니다."

그 말에는 어딘가 체념이 섞여 있었다.

2

9월 9일(월)

"네, 확실히 조금 지나치게 신중한 느낌도 들긴 해요. 하지만 선생님 전공 분야와 가까운 일이고, 무엇보다 책임감을 느끼고 계신 것 같아요."

나에바 교코는 스펀지 매트리스 위에 침구를 깔며 대답했다.

하나시마의 진단이 지나치게 신중한 게 아니냐는 도모이치의 질문에 대한 답이었다.

도모이치는 오후 1시쯤 진료실에 가서 뇌 엑스레이를 찍었다. 동공 반사를 검사하고, 목을 이리저리 돌려 보는 등 신경계 검사도 받았다. 그리고 오후 2시가 조금 지나서야 숙소로 돌아왔다.

그전까지 주로 다이닝키친의 소파에 누워 지냈지만 돌아와서는 처음 묵은 다다미방으로 다시 옮겨 갔다. 다이닝키친에서 응접실을 지나면 나오는 다다미 여섯 장 크기의 방이었다.

도모이치는 교코가 펴 준 이불을 못마땅한 듯이 쳐다봤다.

"머리도 안 아프고 어지럼증이나 구토도 없는데…… 그래도 꼭 누워 있어야 하나요?"

"아까 졸리고 몸이 나른하다고 하셨잖아요?"

그건 사실이었다.

조금 전 눈을 떴을 때 어느새 정오가 가까워 있었다. 평소 이렇게 오래 자는 일은 드물다. 어제 낮에도 비슷했으니 이번이 두 번째다.

게다가 잠에서 깬 뒤에도 계속 몸이 나른했다. 아침에 일어나서 몸 상태가 이런 건 좀처럼 없는 일이었다.

그런 점들로 미루어 어제 들은 뇌 이상 증세 중 하나인 '졸림'이라는 단어가 불쾌하게 떠올랐다

"알겠습니다. 어쨌든 오늘 하루만은 얌전히 지내겠습니다. 하지만 내일도 이렇게 순한 환자 노릇은 못 할지도 모릅니다."

"편하신 대로 하세요."

교코는 어머니처럼 너그럽게 미소 지으며 방을 나갔다.

어제부터 내리던 가을비는 간간이 쉬었다 다시 내리기를 반복하고 있다.

그때 나간 줄 알았던 교코가 다시 들어와 아와타 순경에게 전화가 왔다고 했다.

도모이치는 다이닝키친으로 가서 전화를 받았다.

―어제 문의하신 이바 기치스케 씨 건 말입니다만.

한결같이 성실하고 차분한 말투였다.

"네, 어땠습니까?"

―그게…… 뭐랄까, 확실치 않다고 해야 할까요……. 그러니까 7일 밤에는 자택에 있었다고 주장하시는데 혼자 사는 분이라 그걸 입증해 줄 사람이 없습니다. 도모이치 씨, 그런데 왜 이바 기치스케 씨를 의심하게 된 겁니까?

얼굴이 보이지 않는 전화 통화는 도모이치를 평소보다 대담하게 만들었다.

"딱히 대단한 이유는 없습니다. 단지 얼마 전 기치 영감님을 만났을 때 왠지 불쾌해하시면서 저를 싫어하는 것처럼 보였거든요. 하지만 본인이 그렇게 말씀하셨다면 믿겠습니다. 어차피 저도 추측에 불과하니까요."

―아, 그렇군요. ……그럼 그 사건의 범인은 대체 누구인지……. 혹시 다른 의심 가는 사람은 없으신가요?

"전혀 없습니다. 전 불과 며칠 전에 이 마을에 온 외부인이고 마을 사람들과 아무런 인연도 없습니다. 전적으로 그쪽에서 조사해 주시는 수밖에 없겠네요."

―네, 알겠습니다…….

아와타는 도모이치의 다소 모순된 말에도 진지하게 반응하며 난처해했다.

도모이치는 일단 전화를 끊고 이번에는 직접 다이얼을 돌렸다. 공학부 학부장인 사가와의 자택이었다.

―타이밍이 아주 절묘하네.

딸 미오가 전화를 받았다.

―그러지 않아도 지금 막 돌아와서 전화하려던 참이었거든. 근데 또 나가 봐야 해. 학교 봉쇄 때문에 정신이 하나도 없어.

"소요가 계속 이어질 것 같아?"

―지금으로서는 그런 분위기야. 근데 학생 총회만 열릴 수 있다면 해결 쪽으로 급선회할 거라는 전망도 있어. 어차피 간토대는 전공투 학생이 소수고 대부분 무소속이거든. 그러니 자발적 연합이 곧 생길 거고, 총회만 열리면 폭력 반대, 봉쇄 반대 목소리가 세게 나올 거래.

"그런 정보는 대체 어디서 얻는 거야?"

―도둑으로 도둑을 잡으라는 말이 있잖아.

뭔가 의미심장한 말이 왠지 수상쩍었다.

하지만 학교 운영 문제에는 관여하지 않는다는 게 도모이치의 방침이었다. 그는 더 이상 묻지 않았다.

"아무튼 해결 기미가 보이면 바로 연락해 줘. 돌아가서 실험 결과 점검이랑 보고서 작성을 해야 하니까."

―머리는 좀 괜찮아?

"닷새 동안 경과를 지켜봐야 한다고 하는데 이제 거의 통증도 없어. 다만 하나시마 선생님이 워낙 조심성이 많아서 말이지. 앞으로 사흘, 그러니까 12일 목요일까지는 함부로 움직이지 말래. 그동안 상태를 보며 검사도 몇 가지 더 할 거래. 나도 할 말이 없지는 않지만, 이런 건 전문가에게 맡기는 게 맞다고 판단해서 얌전히 환자 역할을 하는 중이야. 오늘은 이런저런 신경 반사 검사를 하고, 머리 엑스레이도 찍었어."

"뇌파 검사는 안 해?"

"그러고 보니 교통사고로 머리를 다친 경우에는 종종 그런 걸 한다고도 들었는데, 뭐 그 정도는 아니겠지. 애초에 이 병원에는 장비도 없는 것 같고."

도모이치는 졸리거나 몸이 나른하다는 말은 일부러 하지 않았다. 미오에게 괜한 걱정을 끼치고 싶지 않았다.

9월 10일(화)

"물론 뇌파 검사를 하기도 합니다. 요새는 교통사고가 워낙 잦아서 일반인들도 그런 걸 제법 잘 알고 계시더군요. 하지만 지금 상태로 봐서는 굳이 그 정도까지는 필요 없을 것 같습니다. 만약 뇌에서 극파가 나타날 만큼 심각하다면 다른 증상도 겉으로 드러나야 하니까요."

진료실 벽에 걸린 시계를 보니 거의 오후 1시였다. 오늘도 늦게까지 잠들어 버렸다. 게다가 일어난 뒤에도 여전히 몸이 무겁고 식욕이 없다. 기분까지 가라앉았다.

물론 이 우울한 기분은 끈질기게 내리는 비 때문일 수도 있다.

어쨌든 도모이치는 일어나자마자 진료실에 가서 어제 미오가 언급한 뇌파 검사에 대해 하나시마에게 물었다.

하나시마는 대답 후 역시 의사답게 도모이치의 상태가 아직 정상이 아닌 것을 곧바로 눈치챘다.

"아무래도 아직 몸 상태가 완전히 회복되지는 않은 것 같네요."

"아닙니다. 뭐, 괜찮습니다."

도모이치는 얼버무릴 수밖에 없었다.

"어쨌든 전 이 분야의 완전한 전문가는 아닙니다. 다행히 지바에 제 은사이자 뇌신경 분야의 권위자인 마사키 선생님이라는 분이 계셔서 머리 엑스레이 사진과 제 진찰 소견서를 보냈습니다. 내일이나 모레쯤에는 답장이 올 겁니다. 모레는 제가 정한 경계 기간의 마지막 날이기도 하니 그때까지는 기다려 주세요."

"몸을 조금 움직이는 건 괜찮을까요?"

"네. 그래도 조심하셔야 합니다. 머리에 충격을 받고 아무 일 없는 것처럼 멀쩡하다가 느닷없이 사망하는 경우도 적지 않거든요. 그런 상태를 '청명기'라고 부릅니다."

"맑고 밝은 시기라는 뜻인가요?"

"맞습니다."

그렇게 겁을 주니 기분이 좋을 리 없었다.

도모이치는 다소 풀이 죽어 숙소로 돌아왔다.

곧장 학부장의 집으로 전화를 걸었다.

전화를 받은 사람은 미오의 어머니였고 남편과 딸 모두 집에 없다고 했다. 그러고는 덧붙였다.

―……그래도 미오는 그쪽에 꼭 연락하겠다고 하고 나갔답니다.

정작 미오에게서 전화가 온 건 저녁 6시가 넘어서였다. 하나시마가 저녁 식사 테이블에서 여느 때처럼 아이스 플로트 위스키를 만들고 있을 때였다.

미오의 목소리는 평소처럼 활기차고 생기가 넘쳤다.

―지금으로서는 학교 봉쇄가 언제 풀릴지 감이 전혀 안 잡혀. 일이 너무 갑작스럽게 벌어진 터라 학생 총회 일정 같은 사전 조율이 제대로 안 됐거든. 장기화될 거라는 우려도 나오고 있어.

"그럼 내 실험 관련 공단 보고는…… 아버지께서 뭐라고 하시지?"

―아, 구로이와 교수님한테 이야기를 들었대. 아빠가 공단 쪽에 일단 답변은 했다고 해. 봉쇄가 해제되는 대로 점검 결과만이라도 구두로 보고하겠다고. 그나저나 몸 상태는 좀 어때?

"내가 느끼기에는 아무 이상 없는데, 여기 선생님이 너무 조심스러워서 말이야. 12일까지는 주의해야 한다며 가능한 한 움직이지 말라고 해서."

그 말을 들었을 때 도모이치는 살짝 빈정 섞인 듯한 눈빛으로 하나시마를 봤지만 하나시마는 못 본 척했다.

—흐음······. 그 부분은 나도 잘 모르겠네. 어쨌든 학교 봉쇄가 당분간 계속될 것 같으니 우리 둘 다 조금 느긋하게 마음먹는 게 좋겠어.

"내일도 상황을 알려 줄 수 있어?"

—응, 물론이지.

"그럼 이만 끊을게."

—응.

두 사람의 통화는 깔끔하게 마무리됐다.

3

9월 11일(수)

일단 한번 잠들면 죽은 사람처럼 깊이 잠들어 버린다. 그리고 눈을 뜨면 언제나 점심 무렵. 입은 바싹 마르고, 가슴은 답답하고, 온몸이 축 늘어진다. 그런 증상도 그대로였다.

"주무시기 전에 약은 잘 챙겨 드십니까?"

하나시마는 도모이치의 머리에서 붕대를 풀며 물었다.

"네, 잘 먹고 있습니다."

"이상하군요……. 근데 뭐 너무 걱정할 필요는 없을 겁니다. 운동 부족 때문일지도 모르니 마당에 나가 잠깐 산책하는 정도는 허락하겠습니다."

"네. 알겠습니다."

"붕대가 거추장스러우시죠? 오늘부터는 반창고만 붙이도록 하겠습니다. 아, 그리고 이게 끝나면 기치 영감님 댁에 다녀오려고 합니다. 또 몸이 별로 안 좋으신 모양입니다. 가서 분위기를 살피다가 뭔가 알아낼 수 있다면 알아내 오겠습니다."

"그 지바에 계신 전문의의 진단 결과는 아직인가요?"

"아, 그것도 좀 더 재촉해 봐야겠네요. 그 선생님이 워낙 바쁘신 분이라서요. 뇌신경외과 전문의는 그러지 않아도 드문데 요새는 여기저기 찾는 곳이 많다고 합니다."

도모이치는 볼일이 있다는 교코와 함께 안마당으로 나왔다.

오랜만에 맑게 갠 가을 날씨였다.

"교코 씨. 제가 여기 처음 왔던 날, 동생의 죽음에 대해 혹시 소문 같은 게 없었는지 물은 거 기억하시죠?"

"네."

"그때 교코 씨는 기치 영감님을 만날 거면 그분 입으로 직접 듣는 게 좋을 거라고 하셨고요."

"네."

"하지만 그분은 지금껏 완강하게 입을 다물고 계십니다. 대략적인 이야기라도 괜찮으니 교코 씨께서 직접 들려주실 수는 없을까요?"

교코는 잠시 대답을 망설였다. 그러고는 평소답지 않게 조심스레 입을 열었다.

"벌써 23년이나 지난 일이에요. 특별한 계기 같은 게 없으면 누구도 굳이 꺼내지 않을 이야기죠. 솔직히 말씀드리면, 다시 그걸 끄집어내서 괜히 악역을 맡고 싶지 않아요. 좁은 동네라 그런 일 하나로도 제가 마을에서 불편한 처지가 될 수 있거든요."

"그 심정은 저도 충분히 이해합니다. 하지만 이래서는 저도 모처럼 여기까지 와 놓고 아무것도 얻지 못한 채 돌아가야 합니다. 아니, 머리에 혹만 하나 얹고 돌아가는 셈이 되겠네요."

"하나시마 선생님이 기치 영감님 집에 다녀오신다고 하니 결과를 보고 나서 다시 말씀해 주시면 안 될까요?"

교코가 이토록 입을 굳게 닫을 정도의 소문이란 대체 어떤 것일까.

그 소문을 아는 게 이번 사건의 진실을 밝히는 데 더 핵심적인 열쇠가 돼 가고 있다는 기분이 들었다.

바로 그때 아래쪽 도로에서 차 한 대가 마당 쪽으로 들어왔다.

눈에 익은 크림색의 페어레이디 Z였다.

예상대로 차에서 내린 사람은 미오였다. 여느 때처럼 미오는 미니스커트 차림으로 건강하고 아름다운 다리를 뽐내고 있었다.

그저 기쁘고 반갑다는 게 거짓 없는 솔직한 심정이었다. 가슴에 환한 불이 켜지는 듯한 기분이었다.

그런 감정을 정면으로 받아들이고 나서야 도모이치는 자신이 얼마나 외로움 속에 고립된 채 버티고 있었는지 자각했다.

"미오, 괜찮은 거야? 이런 곳까지 와도……."

"괜찮다고는 말 못 하겠지만, 그래도 꼭 만나고 싶었어."

교코를 바라보는 미오의 눈빛이 살짝 흔들렸다. 교코는 밝고 원만한 미소로 받아넘겼다.

"이분은……?"

"제 지인인 사가와 미오 씨입니다."

도모이치는 어색하게 소개를 시작했다.

"다행이야. 보기에는 큰 부상도 아닌 것 같고 꽤 멀쩡해 보여서."

교코가 다이닝키친 테이블에 커피를 놓고 병원으로 돌아가자 미오는 기다렸다는 듯 입을 열었다.

"그래. 굳이 찾아올 정도도 아니었는데."

미오의 시선은 도모이치의 머리에 붙은 커다란 거즈에 향해 있었다.

"그래도 그렇지, 당신이 왜 이런 일을 당해야 하는 거야?"

"몇 가지 가설을 떠올려 봤어."

도모이치는 드디어 속 편하게 이야기를 털어놓을 수 있는 상대를 만나 들떠서 말을 이어 갔다.

"그중에서 가장 그럴싸한 건 역시 내가 거슬리는 존재이기 때문에 습격당했다는 거야."

"거슬리는 존재가 된 건 당신이 동생의 죽음을 파헤치러 왔기 때문에?"

"그래."

"하지만 만약…… 동생이 정말 누군가에게 살해됐고, 범인이 그게 드러날까 봐 두려워서 당신을 공격했다고 해도 이미 오래전에 공소시효는 끝나지 않았어?"

"범인이 공소시효 같은 것에 대해 알고 있을지 모르는 일이고…… 그리고 무엇보다 이런 좁은 마을에서는 그게 중요한 문제가 아닐 수도 있어. 이건 마을 사람들의 명예와 관련된 문제야. 수십 년이 지났어도 불명예스러운 진실이 드러난 사람은 더는 이곳에서 살 수 없겠지. 그렇게 보면 날 습격한 사람이 꼭 동생을 죽인 범인이 아닐 수도 있어."

"그게 무슨 말이야?"

"동생이 살해된 사실을 숨기려고 하거나, 어떤 식으로든 범죄에 가담했던 인물이 자신의 불명예가 드러날까 봐 두려워서 날 공격했다고 볼 수도 있는 거지."

"오, 꽤 깊이 생각하고 있었구나. 대단한데."

"시간이 남아돌았으니까. 생각할 시간이야 얼마든 있었지."

"그런데 그게 꼭 누군가를 죽이려고 할 만큼 중대한 일일까?"

"그 점에 대해서는 말이지……. 사실 하나시마 선생도 고개를 갸웃거리고 있어. 부상 정도만 보면 범인이 정말 날 죽이려고 했는지 애매하대. 살의는 있었을지 몰라도 당황하거나 흥분한 나머지 딱 두 번만 때리고 도망쳤을 가능성도 있다는 거지. 정말 죽일 생각이었다면 보통 더 치밀하고 침착하게 행동하지 않았을까?"

"하지만 그런 어설픈 위협으로 무슨 효과가 있어?"

"이제 그만 사건에서 손을 떼라는 경고겠지."

"이 집에서 예전 의사의 일기와 메모를 도난당했다고 했지? 그 범인도 당신을 습격한 사람과 같은 인물일까?"

"하나시마 선생의 말이 사실이라면."

"응? 왠지 하나시마 선생님을 의심하는 것처럼 들리는데."

"아무래도 이 선생님, 말과 행동에 뭔가 맞지 않는 부분이 있는 느낌이야. 뭔가를 감추고 있는 듯한…… 과거에 꺼림칙한 일이 있었던 사람 같아. 그래서 나처럼 상상력이 부족한 사람도 자꾸 엉뚱한 생각을 하게 되는 거야."

"그 엉뚱한 생각이 뭔데?"

미오는 호기심 가득한 눈빛으로 물었다.

"어쩌면 날 습격한 사람이 나를 하나시마 선생으로 착각했던 게 아닐까 싶어. 범인은 내가 테라스에서 몸을 내민 순간 습격했으니 사실상 내 얼굴을 제대로 못 봤다고 해도 무방하거든."

"그럴 수도 있겠네……."

미오는 감탄하듯 고개를 끄덕이더니 문득 떠오른 듯 말했다.

"있잖아, 상상력을 좀 더 발휘해서 이런 건 어떨까? 하나시마 선생이야말로 당신을 습격한 범인이다."

도모이치는 순간 어안이 벙벙해졌다. 잠시 후 고개를 가로저었다.

"그건 말이 안 돼. 가장 큰 이유는 동기가 없다는 거야. 동생이 죽었을 당시 하나시마 선생은 이곳 야마쿠라에 없었어. 5년 전에 처음 온 외지인이야."

"겉보기에는 그럴지 몰라도 숨겨진 사정이 있을 수도 있잖아."

도모이치는 이번에는 웃음 섞어 다시 한번 고개를 흔들었다.

"말이 안 돼. 명확하게 확인한 건 아니지만 선생에게는 거의 확실한 알리바이도 있어. 그때 선생은 난산이 예상되는 임신부를 보러 조금 전 만난 그 나에바 교코라는 간호사와 함께 달려갔고 내내 거기 붙어 있었거든. 도중에 빠져나올 상황이 아니었어."

"내가 여기서 하루쯤 조사하면 여자 명탐정으로서 뭔가 단서를 잡을 수 있을 것 같은데, 아쉽게도 그럴 여유가 없네."

"뭐야. 설마 지금 바로 도쿄로 돌아가야 하는 거야?"

도모이치가 실망을 감추지 못하며 묻자 미오는 장난기 섞인 웃음을 지었다.

"학교 상황이 심상치 않거든. 그래도 좋은 조짐도 있어. 오전 10시쯤 도쿄를 출발했는데 어쩌면 오후에는 학생 총회가 열릴 수도 있어."

"네가 돌아가서 무슨 도움이 되기라도 해?"

"글쎄. 실은 여기서만 하는 말인데, 사실 내가 정상화를 위한 설득 작업이나 약간 스파이 비슷한 일도 하고 있거든. 그런 현실적인 부분에 초연하다고 할까, 무지하다고 할까. 그런 게 당신의 장점이자 단점 같아."

"아무튼 나도 지금 당장 네 차를 타고 도쿄로 돌아가고 싶어. 동생의 죽음에 대한 조사는 나중에 다시 와서 해도 되니까."

"근데 하나시마 선생님이 아직 당신 상태에 의심을 품고 있는 이유는 뭐야?"

"한번 잠들면 꼭 죽은 사람처럼 깊이 잠들고, 깨어난 뒤에도 오랫동안 기분이 좋지 않다는 점 때문인 것 같아. 어쨌든 머리 엑스레이 사진을 지바에 있는 전문의에게 보냈고 내일쯤에는 답이 올 거라고 하니 그걸 보고 판단하겠대."

"원래 그렇게 오래 걸리는 거야?"

미오는 난처한 표정을 지었다.

"그런가 봐."

"머리 엑스레이 사진이라는 것도 대체 뭘 본다는 건지 모르겠네……. 약은 먹고 있어?"

"응. 식후에 저기 종이봉투에 든 약을 두 알, 그리고 자기 전에 저 가느다란 약병에 있는 약을 한 알씩 먹고 있어."

"아, 맞다. 그러고 보니 담배 가져온다는 걸 깜빡했네. 예상보다 오래 머물고 있으니 당신이 좋아하는 켄트도 떨어졌겠다 싶어서 오는 길에 다섯 갑 정도 사 왔어."

"그거 감동인걸. 하이라이트로 버티고 있었는데, 너무 독해서."

"차에 있어. 금방 다녀올게."

미오는 테라스에 있는 샌들을 대충 신고 차로 달려갔다.

하얀 다리를 힘차게 움직이며 달려가는 미오의 뒷모습에서 도모이치는 아사카와 마키코를 겹쳐 보고 있었다.

미오에게 죄책감을 느끼지 않을 수 없었다.

―집에 돌아오니 반가운 소식이 기다리고 있었어!

미오가 들뜬 목소리로 전화를 걸어온 건 그날 저녁 8시가 조금 지난 무렵이었다.

미오는 오후 4시 정도까지 도모이치와 이야기를 나누다가 돌아갔다. 쉬지 않고 차를 몰아도 나카노에 있는 집까지 세 시간 반은 걸린다고 했으니 꽤 빨리 도착한 셈이다.

"반가운 소식이라면, 학교 일인가?"

―응. 오후 2시에 가까스로 학생 총회가 열렸어. 역시 간토 대학은 비운동권 학생이 주류라 소수인 전공투가 고립돼서 한 시간도 안 돼 봉쇄 해제가 결의됐대.

"정말 봉쇄가 해제된 거야?"

―응. 그 후 바로 결성된 연합 조직과 약간 마찰은 있었던 것 같은데 지금쯤이면 완전히 해제됐을 거야.

"그럼 내일부터는 모든 게 정상화되는 거네?"

―응. 별다른 이변이 없는 한.

"별관 실험실에 들어갈 수도 있다는 뜻이군."

도모이치가 전화를 끊자 하나시마가 기다렸다는 듯이 물었다.

"학교 봉쇄가 끝난 겁니까?"

하나시마는 취기가 꽤 올랐을 텐데도 정신이 번쩍 든 표정이었다.

"그렇습니다. 하나시마 선생님, 이렇게 되면……."

"알겠습니다."

도모이치가 말을 마치기도 전에 하나시마가 말했다.

"내일 확실히 진단 결과를 듣고 결정하도록 하죠. 오늘도 마사키 선생님께 전화를 드렸는데 대학병원 수술을 참관 중이시라더군요. 그래서 끝날 즈음에 다시 연락했더니 동료와 함께 도쿄에 가셨다고……. 아무튼 자택에 다시 한번 전화해 보겠습니다. 지금쯤이면 연락이 될지도 모르니까요."

하나시마는 자리에서 일어나 전화기 받침대 아래에 있는 수첩을 뒤적였다.

"……여기에는 없군요……. 진료실 서랍에 넣어 둔 수첩에 있을 겁니다. 잠깐 실례합니다."

하나시마는 샌들을 대충 신고 테라스로 나갔다.

진료실 창문에 불이 들어오는 게 보였다. 번호를 찾았는지 전화를 거는 듯했다. 창문에 비친 희미한 모습만으로도 대강 짐작할 수 있었다.

다이닝키친의 전화기에도 외선 램프 불이 들어와 있어 그런 사실을 뒷받침했다.

이곳에는 '홈 텔레폰'이라는 방식이 도입돼 회선 하나에 전화기 서너 대가 연결돼 있으며 어떤 전화기로든 통화가 가능하다. 내선 통화도 된다. 그리고 통화 중일 때는 전화기의 작은 램프에 불이 들어온다.

도모이치는 램프에 불이 오랫동안 꺼지지 않는 걸 보며 초조해졌다. 머리 진단 결과도 궁금했지만 그보다 더 급히 전화를 걸 곳이 있었다.

통화 시간은 10분은 족히 넘지 않았을까. 이윽고 외선 램프가 꺼졌다. 하지만 곧이어 다시 내선 램프에 불이 켜지더니 호출 벨이 울렸다.

수화기를 들자 하나시마의 목소리가 들렸다.

―죄송합니다만 마사키 선생님과는 끝내 연락이 되지 않았습니다. 도쿄 어딘가의 호텔에 친구분과 함께 묵고 계신 건 확실한데, 오늘 밤은 거기서 자고 내일 아침에 돌아가겠다는 연락이 왔다고 합니다. 가족분께서 호텔 이름을 물어보는 것도 깜빡했다고…….

"네? 그럼 어떻게 되는 겁니까? 대체 언제까지 절 여기 가둬 두실 셈인가요!"

그러자 소심한 하나시마는 당황한 기색을 드러냈다. 목소리에 비통함이 섞였다.

―가두다니요. 그런 의도는 전혀 없습니다. 전 그저 심각한 후유증이 생길까 봐 우려돼서…….

"여기서 도쿄로 돌아가는 것 정도로 그렇게까지 상태가 나빠질 수 있는 겁니까?"

―모르겠습니다. 모르니까 더 걱정이 되는 겁니다.

"그럼 선생님은 제가 어떻게 해야 만족하시겠습니까?"

하나시마는 그제야 조금 타협하려는 태도를 보이기 시작했다.

─어쨌든 내일까지가 원래 관찰 기간이었으니 내일까지는 제 책임하에 계셔 주셨으면 합니다.

"내일까지는 여기 있고 모레는 돌아가도 된다는 말씀이시죠?"

─내일은 꼭 엑스레이 검사 결과를 받도록 하겠습니다.

"네. 알겠습니다."

도모이치는 불쾌한 기색을 숨기지 않았다.

4

9월 12일(목)

상쾌하게 잠에서 깼고 기분 좋게 자리에서 일어날 수 있었다. 사흘 연속 불쾌했던 아침이 거짓말 같았다.

시계를 보니 8시가 조금 넘어 있었다. 도모이치는 즐겁게 옷을 갈아입었다.

이 정도 컨디션이면 충격으로 인한 뇌 후유증 같은 건 걱정하지 않아도 될 듯했다.

다이닝키친에 얼굴을 내밀자 싱크대에서 설거지를 하던 가정부가 고개를 돌렸다.

"마침 잘 오셨어요. 선생님 심부름으로 오치아이에 다녀와야 해서 식사를 어떡해야 하나 고민하고 있었거든요."

가정부가 된장국 냄비를 불에 올렸다.

그 후 그녀는 도모이치가 식사를 마친 것을 확인하고 집을 나섰다.

식후 담배를 한 대 피우려고 주머니에서 라이터를 뒤졌지만 보이지 않았다. 어쩔 수 없이 자동 점화식 가스레인지 불을 썼다. 그때 전화벨이 울렸다.

낮에는 보통 병원 쪽에서 전화를 받으니 내버려 뒀다. 그러자 벨 소리가 한 번 멎더니 잠시 후 내선 전화 호출음이 울렸다.

수화기를 들자 하나시마의 목소리가 들렸다.

―여기 창문으로 보니 오늘은 꽤 일찍 일어나신 것 같던데요.

"네, 컨디션이 아주 좋습니다."

―사가와 미오 씨라는 분에게 전화가 왔습니다.

뒤이어 미오의 목소리가 들렸다. 미오도 도모이치의 목소리를 듣고 하나시마와 비슷한 말을 했다. 다만 목소리에 어딘가 묘하게 장난기가 섞여 있었다.

―와, 역시 일찍 일어났네!

"뭐야? 그 '역시'는?"

―아니, 아무것도 아니야. 그런데 그런 상태면 오늘은 하나시마 선생님도 당신을 풀어 주지 않을까?

"나도 그랬으면 좋겠어. 그래도 선생님 체면이 있으니 오늘 하루만 여기 있고 내일 아침 일찍 돌아가려고 해."

―엑스레이 결과에 따라 아직 어떻게 될지 모르는 거 아니야?

"그야 그렇지만······."

―결과가 나오면 알려 줄 수 있어? 나도 되게 궁금해.

"뭔가 너, 아까부터 이상하게 들뜬 것 같네."

―그래? 아무튼 결과 나오면 학교에 전화 좀 부탁해.

"지금 학교에 가나?"

―응, 그럼 안녕.

뭔가 허무하면서도 이상한 통화였다.

그러나 도모이치는 곧 미오와의 통화를 잊어버렸다.

지금은 뇌 진단 결과를 얼른 듣고 싶었다.

다이닝키친에서는 병원 현관 앞이 거의 다 보였다. 그래서 누가 드나드는지도 대략 파악할 수 있다. 도모이치는 환자가 없는 틈을 타 진료실로 향했다.

하나시마가 혼자 있었다. 나에바 교코는 구루리에 가서 돌아오려면 점심이 지나야 할 것 같다고 했다.

"그리고 엑스레이 사진 말인데요. 마사키 선생님께서 지금 지바시 자택으로 가시는 중이라고 합니다. 도착하는 대로 바로 전화주시겠다고 하셨습니다."

"결과가 어떻게 나오든 전 돌아갈 겁니다."

하나시마는 난처한 것처럼 그 말에 대꾸하지 않았다. 그는 잠시 침묵하더니 문득 떠오른 듯 말했다.

"아, 그리고 곧 기치 영감님이 오실 겁니다. 어제 찾아갔을 때도 태도가 여전히 완고했지만 저에게 조금은 마음을 여셨는지 오늘 약 받으러 오실 때 뭔가 이야기를 들려주실 것 같은 분위기였어요."

"그럼 제가 자리를 피해 있는 게……."

"아뇨, 괜찮습니다. 안마당 등나무 벤치에 앉아 계세요. 진료실의 환자용 의자에 앉은 사람은 뒤쪽을 볼 수 없으니 그곳에서 관찰하시기 딱 좋을 겁니다. 진료실 창문은 열어 두겠습니다. 동생분이 돌아가셨을 당시 상황이 궁금하신 거죠?"

"네. 익사한 제 동생을 처음 발견해 다에미 가로 옮긴 사람이 기치 영감님이라고 합니다. 하지만 본인에게 뭔가 불리한 거라도 있는지 계속 입을 다물고 계신 것 같아요. 되도록 불필요한 자극은 주지 마시고 차분하게 이야기를 끌어내 주셨으면 합니다."

"쉽지 않은 일이겠지만 최대한 노력해 보죠."

도모이치는 밖에 나가 등나무 아래 벤치에 앉았다. 기분이 상쾌했다.

맑고 청명한 가을 날씨 덕도 있겠지만 몸 상태가 많이 회복된 영향이 컸다.

담배를 피우려다가 조금 전 라이터를 잃어버렸다는 것을 떠올렸다.

다이닝키친에 가서 가스레인지 주변을 뒤져 간신히 성냥갑 하나를 찾았다.

다시 등나무 아래로 돌아가 담배에 불을 붙였다.

약속한 대로 하나시마는 진료실 창문을 열어 두고 있었다. 그 안에는 아직 아무도 없었다.

하나시마가 책상 위 서류를 보다가 고개를 들어 입구 쪽을 바라본 건 그로부터 30분 정도 흐른 뒤였다. 시계는 오전 10시 40분을 가리켰다.

기치 영감이 병원에 들어왔다. 지난번과 마찬가지로 쥐색 작업복에 노란 작업모를 쓰고 있다.

그 곰 같은 사내도 의사 앞에서는 한없이 주눅 들어 있었다. 그는 작업모를 벗어 들고 무릎 아래까지 내리며 몇 번이나 고개를 숙였다.

그리고 나서야 조심스럽게 회전의자에 앉았다.

두 사람의 대화를 듣고 싶지만 등나무 아래까지는 목소리가 닿지 않았다.

대화는 대략 15분 정도 이어졌을까.

무뚝뚝하고 말수 적은 시골 영감을 상대로 이렇게 오래 이야기한 걸 보면 뭔가 얻어낸 게 아닐까 기대했다.

이윽고 기치 영감이 자리에서 일어섰다. 다시 깊숙이 고개를 숙이며 여러 번 인사를 한다. 그러고는 정면을 향한 채 네다섯 걸음 뒤로 물러서서 마침내 밖으로 나갔다.

시계는 어느새 11시를 가리키고 있었다.

몇 분 뒤 도모이치는 진료실 창문 아래로 다가갔다.

"어땠습니까?"

그러자 하나시마는 침울한 표정으로 고개를 저었다.

"안 되겠더군요. 시간을 들여 설득했는데도 그분께는 어떤 말도 통하지 않았습니다. 겁을 주거나 구슬리거나…… 그런 식으로 할 수밖에 없을 것 같은데, 전 그런 쪽에는 도통 소질이 없어서……."

하나시마가 기치 영감 앞에서 속수무책이었던 건 도모이치와 같은 이유인 때문인 듯했다. 도시 지식인과 시골 사람 사이의 간극은 예상보다 훨씬 깊었다.

"기치 영감님에게는 더 기대하지 않겠습니다."

도모이치는 결심한 것처럼 단언했다.

"선생님, 대신 다른 분들께 소문에 대해 물어봐 주실 수 없을까요? 교코 씨도 이것저것 꽤 아는 것 같았고, 마을 사람 중 당시 이곳에 있었던 분이라면 분명 뭔가를 들었을 겁니다. 다만 이렇게 좁은 지역 사회에서는 자신이 소문의 첫 번째 발신자로 지목되는 걸 꺼리는 것 같습니다."

"그렇군요. 노력해 보지요."

하나시마는 대답하고 '왕진 중'이라고 쓰인 플라스틱 팻말을 꺼냈다. '왕진 중' 아래에는 '○시 ○○분부터 진료 재개'라고 적혀 있다. 하나시마는 시간 칸에 있는 고리에 작은 플라스틱 패를 걸어 '3시 30분부터'라고 표기했다.

"오치아이 깊숙한 곳에 왕진을 다녀와야 합니다. 중환자 한 분이 계셔서요. 집을 봐 달라고 부탁드리게 되어 죄송합니다만, 전화가 오면 받아 주실 수 있을까요? 마사키 선생님일지도 모르니까요. 그럼 본인이라고 말씀하시고 결과를 들어 주십시오."

몇 분 뒤 하나시마는 차를 몰고 떠났다.

그 직후쯤 전화벨이 울렸다. 오전 11시 10분경이었다.

수화기 너머에서 정중하게 이름을 부르는 목소리를 듣고 도모이치는 깜짝 놀랐다. 미사와 댐의 기술자인 아이하라였다.

─교수님 연구실에 와 있는데 지금 여행 중이라고 들어서 안부라도 여쭐 겸 전화 드렸습니다.

"그거 고맙군요."

─무슨…… 부상을 당하셨다고 들었는데, 괜찮으신가요?

"괜찮습니다. 어이없는 사고였어요. 그나저나 댐 쪽은 좀 어떻습니까?"

─네, 이상 없습니다.

"아이하라 씨도 알다시피 학교 사정 때문에 실험이 잠시 중단됐는데 내일부터는 재개될 겁니다."

─네. 모쪼록 쾌유를 빕니다.

약 5분간의 통화를 마치고 전화를 끊었다.

그 후 오후 3시가 조금 지나 나에바 교코가 돌아올 때까지 전화가 두 통 더 걸려 왔다.

그때마다 도모이치는 내심 마사키 선생의 전화가 아닐까 기대했다. 하지만 두 통 다 진료 시간을 묻는 환자들의 전화였다.

도모이치는 더 이상 조바심 내지 않았다. 어차피 내일이면 도쿄에 돌아갈 것이고 머리 통증도 사라졌으며 기분까지 상쾌했기 때문이다.

마사키라는 의사에게 엑스레이 판독 결과가 도착한 건 저녁 식사가 거의 끝나갈 무렵이었다.

전화를 받은 하나시마는 통화 도중 환하게 웃으며 도모이치를 향해 고개를 끄덕였다.

도모이치는 벽에 걸린 시계를 확인했다. 오후 7시 15분. 그는 하나시마가 전화를 끊기도 전에 참지 못하고 물었다.

"이상 없음으로 나온 건가요?"

"그렇습니다. 저도 이제 해방이네요."

하나시마도 기뻐하는 표정이었다.

"지금 바로 선생님 차를 얻어 타고 가즈사카메야마까지 간다면……."

하나시마가 시계를 봤다.

"그건 어렵습니다. 막차가 8시인데 거기까지는 급히 달려도 한 시간…… 아무리 빨라도 50분은 걸릴 겁니다. 게다가 지금은 저도 조금 취해서……."

늘 그렇듯 하나시마는 오늘도 술에 얼큰하게 취해 있었다.

"그럼 애초 계획대로 내일 아침에 가는 걸로 하죠."

"네. 내일 아침에 제가 가즈사카메야마까지 모셔다드리겠습니다."

하나시마는 벽에 붙은 열차 시간표를 보며 말했다.

"10시 2분 열차가 좋겠네요. 8시 30분이나 40분쯤 출발하면 넉넉히 맞출 수 있을 겁니다."

"잘 부탁드립니다."

도모이치는 문득 전화를 걸어야 할 사람이 있다는 걸 떠올렸다. 사가와 미오다.

애타게 전화를 기다리고 있었는지 미오는 신호음이 몇 번 가기도 전에 직접 전화를 받았다.

도모이치의 말을 들은 미오의 반응은 예상 밖이었다.

―아, 결국 그렇게 된 거야?

"뭐지? 결국 그렇게 됐냐니. 뭔가 내 뇌에 이상이 있기를 바랐던 것 같은데?"

미오는 당황했다.

―아니, 그런 뜻은 아니야! 다만 그렇게 되면 오히려 뭔가 이해가 안 되는 부분이 생기는 것 같아서…….

"나야말로 네가 지금 무슨 소리를 하는지 도통 모르겠어."

―혹시 옆에 하나시마 선생님 계셔?

"응."

―그럼 어쨌든 내일은 돌아오는 거지?

"그래. 오후 3시쯤이면 학교에 갈 수 있을 거야."

―자세한 이야기는 그때 하자. 어쩌면 내 착각일 수도 있으니까. 그럼 끊을게!

도모이치는 수화기를 내려놓으며 고개를 갸우뚱했다.

미오는 대체 뭐가 이해가 안 간다는 걸까. 그리고 뭘 착각했다는 걸까.

5

9월 13일(금)

자명종 소리를 듣고 잠에서 깼다. 어젯밤 하나시마에게 시계를 빌렸다.

시간은 오전 8시.

어제 아침과 마찬가지로 피곤하지도 않고 몸 상태가 상쾌했다.

옷을 바로 갈아입고 다이닝키친으로 갔다.

하나시마의 모습은 아직 보이지 않았다.

15분 정도 더 기다렸지만 전혀 나타날 낌새가 없다.

출발 시간으로 정한 8시 40분경이 다가오고 있기에 더는

지체할 수 없었다.

도모이치는 복도로 나갔다. 하나시마의 침실이 어딘지 알고 있어서 그 방의 미닫이문 앞에 서서 그를 불러 봤다.

하지만 몇 번을 불러도 응답이 없었다.

결국 마음을 굳게 먹고 미닫이문을 열었다.

방 한쪽에 침대가 보였다. 이불이 흐트러져 있다. 하나시마는 보이지 않았다.

침대 옆 테이블에 있는 전화기로 병원 진료실에 내선 전화를 걸어 봤지만 역시 응답은 없었다.

왠지 불길한 예감이 들었다. 뚜렷한 근거는 없어도 이 넓은 곳에 홀로 남겨진 자신이 뭔지 모를 함정에 빠져드는 기분이었다.

다이닝키친으로 돌아가 테라스를 통해 마당으로 나갔다.

이른 아침 산속의 공기는 축축하고 약간 쌀쌀했다. 희미한 안개 같은 게 눈앞을 맴돌고 있다.

차고 앞에 가 보니 셔터가 열려 있었다. 그리고 그 안에 있어야 할 이스즈 플로리안이 보이지 않았다.

기우일 수 있다. 그러나 뭔가 뒤통수를 맞은 듯한, 속은 듯한 기분이 들었다.

도모이치는 평소 이성적인 판단을 우선하지만, 지금은 어떤 본능이 그를 움직이고 있었다.

그 본능이 속삭였다. 어서 여기를 떠나라. 그러지 않으면 지독한 함정에 빠질지도 모른다.

도모이치는 다시 다이닝키친으로 돌아가 벽에 붙은 버스와 열차 시각표를 확인했다.

현재 시각 8시 40분. 그렇다면 이제 쓰루마이발 8시 50분 버스는 시간상 탈 수 없다. 이 버스는 원래 타기로 한 10시 2분 열차와 연결되는 편이다.

그렇다면 다음 버스는? 놀랍게도 10시 50분이었다.

그 정도면 걸어가도 시간이 남는다. 굳이 서두를 필요가 없다.

하지만 이곳에는 더 이상 머물고 싶지 않았다.

어쨌든 여길 벗어나자.

도모이치는 방에 돌아가 여행 가방을 챙겨 들었다.

뭔가 우스꽝스러웠지만 도망치듯 집 밖으로 나섰다.

병원 앞에 가서 마을로 내려가는 비탈길을 걷기 시작하자 반대편에서 올라오는 사람이 보였다. 하나시마의 집을 관리하는 가정부 사다 씨였다.

인사를 건네려던 찰나 마을 길 건너편에서 차 한 대가 달려왔다. 하늘색 이스즈 플로리안이었다.

차는 병원 쪽 비탈길 초입에 멈췄고 차 양쪽 문에서 두 사람이 내렸다.

한 명은 하나시마였고, 다른 한 명은 아와타 순경이었다.

하나시마는 도모이치를 보며 입을 열었다.

"선생님, 정말 죄송하게 됐습니다. 말도 안 되는 일이 벌어져서……."

"네? 말도 안 되는 일이라니요?"

"아, 예."

아와타가 설명은 마치 자기 의무라도 되는 것처럼 옆에서 입을 열었다.

"조금 전 이바 기치스케 씨가 살해된 채로 발견됐습니다. 용신 연못에 떠 있는 시신을 나에바 다키 할머니가 발견했습니다. 바쁘신 와중에 죄송합니다만, 현장까지 함께 가 주실 수 있습니까?"

마을 안쪽에서 들리는 사이렌 소리가 점점 가까워지는 걸 느꼈다. 그러고 보니 아까 잠결에도 이런 소리를 들었던 것 같다. 구급차가 마을에 들어올 때의 소리였을까.

잠시 후 구급차가 비탈길에서 모습을 드러내더니 순식간에 마을 출구 쪽으로 질주하며 사라졌다.

"이 라이터, 연못 북쪽의 풀숲에서 당신이 주운 게 맞습니까?"

형사는 마디가 굵은 짧은 손가락으로 라이터를 집어 들며 물었다.

나에바 다키는 용신 사당 안에서 밖을 향해 빗자루질을 하다가 형사의 말을 듣고 손을 멈추고 허리를 폈다. 쭉 펴도

등이 구부정했다.

"예, 맞아요."

"이 담뱃갑도 라이터에서 조금 떨어진 곳에 떨어져 있었고요?"

"예."

사당 안은 청소가 거의 끝났는지 새로 켠 양초에서 붉은 불꽃이 생생하게 타오르고 있었다.

격자문 앞 바위에 놓인 유부도 갓 바꾼 듯 신선해 보였다.

도모이치가 느닷없이 끌려온 곳은 연못 옆 산길을 오르면 나오는 이 용신 사당이었다. 그곳에서 다키 할머니를 마주한 순간부터 이미 누군가의 계획에 휘말리고 있다는 기분을 지울 수 없었다.

그리고 방금 형사가 라이터와 담뱃갑을 꺼내 보이자 도모이치는 거의 확신에 가까운 예감을 느꼈다.

그래서 상대가 지적하기 전에 먼저 나서기로 했다.

"네. 그 라이터는 제 게 맞습니다. 그 담배도 켄트라고 해서 제가 평소에 피우는 담배입니다."

"이 근방에서 이런 외제 담배를 피우는 분은 거의 없을 테니까요······."

불쾌했지만 그다음에 어떤 말이 이어질지도 도모이치는 대충 짐작이 됐다.

지금은 추리 소설과 거의 인연이 없지만 어릴 때나 학창 시절에는 조금 읽은 적이 있다. 형사나 탐정이 만년필이나 라이터를 꺼낼 때는 대개 그것이 범행 현장에 떨어져 있었기 때문이다.

도모이치는 다시 상대보다 앞서서 말했다.

"지금 무슨 말씀을 하시려는지 대충 짐작이 갑니다. 즉, 그 물건들이 현장 근처에 떨어져 있었다는 말이겠죠?"

가와나라고 자신을 소개한 형사는 키가 작지만 체격이 좋았다. 피부는 햇볕에 그을려 검은 편이다. 꼭 시골 씨름 대회의 천하장사 같은 분위기였다.

"라이터와 담배가 떨어져 있던 곳은 아래 연못의 북쪽 언저리 풀숲입니다. 해가 막 뜬 오전 5시가 조금 지난 시간이었다고 하네요. 여기 계신 나에바 다키 할머니가 이곳 용신 사당에 공양물과 촛불을 바치러 오는 길이었는데, 뭔가 반짝이는 것과 하얀 물체가 눈에 띄어 다가가 보니 그것들이었다고 합니다. 그리고 그때 다키 할머니는 연못 쪽으로도 고개를 돌렸는데, 절벽 쪽 수면에 뭔지 모를 새빨간 게 떠 있었다고 합니다."

"새빨간 거요? 피 말입니까?"

"아뇨, 그건 아닙니다. 빨갛게 칠해진 말뚝이었습니다."

"말뚝이요? 그게 무슨 뜻이죠?"

"글쎄요……. 어쨌든 그 이야기는 잠시 뒤로 미루고, 다키 할머니가 시신을 발견하기까지 경위를 설명드리죠. 다키 할머니는 물에 말뚝 같은 게 떠 있는 걸 알아봤지만 그게 왜 빨간색인지, 그리고 왜 그런 곳에 떠 있는지 의심하셨다고 합니다. 게다가 그 빨간 말뚝 바로 근처 수면에도 다른 뭔가가 떠 있는 것 같다는 걸 알아차리셨습니다. 하지만 연못 가장자리에서는 정확히 뭔지 알아볼 수 없었죠. 그래서 대체 뭘까 싶어 다키 할머니는 이곳으로 향하는 산길을 반쯤 뛰어 올라와 위에서 내려다보시려고 한 겁니다. 연못 전체가 보이는 아주 좋은 지점이 있으니까요."

"저도 어딘지 압니다."

"그곳에서 아래를 내려다본 다키 할머니는 빨간 말뚝에서 불과 2미터도 떨어지지 않은 수면 아래에 이바 기치스케 씨의 시신이 반쯤 떠 있는 걸 발견하신 겁니다."

"반쯤 떠 있었다고요?"

"네. 물 밑 깊숙한 곳보다는 꽤 위였지만 그렇다고 수면 위에 완전히 떠오른 상태는 아니었습니다. 만약 단순 익사라면 시신은 대개 물 밑바닥 근처에 가라앉기 마련이니, 이런 사실 역시 이바 기치스케 씨가 살해당했음을 보여 주는 하나의 증거가 되겠죠."

"흠……."

이쯤에 이르자 도모이치는 도무지 따라갈 수 없었다.

가와나 형사는 대학교수에게 지식으로 앞선다는 자각에 자신감을 얻은 것처럼 점점 우쭐해졌다.

"그러니까 익사체는 폐에 물이 차기 때문에 몸의 비중이 물보다 무거워져 보통 사망 후 한동안은 물 밑바닥에 가라앉게 되는 겁니다. 그런데 육지에서 살해된 후 물에 던져진 시신은 익사체처럼 무겁지 않죠. 그렇다고 사람 몸이 수면 가까이까지 뜰 만큼 가볍지도 않으니 대개 물속 중간쯤에 위치하게 되는 겁니다. 그리고 폐에 공기가 남은 상반신이 하반신보다 위에 뜨는 경우가 많은데, 이바 기치스케 씨의 시신이 정확히 그런 상태였습니다."

좋은 교사는 동시에 좋은 학생이기도 하다. 지식을 향한 열의라는 점에서 공통되기 때문이다. 도모이치는 자신 주위에 피어오르는 불길한 기운조차 잊은 채 진지하게 물었다.

"그럼 기치 영감님은…… 살해된 후에 물에 던져졌다는 말씀인가요?"

"그렇습니다."

"어떻게 살해된 겁니까?"

"흉기에 찔렸습니다. 그것도 좀 특이한 흉기에요. 아까 말씀드린 그 빨간 말뚝입니다. 아니, 말뚝이라기보다 이건 수제 창이라고 해야 할까요. 긴 말뚝 모양 나무의 끝을 창처럼 뾰족하게 깎았더군요. 아까도 말씀드렸지만 시신에서 불과 2미터도 떨어지지 않은 거리에 떠 있었습니다. 지금은 연못 가장자리에 됐으니 가서 직접 보십시오."

'직접 보십시오'라는 말에는 기분 탓일지 모르지만 뭔가 다른 의미가 담긴 것처럼 느껴졌다.

　길을 내려가려는 형사에게 쓰레받기와 빗자루를 손에 들고 멍하니 서 있던 다키 할머니가 말을 걸었다.

　"형사 나리, 전 이제 집에 가도 되나요? 사당 청소가 늦어지는 바람에 집에 가서 할 일이 태산이에요."

　그제야 가와나 형사는 다키 할머니의 존재를 떠올린 듯 말했다.

　"아, 네. 정말 수고 많으셨습니다."

　다키 할머니를 선두로 가와나 형사, 도모이치, 하나시마, 아와타 순경이 일렬로 줄지어 산길을 내려갔다.

　문제의 흉기는 산길에서 연못가로 막 내려간 지점에 놓여 있었다.

　조금 떨어진 곳에는 제복을 입은 경찰, 사복과 하얀 가운 차림의 남자들이 둥글게 모여 서서 무언가 이야기를 나누고 있다.

　흉기는 보기 흉측할 정도의 선명한 붉은색 페인트로 칠해져 있었다.

　지름이 5, 6센티미터 정도 되는, 제법 단단해 보이는 반건조 상태의 나무다. 길이는 약 1미터쯤 될까.

　한쪽 끝이 연필처럼 뾰족하게 깎여 있고 그 부분에만 생나무가 그대로 드러나 있다. 하지만 표면은 짙은 피로 얼룩져 있었다. 예상보다 붉지 않은 피가 새빨간 페인트 색과 극

명하게 대비돼 오히려 더 눈에 띄었다. (그림 참조)

"흉기는 바로 이 수제 창 같은 도구가 틀림없습니다. 상처 모양과도 정확히 일치한다고 합니다. 피의 혈액형도 동일하고요."

가와나는 조금 떨어진 곳에 선 하얀 가운 차림의 검시관을 힐끗 보며 말했다.

"왜 이런 걸 흉기로 썼는지 의문이지만, 더 이상한 건 바로 이 줄입니다."

가와나가 흉기를 집어 들었다. 뾰족한 쪽 반대편 끝에 크림색의 가는 줄이 묶여 있다. 줄은 나무에 파인 홈에 깊이 파고들어 매우 단단히 고정돼 있었다.

"이건 나일론 편사라고 하는데 주로 트롤링 낚시에 쓰는 겁니다. 모터보트 뒤에서 낚싯줄을 풀었다 감았다 하며 대어를 낚는 방식이죠. 저도 낚시를 좀 해 봐서 알지만, 굳이 트롤링처럼 돈이 많이 들고 힘든 건 안 합니다. 아무튼 이 정도 굵기 줄이면 대략 80킬로그램짜리 물고기도 거뜬할 겁니다."

줄은 풀밭 위에서 똬리를 틀고 있다. 길이가 꽤 길어 7, 8미터는 되는 듯했다.

가와나는 줄을 1미터가량 손으로 끌어당기며 말했다.

"도모이치 씨. 이건 대체 무슨 의미일까요?"

언뜻 엉뚱하게 들리는 질문이지만 도모이치는 그 안에 담긴 속뜻을 충분히 이해했다.

이쯤 되니 조금 오기가 생겼다. 그래서 일부러 냉소적인 태도로 대답했다.

"꼭 고래잡이에 쓰이는 작살 같네요. 연못에서 헤엄치던 기치 영감님을 그걸로 찔렀다는 겁니까?"

형사의 표정은 지극히 진지했다.

"아뇨. 피해자는 육지에서 살해됐습니다. 이 연못가 부근이겠죠. 그 과정에서 라이터와 담뱃갑이 바닥에 떨어졌을 테고요."

"그리고 그 물건들의 주인은 저이니 범인도 저라는 말씀인가요?"

"아뇨. 꼭 그렇게 보는 건 아닙니다. 하지만 상황이 이러하니 도모이치 씨의 이야기를 듣고 싶어서 이렇게 모신 겁니다."

"라이터는 분실한 게 맞습니다. 눈치챈 건 어제 아침이었고요. 어쩌면 분실이 아니라 도둑맞았을 수도 있겠죠. 빈 담뱃갑에 대해서는 뭐라 드릴 말씀이 없네요. 다 피운 건 그대로 버리는데 그걸 누군가가 주워서 이용했다면 그건 제가 어떻게 할 수 없으니까요."

"즉, 도모이치 씨는 지금 자신의 라이터와 담뱃갑 모두 누군가…… 아니, 정확히 말하면 범인이 도모이치 씨를 함정에 빠뜨리기 위해 꾸민 덫이라고 말씀하시는 겁니까?"

화가 불끈 치밀었지만 일단 신중해지기로 했다.

좁은 동네에서 괜한 말실수로 불리해지고 싶지 않았다.

"그 판단은 여러분께 맡기겠습니다. 어쨌든 전 전혀 모르는 일입니다. 기치 영감님은 언제쯤 살해된 겁니까?"

"이 일대는 사람의 발길이 뜸해서 발견이 늦었지만, 어제 벌어진 일입니다."

"어제요? 어제라면 오전에 제가 기치 영감님을 봤는데요? 정확히는…… 아마 오전 10시 45분쯤이었을까요. 기치 영감님은 하나시마 선생님의 병원에 와서 15분 정도 머무르셨습니다. 11시쯤 돌아가시는 모습도 제가 직접……."

가와나는 뒤에 있는 하나시마에게 슬쩍 시선을 던졌다.

"네. 그 이야기는 선생님께도 들었습니다."

"기치 영감님이 살해됐다면 그 시간 이후일 텐데 그 뒤로 전 계속 병원에 있었습니다."

"그걸 증명해 줄 사람이 있습니까?"

"그건…… 공교롭게도 그때 혼자 병원을 지켰고 다른 사람은 없었습니다. 하지만 전화가 몇 통 걸려 왔습니다. 그건 다 제가 직접 받았으니 알리바이가 되지 않을까요?"

"전화가 대략 몇 시쯤 걸려 왔습니까?"

"첫 번째 전화는 오전 11시 10분쯤이었을 겁니다. 도쿄에서 걸려 온 전화였고 제 지인인 아이하라라는 사람이었습니다. 직접 확인해 보셔도 됩니다."

"그다음 전화는요?"

"점심 조금 전…… 그러니까 오전 11시 50분쯤이었을 겁니다. 이 마을 분 같았는데 지금 병원에 가도 되냐고 물어서 3시 30분부터 진료 재개라고 알려 드렸습니다."

"병원에서 용신 연못까지는 뛰어가면 5분도 안 걸립니다. 20분이면 왕복이 가능하고 뭐든 할 수 있죠."

도모이치는 슬슬 불안해지기 시작했다.

가와나가 자신을 범인으로 의심하는 수준이 예상보다 훨씬 강하다는 걸 실감했기 때문이다.

"그럼 오후 2시쯤 걸려 온 진료 문의 전화나 오후 3시 조금 넘어 나에바 교코 간호사가 병원에 돌아왔다는 사실도…… 아무 의미가 없겠네요."

"유감스럽게도 그렇습니다. 그리고 그 시간은 애초에 검시 결과로 추정된 사망 시각 범위에서도 벗어나니까요."

"그 검시 결과로 추정된 사망 시각이 구체적으로 몇 시입니까?"

"피해자는 전날 살해됐고 시간이 꽤 흐른 뒤 발견됐습니다. 또 육지에서 살해된 후 물에 던져졌다는 복잡한 상황이 겹쳐 정확한 시간을 특정하기는 어렵습니다. 하지만 24시간 전에서 18시간 전 사이인 것만은 확실합니다. 검시가 진행된 시각은 오전 6시 반이었습니다."

가와나는 뒤로 돌아 하나시마를 봤다.

하나시마가 황급히 말을 받았다.

"전 이런 일에 익숙하지 않아서…… 우선 급히 달려오긴 했지만 자세한 건 저기 계신 검시관님이 조사하셨습니다……."

하나시마는 조금 떨어진 곳에 선 하얀 가운 차림의 남자에게 시선을 보냈다.

도모이치는 혼잣말처럼 중얼거리며 시간을 계산했다.

"24시간 전이면 꼬박 하루 전이니 전날 오전 6시 반부터 12시 반까지라는 말이군요?"

"그렇습니다. 근데 피해자가 병원에서 돌아간 시간이 오전

11시였던 건 확실한 것 같으니 범행 시각은 11시부터 12시 반 사이로 봐야겠지요."

"그 시간에 저에게 알리바이가 없다는 건 인정합니다. 하지만 알리바이가 없다고 해서 꼭 저만 그럴 수 있었던 건 아니잖습니까?"

"보아하니 도모이치 씨에게는 범행 동기도 있는 것 같던데요."

가와나의 목소리는 묘하게 날이 서 있었다.

"동기라뇨?"

"엿새 전인가요. 도모이치 씨는 정체불명의 사람에게 습격을 당하셨다더군요. 이 건은 우리 서에도 보고가 들어왔습니다."

"네. 그건 맞습니다만……."

"그때 도모이치 씨는 이바 기치스케 씨의 알리바이를 확인해 달라고 아와타 순경에게 요청했다죠? 왜입니까? 왜 도모이치 씨는 이바 기치스케 씨가 자신을 습격했다고 의심하신 거죠?"

입을 잘못 놀렸다는 생각에 후회가 밀려왔지만 이미 돌이킬 수 없다.

"별다른 의도가 있었던 건 아닙니다만……."

"아니죠. 이바 기치스케 씨에 관한 소문을 알고 있었기 때문 아닙니까?"

가와나는 이제는 노골적인 추궁 모드였다.

"소문요?"

"도모이치 씨는 20여 년 전 학동 소개 때 이곳에서 일어난 동생의 익사 사건을 조사하려고 마을을 찾았다고 들었습니다."

"조사라고 할 정도로 대단한 건 아니고, 그저 예전 기억을 되새기고 싶어서……."

"정말 그럴까요? 아와타, 자네가 조사한 내용을 여기서 설명해 보게."

가와나는 꼭 전장을 장악한 장수처럼 거만해져 있었다.

그에 비해 아와타는 여전히 어딘가 조심스럽고 머뭇거리는 기색이었다.

"네. 사실 도모이치 씨께 기치 영감님에 대한 이야기를 듣고 이게 무슨 의미일까 싶어서 개인적으로 조사를 조금 해 봤습니다. 그러던 중 도모이치 씨의 동생분이 사망할 당시 마을에 어떤 소문이 돌았다는 걸 알게 됐습니다……."

"그래. 그걸 말해 봐."

형사가 재촉했다.

"네. 그 소문이라는 건, 도모이치 씨의 동생의 죽음에 기치 영감님도 일정 부분 책임이 있는 게 아니냐는 것이었습니다. 표면상으로는 기치 영감님이 물에 떠 있던 도모이치 씨의 동생을 처음 발견한 사람으로 돼 있지만, 사건 직후부터 사실 기치 영감이 아이를 연못에 데려갔고, 물에 빠진 것도 영감의 부주의 때문이라는 소문이 돌기 시작했다고 하더군요……."

"즉 익사 사건이 일어났을 때 이바 기치스케 씨가 현장에 있었고, 도모이치 씨의 동생이 물에 빠져 죽는 걸 보고도 방치했다는 말인가?"

"네. 심지어 더 나아가 기치 영감님이 도모이치 씨의 동생을 익사로 위장해 죽인 게 아니냐는 악질적인 소문도 있었습니다. 그런데 왜 그런 소문이 돌았는지는 이제 아무도 정확히 모르고, 그 시절을 기억하는 이들도 근거는 전혀 모르겠다고 하더군요……."

도모이치는 한동안 말을 잇지 못했다.

기치 영감이 동생의 죽음에 어떤 식으로든 관련돼 있다는 건 의심하지 않았지만, 설마 동생을 죽였다는 소문까지 돌았을 줄이야.

"도모이치 씨. 제가 도모이치 씨에게 동기가 있다고 말씀드린 건 바로 이런 이유 때문입니다."

가와나의 목소리에는 상대의 분명한 반응을 기대하는 기색이 묻어났다.

"전 그런 소문은 금시초문입니다!"

"정말인가요?"

"정말입니다. 여기 와서 어떻게든 당시 일을 알아보려고 뛰어다녔지만, 기치 영감은 끝까지 입을 열지 않았습니다.

그건 하나시마 선생님이 가장 잘 아실 겁니다."

도모이치는 도움을 청하듯 하나시마의 얼굴을 바라봤다. 하나시마가 고개를 끄덕였다.

그러나 가와나 형사의 태도는 흔들림이 없었다.

"그런 이야기를 굳이 기치 영감님에게 직접 들을 필요는 없을 텐데요. 야마쿠라 마을 사람들 중 그 시절을 겪은 사람이라면 대부분 알고 있을 테니까요. 실제로 아와타도 그런 사람들에게서 이야기를 들었다고 하고요."

무슨 말을 해도 통하지 않을 듯 보였다. 도모이치는 점점 자포자기하는 심정이 되어 갔다.

"전 전혀 모르는 일이지만, 좋습니다. 그럼 제가 그 소문을 알고 있었다고 칩시다. 그렇다고 그 이유만으로 제가 기치 영감을 살해할 동기가 된다는 건가요?"

"그건 말이죠……."

가와나가 다시 아와타를 보며 말했다.

"아와타, 전화 건에 대해 설명해."

"네. 사실 조금 주제 넘는 일이지만, 그 소문을 듣고 저는 도모이치 씨께서 근무하는 대학 연구실에도 전화를 걸어 봤습니다. 선생님이 왜 이곳에 오셨는지 확인하고 싶었거든요. 그렇게 알게 됐습니다. 선생님은 동생분이 단순한 사고사가 아닌 누군가에게 살해당했다고 의심하고 있고, 그걸 확인하기 위해 이곳에 오셨다는 걸요. 게다가 최근 돌아가신 어머님이 돌아가시기 전 유언으로 '네 동생은 살해당한 것이니 반드시 복수해 달라'라는 말을 남기셨다는 이야기도 들었습니다……."

유언이니 복수니, 이야기가 과장됐다. 어디서 어떻게 부풀려졌는지 알 수 없지만 원래 사람들의 입을 거치면 대체로 그렇게 되는 법이다. 세상에는 눈에 보이지 않는 극작가들이 무수히 존재하고, 어쩌면 그중 한 명이 바로 이 아와타 순경일 수도 있다.

도모이치는 자신이 점점 함정에 빠지고 있음을 자각하기 시작했다. 대체 이 함정을 꾸민 자는 누구이고, 그 목적은 뭘까. 섬뜩하면서도 분노가 치밀었다. 가와나의 집요한 추궁은 끝나지 않을 기세였지만, 다른 사복 형사가 다가오며 흐름이 끊겼다. 형사는 조용히 가와나의 귀에 대고 뭔가 속삭이기 시작했다.

두 사람의 시선이 연못 건너편 동쪽으로 쏠렸다. 나무를 심은 지 얼마 안 돼 보이는 작은 숲에서 몇 사람들이 분주하게 움직이고 있었다.

가와나는 시선을 다시 거두고 풀밭에 몸을 숙였다. 비대한 몸 때문에 자세를 취하는 게 꽤 힘들어 보였다.

잠시 후 형사는 흉기에 묶여 있던 낚싯줄 끝을 손에 들고 일어섰다. 그리고 외쳤다.

"이 줄 끝도 불에 타서 끊어졌군!"

형사는 줄의 끝부분을 도모이치의 얼굴 앞으로 들이밀었다.

"방금 보고가 들어왔는데, 저 숲속 상수리나무 줄기에 이 낚싯줄과 똑같은 줄이 묶여 있다고 합니다. 줄기에서 약 1.5미터 정도 떨어진 지점에서 끊겨 있는데 칼에 잘린 게 아니라 불에 타서 끊어진 거라고 하네요. 자, 이쪽 낚싯줄도 보십시오. 여기도 불에 타서 끊어진 흔적이 있죠?"

그의 말대로 낚싯줄 끝은 합성 섬유가 불탈 때 생기는 특유의 녹아서 쪼그라든 작은 혹 모양이었다.

"어쨌든 같이 가서 봐 주시겠습니까? 문제의 나무 아래는 풀이 심하게 흐트러져 있고 혈흔 같은 것도 꽤 많이 남아 있다고 합니다."

연못을 따라 동쪽 길로 향했다.

문제의 상수리나무는 연못가에서 채 2미터도 떨어지지 않은 곳에 있었다.

"너무 가까이 가지 마세요! 혈흔을 조사해야 하니까요!"

누군가가 그렇게 외쳤다.

나무는 아직 어린 상수리나무로 키가 3미터도 되지 않아 보였다. 줄기 두께도 7, 8센티미터 정도밖에 되지 않는다.

낚싯줄은 어른 가슴 높이께 되는 곳에 묶여 있고, 가지와 나뭇잎에 엉킨 채 거의 풀에 닿을 정도로 매달려 있었다. 끝에는 역시 불타서 끊어진 자국이 보였다.

피 묻은 풀을 피해 가와나는 나무 주변을 돌며 낚싯줄을 관찰했다. 얼굴에는 당황한 기색이 역력했고 잠시 후 그는 그 당혹감을 도모이치에게 쏟아냈다.

"도모이치 씨. 이건 대체 어떻게 된 일입니까?"

범인을 다그치는 듯한 말투에 도모이치는 언짢은 기색을 감추지 못했다.

"그걸 제가 어떻게 압니까!"

"교수님의 전공이 공학이라고 들었는데요."

"그래서요! 그게 무슨 상관이죠?"

"그렇다면 이런 기계나 장치 같은 걸 만드는 것도……."

도모이치는 형사의 엉뚱한 질문이 어디로 향하는지 그제야 파악했다.

"말도 안 돼! 그러니까 제가 그 낚싯줄과 수제 창 같은 걸로 기치 영감님을 죽이기 위한 장치를 만들었다는 겁니까? 공학이라고 해도 제 전공은 건축 재료 쪽이지, 기계 같은 건 잘 알지도 못합니다."

"일반인보다는 훨씬 잘 아시겠죠."

가와나는 지금 자신이 내린 결론을 강화하려고 유리한 논리만을 취하고 있다. 더는 이성적인 대화로 풀릴 상황이 아니었다.

도모이치는 분노로 맞섰다.

"좋습니다! 그럼 제가 했다고 칩시다. 말씀해 보시죠. 대체 어떤 장치였다는 겁니까?"

"저희는 전문가가 아니니 쉽게 설명할 수는 없습니다. 앞으로 이삼일 정도 시간을 주시죠. 그리고 그동안은 부디 이곳을 떠나지 마시기 바랍니다."

"농담도 정도껏 하세요! 여기 있든 말든 그건 제 자유입니다!"

"물론 자유인 건 맞지만 그래도 떠나시면 저희로서는 곤란합니다. 만약 정말로 떠나시겠다면 부득이하게 체포 영장을 청구해서라도……."

도모이치는 이제는 완전히 덫에 걸렸다는 것을 실감했다. 하지만 그 덫이 정확히 어떤 형태인지, 또 누가 설치했는지 어느 것 하나 확실한 게 없다.

그래서 더 소름이 끼치고 억울했다.

"……적이 어떻게 나올지 감이 안 잡혔는데, 이젠 슬슬 윤곽이 보이는 것 같아."

저녁노을에 붉게 물든 등나무 벤치에 앉아 미오가 말했다. 도모이치의 전화를 받고 급히 차를 타고 달려와 줬다.

안마당에 들어선 차에서 미오가 내리는 모습을 보며 도모이치는 과장이 아니라 정말 구세주가 나타난 듯한 기분을 맛봤다.

내내 감금된 사람처럼 숨 막히는 감각에 사로잡혀 있었다. 살인 용의자가 되어 마을을 벗어나지 말라는 지시를 받앉으니 당연했다.

그렇게 되고 나니 야마쿠라 마을을 둘러싼 산이 꼭 자신을 가두는 벽처럼 느껴졌고, 마을 사람들도 자신에게 적개심을 품은 이방인처럼 보이기 시작했다.

그 안에 미오가 달려와 준 것이다. 게다가 미오는 평소보다 더 명랑하고 쾌활한 모습이다. 사건에 대해 이미 어떤 확신을 품고 있는 듯했다.

그 증거로 도모이치가 도움을 청하는 전화를 걸었을 때 미오는 "그렇구나. 적에게 그런 계획이 있었구나!"라고 외쳤다.

"지금도 그렇고 아까 전화에서도 넌 계속 '적'이라는 단어를 쓰는데, 그게 정확히 무슨 뜻이야? 범인을 뜻하는 단어로 받아들이면 되는 건가?"

"그게 말이지. 좀 달라. 정확히 말하면 '눈앞의 적'이라고 하는 게 더 맞을지 모르겠네. 문제는 그 '눈앞의 적'과 진짜 범인 사이의 연결 고리가 전혀 보이지 않는다는 거야."

"연결 고리 따위 상관없어. 그럼 진범이 누군지도 알고 있다는 거야?"

"아니, 그쪽은 전혀 모르겠어. 다만 분명한 건 눈앞의 적과 진범은 다른 사람이라는 거야."

"뭐야. 짜증 나네. 넌 일부러 수수께끼 같은 말만 골라서 하는 것 같아. 어제 아침에 전화했을 때도 '역시 일찍 일어났네'라는 뭔가 의미심장한 소리를 했잖아. 내가 캐묻자 아무것도 아니라는 식으로 얼버무렸고."

"우와, 그런 걸 다 기억하고 있어?"

"그뿐만이 아니야. 엑스레이 검사에서 이상이 없다고 했을 때도 '결국 그렇게 된 거야?'라는 묘한 반응을 보였지. 뭔가 알고 있었던 거면 이런 일이 벌어지기 전에 미리 막아줘야 했던 거 아니야?"

"그건 무리야. 설마 적이 그런 수단을 쓸 거라고는 예상 못 했는걸."

"또 적 타령인가? 그럼 그 적이 누군지 설명해 봐."

"그건 잠시 보류할게."

"왜?"

"가장 큰 이유는 그러는 게 당신을 위험에서 보호하는 길이니까."

"위험? 무슨 위험이 있다는 거야?"

"위험하니 전에도 누군가에게 습격당한 거 아니겠어?"

"그건 그렇지만……. 뭔가 정확히 맞아떨어지지 않는 느낌이야. 그 일은 전에도 말했듯 누군가가 날 착각해서 공격한 거라고 생각해."

"그럼 이번 살인 사건에서 당신이 누명을 쓴 것도 단순한 우연이란 거야?"

"그렇게 말하면 할 말이 없지만……. 누군가가 날 함정에 빠뜨린 건 확실한 것 같아. 미오, 난 명탐정으로서의 네 능력을 믿고 있어. 어서 진상을 밝혀서 날 여기서 해방시켜 줘. 너도 알잖아. 마무리해야 할 중요한 연구가 있어."

"지금은 서두르는 것보다 이 사건부터 제대로 마무리해야 마음 편히 연구에도 집중할 수 있을 거야."

"너, 마치 다 알고 있는 것처럼 말하네. 말투로 보면 아까 말했던 그 기묘한 흉기나 낚싯줄이 묶인 나무 따위도 네 풍부한 추리 소설 지식으로 이미 해석이 끝난 거 아니야?"

그러자 미오는 단호하게 고개를 저었다.

"아쉽게도 전혀. 아무리 명탐정이라고 해도 조금 더 현장을 보거나 사람들의 이야기를 듣지 않으면 알 수 없어. 오늘은 이미 날이 저물었으니 내일 아침부터 전력을 다해 활약해 볼게."

주변에는 어느새 저녁노을의 붉은빛이 사라지고 저녁 어스름의 짙푸른 색이 감돌기 시작했다.

6

9월 14일(토)

도모이치에게 가장 괴로운 것은 오랜 시간에 걸친 취조보다 켄트 담배가 떨어진 일이었다. 어쩔 수 없이 형사들이 준 하이라이트를 피웠지만 쓰고 텁텁한 맛밖에 나지 않았다.

이 역시 곤욕이었다.

하지만 오전 10시부터 점심시간 한 시간을 제외하고 일곱 시간 동안 이어진 조사는 전혀 힘들지 않았다.

직업상 토론은 특기이고 오히려 즐기는 편이기 때문이다.

무엇보다 자신은 결백하다는 확신이 있었기에 마음이 무너지지 않았다.

지치기 시작한 쪽은 형사들이었다. 그들은 점점 대학교수라는 까다롭고 다루기 어려운 인텔리를 버거워하는 기색을 보이기 시작했다.

도모이치에게서 뭔가를 캐내기 힘들고 새로운 증거도 나오지 않자 형사들은 지금껏 확보한 정황만으로 어떻게 체포까지 갈 수 있을지 고민하는 눈치였다.

오후 5시가 지나 취조를 주도하던 가와나 형사가 선언했다.

"오늘은 이만 돌아가셔도 좋습니다. 하지만 야마쿠라에서 조금 더 머물러 주셨으면 합니다."

"강제력은 없는 거겠죠?"

가와나는 살집 있고 둥근 얼굴에 언짢은 기색을 내비쳤다. 조금 전부터 몇 번이나 본 표정이었다.

"없습니다. 그래도 지켜 주시리라 믿습니다."

도모이치는 아무 대답 없이 일어섰다. 상대의 말에 대꾸하지 않는 건 그로서는 드문 일이었다. 그만큼 기분이 상해 있었다.

경찰서라고 해도 근무 인원이 스무 명쯤 될까 말까 한 작은 곳이었다. 오래된 목조 건물이라 계단을 내려갈 때나 복도를 지날 때 발소리가 울렸다.

현관으로 나가자 검은 가죽이 씌워진 낡은 벤치에 미오가 앉아 있었다.

지금까지의 불쾌한 감정이 한순간에 사라지는 기분이었다.

두 사람은 경찰서 앞마당에 세워 둔 페어레이디 쪽으로 다가갔다.

"방금 도착했어."

"아직 야마쿠라를 떠나지 말래."

"그래? 어쩔 수 없지."

"그래서, 탐정으로서의 활동은?"

"용신 연못에 가 보고, 위쪽 사당도 들르고, 다에미 가의 옛 저택 터에도 가 봤어."

"성과는 있었나?"

"있긴 있었지만, 당신의 무죄를 증명할 정도는 아니야."

"낚싯줄이 묶여 있던 상수리나무는 찾았어?"

"응. 그것도 보고 왔어. 나무껍질에 희미하게 줄 자국이 남아 있더라."

"뭔가 트릭을 떠올렸어? 추리 소설에는 그런 게 자주 나오잖아."

"응. 물리 트릭이라고 하지."

"가와나 형사는 내가 공학을 전공하니 그런 걸 구상했을 거라고 생각하는 모양이야."

"그렇게 따지면 이 지역 사람들도 그 정도는 떠올릴 수 있을걸. 토끼나 담비 잡는 덫을 응용한 방식으로 그런 트릭을 생각해냈다는 건 어때?"

"오, 좋아! 가와나 형사에게 그렇게 말해 줄 걸 그랬어."

"하지만 아직 구체성이 부족해. 지금 우리가 아는 건 나무줄기나 가지를 깎아서 만든 말뚝, 상수리나무에 묶여 있던 트롤링용 낚싯줄, 그리고 그 줄에 불탄 자국이 있다는 것뿐이잖아. 이 정도 정보로는 그게 어떤 장치였는지 도무지 짐작하기 힘들어. 그래도 꽤 본격 추리 소설다운 요소이기는 해. 우체통처럼 빨갛게 칠해진 흉기가 크림색 낚싯줄에 묶여 그 상수리나무와 연결돼 있었다니……. 아, 혹시 빨갛게 칠한 건 일부러 기치 영감의 시선을 끌기 위해서였을까? 이상하게 여긴 기치 영감이 다가오면…… 뭔가가 어떤 식으로 작동해서……. 아, 어쩌면 그 순간에 낚싯줄이 타서 끊어진 걸 수도 있겠다. 그래, 현장에 라이터가 떨어져 있었잖아! 당신 라이터가!"

"하지만 가와나 형사 말로는 그 라이터는 상수리나무에서 꽤 떨어진…… 그러니까 동쪽으로 20미터쯤 떨어진 풀밭에서 발견됐다던데."

"지금으로서는 이 복잡한 물리 트릭을 완전히 설명하기는 어려울 것 같아. 그래도 핵심은 짚었어. 범인이 왜 그토록 복잡한 살해 방법을 써야 했는가, 그 이유 말이야."

"자기가 없는 자리에서 살인을 저지르려고 한 걸까."

어설프지만 정곡을 찌른 말에 미오가 감탄했다.

"정답. 생각할 수 있는 건 그 정도야. 즉, 범인은 알리바이를 만들기 위해 그런 수법을 쓴 게 아닐까?"

두 사람은 차에 탔지만 시동을 걸지 않고 대화에 몰두했다.

"그럼 범인은 사건 관계자 중 오히려 알리바이가 있는 사람이라는 말이 되겠네."

"그럴지도 몰라."

"그런데 문제는 그 사건 관계자라는 사람들도 짐작이 가지 않는다는 거야. 가와나 형사 앞에서는 말하고 싶지 않지만, 사건 관계자라고 할 만한 사람은 나와 기치 영감 정도인데 그중 기치 영감은 피해자잖아."

"조금 더 시야를 넓혀서 범위를 확장해 보는 건 어때? 예를 들어 하나시마 의사. 그분도 이번에 알리바이가 있어."

"뭐? 하나시마 선생까지 조사한 거야?"

"응. 그제 그분이 병원을 나선 게 오전 11시 5분쯤이랬지?"

"그래, 맞아."

"그럼 딱 맞네. 오치아이 깊숙한 곳에 있다는 왕진 환자의 마을까지는 차로 15분 정도 걸려. 내가 직접 차를 몰고 가 봤으니 확실해. 하나시마 선생은 11시 20분쯤 환자 집에 도착해서 15분 정도 진찰을 했대. 그리고 환자 집 옆에 사는 노인과 바둑을 두기 시작했는데…… 사실 그쪽이 하나시마 선생의 원래 목적이었던 것 같고, 3시 10분쯤까지 열심히 바둑을 두다가 허겁지겁 병원으로 돌아갔다고 하더라."

"확실한 알리바이네. 넌 지금 하나시마 선생님을 의심하는 거야?"

"아니, 넓은 범위에서 사건 관계자 중 알리바이를 가진 사람의 예를 든 것뿐이야. 그 밖에도 예를 들면 간호사인 나에바 교코 씨도 있어."

"뭐? 그 사람 알리바이도 조사했어?"

"당연하지. 난 명탐정이니까. 구루리에 있는 병원에 오전 11시경부터 12시 40분쯤까지 있었다고 하니 이 사람도 알리바이가 확실해. 다만 하나시마 선생이든 교코 씨든 지금으로서는 기치 영감을 살해할 동기가 없다는 게 문제야. 그리고 기치 영감에 대해서도 조사했어. 특히 그 사람이 왜 당신 동생을 죽였다는 소문이 퍼졌는지."

"대단한 열정이네."

도모이치는 자신은 탐정으로서 무능하다는 것을 절실히 느꼈다. 미오는 단 하루 만에 그가 조사한 분량을 뛰어넘는 정보를 수집했다. 그것도 정확하고 치밀하게.

"결정적인 증거는 아직 없어. 하지만 어쩌면 이런 게 사건과 관련 있을지도 몰라."

"어떤 게?"

"기치 영감은 전에 결혼한 적이 있대. 그리고 아이도 있었어. 남자아이인데, 1942년인가 1943년쯤 병으로 세상을 떠났대. 초등학교 3, 4학년쯤이었다고 해. 그 후 아내도 잇따라 병으로 죽어서 혼자 남게 된 것 같아. 그 뒤로는 쭉 독신으로 지내며 다에미 가의 충직한 일꾼으로 살아왔다고 해. 그런데 당신 동생이 죽은 기치 영감의 아들과 비슷한 또래였다는 게…… 뭔가 마음에 걸리지 않아?"

"그러니까 자기 아들은 죽었는데 비슷한 나이의 다른 아이는 살아 있다는 사실에 분노와 질투가 뒤틀린 나머지 원한이 됐을 수 있다고 해석하는 거야?"

"그래."

"그렇다고 살인까지 한다는 건 좀 비약 아닌가? 사람이 그렇게 쉽게 살의를 품을 수 있어?"

"살면서 단 한 번도 살의를 느끼지 못한 사람은 없다고 봐. 오히려 때때로 살의를 품는 인간이 정상이라고 할 수 있지 않을까?"

"그런데 왜 대부분 실제로 사람을 죽이지 않는 거지?"

"살의를 품는 것과 실제 행동에 옮기는 건 분명한 경계가 있으니까. 대부분 그 선까지 가면 거의 반사적으로 뒤로 물러서게 돼."

"일부는 그렇지 않다는 건가?"

"응. 그 선을 넘는 데 저항감을 크게 느끼느냐 느끼지 않느냐의 차이는 있지만, 결국 그걸 넘어버리는 거야. 그게 바로 살인자야."

"넘느냐 넘지 않느냐의 차이는 어디서 오는 걸까?"

"타고나는 게 아닐까?"

"유전적 성질이라는 건가?"

"그렇지 않을까? 자, 가자."

밖에는 어느새 황혼이 내려앉고 있었다.

미오는 시동을 걸었다.

"미오, 차라리 이대로 도쿄로 돌아갈까? 그 사람들에게 우리를 막을 권리는 없잖아."

"충고하자면 그건 손해야. 첫째, 경찰한테 괜히 나쁜 인상을 줄 수 있어. 둘째, 여기 남아 있는 게 사건 해결에 더 도움이 될 거고, 셋째, 굳이 무리하지 않아도 하루이틀 안에 경찰이 어쩔 수 없이 당신을 풀어 줘야 할 상황이 생길 수도 있어."

"셋째는 좀 불확실한 것 같은데."

"어쨌든 당신은 지금 중요한 연구를 맡고 있는 핵심 인물이야. 그리고 경찰의 눈을 피해 도주할 생각 같은 건 꿈에도 하지 않을 자존심 강한 신사지. 본인이 주장해 봐야 효과가 없을지 모르지만, 누군가가 대신 그런 주장을 해 주면 가와나 형사도 특별한 이유가 없는 이상 함부로 당신을 얽매어 둘 수 없어."

도모이치는 드디어 미오가 무슨 말을 하려는지 이해하기 시작했다.

"그러니까 넌 지금 너희 아버지나 더 위에 있는 사람을 통해 이번 일에 개입해 보겠다는 거야?"

"그래, 맞아."

"뭔가 압력을 행사하겠다는 말처럼 들리는데."

"떳떳하다면 부끄러워할 것도 없어. 거기에 지금은 대를 위해 소를 희생해야 할 중요한 시점이잖아."

"그 말도 맞지만……."

"뭐야. 아까는 이대로 도쿄로 돌아가자고 해 놓고. 당신의 그 우유부단한 면도 어쩌면 이번 사건에 영향을 줬을지 몰라. 좀 더 단호했으면 좋겠어."

"잠깐. 내 우유부단한 면이 무슨 영향을 줬다는 거야?"

미오는 잠시 당황하더니 조금 억지로 말을 돌렸다.

"그건 아직 말 안 할래. 때가 되면 자연히 알게 될 거야."

"미오 넌, 음모가 기질이 있는 것 같아."

"그보다는 권모술수의 대가라고 해 줘."

"그래. 그럼 당분간 그 권모술수 대가의 지시에 따르도록 하지."

"야마쿠라에 가기 전에 여기서 저녁 먹고 가자."

"그 말을 들으니 배고픈 게 확 느껴지네. 점심으로 경찰서에서 돈가스 덮밥을 얻어먹었거든. 용의자의 입을 열려고 형사가 자기 돈으로 밥을 산다는 이야기, 너도 들어본 적 있지? 근데 도저히 자백하고 싶어지는 맛이 아니어서 거의 남겼어. 이런 시골에 밥 먹을 데가 있을까?"

"아까 마을을 지나 올 때 간판에 '민물고기 요리'라고 써 있는 요릿집이 있었는데 괜찮아 보였어."

미오는 차를 출발시켰다.

"아, 그리고 깜빡하고 말 안 했는데, 내가 병원에 있을 때 구로이와 교수님에게 전화가 왔어."

"뭐래?"

"지금까지 연구 진행 상황만이라도 좋으니 어쨌든 연락해 달라고 공단에서 요청이 들어왔대. 그래서 일단 보고는 해 뒀다고 해."

도모이치는 마음속 어딘가에서 뭔가가 묵직하게 걸리는 느낌을 받았다. 하지만 그걸 미오에게 말해 봐야 소용없을 것이다.

"그래."

도모이치는 최대한 무덤덤하게 대답했다.

"실례지만 나카조 도모이치 씨 되시나요?"

식사를 마치고 슬슬 일어나려던 찰나 여자 종업원이 조심스럽게 다다미방 안으로 들어와 물었다. 시계를 보니 오후 6시 45분이었다.

그렇다고 하자 종업원이 말을 이었다.

"경찰관께서…… 아와타 씨라고 하는 경찰관님이 급히 만나고 싶다고 현관에 와 계십니다만……."

도모이치는 미오와 눈을 마주쳤다. 별로 기분 좋은 소식은 아닌 듯했다.

자연스럽게 가게를 나설 겸 현관 쪽으로 향했다.

아와타 순경은 검은 자갈이 깔린 현관 바닥에 서서 기다리고 있었다.

그는 언제나처럼 정중하게 경례부터 했다.

"제가 여기 있는 걸 어떻게 아셨죠?"

"아, 눈에 익은 페어레이디가 입구에 세워진 걸 보고……."

"그렇군요."

"야마쿠라의 하나시마 선생님 댁으로 돌아가시는 건가요?"

"어쩔 수 없이 그렇게 됐네요."

원망 섞인 기운이 대답에 묻어나는 건 어쩔 수 없었다.

"실은……."

아와타는 주위를 살피더니 현관 구석으로 도모이치를 이끌었다.

"조금 골치 아픈 일이 생겨서 말입니다."

그 자리에서는 반쯤 열린 격자문 너머로 바깥이 보였다.

순찰차가 세워져 있고 어스름한 빛 속으로 운전석에는 제복 경찰, 뒷좌석에는 사복 차림의 남자가 타 있는 게 보였다.

자세히 보니 가와나 형사였다.

가와나는 도모이치와 눈이 마주치자 가볍게 고개를 숙였다.

도모이치도 답례를 했지만 기분이 묘했다.

"뭡니까? 그 골치 아픈 일이라는 게."

도모이치는 불길한 예감을 느끼며 물었다.

"실은 하나시마 선생님과 관련된 일입니다만……. 얼마 전 야마쿠라에서 있었던 뺑소니 사건 말인데요. 그 범인이 도시에서 온 정체불명의 남자가 아니라 사실상 하나시마 선생님인 것으로 거의 확정됐습니다."

"뭐라고요? 하나시마 선생이?"

"생각해 보면 하나시마 선생님은 사망 추정 시각쯤에 사건 현장을 지나가셨습니다. 다만 6시 10분쯤 그곳을 지날 당시 아직 시신이 없었다는 증언을 믿는 바람에 주의를 기울이지 못했죠. 물론 그 증언을 그대로 믿었던 건 마을 안에서 선생님의 위상이 높다는 점도 영향을 미쳤습니다만……."

"그런데 어떻게 해서 하나시마 선생이 용의자로 떠오르게 된 겁니까?"

"피해자의 옷에서 가해 차량의 파편으로 보이는 게 나왔다고 말씀드렸죠?"

"아, 네. 들었습니다."

"더 자세히 말씀드리면 그건 차량 도장 파편과 방향 지시등 플라스틱 커버 조각이었습니다만, 현 경찰청 감식과에서 조사한 결과 그 도장은 하늘색 이스즈 플로리안의 것이고, 방향 지시등 커버 역시 플로리안 차량에 붙어 있던 거라고 합니다. 야마쿠라에 들어온 정체불명의 도시 사람의 차가 아니었던 겁니다. 그래서 야마쿠라에 그런 차량이 있는지 비밀리에 조사하라는 지시가 떨어졌지만, 마을에 그런 차를 가진 사람은 하나시마 선생님 외에는 없습니다. 차를 확인해 보니 도장을 덧칠한 흔적이나 방향 지시등을 새로 교체한 흔적도 뚜렷했고요."

"그렇다면 지금……."

"네. 유감스럽지만 체포하러 가는 중입니다. 그런데 가는 길에 이 가게 앞에서 도모이치 선생님 지인분의 차를 보고……."

"저도 지금 바로 야마쿠라로 가겠습니다."

"네. 비상 상황인데도 가와나 경부님이 일부러 시간을 내주셨으니 저희는 먼저 출발하겠습니다."

"곧 뒤따라갈 수 있을 겁니다."

도모이치는 지나가던 여종업원을 붙잡아 바로 계산해 달라고 부탁했다.

조금 떨어진 곳에서 귀 기울이고 있던 미오가 숨 가쁘게 물었다.

"뭐야? 하나시마 선생님이 뺑소니라니…… 그게 무슨 소리야? 그리고 정체불명의 도시 사람은 또 뭐고?"

밖에서 순찰차가 출발하는 소리가 들렸다.

"자세한 이야기는 차 안에서 할게. 내가 야마쿠라에서 오기 이틀 전에 뺑소니 사건이 있었는데, 처음에는 다들 범인이 도시에서 온 사람일 거라고 했어. 그런데 알고 보니 범인이 하나시마 선생님이었다는 거야."

"지금껏 나한테 들려준 사건 이야기에 그런 언급은 전혀 없었는데?"

"그야 당연하지. 내 동생 사건과는 관련 없는 일이니까."

도모이치는 서둘러 계산을 마친 뒤 거스름돈은 괜찮다고 하고 곧장 밖으로 뛰쳐나갔다.

미오가 허둥지둥 뒤따라 왔다.

"아, 이제 알겠다! 이 일로 눈앞의 적과 범인 사이의 연결 고리가 분명해지고 사건의 전체 윤곽도 잡혔어!"

미오가 그렇게 소리친 건 차가 현도를 벗어나 야마쿠라로 들어가는 외길로 향하기 바로 직전이었다.

"뭐? 설마 네 말은 하나시마 선생이 일으킨 뺑소니 사건과 기치 영감 사건이 연관돼 있다는 거야?"

"응, 맞아."

"왜 그렇게 생각했는지 설명해 줘."

"그건 차라리 하나시마 선생님 입으로 직접 듣는 게 좋지 않을까?"

미오는 앞서가는 경찰차의 미등이 야마쿠라 방면으로 들어서는 걸 보며 말했다. 아와타와 가와나가 탄 순찰차다. 마을의 요릿집을 출발하고 채 5분도 되지 않아 순찰차를 따라잡았다.

"또 뭔가 수수께끼 같은 말을 하네. 일단 참아 볼게."

갈림길에서 약 8분 정도 달리자 오카시와 나미 할머니의 집 아래에 있는 마을 입구에 도착했다. 거기서 약 4분만 더 가면 병원이었다.

마을 길에서 비탈길로 올라가 병원 옆쪽 마당에 차를 세웠다. 문득 벌레 우는 소리가 또렷하게 들렸다. 며칠 전부터 부쩍 시끄러워졌다고 도모이치도 느끼고 있었다.

대시보드 시계는 오후 7시 50분을 가리키고 있었다.

다이닝키친에 불이 환하게 켜져 있어 바깥 테라스까지 빛이 새어 나오고 있다.

앞차에서 내린 아와타 순경과 가와나 형사는 현관으로 가지 않고 곧장 테라스로 향했다. 병원에 익숙한 마을 사람들은 대부분 이쪽으로 드나들었다.

도모이치와 미오도 차에서 내렸다. 그때 테라스 불빛 속으로 들어선 두 경찰이 갑자기 뭔가를 외치며 뛰쳐나가는 게 보였다.

하지만 그들은 다시 오르막 중턱에서 앞으로 넘어질 듯

멈춰 서더니 큰 소리로 몇 마디를 주고받고 조심스럽게 신발을 벗기 시작했다.

도모이치와 미오도 곧장 뛰어갔다.

조심스레 집 안으로 들어가려던 두 사람 중 가와나 형사가 돌아보며 날카롭게 말했다.

"들어오셔도 괜찮지만 안에 있는 어떤 것에도 손대거나 움직이시면 안 됩니다."

두 사람 너머로 엎어진 의자가 눈에 들어왔다. 그 옆 바닥에는 누군가가 쓰러져 있었다.

가와나가 허리를 숙여 확인하고 조용히 말했다.

"이미 늦었군……."

도모이치는 신발을 벗은 발을 유리 미닫이문 레일에 걸치고 상반신만 안으로 기울여 물었다.

"하나시마 선생님인가요?"

아와타가 돌아보며 대답했다.

"그렇습니다. 돌아가셨습니다……."

가와나가 천천히 몸을 일으켜 테이블 위를 살폈다. 아이스 버킷과 위스키병, 안주가 담긴 접시 몇 장이 흩어져 있었다.

가와나는 팔을 늘어뜨리고 허리를 숙여 잔에 코를 가져갔다. 잔에는 하나시마가 평소 즐겨 마시던 아이스 플로트 위스키가 담겨 있는 듯했다.

이윽고 가와나는 허리를 펴며 말했다.

"진하게 탄 희석 위스키군. 거기에 청산가리 특유의 냄새가……."

그때 아와타가 잔에서 조금 떨어진 테이블 위를 가리켰다.

"경부님, 저기도 뭔가가……."

도모이치는 조금 더 자세히 보려고 무심결에 집 안에 들어섰다. 그를 따라 미오도 집 안에 들어왔다.

테이블 위에 신문에서 발췌한 작은 기사가 있었다. 내용이 아주 짧아서 한 단 정도 크기에 가로 폭도 5센티미터 정도에 불과했다.

그 위에는 반짝이는 노란 플라스틱 조각이 놓여 있었다.

"이건 3일에 있었던 야마쿠라 뺑소니 사건을 다룬 기사잖아! 그리고 이 노란 조각은 차량 방향 지시등의 플라스틱 커버야!"

"경부님, 여기에는 약병처럼 보이는 게……."

아와타가 바닥 카펫 위로 손을 뻗으려 하자 경부가 단호하게 제지했다.

"안 돼, 그런 행동은 금물이야! 사건 현장에서의 기본 수칙을 잊었나?"

"아, 죄송합니다. 이런 일에 아직 익숙하지 않아서……."

가와나는 주머니에서 손수건을 꺼내 병을 감싸 들었다. 시판 감기약 병 정도 되는 크기에 입구는 고무마개로 막혀 있고 안에 흰색 알약이 들어 있었다.

"분석해 봐야 알겠지만 아마 청산가리일 겁니다."

"경부님, 그럼 하나시마 선생님이 스스로 목숨을……."

"아마 그렇겠지. 아와타. 선생의 차고에 몰래 들어가 차를 조사할 때 혹시 들키지는 않았나?"

"최대한 조심했다고 생각하지만, 아예 안 들켰다고 장담은 못 하겠습니다."

"당일 알리바이를 확인하러 갔을 때 선생이 뭔가 눈치챈 기색은?"

"그 역시 확신이 없습니다. 선생님 입장에서는 찔리는 게 있었을 테니 제가 아무리 조심한다고 해도 의심했을 수 있겠죠……."

"결국 낌새를 채고 자살했다는 건가. 이 발췌한 신문 기사와 사고 당시 부서진 방향 지시등 커버 조각은 자백 대신 남긴 유서로군."

그때 곁에 다가온 미오가 도모이치의 귓가에 대고 날카롭게 속삭였다.

"아니! 그게 아니야!"

"응? 뭐가 아니라는 거야?"

도모이치도 낮게 되물었다.

"하나시마 선생이 자살했다는 거 말이야."

"자살이 아니면 뭔데?"

"당연히 타살이지. 누군가에게 살해당한 거야. 기치 영감을 죽이고 당신을 습격했던 그 범인에게."

미오의 표정은 확신에 차 있었다.

"……네가 몇 번이나 말한 '눈앞의 적'이 하나시마 선생이었다는 거야?"

"맞아."

"하지만 하나시마 선생이 뭘 했길래 적이지? 알리바이를 고려하면 날 습격한 사람과 기치 영감을 죽이고 내게 누명을 씌우려 한 사람은 선생님이 절대 아니야. 그런데 왜 적이라는 거야?"

두 사람은 마당의 등나무 벤치에 앉아 있었다. 정원등이 켜져 있어 환했다.

사건이 발각된 후 한 시간 남짓 흘렀다.

밝은 조명이 들어온 다이닝키친에서는 수사관과 감식반원들이 분주하게 움직이고 있었다.

구석 한 켠에는 몸을 움츠린 채 서 있는 나에바 교코와, 가정부인 사다 할머니의 모습이 보였다. 하나시마는 혼자 살았다. 그래서 아와타가 기지를 발휘해 하나시마에 대해 알 만한 인물을 불러 모은 것이다.

"당신이 하나시마 선생을 적이라고 눈치채지 못한 건 당연해. 선생의 역할은 적인 걸 들키지 않고 당신을 자기 뜻대로 움직이게 하는 거였으니까."

"무슨 말인지 잘 모르겠네."

"혹시 셜록 홈스가 등장하는 탐정 소설 중에 '붉은 머리 연맹'이나 '빨간 머리 클럽' 같은 제목으로 번역된 단편이 있다는 거 알아?"

"몰라."

빙 돌려 말하는 미오의 화법이 못마땅해서 도모이치는 조금 불쾌한 기색을 보였다.

"그 이야기 속에서 빨간 머리인 사람을 고액의 임금으로 모집한다는 공고에 윌슨이라는 사람이 지원해서 채용돼. 그런데 정작 그에게 맡겨진 일은 사무실에서 백과사전을 베껴 쓰는, 아무 의미도 없는 일이었어. 이게 뭘 뜻하는지 알겠어?"

"글쎄……."

"사실 그들의 진짜 목표는 은행 바로 뒤에 붙어 있는 윌슨의 집이었어. 그의 집 지하실에서 터널을 파서 은행 금고까지 뚫으려는 계획을 세운 거야. 그런데 윌슨이 낮 동안 집에 있으면 방해가 되잖아? 그래서 마침 윌슨이 빨간 머리인 걸 이용해 '빨간 머리인 사람을 모집한다'라는 공고를 낸 후 일부러 그를 뽑은 거야. 그렇게 낮 동안 그가 집 밖에 나가 있게 만들고, 그 시간에 지하실에 들어가 터널을 팠던 거지."

이맘때쯤 되니 역시 밤공기가 제법 쌀쌀했다. 미오는 약간 추운 것처럼 짧은 치마에서 드러난 무릎을 문지르며 설명을 이어 갔다.

"……그러니까 당신은 이 붉은 머리 연맹 이야기에 등장하는 윌슨이었던 거야."

"안타깝게도 내 집 뒤에는 은행이 없는데."

"당신의 경우는 은행이 아닌, C=16 콘크리트 배합법 설계의 결함 연구가 목표였어."

도모이치는 흠칫 놀란 표정으로 미오를 봤다.

"연구 이름까지 잘 아네. 하지만 여전히 무슨 말인지 잘 모르겠어. 좀 더 자세히 설명해 줘."

"그전에 당신 입으로 연구가 어떤 건지부터 설명해. 내가 이해할 수 있는 범위로 괜찮으니까."

"그게 이번 사건과 무슨 관련이……."

"있어."

미오는 늘 뭔가 답답하게 대화를 끌고 가는 면이 있다. 하지만 좋아하는 분야의 이야기라면 도모이치도 말이 술술 나오기 마련이었다.

"C=16 배합법이라는 건 마야마 건설 기술부에서 개발한 댐용 콘크리트 혼합 방식이야. 댐을 건설할 때 가장 골치 아픈 문제 중 하나가 바로 콘크리트의 수화열이야. 콘크리트가 굳는 과정에서 발생하는 열을 뜻해. 댐에 엄청난 양의 콘크리트를 쏟아붓기 때문에 그 온도가 매우 높아지기 마련이야. 내부에서 발생한 열이 표면에 방출되는 과정에서 균열이 생기기도 하지. 그래서 인공 냉각 장치를 달거나, 일부러 특정 지점에 균열을 유도한 후 나중에 이어 붙이는 방식을 쓰기도 해. 어쨌든 이런 문제 때문에 엄청난 비용과 수고가 드는 거야. 만약 발열량이 적은 동시에 강도도 유지되는 콘크리트 재료가 있다면 더할 나위 없겠지만, 그건 양립되기 어려운 조건이야. 그런데 십여 년 전에 마야마 건설은 이 두 조건을 동시에 충족하는 콘크리트 배합법을 개발했어. 즉, 발열이 적고, 균열도 생기지 않으며, 강도도 유지되는 콘크리트 말이야. 마야마 건설은 이 배합법에 특허를 냈고 이후 여러 댐 공사에 도입해 왔어."

"그런데 당신은 그 배합법에서 결함을 발견한 거야?"

"이론적으로는. 마야마 건설도 모든 테스트를 거친 끝에 절대 문제가 없다고 확신했기 때문에 실용화에 들어간 건 맞아. 하지만 실험실 안에서의 테스트는 어디까지나 단순화된 조건에서 진행돼. 압축 강도, 휨 강도, 인장 강도, 전단 강도, 탄성도, 내열성, 내수성 같은 개별 항목을 각각 테스트하는 방식이라 실제 자연환경과 달리 조건이 너무 단순하지. 반면 자연환경은 상상 이상으로 복잡하고, 셀 수 없을 정도로 많은 변수들이 얽혀 있어.

자, 어려운 전문 용어는 빼고 조금 더 쉽게 설명해 볼게. 내가 의문을 가졌던 건, C=16으로 만들어진 중력식 댐의 경우 더위와 추위가 반복되는 환경에서는 온도 변화로 인한 응력이 다른 외력과 결합해 예상보다 약해지지 않을까 하는 점이었어. 그래서 이론적으로 그걸 계산했고, 만약 그게 원인이 되어 댐에 균열이 생긴다면 시간이 얼마나 흐른 후 그런 현상이 발생할지를 추정했지. 하지만 그건 결국 이론상의 계산이고 투입한 변수가 아주 많지도 않았어."

"그래서 그 이론을 증명하려고 장시간에 걸친 온도 변화 실험을 시험체에 적용하기 시작한 거구나."

"맞아. 시험체로 쓴 콘크리트는 미사와 댐에 콘크리트를 타설할 때 채취한 시험용 코어야. 거기에 실제 중력식 댐이 자연환경에서 받게 되는 다양한 조건을 최대한 현실에 가깝게 부여하려고 한 거야."

"만약 당신 이론이 맞다면 그 시험용 콘크리트에 균열이 생기게 되는 거지?"

"그렇지."

"계산상으로는 그게 언제쯤이었어?"

"9월 1일부터 4일까지의 나흘 사이. 혹시 모르니 '추가 확인 테스트'라는 명목으로 나흘을 더 붙여서 9월 8일에는 실험을 마칠 계획이었어."

"처음 계산한 그 나흘 동안에는 균열이 안 생긴 거네?"

"그래. 실패였어."

"하지만 만약을 위해 덧붙인 추가 테스트 나흘 사이에 균열이 생긴다면?"

"그럼 내 계산이 틀렸을 가능성이 커지지. 이론을 재검토

할 필요성이 생기는 거야."

"그런데 만약 이론이 맞고 실제 댐에서 그런 균열이 생긴다면 어떻게 돼?"

"원래 단단한 물질의 균열은 한 번 생기면 엄청난 속도로 퍼져. 그리고 곧 붕괴 위험으로 이어지는 경우가 많아."

"당신 이론이 맞다면 현실에서도 붕괴 위험이 있는 댐이 있다는 거야?"

"불행히도 댐은 대부분 산속 깊은 곳, 그러니까 온도 차가 심하고 혹독한 기후 조건을 가진 지역에 세워지는 경우가 많다고만 말해 둘게."

"뭐야, 그렇게 조심스러운 듯하면서도 실제로는 회피하는 태도. 나카조 도모이치답지 않아."

미오는 굳은 표정으로 말했다.

"오늘은 나도 그냥 못 넘겨. 그럼 지금 실험 중인 시험체에 적용한 온도나 외력 조건은 어떤 댐을 모델로 한 거야? 대충 짐작은 가지만."

도모이치는 다소 마지못해 입을 열었다.

"미사와 댐."

"그럴 줄 알았어. 아이하라 씨가 당신 연구실에 드나드는 걸 보고 대강 눈치는 챘지만……. 그럼 만약 지금 실험 중인 콘크리트에 정말 균열이 생긴다면, 그걸 기준으로 계산했을 때 실제 미사와 댐에 붕괴 위험이 생기는 시점은 언제쯤이야?"

"먼 미래는 아니지."

"또 대충 얼버무리네. 현재나 가까운 미래일 가능성은 없다고 봐도 돼?"

도모이치는 무겁게 입을 열었다.

"없다고는 할 수 없어."

"그건 추가로 붙인 나흘의 실험 기간 중에 균열이 생겨도 마찬가지야?"

"그래."

"정말 댐이 갑자기 붕괴하는 사고가 발생하면 어떤 비극이 벌어질지는 알고 있어?"

"전 세계적으로 댐 붕괴 사고가 몇 건 있다는 건 들었지만, 나도 자세한 건 몰라. 또 안다고 해도 별 의미가 없겠지. 난 내가 아는 범위에서 연구하고 결론을 내릴 뿐이야."

"그러니까 그런 태도가 문제라는 거야. 아까도 말했지만 그런 식으로 빠져나가려는, 혹은 책임을 회피하려는 태도 말이야. 조금 과장해서 말하면 그런 태도가 이번 사건을 불러온 원인이라고도 할 수 있어."

"말도 안 돼! 그게 무슨 상관이 있다는 거야. 억지 논리야."

"정말 그럴까? 어쨌든 댐 붕괴 사고의 무서움 정도는 당신도 알아 둬. 어제 나도 급히 조사해 봤거든. 지금껏 가장 피해가 큰 사고는 1889년 미국 펜실베이니아에서 발생한 사우스 포크 댐 붕괴 사고로 약 2천 2백 명 이상이 사망했대. 1959년 프랑스에서 일어난 말팟세 댐 사고도 5백 명 정도 되는 이들의 목숨을 앗아 갔고."

"숫자까지 줄줄 외우다니, 대단한걸."

"규모는 조금 작지만 일본에서도 사고가 있었어. 1941년 6월 홋카이도의 호로나이강에서 막 완공된 댐이 무너져서 66명이 목숨을 잃었어."

"그건 처음 듣는 이야기네."

"댐 사고가 정말 무서운 건, 아무 전조도 없이 들이닥친다는 거야. 태풍이 오거나 폭우가 내리는 것 같은 경고도 없이 말이야. 가족이 둘러앉아 저녁을 먹는 시간이나, 낮잠을 자는 한가로운 오후 같은 때 댐이 무너지면서 거대한 물의 벽이 순식간에 밀려와 사람도 집도 가축도 다 휩쓸려 가는 거지. 대피나 사전 예방 같은 것도 통하지 않아. 거기에 일본은 하천 길이가 짧은 지역이 많잖아. 만약 여기서 댐이 무너지면 피해가 엄청난 규모로 번질 수 있지 않을까?"

"그럴 수도 있겠지."

"그리고 만약 당신 이론이 맞다면 가까운 미래에 그런 일이 실제 일어날 가능성도 있다는 거잖아."

도모이치의 목소리는 납덩이처럼 무겁게 가라앉았다.

"뭐, 그렇기는 한데……."

"당신은 지금 그런 위험을 다 알면서도 모르는 척하고 있는 거야."

"그건 말이 좀 심하네. 만약 내 이론이 맞다면 현재 또는 가까운 미래에 위험이 닥칠 수 있는 댐이 대여섯 곳 정도 있다는 건 나도 알아. 하지만 내 생각은 어디까지나 아직 가설 수준이잖아. 괜히 사회 불안을 조장하고 싶지는 않았다고. 그래서 난 연구에만 전념하고 그 밖의 다른 문제는 너희 아버지인 학부장님께 맡기기로 했던 건데."

"맞아. 바로 그게 책임 회피라는 거야. 아빠도 구시대적인 학자라 그걸 옳은 판단이라고 생각해서 당신을 감싸고 있는지 모르지만, 난 그건 잘못됐다고 생각해. 사회 상식 같은 것도 없이 자기 생각만 밀어붙이는 괴짜를 '진짜 학자'라고 치켜세우는 분위기가 전에는 있었을지 몰라도, 지금 시대에 그런 건 안 통해. 지금처럼 엄청나게 커지고 복잡하게 조직화된 세상에서는 자기 연구가 사회에서 어떤 의미를 가지는지 철저히 이해하는 성숙한 사회인이어야 하는 거야."

"예를 들어 구로이와 교수 같은?"

"아니. 구로이와 교수님은 그냥 사회에 영합하는 지식인일 뿐이야."

"냉정하네. 그럼 요새 화제라는 심장 수술 전문의 W교수 같은 사람은 어떻지?"

"그 사람은 사회를 자신의 연구 성과와 명예욕을 위한 수단으로 이용한다는 느낌이 강해. 현시대의 진정한 학자라면 자기 연구가 사회에서 어떤 의미를 지니며 어떤 영향을 미칠지 확실히 인식하고 있어야 해. 특히 과학자는 그 책임이 더 무거워. 노벨이 다이너마이트를 발명한 이후 세상에 파괴를 불러온 걸 후회했다든가, 아인슈타인이 자신의 물리 이론이 원자폭탄에 이용된 걸 슬퍼했다든가 하는 이야기는 유명하지만, 앞으로의 과학자들은 그런 미래에 대해서도 책임을 져야 한다고 난 생각해."

"하지만 남자에게는 타고난 사냥 본능이라는 게 있지. 가족을 먹여 살리기 위해 고기를 얻는 데 몰두하는 그런 본능 말이야. 현대에는 다양한 형태의 일들이 그 사냥을 대신하고 있어. 그리고 그런 사냥 정신이 지금까지 인류의 운명을 지탱해 온 거고, 이제 와서 그런 사냥 본능이 인류를 파멸로 이끄는 경우가 생긴다고 해도 어쩔 수 없는 일이야."

"지금처럼 문화, 특히 과학이 이토록 발달한 시대에 더 이상 '남자의 본능' 같은 말로 모든 걸 정당화할 수는 없어. 사냥을 하더라도 이제는 주변을 냉정히 살피면서 해야 하는 거야. 인공 태아를 만든다든지, 인간의 수명이 더 길어진다든지, 단 한 방에 전 세계를 날릴 수 있는 폭탄까지 만드는 시대야. 그런 불안한 미래를 두고 아예 '과학의 동결' 같은 걸 주장하는 사람도 있다지만, 그건 당신 말대로 남자의 사냥 본능만 놓고 봐도 명백히 불가능해. 그럼 오히려 과학자 개개인이 자신의 연구에 사회적 책임을 지는 게 훨씬 현실적인 대안 아닐까?"

 흥분한 미오의 열띤 주장에는 일정 부분 제동을 걸 필요가 있어 보였다.

 "미오. 그러니까 연구자로서 내 태도에 문제가 있는 것과 이번 사건이 어떻게 관련된다는 거야?"

 "'C=16 콘크리트 배합법에 결함이 있다'라는 이론적 가설이 완성된 시점에 당신은 그걸 세상에 공개해야 했어. 그리고 다양한 목소리를 듣고 반응을 지켜보면서도, 거기에 휘둘리지 않고 독자적으로 연구를 이어 갔어야 해. 그런데 이런저런 핑계로 혼자 몰래 연구를 계속하다 보니 결국 오류가 생겼잖아. 아니, 그보다 더 나쁜 건 그런 어중간한 상태에서 마야마 건설의 아이하라 씨 같은 사람에게 정보를 흘렸다는 거야."

 "콘크리트 시험체를 확보하거나 실제 댐에 가해지는 외력 데이터를 얻기 위해서는 어쩔 수 없었어."

 "그 때문에 은밀하게 연구가 진행된다는 게 결국 업계에 알려졌고, 그것도 모자라 그 연구는 당신 혼자 하고 있는 상황이야. 그러니 범인에게 연구 결과를 조작할 수도 있겠다는 착각을 심어 준 거라고 봐."

 "범인? 그래, 드디어 그 단어가 나왔네. 그러니까 지금 넌 그 범인이 내가 연구 중인 C=16 배합 콘크리트의 결함 실험을 어떻게든 손보려고…… 그 '붉은 머리 연맹'인가 뭔가 하는 수법을 썼다는 건가?"

"맞아. 윌슨 역할인 당신을 야마쿠라 마을에 묶어 두고 그 사이에 실험실에 들어가 뭔가 조작을 하거나 실험 결과를 바꿔 놓으려 했다는 게 내 추리야. 만약 범인이 실험 결과를 몰래 바꾸려 한다면 그 작업이 구체적으로 얼마나 복잡해?"

"결과를 어떻게 바꾼다는 거야?"

"예를 들어 실험 중인 콘크리트 시험체를 더 튼튼한 것으로 바꿔치기해서 균열이 생기지 않게 조작한다든가."

도모이치는 어처구니없다는 표정을 지었다.

"말도 안 되는 소리야. 설령 그게 가능하다고 해도 엄청난 수고가 들걸. 콘크리트 시험체는 부피가 1세제곱미터짜리 콘크리트 덩어리고 무게도 2.3톤이나 돼. 그걸 들어내고 새 걸 들여오는 것만으로도 보통 일이 아니야. 그러고 나서 새 시험체를 다시 가압 장치에 걸어야 하는데, 이게 또 굉장히 힘든 일이지. 미사와 댐에서 하중이 가장 크게 걸릴 것으로 예상되는 부위의 압력을 계산해서 그와 동일한 힘이 가해지도록 설정해 놨기 때문에 압축기의 힘을 정확히 거기에 맞춰야 하는 거야.

그런데 진짜 문제는 바로 그다음이야. 시험체에는 일정 간격으로 변화 데이터를 자동으로 그래프로 기록하는 초음파 측정기와 방사선 측정기가 장착돼 있어. 이 장비들도 전부 떼었다가 다시 세팅해야 하는데, 그 과정에서 기계는 일시적으로 멈추게 돼. 그 정지 시간을 감추려면 자동 그래프의 기록 펜을 수동으로 일일이 움직여서 자연스럽게 조작해야 하는 거야.

그리고 조작이라는 말이 나왔으니 말인데, 이전 시험체에서 새 시험체로 바꿀 때 그래프 선의 연결 부위 같은 것도 자연스럽게 이어 붙여야 해. 그전까지 쓰인 시험체는 겉으로는 별 변화가 없어 보여도 미묘하게 피로가 누적돼 있어. 그러니 새 시험체도 그런 상태에서 시작해야 하고, 이후 변화도 그 연장선상에서 진행돼야 하는 거야. 이렇게 생각하면 차라리 측정 장비 자체를 교묘하게 고장 내는 편이 더 나을 수도 있어. 참, 그보다 더 골치 아픈 건 시험체 그 자체의 문제야. C=16 배합법으로 만들어진 시험체는 육안으로 봐도 일반 콘크리트와 꽤 달라서……."

"아까 그 콘크리트 시험체를 아이하라 씨를 통해서 얻은 미사와 댐 타설 당시의 코어 샘플이라고 했지?"

"그래."

"그럼 아직 같은 종류의 샘플도 남아 있겠네?"

"그래. 미사와 댐 창고 구석에 아직 몇 개가 처박혀 있을걸."

"그럼 그걸 가져다가 바꿔치기하면 되겠네. C=16 배합법을 쓴 콘크리트에 당신 이론대로 정말 균열이 생긴다고 해도 그전에 새것과 바꿔치기하면 실험 종료까지는 버틸 수 있지 않을까?"

도모이치는 한숨 섞어 대답했다.

"네 상상력에는 정말 감탄만 나오네. 만약 그 정도 일이 실제로 벌어졌다면 구로이와 교수도 점검 때 뭔가 눈치채지 않았을까?"

"구로이와 교수는 그 분야의 전문이 아니라 자세히 모를 수도 있잖아."

"그건 그렇지. 자동 기록 장치의 그래프를 보고 뭔가 이상한 점이 조금이라도 관찰되면 바로 알려 주겠다고는 했는데……."

"만약 내가 말한 것처럼 시험체를 바꿔치기한다면 어느 정도의 시간이 필요할까?"

"어려운 문제야. 나나 도모쿠라가 나중에 그걸 보고 아무 이상을 느끼지 못하게 하려면 상당히 치밀한 조작이 필요해. 그런데 뭐, 설마 그런 말도 안 되는 일이 벌어졌으리라고는 상상을 못 할 테니 우리도 의외로 세세한 부분은 놓칠지도."

"대략적인 시간으로도 괜찮아."

"몇 명이 작업에 참여하느냐에 따라 다르겠지만, 가령 한두 명이 밤에 와서 몰래 한다고 가정하면…… 시험체를 옮기고 수동 윈치를 써서 바꿔치기하는 데 이틀에서 사흘, 장비를 다시 세팅하고 그래프를 조작하는 데 또 이틀에서 사흘…….

그러니 최소 나흘은 필요하겠네."

"그럼 대충 맞네. 이로써 하나시마 선생님의 하루하루의 움직임이나 그분이 조급해 보였던 이유가 이해가 돼. 그는 어쨌든 처음 나흘 동안 당신을 이 마을에 붙잡아 두기 위해 필사적으로 움직였어. 하지만 필사적일수록 더 허점이 드러나고 이상한 행동도 눈에 띄지. 내가 처음 단서를 포착한 건 선생의 말과 행동이 뭔가 이상하다고 당신이 말해서였는데, 물론 그때는 너무 막연했어. 그래서 그 안에서 구체적인 것들을 몇 가지 골라서 조사해 본 거야. 그중 하나가 어제 아빠에게 소개받아 어느 유명한 신경외과 선생님을 찾아뵌 일이야. 거기서 당신의 부상 정도에 대해 물어봤는데 아무리 전문의가 아니더라도 그런 검사 방법과 치료는 조금 상식 밖이라는 대답이 돌아왔어."

"역시 그랬군!"

"아무리 안정이 필요하다고 해도 그냥 방치한 거나 다름없대. 만약 뇌에 출혈이나 부종이 있다면 그 사이에 치료 시기를 놓칠 수 있다는 거야. 일반적인 의사라면 뇌에 조금이라도 이상이 의심될 경우 즉시 전문의에게 보내는 게 당연하대. 그리고 머리 엑스레이 사진이라는 것도 우습기 짝이 없다고 해. 엑스레이로 두개골 골절은 알아볼 수 있어도 뇌 이상까지는 절대 알 수 없다는 거야."

"하지만 전문의가 엑스레이를 판독했다고 했잖아."

"정말 그런 의사가 존재하는지부터 수상해. 당신은 그저 하나시마 선생에게 사진을 보냈다거나 답이 돌아왔다거나 하는 말을 들었을 뿐이지, 그 의사를 직접 만나거나 진짜 존재하는지 확인한 적도 없잖아."

"그건 그렇지만……."

"하나시마 선생은 가즈사카메야마역 앞에서 당신을 만난 순간부터 당신을 집에 초대해 어떻게든 오래 붙잡아 두려는 필사적인 작전을 개시했던 거야."

"그 말은…… 하나시마 선생이 그날 우연히 날 만난 게 아니라는 건가?"

"맞아. 그는 일부러 당신과 마주치도록 계획한 거였어. 잘 생각해 봐. 평소에는 늘 차를 몰고 다니는 선생이 왜 하필 그날만은 차 없이 나갔을까?"

"그리고 보니 야마쿠라는 경치가 좋고 며칠 머물기 좋은 곳이라며 적극적으로 추천하기도 했지. 난 도시에서 나고 자란 의사 선생이 시골에서 혼자 사는 게 외로워서 그런가 보다 생각했어. 그래서 조금 염치없다고 느끼긴 했지만 바로 선생 집에서 묵기로 결정했고."

"그런데 그 뒤로는 일이 잘 안 풀렸다고 봐야 해. 선생은 다에미 가문의 전설 같은 이야기로 당신의 호기심을 자극하려고 했던 것 같아. 하지만 논리적이고 이성적인 당신한테는 그런 방식이 잘 통하지 않았던 거지. 조급해진 나머지 선생은 용신 연못의 산 제물 이야기 같은 것도 꾸며냈는데, 그 작전은 완전히 실패했어."

"그렇군! 그래서 향토사에 밝다는 나에바 고키치 씨도 그런 이야기는 들어본 적도 없다고 한 거구나!"

"전임인 혼고 선생이 남겼다는 메모나 일기 이야기도, 난 그저 당신을 붙잡아 두기 위한 수단에 불과했다고 생각해."

"그럼 결국 그런 것들도 애초에 존재하지 않는다는 건가?"

"응. 어디까지 계산해서 그런 말을 했는지 확실하지 않지만, 그냥 즉석에서 떠올린 말 같아."

"확실히 이상하긴 했어. 광 어디쯤에서 그런 걸 봤는지 정도는 기억할 법한데 그마저 너무 흐릿했거든. 나도 점점 헷갈리게 됐고⋯⋯."

"그리고 마지막으로 변명 삼아 그것들을 도둑맞았다고 한 건⋯⋯ 어떤 의미에서는 전화위복이라고 할까. 예상치 못한 방향에서 사건에 현실감을 더하는 결과를 초래한 것 같아. 만약 누군가가 정말 그걸 훔쳤다면, 당신 동생의 죽음에 관한 진실을 누군가가 아는 걸 두려워하는 인물이 실제 존재한다는 분위기를 만들 수 있었으니까."

"그래. 나도 지금까지 그렇게 생각하고 있었어."

"하나시마 선생은 속이 타들어 갔을 거야. 그런 와중에 당신이 월요일에 돌아가기로 한 일정을 앞당겨서 일요일에 떠나겠다고 하자 선생은 더더욱 조급해졌겠지. 6일 금요일 밤에 당신이 복도에서 우연히 들었다는 선생의 그 '……열심히 하고는 있습니다만, 그렇게 오래는……'이라는 말은 수화기 너머 상대에게 당신을 더 오래 붙잡아 둘 수 없을 것 같다고 한 호소 아니었을까."

"그렇군! 의사라는 이유 때문에 난 그걸 다른 의미로 받아들였지만…… 돌이켜보면 그 뒤로도 선생은 이런저런 이유를 대고 진료실에 가서 여러 번 전화를 걸었어. 그건 매번 그 정체불명의 인물과 연락해 상의하기 위한 행동이었구나."

"응. 그리고 그 인물은 마을에서의 당신의 활동이나 조사 진행 상황을 보고하라고 지시했을 거야. 당신의 여행 가방을 뒤지거나 산길에서 몰래 뒤를 밟은 것도 다 그런 이유 때문이었어."

"그걸 전부 하나시마 선생이 직접 했다는 거야?"

"그래."

"좋아. 그럼 묻겠는데, 하나시마 선생을 뒤에서 조종한 그 수수께끼의 인물은 대체 누구야?"

"그건 아까도 말했지만 아직 전혀 알 수 없어. 하지만 당신을 '붉은 머리 연맹'의 윌슨으로 만들려고 한 진짜 적…… 그러니까 당신을 습격하고 기치 영감을 살해한 범인이겠지."

"그런데 하나시마 선생은 왜 그런 사람에게 조종당한 거지?"

"그게 핵심이야. 그게 분명하지 않아서 지금껏 난 눈앞의 적과 사건의 진짜 범인의 연결 고리를 알 수 없다고 했던 거야. 하지만 이제 확실해졌어. 연결 고리는 바로 뺑소니 사건이야. 범인은 하나시마 선생이 저지른 그 사건을 목격했고, 그걸 빌미로 자기 지시대로 움직이게 선생을 협박했어. 세련된 녹색 차를 탄 도시풍의 남자가 그 무렵 사고 현장 부근을 지난 건 틀림없는 사실이잖아. 그리고 이제는 그가 뺑소니 사건의 가해자가 아니라는 것도 밝혀졌어. 그럼 그는 그 사건의 목격자일 가능성이 충분하지 않을까?"

"그럼 그가 기치 영감을 죽이고 날 습격한 범인이라는 거야?"

"그래. 변장이라고 할 수는 없을지 모르지만, 선글라스를 쓰거나 모자를 눌러쓰는 식으로 자기 정체를 숨기려고 애를 쓴 흔적도 보여."

"잠깐만. 그럼 네 말은 이번에 여기서 일어난 사건은 내 동생의 죽음과 아무 관련이 없고, 그저 내 연구를 방해하려는 누군가의 소행이라는 거야?"

"맞아. 이번 사건은 당신 동생의 죽음으로부터 시작된 게 아니야. 당신이 동생의 죽음의 진실을 조사하겠다고 누군가에게 말한 순간부터 시작된 거야. 전부터 당신의 연구를 어떻게든 방해하고 싶어 한 범인이 당신이 자리를 비운 틈을 타 자기 목적을 이루려고 한 거지. 그래서 그는 당신이 오기 전 이미 몰래 이 야마쿠라에 와서 주변을 살폈어. 그리고 우연히 하나시마 선생의 자동차 사고 현장을 목격하게 된 거고. 이 부분은 전적으로 내 추측이지만, 어쩌면 하나시마 선생은 애초에 뺑소니를 할 계획은 없었을지도 몰라. 그런데 범인이 '목격자인 나만 입 다물고 있으면 아무도 모를 일이다'라고 하며 마음 약한 선생을 회유한 게 아닐까 싶어. 혹은 선생은 그때 술에 취해 있었고 그걸 약점으로 잡혔을 가능성도 있지."

"오, 그도 그럴 게 선생은 술을 즐기는 사람이었어. 그리고 직업상 저녁에 술을 마시고 있어도 환자가 생기면 직접 차를 몰고 가야 할 때도 있다는 걸 내가 실제로 목격하기도 했어."

"그건 직업이 의사인 사람들의 고민 중 하나겠네."

"그러고 보니 선생은 언젠가 나한테 '술 때문에 나 자신을 망칠지도 모른다'라고 힘없이 말한 적도 있어. 그때는 그냥 넘겼지만 어쩌면 그 말에는 다른 의미가 담겨 있었을지도 몰라."

"어쨌든 교통사고의 경우 경찰이 오기 전에 현장을 떠났다면 명백한 뺑소니야. 선생은 그렇게 점점 수렁에 빠졌고, 결국에는 범인의 협박에 따라 움직일 수밖에 없었던 거야."

"그러니까 날 자기 집에 자연스럽게 초대해서 최대한 오래 마을에 붙잡아 두라는 요구를 받은 거구나."

"그동안 범인은 대학 실험실에 몰래 들어가 밤마다 시험체 바꿔치기 작업을 했던 게 틀림없어. 아까 당신 말로는 최소 나흘이 걸린다고 했으니 당신이 마을에 도착한 날 밤부터 계산해 나흘째 되는 날이 월요일이고, 그날 겨우 맞출 수 있는 계획이었겠지."

"범인은 왜 모든 걸 운에 맡기고 실험 종료일까지 기다리지 못했던 걸까? 내 계산으로 균열이 생길 예정일은 이미 지났고 이후 추가 테스트에서도 균열이 생길 가능성은 거의 없었는데."

"그 부분은 아직 명확하지 않지만, 분명한 건 범인이 처음부터 당신의 연구를 조작할 계획은 아니었다는 거야. 단지 우연히 당신이 연구실을 비운다는 걸 알게 되자 그걸 절호의 찬스로 보고 충동적으로 뛰어든 것 같아. 확인 테스트에서도 균열이 생기지 않을 거라고 예상했지만 마음 한 켠에는 불안이 있었을 거고, 마침 좋은 기회가 생기자 과감하게 실행에 나선 거겠지. 하지만 이 계획은 한번 시작하고 나면 중간에 멈출 수 없는 일이었어."

"그건 맞아. 중간에 멈추면 여기저기 증거가 남아 조작이 들통날 테니. 그래서 범인은 시간을 벌기 위해 무리수를 둔 거겠지?"

"한번 나쁜 길로 들어선 사람이 거의 반드시 밟게 되는 과정이랄까. 점점 더 돌이킬 수 없는 상황으로 몰리게 된 거야. 그런데 이걸로 분명해진 게 또 하나 있어. 범인이 그날 당신을 심하게 때리기는 했지만 죽이지는 않았던 이유 말이야. 그건 **죽일 필요까지는 없었기** 때문이야."

"그런데 범인은 그날 밤 왜 굳이 이 야마쿠라에 온 걸까? 하나시마 선생에게 날 습격하도록 지시해도 됐을 텐데."

"소심한 하나시마 선생이 그 일을 제대로 실행할 수 있을지 불안했겠지. 게다가 만에 하나 선생에게 범인이라는 의혹이 쏠리기라도 하면 선생은 바로 무너져서 범인의 정체까지 털어놓을 가능성이 컸어. 그래서 범인은 절대 그런 사태가 생기지 않게 오히려 하나시마 선생에게는 확실한 알리바이를 만들라고 지시한 흔적도 있어."

"그날 밤 친구 집에 바둑을 두러 간다고 했던 게 그거였구나!"

"그런데 마침 갑자기 진통이 시작된 임신부가 나타났지? 이쪽이 훨씬 확실한 알리바이가 되니 선생은 바로 그쪽으로 달려간 거야. 그리고 범인은 당신의 부상 정도를 일부러 과장스럽게 설명해서 어떻게든 야마쿠라에 머물게 하라고 지시했어. 그게 바로 그 이상한 진찰이나 엉뚱한 엑스레이 검사로 이어진 거야. 당신이 매일 늦게까지 자고 아침마다 몸 상태가 안 좋았던 것도 사실 다 선생의 계획이었어."

"그것까지?"

"당신은 선생의 지시로 자기 전에 유리병에 담긴 알약을 하나씩 먹었다고 했지? 조사해 보니 그건 꽤 강력한 수면제였어."

"조사해 봤다고……?"

"사실 그제 여기 왔을 때 당신이 그 약에 대해 말하는 걸 듣고 뭔가 이상하다고 느껴서 내용물을 통째로 바꿔치기했거든. 내 차 글로브박스에 색과 모양이 아주 비슷한 영양제가 있다는 게 떠올랐어. 그래서 켄트 담배를 가지러 간다고 하고 차에 가서 그 약을 가져와 당신이 잠깐 방심한 틈에 바꿔치기했지."

"재빠르네."

"도쿄에 돌아가서 그 바꿔치기한 약을 조사해 봤더니 역시나 수면제였어. 신경외과 선생님에게 그런 투약 방법이 정당한지 물어봤더니 그 역시 말도 안 된다는 거야. 오히려 뇌 후유증이 걱정되는 상황에 그런 약을 쓰면 진짜 증세가 가려져서 위험하다고 했어. 결국 하나시마 선생은 일부러 당신에게 그런 약을 먹여서 상태를 쉽게 판단할 수 없게끔 만든 거야. 그래서 내가 약을 바꾼 다음 날 당신이 아침 일찍 개운하게 일어난 것도 당연한 일이었어. 그로써 난 선생이 당신을 이 마을에 붙잡아 두려 한다는 걸 확신하게 됐고."

"하지만 그건……."

"잠깐만, 그다음 이야기까지도 내가 한 번에 설명할게. 범인은 당신을 습격함으로써 당신을 마을에 좀 더 머물게 하는 데는 성공한 듯 보였지만, 여기서 또 엄청난 일이 하나 더 터졌어."

"학교 봉쇄 말인가?"

"상황으로 볼 때 범인에게는 아직 하루나 이틀 정도 더 작업이 필요했는데 학교가 봉쇄되는 바람에 난처해졌다는 게 내 추리야. 봉쇄가 길어지면 당신의 부상 상태도 더 속일 수 없게 되고, 반대로 봉쇄가 풀리면 당신이 바로 학교에 복귀할 게 뻔했어. 그런데 그 해제가 또 갑작스럽게 이뤄지는 바람에 범인은 당황했겠지. 그래서 결국 극단적인 수단을 쓰게 된 거야."

"기치 영감을 죽이고 그 죄를 나한테 덮어씌우는 것 말인가?"

"맞아. 범인은 하나시마 선생을 통해 당신이 마을에서 어떤 조사를 하고 다니는지 전부 듣고 있었을 거야. 그러니 당신을 함정에 빠뜨릴 계획을 세우는 건 어렵지 않았겠지."

"그럼 사건 현장에 떨어져 있던 라이터나 켄트 담뱃갑은……."

"당연히 하나시마 선생을 통해 그걸 입수한 범인이 일부러 현장에 떨어뜨리고 간 거야. 하지만 이로써 하나시마 선생은 너무 많은 걸 아는 사람이 돼 버렸어. 겁 많은 선생이 또 언제 무너져서 모든 진실을 털어놓을지 모르는 상황. 그래서 결국 범인은 선생까지 제거하기로 마음먹은 거겠지."

"그럼 하나시마 선생은 자살한 게 아니라 범인에게 독살당한 거란 말이야?"

"응. 아까 검시관이 잠깐 이야기하는 걸 들었는데, 하나시마 선생의 사망 추정 시각이 우리가 시신을 발견하기 한 시간 전쯤이래. 범인은 하나시마 선생과 다이닝키친에서 대화를 나누다가 틈을 봐서 선생의 위스키에 독을 탄 게 아닐까 싶어. 청산가리는 위스키에 물처럼 잘 녹지는 않지만 특유의 향은 감춰진다고 하더라. 게다가 선생은 희석 위스키도 진하게 타서 마시는 스타일이었다고 하니 아무 의심 없이 그걸 마셨을 거야. 그 이후는 간단해. 청산가리가 담긴 병을 바닥에 떨어뜨려 놓고, 미리 준비해 온 뺑소니 사건 기사 스크랩과 방향 지시등 플라스틱 커버를 책상 위에 뒀겠지. 그 플라스틱 커버는 아마 뺑소니 사건 때 범인이 하나시마 선생을 협박할 증거로 보관해 뒀을 거야. 범인은 이런 것들이 마치 선생님이 남긴 유서처럼 보이도록 연출했어."

"죽을 마음이 없었던 하나시마 선생에게 유서를 쓰게 할 수 없으니까?"

"맞아."

"좋아. 지금 당장 경찰에 알리자."

"잠깐만. 아직 때가 아니야. 모든 일에는 적절한 타이밍이 중요해."

"이제 와서 타이밍 타령이라니. 그보다는 하나시마 선생이 살해된 걸 입증할 만한 확실한 증거가 아직 없다는 뜻 아니야?"

"그래서 지금부터 그 증거를 확보하러 다이닝키친에 가

보려고 해."

"그건 또 무슨 소리지?"

"아까 거기서 나올 때 눈에 띈 게 있었거든. 지금 가서 수사관에게 그걸 증거물로 압수해 달라고 할 생각이야."

미오는 벤치에서 일어서며 짧은 치마 자락을 당겼다. 당긴다고 길어지는 것도 아닌데.

"명탐정다운 자신감이네. 그 정도 자신감이면 가장 중요한 문제인 진범에 대해서도 어느 정도 짐작하고 있는 거 아닌가? 내가 읽은 몇 안 되는 추리 소설에도 그런 탐정이 나오더라. 범인이 누군지 알면서도 일부러 뜸을 들이는 사람."

"나도 그만큼 잘난 척을 해 보고 싶지만, 안타깝게도 진범에 대해서는 아직 전혀 감이 안 와."

"그런데 내 연구를 방해하려는 게 목적이라면…… 대상이 꽤 한정되지 않을까? 가령 마야마 건설 쪽 사람이라든가……."

"마야마 건설의 라이벌인 오이즈미 그룹이라든가?"

그 말을 듣고 도모이치는 미간을 찌푸렸다.

"그건 잘 이해가 안 되는데. 오이즈미 그룹 입장에서는 오히려 C=16 배합법에 결함이 있다는 내 가설이 입증되는 게 나은 거 아닌가?"

"그 부분은 복잡해서 나도 아직 정리가 안 돼. 당신의 실험 결과가 어떻게 나오느냐에 따라 상황이 달라질 수 있고,

실제로 누가 어떤 결과를 바라고 있는지도 불확실하거든. 관련자들이 어떤 이해관계로 얽혀 있는지는 겉에 드러난 것만 봐서는 알기 어렵잖아. 학교 사람들도 전부 충분히 용의자가 될 수 있어."

"학교 사람들이라면, 도모쿠라라든가……."

"구로이와 교수라든가."

"구로이와 교수?"

"그래. 구로이와 교수가 오이즈미 그룹의 기술 고문을 맡고 있다는 사실, 알고 있었어?"

"뭐? 처음 듣는데. 그런데 워낙 인맥이 넓은 사람이니 그런 자리에 있어도 이상하지는 않지……."

"그리고 실험실에서 바꿔치기를 시도한다면 그걸 가장 수월하게 할 위치에 있는 사람이기도 해."

"설마 넌……."

"응, 의심하고 있어. 여러 용의자 중 한 명일 뿐이지만. 그 밖에도 하이타니 교수나 당신 연구실에 자주 드나드는 마야마 건설의 아이하라 씨 등 의심할 사람은 많아. 그런데 솔직히 아직 머릿속이 정리가 안 돼. 하룻밤 푹 쉬면서 생각해 보고 다음 계획을 세워 보려고 해."

여자 명탐정은 빛 속에서 사람 그림자가 어른거리는 다이닝키친 쪽으로 천천히 걸음을 옮겼다.

7

9월 15일(일)

"이게 당신이 증거물로 확보해 달라고 요청한 다이닝키친 매거진 랙에 있던 신문입니다."

가와나 형사는 마이아사 신문의 조간을 책상에 내려놓았다.

오늘도 날씨가 화창했다. 햇볕도 이제 별로 따갑지 않다. 어제와 다르게 경찰서 안이 꽤 조용했다. 일요일이라 그런지 모른다. 경찰관에게는 주말이 따로 없다고 하지만 그래도 일요일은 역시 평일과 다른, 쉬는 날이 분명했다.

살인 혐의를 받는 도모이치조차 한가로운 분위기 속에서 어쩐지 마음이 느긋해졌다.

가와나 형사도 어제처럼 날카롭지 않았다. 어제 함께 있던 또 다른 형사가 오늘은 자리에 없기 때문일지 모른다.

다만 기분이 다소 언짢아 보이기는 했다. 더는 도모이치를 몰아붙일 만한 근거가 없다는 걸 깨달아서일까.

아니면 사가와 미오가 주장한 '기치 영감 살해범은 따로 있다'라는 설이나 '하나시마 의사 타살설' 같은 것에 영향을 받은 걸지도 모른다.

"4일 아침 신문의 다른 판본은 구하셨나요?"

미오는 가와나의 불쾌한 기색은 전혀 신경 쓰지 않는 듯했다.

"C판과 D판을 구했습니다."

가와나는 서랍을 열고 신문을 꺼내 책상에 툭 내려놓았다. 손짓이 꽤 거칠어서 마시다 남은 녹차에 신문 한쪽 끝이 닿아 젖어 버렸다.

미오는 어젯밤에도 이처럼 단정하고 깔끔하게 다이닝키친에 있던 수사관에게 증거물로 신문을 압수해 달라고 하거나 다른 판본 신문을 구해 달라고 요청했을 것이다.

미오는 증거로 확보한 신문을 꺼내 펼쳐 들고 앞면과 뒷면을 잠시 훑어봤다.

그리고 그걸 형사 앞에 있는 테이블에 넓게 펼쳐 보였다.

"형사님, 이거 눈치채셨나요?"

가와나는 멍한 얼굴로 신문을 봤다.

"눈치챘냐는 게 무슨 말씀이신지…… 별다른 건 없어 보이는데요."

"이건 하나시마 선생님 댁에 있던 9월 4일 자 조간이에요. 여기 보시면 야마쿠라에서 발생한 뺑소니 사건이 작게 보도돼 있죠."

"맞습니다만, 그게 왜……?"

"만약 하나시마 선생님이 그 기사를 오려냈다면 왜 이 신문에 구멍이 뚫리지 않은 걸까요?"

가와나는 순간 주저하다가 바로 대답을 내놓았다. 왠지

경쟁심에 불타는 듯했다.

"다른 집 신문에서 오려낸 걸지도 모르죠."

"자기 집에 같은 신문이 있는데 굳이요?"

"혹시 하나시마 씨는 같은 신문을 두 부 구독했던 게 아닐까요? 집과 병원에 한 부씩. 병원 대기실 같은 곳에는 늘 신문이 놓여 있잖습니까?"

가와나는 자신의 생각에 자신만만해하는 듯했다.

"어제 가정부 할머님께 여쭤봤는데 그렇지 않대요. 신문은 한 부만 구독했다고 해요."

"그럼 이웃이나 지인 집에서 신문을 얻어 와 오린 걸 수도 있겠네요."

"하나시마 선생은 뺑소니 사건 때문에 죄책감에 시달리고 있었을 텐데, 그런 분이 굳이 남의 집에서 신문을 빌리거나 얻는 것 같은 이목을 끌 행동을 할까요?"

미오는 잠시 말을 멈췄다. 형사가 뭔가 반박하려는 기색을 보이자 그걸 제지하듯 다시 이어 간다. 말하는 능력만큼은 미오 쪽이 한 수 위였다.

"……게다가 그 오려낸 기사는 이웃집 신문에서 오린 게 아니라는 증거도 있어요. 어제 테이블 위에 있던 신문 기사 스크랩, 여기 있죠?"

"있긴 합니다만……."

"그걸 좀 가져다주실 수 있을까요?"

가와나는 이미 이 도시 아가씨의 단호한 태도와 빠른 페이스에 완전히 휘둘리고 있었다.

조금 못마땅한 기색을 보이기는 했지만 그는 결국 자리에서 일어났다.

나무 계단을 쿵쿵거리며 내려가는 소리가 들렸다. 증거물은 아래층 금고 같은 곳에 보관돼 있는 듯하다. 잠시 후 그는 마닐라지 서류봉투를 들고 돌아왔다.

형사는 거칠고 투박한 손가락으로 봉투에서 신문 스크랩을 꺼내 미오 앞에 툭 내려놓았다.

미오는 대조적인 길고 섬세한 손가락으로 그것을 들어 뒷면을 확인했다.

그 후 손가락은 곧장 증거품인 신문 쪽으로 향하더니 그것도 뒤집었다.

마지막으로 형사가 준비해 온 C판과 D판 신문으로 손가락이 옮겨 갔다.

미오의 얼굴에 미소가 떠올랐다. 뭔가 자신만만한 표정이었다.

"형사님. 이 스크랩 뒷면을 봐 주세요. 뒷면이 스포츠면인지 테니스 관련 기사가 실려 있죠? 지역 사회면이 실리는 페이지의 반대쪽은 바로 스포츠면인 거예요."

"그게 뭐 어쨌다는 겁니까?"

가와나는 불쾌한 기색을 숨기지 않았다.

"그럼 이번에는 증거로 확보한 이 신문, 그러니까 뺑소니 사건 기사가 실린 면의 뒷면을 보세요. 이 부분이요."

미오는 왼손 집게손가락으로 신문을 집어 들며 오른손 손끝으로 반대쪽을 짚었다.

"여기도 스포츠 기사가 있긴 한데, 이건 테니스가 아니라 골프 기사네요."

가와나의 시선이 책상에 놓인 스크랩과 미오가 눈앞에 내민 신문 사이를 몇 번이나 왔다 갔다 했다.

"그렇군요. 그래서…… 어쨌다는 거죠?"

"즉, 이 스크랩은 여기 있는 판본에서 오려낸 게 아니라는 뜻이에요. 증거로 확보한 이 신문은 A판이에요. 야마쿠라는 산속 깊은 곳에 있으니 가장 빠른 조간인 A판이 배달되는 거죠. 그런데 이 스크랩의 뒷면은 A판과 일치하지 않아요. 그래서 뒷면이 다른, 더 늦게 조판된 C판이나 D판일 가능성이 있다고 판단해 지금 확인해 봤더니, 아니나 다를까 D판과 완전히 일치했어요. 형사님, 이건 이상하지 않나요? 하나시마 선생님이 받지도 못할 D판의 스크랩을 가지고 있다는 건."

가와나는 입을 다물었다. 잠시 후 불쾌한 기색이 섞인 투로 대답했다.

"그럼 뭐, 하나시마 씨가 어쩌다 우연한 계기로 D판이 배달되는 지역 신문을 손에 넣어서 오렸을 수도 있죠."

"그 우연한 계기라는 게 대체 어떤 거죠?"

"제가 그런 것까지 어떻게 알겠습니까."

"자기 집에 그 기사가 실린 신문이 있는데 왜 굳이 다른 신문에서 오렸을까요?"

가와나는 미오의 끈질긴 추궁에 마침내 화가 난 듯했다. 비웃는 듯한 표정도 내비쳤다.

"알겠습니다. 결국 당신은 이것으로 지금껏 주장해 온 하나시마 씨의 타살설을 뒷받침하고 싶다는 거군요. 즉, 기사 스크랩은 하나시마 씨가 만든 게 아닌 다른 누군가가 만든 거다."

"맞아요. 형사님, 그리고 하나시마 선생님이 정말 자살한 거면 메모 한 장이라도 남기지 않았을까요? 그런 유서도 없이 단지 신문 스크랩 기사와 사고 때 부서진 물건만 테이블에 뒀다는 건 이상하잖아요. 범인이 자살로 꾸미기 위해 급히 마련한 유서 대용품이었을 가능성이 커요."

"좋습니다. 하나시마 씨가 자살한 게 아니라 타살됐을 수도 있다는 관점도 가능성 중 하나라고 해 두죠."

"그럼 그 범인은 기치 영감님을 죽인 범인과 동일인으로 볼 수밖에 없어요. 아니면 하나시마 선생님을 죽일 이유가 없으니까요."

"즉 하나시마 씨는 진범에게 조종당했으며 그 일과 관련해 살해됐다는 말입니까?"

"아마 너무 많은 걸 알고 있었기 때문일 거예요."

"정말 그럴까요."

가와나는 일부러 김이 샌 것처럼 대답했다.

"그리고 기치 영감님과 하나시마 선생님을 죽인 범인이 같은 사람이면 도모이치 씨의 무죄는 자동으로 입증되는 셈이에요."

"허어, 거참."

"게다가 도모이치 씨는 하나시마 선생님이 살해당한 시간에 확실한 알리바이도 있잖아요. 사망 추정 시간이 시신 발견 한 시간 전이라면 그 시간에 도모이치 씨는 마을 요릿집 입구에서 아와타 순경과 이야기하고 있었고, 형사님도 그걸 목격하셨죠."

가와나 형사는 잠시 멍한 얼굴로 말을 잇지 못했다. 그러고는 약간 비꼬는 투로 대답했다.

"그렇게 되나요. 뭐, 도모이치 씨를 변호하시려는 그 마음은 알겠습니다. 그러니 그 뜻을 존중해 일단 도쿄로 돌아가셔도 괜찮은 것으로 하겠습니다. 물론 제 본심은 아닙니다만, 대학에서 뭔가 중요한 연구를 하고 계신다고도 하니."

권모술수의 대가다운 미오의 수완이 슬슬 효과를 발휘하기 시작한 기색이 느껴졌다.

"제가 신원 보증인이 될 테니 걱정 마세요."

미오의 장난기 섞인 말투도 이번에는 상대에게 통하지 않았다.

가와나 형사는 권위에 대한 반감과 불만을 분명히 드러냈다.

"저로서는 유감입니다만 경찰도 하나의 조직이다 보니 윗선에서 지시하면 따르지 않을 수 없어서요."

이상한 외압 덕분에 풀려나는 상황은 도모이치에게도 달갑지 않았다.

하지만 지금은 그런 체면이나 자존심 따위를 따질 때가 아니다.

하루빨리 도쿄로 돌아가야 했다. 대학 실험실에 가서 미오의 추리가 정말 사실인지 확인하고 싶었다.

도모이치는 결연한 얼굴로 형사에게 말했다.

"실험실에 가서 제가 직접 시험체와 자동 그래프 기록을 면밀히 살피면 연구에 조작이 있었는지 바로 알 수 있습니다. 만약 조작이 사실이라면 사가와 씨의 추리가 옳았다는 게 입증되겠죠."

그러자 옆에서 미오가 말을 받았다.

"그럼 범인이 대충 어떤 범위의 인물인지도 어느 정도 짐작할 수 있을 것 같아요. 어쨌든 신경 쓰이실 테니 매일 연락드릴게요."

가와나는 언짢은 기색을 숨기지 않으며 말했다.

"저희 쪽에서도 연락이 닿을 만한 연락처를 알려 주시죠."
"네. 저희 대학 연구실 전화번호와 집 전화번호를 알려

드리겠습니다."

옆에서 미오가 덧붙였다.

"저도 제가 있는 대학 사무실과 집 전화번호를 알려드릴게요. 혹시 도모이치 씨와 연락이 안 되면 저한테 연락 주세요. 제가 책임질게요."

두 사람은 각자 연락처를 알려 주고 자리에서 일어섰다.

가와나는 팔짱을 끼고 의자에 앉은 채로 꼼짝도 하지 않았다.

차가 붉은 흙 절벽이 보이는 3백 미터가량의 협소한 도로 구간을 빠져나왔다. 길은 점차 내리막이 되어 산과 산 사이의 밭 옆길을 내려가기 시작했다.

마침내 마을을 벗어났다.

해방감을 느꼈는지 미오가 입을 열었다.

"어제 보류했던 당신 연구를 둘러싼 이해관계 말인데, 대충 정리가 됐어."

"말해 줘."

도모이치는 미오보다 더 큰 해방감을 만끽하고 있었다. 단순한 해방감이라기보다 감금 상태에서 비로소 자유를 되찾은 기분이었다.

마음 한구석에는 아직 누군가 뒤에서 자신을 끌어당기는 듯한 느낌이 남아 있다. 언제 뒤에서 다시 돌아오라며 손이 뻗칠지 모른다는 불안감. 그래서 백 미터든 2백 미터든 가와나 형사가 있는 경찰서에서 최대한 멀어지고 싶었다.

다행히 미오는 능숙하고 빠른 운전으로 차를 몰았다.

"어제 우리, 잠깐 이야기했지? 범인이 9월 4일 이후 이미 거의 결론이 나 있는데도 굳이 연구를 조작하려고 한 이유 말이야."

"응. 내가 마침 야마쿠라에 가서 실험실을 비우는 절호의 찬스가 왔기 때문이라고 했지."

"하지만 그보다 더 중요한 이유가 하나 있었어."

"어떤?"

"그 연구 결과 하나로 막대한 자금이 투입될 국가적 사업 하나가 어떻게 될지 결정되기 때문이야. 당신도 어렴풋이 알고 있었던 거 아니야?"

"내가?"

"그래. 공단에서 굳이 9월 13일로 날짜를 못 박아서 결과 보고를 요구한 걸 어떻게 생각하고 있었어?"

"그건 그냥…… 위험이 있으면 얼른 알아내서 조치를 취해야 하니……."

도모이치의 목소리에는 자신감이 없었다.

"그 정도면 '되도록 빨리'라는 식으로만 요구해도 됐을 거야. 날짜를 못 박아야 할 필요는 없지 않을까? 원래 공단이나 관공서는 뭐든 인식이 느리고 일도 굼뜬 편이잖아. 그쪽에서 정말 위기의식이 있었는지 난 의문이야. 그런데도 일부러 날짜까지 못 박아서 요구한 걸 보면 뭔가 다른 이유가 있기 때문 아닐까? 솔직히 말할게. 아빠한테 이런 이야기를 들었어. 이번에 기후현 에나군에 나루카와 댐이라는 제법 큰 다목적 중력식 댐이 건설될 예정인데, 마야마 건설과 오이즈미 그룹이 수주를 두고 치열하게 다투고 있대. 그리고 그 입찰일이 9월 16일……. 이쯤 되면 더 설명 안 해도 알겠지?"

"마야마 건설이 새 댐 공사를 맡을지 모른다는 이야기는 아이하라 씨에게 얼핏 듣긴 했는데……."

"그렇지? 그리고 그 밖에도 여러 사람이 그럴싸한 이유를 들어 가며 아빠 사무실에 드나든다는 걸 당신도 눈치채고 있었을 거야. 그런데도 당신은 학자는 그냥 연구만 하면 된다는 식으로 모르는 척하고……."

"그만해. 네가 말하는 학자의 건전한 사회인론은 어제도 충분히 들었어. 솔직히 말해 새 댐 건설을 두고 마야마 건설이나 다른 건설사들이 움직이고 있다는 걸 대강은 알고 있었어. 하지만 그게 범인이 내 연구 결과를 조작하는 것과 무슨 관련이 있다는 거야? 어제 네 이야기만 들으면 범인은 콘크리트 시험체를 새것으로 바꿔치기해서 균열이 생기지 않는다는 이론을 완성하고 싶어 한 것처럼 들리는데."

"응. 그게 가장 단순한 해석이지."

"그럼 범인은 마야마 건설, 아니면 마야마 건설과 관련 있는 사람이라는 말인가?"

"그런데 C=16 배합법에 결함이 있을 수도 있다는 건 공사를 발주한 공단, 그리고 업계 전체도 이미 비공식적으로는 알고 있잖아. 그래서 공단에서도 결과가 나오는 대로 즉시 통보해 달라고 한 거고."

"그렇다면 마야마 건설 입장에서는 결함이 있다면 그걸 인정한 후 같은 방식으로 만든 댐에 긴급 설비나 보수를 하고 앞으로는 C=16을 쓰지 않는다는 조건으로 새 공사에 입찰하겠다고 선언하는 편이 낫겠지. 어쨌든 고름은 없애고 가는 게 좋으니까."

"맞아. 그런 면에서 보면 균열이 발생하지 않는다는 결과를 바라는 쪽은 오히려 오이즈미 그룹이야. 실제로는 균열이 생기는데도 그렇지 않다는 전제로 마야마 건설이 이번 댐 공사를 낙찰받으면 어떻게 될까? 즉, 그 낙찰은 C=16 배합법을 전제로 한 거고, 이후 이 배합법의 결함이 드러나면 계약 취소가 확정적이겠지. 오히려 그게 오이즈미 그룹에는 더 확실한 승리라고 봐."

"그럴 수도 있겠네."

"한 번 더 뒤집어서 생각해 볼 수도 있어. 정말로 균열이 생기지 않는다는 확증만 얻을 수 있다면 마야마 건설 입장에서는 그게 더 반가운 일일 거야. 결함 있는 댐에 긴급 설비나 보수를 한다고 하지만 그렇게 간단한 일은 아니잖아. 비용도 엄청날 테고."

"게다가 그 긴급 설비나 보수 방법 자체가 그렇게 쉽게 나올 수 있을지도 의문이지. 상황에 따라서는 댐의 물을 전부 빼고 사용을 잠시 중단해야 할 수도……."

"그럼 일이 정말 커지겠네. 회사가 받을 타격도 타격이지만 수도나 전기 같은 사회 기능이 일부 마비될 수도 있지 않을까?"

"그럴 수도 있지."

"그럼 일단 당장의 위험은 피하고 나중의 위험에 기대 보자는 판단이 나올 수도 있어."

"그럴지도. 그런데 그러면 어떤 회사가 무슨 결과를 바라는지 나로서는 도무지 감이 안 잡히는데."

"그래서 나도 어제 대답을 보류했던 거야. 그리고 한참을 고민한 끝에 나온 결론은 이거야. 당신의 연구에서 적이 어떤 결과를 원하느냐, 결국 그들이 어떤 결과에 더 쉽고 더 경제적으로 대처할 수 있느냐는 내부 사정에 달렸다는 것. 그리고 그런 요소가 개입하면 우리로서는 알 도리가 없어."

"휴……."

"아무튼 댐 건설에 어떤 식으로든 이해관계가 있는 사람은 전부 용의자 목록에 올려놓는 게 좋을 것 같아."

창밖 풍경은 서서히 산지를 벗어나 평지에 가까운 모습으로 바뀌고 있었다. 시야가 트이고 밭이 펼쳐지며 도로가 굽이치는 부분도 줄었다.

　미오는 이야기하면서도 운전에는 전혀 빈틈이 없었다.

　"그런데 댐 건설 관계자라면 범위가 너무 넓은데."

　"그래도 그중에서 또 몇 가지 조건으로 범위를 좁힐 수 있어. 범인은 댐 건설에 이해관계가 있는 사람인 동시에 당신이 당분간 학교를 비우고 야마쿠라에 간다는 걸 알고 있었던 사람, 그리고 실험에 손을 댈 수 있을 만큼 전문적인 지식을 갖춘 사람이라면 그리 많지 않겠지."

　"그건 그래."

　"그리고 하나 더 구체적인 조건을 붙일 수도 있어."

　"뭐지?"

　"범인은 사전 조사를 위해 야마쿠라까지 직접 차를 운전해 간 사람이야. 그러니 적어도 운전을 할 줄 아는 사람이다."

　"그럴싸하네."

　"이런 조건에 맞춰서 좁혀 보면 실제 의심 가는 사람은 다섯 명 정도밖에 안 돼."

　"그게 누구지?"

　"가장 먼저 떠오르는 건 구로이와 교수."

　"어젯밤에도 그 이름이 나왔지. 구로이와 교수가 오이즈미 그룹의 기술 고문을 맡는다고도 했고."

　"맞아. 게다가 그 사람은 운전을 할 줄 알고, 당신이 야마쿠라에 가는 것도 알고 있었을뿐더러 실험에도 가장 자연스럽게 손을 댈 수 있는 사람 중 한 명이야. 다른 사람이면 매일 점검 때 조작이 들키지 않게 정교한 작업이 필요하겠지만 구로이와 교수라면 걱정이 없잖아. 그리고 조교인 도모쿠라 씨도 그동안 계속 교토에 가 있느라 자리를 비웠어. 그것도 어쩌면 교수가 일부러 그를 교묘히 떼어 놓은 걸 수도."

"그런 식으로 의심하기 시작하면 한도 끝도 없겠는걸."

"참나. 원래 탐정의 수사는 의심에서부터 시작하는 거야. 자, 다음으로 의심스러운 사람은 방금 나온 도모쿠라 조교. 당신 실험에 대해 잘 안다는 점에서는 오히려 그가 구로이와 교수보다 위 아니야?"

"그렇지. 꽤 전문적인 부분까지 이것저것 많이 도와줬으니까."

"그럼 구로이와 교수의 눈을 피해 교묘하게 실험을 조작해 바꿔치기를 하는 것도 가능하지 않았을까?"

"뭐, 그럴 수도 있겠지만……."

"운전을 할 수 있다든가, 당신이 야마쿠라에 간다는 걸 알고 있었다든가 하는 조건에도 다 해당되고, 이건 정확하지는 않지만 그의 아버지도 오이즈미 그룹이나 관련 회사 쪽 사람 같아."

"그럼 그런 식으로 봤을 때 또 누가 의심스럽지?"

"하이타니 교수."

"이런……."

"그분은 마야마 건설에서 자문 같은 걸 맡고 있는 걸로 알고 있어."

"그래. 나도 알아. 근데 그 사람도 운전을 하나?"

"응. 학교에 차를 타고 오지는 않지만. 그리고 당신 연구실에 드나드는 아이하라라는 기술자도 의심할 수 있어."

"하지만 그 사람은 내가 연구실을 비울 거라는 건……."

"알고 있었을 가능성이 다분해. 무엇보다 학교에 자주 드나드니 어디선가 귀동냥으로 들었을 수도 있지. 그러고 보니 당신이 처음 야마쿠라에 간다고 한 날에도 아이하라 씨가 학교에 와 있지 않았어?"

"응, 와 있기는 했지만 그에게 직접 말한 기억은 없어."

"그 사람도 운전을 할 수 있을 거야. 댐 같은 곳에 자주 왔다 갔다 하려면 면허가 필요할 테니까. 그리고 한 명 더, 오이즈미 그룹의 요코카와 미치오라는 사람도 추가하고 싶어."

"어디선가 들어본 이름 같은데……."

"지난번에 공학부 사무실 건물에 들어가는 걸 나와 함께 연결 복도에서 보지 않았어?"

"아, 그 멋지게 옷을 차려입고 모자를 쓰고 있었던 사람……? 그 사람, 학부장실 앞에서도 마주친 적 있어."

"맞아. 지금은 말할 수 있지만 그 사람, 당신을 자기네 회사 고문으로 영입하고 싶다며 아빠한테 뻔질나게 부탁하러 찾아왔던 사람이야."

"왜 나한테 직접 오지 않았을까?"

"숨겨 둔 꿍꿍이가 있었으니까. 그 사람의 진짜 목적은 C=16 배합법의 결함 연구를, 당신을 포함해 전부 자기 회사의 것으로 만들어서 경쟁사인 마야마 건설을 완전히 눌러 버리겠다는 데 있었어. 그래서 아빠는 그런 잡음이 당신 연구에 영향을 주면 안 된다고 판단해 자기 선에서 막았던 거고."

어렴풋이 뭔가 있다는 건 도모이치도 느끼고 있었지만 일부러 모르는 척했다. 미오는 아마 그런 점이 못마땅했을 것이다.

요코카와의 모습이 문득 어떤 기억을 떠오르게 했다.

"그러고 보니, 야마쿠라에 사전 조사를 왔다는 도시풍의 남자…… 왠지 그 사람과 비슷하지 않나?"

미오도 그런 건 생각 못 했는지 흠칫 놀랐다.

"그러고 보니까 모자를 쓰고 옷을 멋지게 차려입고 걷던 그 분위기…… 공통점이 있다고 할 수 있겠네."

"자, 이제 용의자 다섯 명의 이름은 파악됐는데 이다음은 어떻게 할까?"

"수사의 원칙으로 보자면 다음은 이 사람들의 알리바이를 확인해야 해. 범인은 3일 낮에 야마쿠라에 왔으니 그때는 알리바이가 없을 거야. 그리고 7일 밤에는 당신을 습격했고, 12일 점심 무렵에는 기치 영감을 죽였고, 14일 밤에는 하나시마 선생을 죽였어. 내 가방에 그걸 정리한 메모가 있으니 꺼내 줘."

미오는 두 사람 사이에 놓인 핸드백을 힐끗 봤다.

메모지는 가방 맨 위에 반듯하게 담겨 있고, 작지만 또박또박한 글씨로 자간과 행간을 맞춰서 깔끔하게 내용이 정리돼 있었다.

9월 3일 오전 5시경과 오후 6시 20분부터 30분 사이
9월 7일 오후 10시 10분경
9월 12일 오전 11시부터 오후 12시 30분 사이
9월 14일 오후 6시 50분경

"사건이 일어난 시간, 또는 범인이 야마쿠라에서 목격된 시간들이야."

"용의자 다섯 명의 알리바이를 이 시간에 맞춰 전부 대조하려면 손이 꽤 가겠는걸."

"오늘 아침에 이미 조사를 부탁했어. 내일까지 가능한 한 전부 조사해 달라고. 그리고 나도 도쿄에 가면 개인적으로 확인해 볼 거야."

"무슨 비밀 첩보 기관이라도 하나 두고 있는 사람 같네."

"그렇게 거창한 건 아니야. 그런데 지난번에도 말했듯이 요새는 학교 운영이 만만치 않아서 그런 도움이 필요할 때가 많거든. 학교 봉쇄가 빠르게 해제된 것도 좋은 사례 중 하나

야. 만약 그냥 놔뒀다면 학생 총회가 계속 미뤄지고 상황이 점점 꼬였을걸. 그럴 때는 전화나 입소문 등으로 최대한 많은 학생들에게 총회 일정을 알리는 게 중요하지 않겠어?"

"그러니까 그런 일을 대신 해 주는 곳이 있다는 건가?"

"응. 그 밖에도 학생들의 사상 조사나 학교에 출입하는 업체들의 신용 조사 같은 것도 해."

"결국 탐정 사무소 비슷한 거네."

"그런 간판은 안 달고 있지만, 뭐 비슷하지."

"과격파 학생들이 들으면 난리 나겠는걸."

"그러니까 극비 중의 극비야. 아무튼 아주 유능한 곳이라 분명 뭔가 알아낼 수 있을 거야."

차는 어느새 구루리 마을로 들어서고 있었다.

도모이치는 차 앞 유리창 너머에서 익숙한 얼굴을 발견했다. '모미지관'의 여주인, 고타니 나오코였다.

보통 때 같으면 도모이치도 그냥 지나쳤을 것이다.

그런데도 그가 미오에게 차를 세우게 한 것은, 고타니 나오코의 작고 통통한 몸매에서 느껴지는 묘한 친근함 때문이었다. 지난번 만남에서 느낀 따뜻한 인상이 여전히 마음에 남아 있었다.

도모이치는 미오에게 차를 잠깐 세워 달라고 하고, 사정을 짧게 설명한 뒤 차에서 내려 고타니 나오코를 향해 갔다.

뒤돌아본 고타니 나오코는 순간 당황했지만 곧 도모이치를 기억해냈다.

도모이치는 지난번에 도와줘서 감사하다는 말을 전하고 도쿄로 돌아가는 길이라고 알렸다.

고타니 나오코는 "그렇군요. 그럼 어머님께……"라고 하다가 순간 놀란 듯이 말을 멈췄다.

"아, 참. 어머님은 돌아가셨죠……. 그럼 아버님은…… 아버님은 아직 건강하시죠?"

"아뇨, 아버지도 이미 오래전에 돌아가셨습니다."

"그러시구나. 언제쯤이었나요?"

도모이치는 잠시 말문이 막혔지만 더 피할 수 없다는 듯이 입을 열었다.

"언제쯤이냐고 하시면…… 전쟁 전이니 상당히 오래 전입니다……."

"어머, 그럼 제가 착각했나 봐요. 분명 슈지의 아버님도 두세 번쯤 저희 여관에 묵으면서 면회를 바라셨던 걸로 기억하는데……. 그럼 그분은 다른 학생의 아버님이었던 걸까요?"

"그렇겠죠."

"아니, 다시 생각해 보니 제가 착각한 건 아닌 것 같아요. 아버님이 두 번 다 슈지를 만나지 않고 돌아가신 걸 똑똑히 기억하거든요. 방 창문 너머로 다른 학생들과 함께 걸어가는 슈지를 보시고 그걸로 만족하셨어요."

도모이치는 의아해하며 이맛살을 찌푸렸다.

"그 아버지라는 분은 겉모습이 어땠습니까?"

"키가 크고…… 조금 말라 보였고, 피부는 다소 까무잡잡했는데……."

"광대뼈가 도드라지고 눈매가 날카로운…… 약간 까마귀 같은 인상 아니었나요?"

거의 험담에 가까운 묘사에 고타니 나오코는 머뭇거리다가 조심스럽게 고개를 끄덕였다.

"또 콧방울 옆에 꽤 큰 사마귀가 있었습니까?"

"네, 맞아요. 있었어요."

도모이치의 표정이 굳어졌다. 이내 눈빛이 혐오감으로 번뜩였다.

"어머니께…… 어머니께는 그분이 왔다는 걸 말씀드렸나요?"

"글쎄요…… 그건 잘 기억이 안 나는데……."

"그런가요. 고맙습니다."

도모이치는 차로 돌아와 미오의 옆자리에 앉았다.

차가 다시 출발했다.

갑자기 도모이치가 침묵에 빠졌다는 걸 미오는 알아챘다. 하지만 운전에 집중하던 그녀는 그의 표정까지 급변한 건 알아채지 못했다. 분노라기보다 증오에 사로잡힌 듯한 표정으로 바뀌어 있다는 건…….

제4장

살의의 순간

1

(앞장에 이어) 9월 15일(일)

"분명 뭔가 있어. 이상해. 구루리에서 그 여관 아주머니를 만난 순간부터."

미오는 차 속도를 줄이며 말했다.

"설령 뭔가 있다고 해도 사건과는 무관한 일이고 네가 걱정할 일도 아니야."

도모이치는 완고하게 말했다. 벌써 세 시간 넘게 비슷한 태도를 유지하고 있다.

하지만 그럴수록 미오도 만만하게 물러서지 않고 평소 성격대로 맞섰다.

차를 세우고 휴게소에 들어가서도 실랑이가 계속됐고, 다시 차에 올라서도 마찬가지였다.

그러나 도모이치는 끝까지 고집을 꺾지 않았다.

신코마쓰가와 다리를 건너 도쿄에 들어설 무렵 결국 미오가 먼저 포기하기 시작했다.

도쿄에 들어서서 처음 나온 번화가에서 내려 달라는 그의 요구도 받아들이고 말았다. 그렇게 도모이치는 가메이도역 근처에서 내렸다.

그전에 미오는 도모이치에게 언짢아진 이유를 알려 달라고 조심스럽게 한 번 더 물어봤지만 역시 대답은 돌아오지 않았다.

"알겠어."

미오는 차를 길가 왼쪽에 세웠다.

"그런데 이런 곳에서 내려서 뭐 하려고?"

"급히 연락해야 할 곳이 있어. 그걸 끝내면 학교 실험실에 갈 거야."

"콘크리트 시험체가 바뀌었는지 확인하러 가는 거지?"

"그래."

"그럼 나한테도 결과를 바로 알려 줘. 난 곧장 집에 갈 거야. 혹시 외출하더라도 알 수 있게 해 놓을게. 실험실 확인을 마치면 어떻게 할 거야?"

"집에 가야지."

"그럼 실험실에 연락이 안 되면 집으로 전화할게."

도모이치는 차에서 내리자마자 차도와 인도를 가르는 가

드레일을 넘어 인도에 올라섰다.

공중전화 부스가 바로 눈앞에 보였다.

그곳에 다가가며 주머니에서 연락처 수첩을 꺼냈다.

부스 안으로 들어섰을 때 도모이치는 이미 다카미네 유이치의 번호를 찾아낸 뒤였다.

전화를 받은 사람은 그의 아내였지만 곧 다카미네 본인이 받았다.

억눌린 분노가 가슴을 짓눌렀지만, 대학 시절 절친한 친구였던 다카미네의 목소리를 듣자 그나마 조금 가라앉았다. 그는 현재 경시청 경무국 소속의 경시정으로 일하고 있다.

형식적인 인사는 건너뛰고 도모이치는 곧장 본론에 들어갔다.

"급하게 알아봐 줬으면 하는 게 있어. 나한테 아주 중요한 일이야."

―뭔데?

"전쟁 전 일인데, 특고 형사였던 오쿠마 고조라는 사람의 행방을 알고 싶어."

―뭐야, 그게? 무슨 일인데?

"이유는 나중에 설명할게."

평소와 다른 도모이치의 날 선 태도에 다카미네도 곧바로 진지하게 반응하기 시작했다.

―전쟁 전 특고 형사? 이름이 뭐라고?

"오쿠마 고조. 아마 시나가와 경찰서에 있었던 것 같아. 나이가 예순은 훌쩍 넘었을 거야."

―그런데 이유는 왜 나중에 말하겠다는 거야?

"말할 수 있으면 벌써 말했겠지."

―언제까지 필요한 건데?

"최대한 빨리."

―오늘은 일요일이라 아무리 빨리 조사한다고 해도 내일부터인데…….

"오늘은 안 되나?"

―뭐야, 설마 오늘 안에 결과를 달라는 거야?

"부탁할게."

―장담은 못 하겠지만 최대한 노력해 볼게.

"고마워."

―그런데…….

다카미네는 말끝을 흐리고 마음을 굳힌 듯 말했다.

―알아내면 어디로 연락하면 돼?

"우리 학교 실험실이나 연구실로 부탁해. 둘 다 안 받으면 우리 집으로."

도모이치는 전화번호를 세 개 알려 주고 나서 덧붙였다.

"나도 중간중간 연락할게."

―근데 알아보려면 밖에 나가 봐야 할지도 몰라. 성과가 생기면 집에 연락해서 너한테 전해 달라고 할게.

"미안하지만 잘 부탁해."

도모이치는 전화를 끊고 곧장 다른 번호로 다이얼을 돌렸다. 구로이와 교수의 자택이다. 하지만 교수는 집에 없었고 전화를 받은 사람은 그의 어머니였다.

―……무슨 책을 사야 한다면서 간다에 간다던데요. 자세한 건 저도 잘 모르겠네요. 저녁에는 돌아올 거라고 했어요.

말투가 단정하고 또렷해서 목소리만으로도 상대 얼굴이 떠오를 정도였다.

도모이치는 다시 수화기를 내려놓고 잠시 망설였다.

하지만 이내 결심한 듯 다음 번호로 전화를 걸었다. 이번 상대는 아사카와 마키코였다.

"지금 막 도쿄에 돌아왔습니다."

―꽤 오래 머무르셨네요……. 전화라도 드려 볼까 몇 번이나 고민했는데…….

도모이치가 '그랬으면 좋았을 텐데요'라고 대답했다면 대화는 따뜻하게 흘러갔을지 모른다. 하지만 지금 도모이치에게는 그럴 여유가 없었다. 머릿속이 더 중대한 일로 가득 차 있었기 때문이다.

"네, 사정이 좀 있어서……."

―어떤 사정인데요?

"직접 만나서 말씀드리겠습니다."

―그런가요. 그럼 오늘 밤에 뵐 수 있을까요?

"오늘은…… 확답은 힘들 것 같습니다만, 아무튼 다시 연락드리겠습니다."

전화 부스 바깥에는 어딘가 지쳐 보이는 듯한 늦은 오후의 햇살이 드리워져 있었다.

차를 탈지 전철을 탈지 잠시 고민했지만, 결국 전철을 택했다. 저녁 러시아워 시간대에는 그게 더 빠를 것으로 판단했다.

그럼에도 대학 정문 앞에 도착했을 때는 이미 완전히 해 질 녘이었다.

경비원에게 신분증을 보여 주고 안에 들어선 도모이치는 주저 없이 별관 실험실로 발걸음을 옮겼다.

건물이 가까워질수록 불안감 때문에 심장이 요란하게 뛰었다.

어느새 사가와 미오의 추리를 믿고 있는 자신을 느꼈다. 하지만 설마 하는 마음도 아직 남아 있다. 아니, 제발 아니기를 바랐다.

만약 사가와 미오의 추리가 맞다면 지난 석 달간 공들이며 분석해 온 콘크리트 시험체가 이미 사라졌다는 말이 되기 때문이다.

대신 그 자리에 놓여 있을 콘크리트는 성분과 부피, 무게가 같더라도 도모이치에게는 아무 의미 없는 폐기물에 불과했다.

자신의 가설이 맞든 틀리든 보고서를 작성할 때 필요한 핵심 증거가 사라져 버린 셈이다.

건축 공학과 별관은 천장이 높고 창고 같은 분위기의 건물이었다.

도모이치는 금속문을 열고 바로 옆 벽에 있는 스위치를 눌러 불을 켰다.

안에는 건축 구조물의 각종 미니어처 모형과 실물 크기 부분 샘플 등이 어수선하게 놓여 있다.

그 사이사이에 풍력 실험용 대형 선풍기, 모의 지진 실험용 진동대, 이동식 변압기와 콤프레셔, 조명 장비, 손수레 등이 널려 있다. 대부분 도장이 벗겨졌거나 심한 흠집이 나 있다.

바닥에는 굵기와 색이 제각각인 전선이 어지럽게 얽혀 있었다.

천장 부근에는 수동 크레인과 레일이 설치돼 있고, 수동 윈치의 체인이 곳곳에 매달려 있다.

언젠가 견학 온 사람이 이 광경을 보고 "꼭 영화사 스튜디오 같네요"라고 한 적이 있는데, 그 말이 딱 맞았다. 천장에 조명이나 작업용 발판이 없다는 점만 제외하면 스튜디오와 거의 비슷했다.

변온 실험실은 그 공간의 한 귀퉁이에 약 20제곱미터 남짓한 크기로 마련돼 있었다.

방송국의 더빙 룸 같은 구조라고 보면 된다. 단, 이곳의 벽은 방음이 아닌 단열 처리가 돼 있다. 실험실 옆에서 내부를 들여다볼 수 있는 작은 관찰실이 딸린 구성은 더빙 룸의 조정실과 같았다.

하지만 이쪽 조정실에는 온도 조절 장치와 자동 그래프 기록 장비 같은 것이 들어가 있다.

텅 빈 건물 안에서 도모이치의 발소리만 울려 퍼졌다.

그는 그대로 변온실 쪽으로 몇 걸음 향하다가 잠시 멈춰 섰다.

그러고는 방향을 바꿔 한쪽 탁자에 놓인 전화기로 다가갔다.

그가 전화를 건 곳은 다카미네 유이치의 집이었다.

통화음이 두 번 울리기도 전에 다카미네가 직접 전화를 받았다. 아마 누군가와 통화하다가 방금 끊은 듯했다.

―어, 마침 잘됐군. 그러지 않아도 지금 막 중간보고를 할까 하던 참이었는데. 아무래도 시나가와 경찰서에 그런 특고 형사는 없었던 것 같아. 다만 확실한 건 아니야. 예전 명부를 대충 훑어봤을 뿐이니까. 게다가 상부 지시를 핑계로 조금 직권 남용 기미가 있는 방식으로 조사를 시킨 거라.

"미안하군."

―근데 말이지. 난 특고에 대해 잘 아는 편이 아니라 그 방면에 정통한 지인한테도 전화해 봤거든. 아이러니하게도 경찰보다 오히려 좌익 운동가나 사회사상 연구가들이 그런

쪽을 잘 알아. 그 친구도 그런 부류인데, 그가 그러더군. 특고라고 해서 다 같은 게 아니고 경시청 소속 특고 형사와 개별 경찰서 소속 특고 형사로 구분된다고. 그리고 실제 특고로 주로 활동한 건 경시청 소속 특고 형사들이래. 네가 찾는 그 오쿠마 고조라는 사람은 정말 시나가와 경찰서 소속이 맞는 거야?

"아니, 확실한 건 아니야. 그냥 그러지 않을까 짐작했을 뿐이지. 네 말을 듣고 보니 경시청 소속 형사였을 수도 있겠네."

—그런가. 아무튼 네가 급하다고 하니 나도 그렇게 생각해서 다른 지인한테도 전화해 봤어. 이 사람은 현재는 퇴직했지만 전쟁 전부터 경시청에 있던 분이야. 말하자면 내 대선배지. 그런데 아쉽게도 그분도 오쿠마라는 사람은 모른다고 하더라. 다만 그 대신 당시 경시청의 '살아 있는 백과사전'이라고 불리던 동료를 안다고 하시길래 그분한테 물어봐 달라고 부탁했어. 오늘이 일요일만 아니었다면 내가 직접 본청 총무과에 가서 알아봤을 텐데……. 최악의 경우에는 그렇게라도 해야겠지.

"정말 면목 없게 됐어."

—나중에 거하게 한턱 얻어먹어야겠는걸.

친구의 따뜻한 호의에 내내 침울하던 도모이치의 마음이 조금 가벼워졌다. 문득 농담도 튀어나왔다.

"경시청 고위 간부한테 밥 사면 뇌물죄로 걸리는 거 아닌가?"

―이번 한 번은 봐줄게.

전화를 끊자마자 도모이치는 빠르게 변온실로 향했다.

가는 도중 벽에 걸린 변온실 문 열쇠를 챙겼다. 이렇듯 벽에 허술하게 열쇠를 걸어 두는 건 도난을 방지해야 할 이유가 딱히 없기 때문이다. 그보다 변온실에 함부로 드나들어 내부 온도를 교란시키지 않는 게 중요했다.

변온실은 문 주변에 단열용 고무 커버가 둘려져 있어 문을 여닫을 때 소리가 거의 나지 않았다.

변온실 내부는 숨 막힐 듯한 더위나 오싹할 정도의 차가운 냉기로 가득 차 있는 경우가 대부분이다. 그런 온도 변화는 콘크리트 시험체를 대상으로 한 이번 실험에서도 핵심 조건이었다.

하지만 지금은 실내 온도가 외부 온도와 거의 차이가 없었다. 9월 8일 학교 봉쇄 이후 변온 장치의 전원이 꺼졌기 때문이다.

방 한가운데에는 1세제곱미터 크기의 콘크리트 시험체가 있었다. 초음파 측정기, 열전도 측정기, 길이 변화 측정기 등 각종 장비에서 뻗어 나온 선이 시험체에 연결돼 있다.

이 장비들은 콘크리트의 피로도, 특히 변형이나 균열,

크리프* 등을 측정하기 위한 것들이다. 이번 실험에서는 시험체에 예기치 않은 외부 힘이 조금이라도 가해지지 않도록 세심하게 세팅했다.

길이 변화 측정에서도 시험체에 게이지 플러그나 칼슨 변형계 같은 장치를 직접 박아 넣는 대신, 현미경으로 미세한 변화를 관찰하는 콤퍼레이터 방식을 채택했다.

초음파 측정기는 콘크리트 내부를 통과하는 음파 전파 속도를 측정해 내부의 균열이나 공극을 감지하는 장비다. 초음파가 평소보다 느리게 전달되면 내부에 균열이 생겼다고 볼 수 있다. 이 장비 역시 송신기와 수신기를 시험체 표면에 붙여 두면 된다.

그리고 장비들은 모두 일정 간격(한 시간마다)으로 자동 측정되며 옆에 딸린 조정실 장비에 기록이 남게 설정됐다.

혹시 측정 장비의 단자와 시험체에 연결된 부분에 누군가가 손댄 흔적이 있을까.

도모이치는 시험체를 천천히 한 바퀴 돌며 살펴봤다. 허리를 숙여 연결 부위를 유심히 관찰하고, 콘크리트 표면에 손을 대 보기도 했다.

왠지 기분이 찜찜했다. 뭔가 다르다는 느낌이 들었지만 확신할 수는 없었다.

---

* 서서히 변형되는 현상.

시험체 표면에는 유성펜으로 체크해 둔 표시가 일곱, 여덟 군데 정도 있었다. 확대경 등으로 확인해 변화가 의심되는 부분에 표시한 것이다.

그 표시와 글씨가 왠지 전과 다른 느낌이었다. 바꿔치기 한 콘크리트에 교묘하게 흉내 내서 새로 써넣은 것처럼 보였다.

그러나 도모이치가 직접 남기지 않은 표시도 있고, 거친 콘크리트 표면에서는 특유의 필체가 잘 드러나지 않기 때문에 단정적으로 다르다고 말하기는 어려웠다.

순간 도모이치는 다른 검증 방법이 있다는 걸 떠올렸다.

서둘러 작은 조정실 안에 뛰어들었다.

그곳에 설치된 장비 중 실내 온도 변화가 자동으로 기록된 롤 종이를 돌리며 확인하기 시작했다.

5일 밤의 기록을 보고, 이어서 6일 밤, 7일 밤…….

있었다! 바꿔치기의 흔적이 있었다!

사소한 일이라 누구에게도 말한 적 없지만, 변온실에 사람이 출입하면 전후 2, 3분 동안 실내 온도에 미세한 변화가 생긴다. 문을 여닫을 때 외부 공기가 들어오기 때문이다.

저온 상태일 때는 온도가 오르고, 고온 상태에서는 내려간다. 물론 오르내림은 1, 2도 정도고 곧 회복된다. 그래서 이는 사람의 출입을 은연중에 알려 주는 지표가 된다.

그런 온도 변화가 사람이 드나들었을 리 없는 5일 밤과

6일 밤에 표시돼 있었다.

온도 변화는 끊임없이 돌아가는 롤 종이에 기록으로 남는다. 그래서 누가 언제 들어와 작업을 했고, 언제 끝냈는지도 알 수 있다.

5일 밤에는 밤 10시에 선이 미묘하게 흔들렸다가 회복됐고, 다음 날 새벽 1시 반쯤에 다시 같은 현상이 관찰됐다.

즉, 밤 10시에 누군가가 온도 조절실에 들어와 새벽 1시 반에 나간 것으로 해석할 수 있다.

6일 밤에는 밤 9시부터 시작해 새벽 3시 반까지 오랫동안 온도가 여러 번 흔들렸다. 어떤 순간에는 무려 3도 가까이 변한 경우도 있었다.

기록지를 쥔 도모이치의 손이 떨렸다. 그의 얼굴이 일그러졌다.

"젠장. 젠장! 제기랄······."

중얼거리는 그의 목소리는 점점 커지며 광기를 머금었다.

누군가의 침입을 암시하는 실내 온도 이상은 매일 밤 계속됐고, 마지막은 9월 8일 오전 11시였다. 그 뒤로는 학교 봉쇄로 인해 모든 기계가 멈췄다.

도모이치는 시험체의 계측 장치에서 자동으로 기록된 그래프도 다시 살펴봤다.

측정은 한 시간 간격으로 이뤄진다. 범인이 시험체를 바꿔치기하려면 이 검사의 눈을 피해 가야 한다. 하지만 바꿔치기 작업에는 아무리 노력해도 한 시간 안에 끝낼 수 없는 작업이 몇 가지 있다.

범인은 이때 계측 기록 장치를 멈추고 나중에 수동으로 기록지에 타이핑을 하거나 기록 펜을 움직여 조작했을 가능성이 크다.

그러나 기계와 인간 손의 차이는 감출 수 없는 법이다.

도모이치가 대학원생 때 일이었다. 도모이치도 귀찮다는 이유로 이런 식의 데이터 조작을 한 번 시도한 적이 있다. 하지만 아무리 애써도 기계가 남긴 기록과 손으로 만든 기록 사이에는 미묘한 차이가 생겼다.

물론 유심히 들여다보지 않으면 그런 차이는 놓치기 쉽다. 그러나 양심의 가책을 떠안은 사람 눈에는 그 차이도 도드라지는 법이다.

지금 도모이치는 그런 차이를 놓치지 않겠다는 일념으로 눈빛을 번뜩였다.

하지만 소용없었다. 그런 것 같다고 느껴지는 부분은 있지만 확실히 단정할 수는 없었다.

이 정도 일을 해낸 범인이라면 그런 부분도 상당히 치밀하게 계획하고 실행에 옮겼을 것이다.

어쩌면 도모이치가 지금 미처 떠올리지 못하는 다른 방식, 예를 들어 나중에 같은 상황을 인위적으로 재현한 후 계측기 자체만으로 측정하는 방식 등을 썼을 수도 있다.

하지만 이 치밀한 범인조차 사람의 출입으로 생기는 실내 온도 기록의 미묘한 변화까지 알지는 못했다. 자연스럽게 작동하게 둬도 문제없다고 판단했을 가능성이 크다.

도모이치는 분노로 이성을 잃은 나머지 다음 행동에 나서지 못하고 멈춰 서 있었다.

그때 옆 책상 위에서 전화벨이 울리는 바람에 조금 현실로 돌아왔다.

수화기를 든 건 거의 반사적인 반응이었다.

다카미네의 목소리가 귀에 들렸다.

도모이치는 대답하기 전에 침을 삼키고 호흡을 가다듬어야 했다.

―이봐, 아무래도 나중에 정말 사례를 두둑이 받아야 할 것 같아. 오쿠마 고조에 대해 벌써 알아냈다고.

"그래……?"

―다행히 내가 말한 그 경시청의 '살아 있는 백과사전'께서 잘 알고 계시더군. 경시청 특고 형사들 중에서도 무섭기로 유명한 사람이었고, 당시 그에게 붙잡힌 좌익 사상가나 활동가들이 많은 고초를 겪었대. 그러고 보니 너희 아버지도 진보적인 학자여서 그런 부류들에게 꽤나 고생했다는 이야기를 들었는데, 그 오쿠마라는 사람과 관련이 있는 거야?

"나중에 이야기할게."

―무슨 사정이 있는 거면 나한테도 알려 줘.

"그 사람…… 지금도 살아 있겠지?"

―그래. 근데 좌익 운동가를 고문 끝에 죽였다든가, 공산당 간부 하나가 자기 정보원이었다고 폭로해서 소란을 일으키는 등 늘 주변에 뭔가 어두운 소문을 몰고 다녔던 인물이래. 지금은 나이가 일흔두셋쯤 됐으니 예전만큼 힘은 못 쓰겠지만.

"어디 살지?"

―그 '살아 있는 백과사전'도 정확한 주소까지는 모르지만 그 사람 장남이 고토구 도미오카에서 꽤 큰 경양식 레스토랑을 하고 있고 오쿠마 고조는 거기 얹혀살고 있다더군. 근처에서 '돈킨'이라고 물으면 금방 알 수 있을 거라던데. 그런데 뭔가 느낌이 안 좋은데 역시 너희 아버지와 관련된 일이야?

"나중에 이야기할게."

도모이치는 전화를 끊었다.

"슈지는 내 아들이야. 자네 어머니와 나 사이에서 태어난."

노인의 말을 처음 들었을 때 도모이치는 그 의미를 전혀 이해하지 못했다.

"뭐라고요?"

그렇게 되묻는 도모이치의 목소리는 떨리지 않고 오히려 침착했다.

"그러니까 슈지는 나와 자네 어머니 사이에서 태어난 아들이라는 말이야. 물론 그걸 자네 어머니는 잘 알고 있었고, 자네 아버지도 나중에는 다 알게 됐지."

초라하게만 보이던 노인은 어딘가 당당해진 태도로 말을 이었다.

도모이치는 그의 말을 알아들으면서도 말 속에 담긴 사실 자체는 전혀 받아들이지 못하고 있었다.

이 노인은 나이가 들어 노망났거나, 미쳤거나, 아니면 언어 표현 기능에 이상이 생겼다. 그렇게 생각할 수밖에 없었다.

실제로 돈가스 식당의 기름기 가득한 주방 구석에 있는 가파른 계단을 내려올 때 오쿠마 고조의 움직임은 느리고 위태로웠다. 다카미네가 말한 '무섭기로 유명한 사람'의 흔적은 어디에도 없었다.

그러나 도모이치가 기억하는 그 불길한 기운만은 더 음침하게 짙어져 꺼림칙하게 다가왔다.

오래전 그가 집을 찾아올 때마다 어린 도모이치가 느꼈던 까마귀 같은 이미지도 그대로였다.

오쿠마의 안내로 다리 근처 강가에 도착할 때까지 도모이치는 자기 이름을 밝히지 않았다. 단지 옛 경시청 시절 이야기를 조금 듣고 싶다고만 했다.

노인은 말없이 걷기 시작했다. 초라한 걸음걸이였다. 그는 자신이 사는 곳에 손님을 맞이할 공간조차 없는 듯했다.

노인은 중간에 걸음을 멈추고 소맷자락에서 담배를 꺼냈

다. 그 동작마저 느릿하고 답답해 보였고 손끝은 희미하게 떨렸다.

그런 노인이 불현듯 기세가 오르기 시작한 건, 강가에 서서 대화를 시작하며 대뜸 슈지가 자기 아들이라고 털어놓았을 때부터였다.

도모이치는 참을 수 없는 이 모욕적인 발언을 조용히 반박했다.

"뭔가…… 이상한 말씀을 하시네요. 어떤 착각을 하신 건지 모르겠지만 슈지와 어머니는 당신과 아무 관계도 없습니다."

"자네가 그렇게 생각하는 것도 무리는 아니지. 하지만 사실은 사실이야. 그러니 자네가 방금 말한 대로 내가 쓰루마이에도 찾아갔던 거고. 그러지 않다면 누가 일부러 그런 촌구석까지 찾아가겠나?"

도모이치는 마침내 오쿠마가 하는 말을 사실로 받아들이기 시작했다.

하지만…… 역시 믿을 수 없었다. 터무니없었다.

"오쿠마 씨. 어떤 생각에서 비롯된 망상인지 모르겠지만, 다른 사람에게 피해가 될 만한 이야기는 삼가 주셨으면 합니다."

"피해? 피해는 무슨 놈의 피해! 오히려 피해를 본 건 나야! 이제 와서 다시 꺼내고 싶지 않은 이야기를 자네가 나타나 다짜고짜 캐물으니 대답한 것뿐이잖아. 뭐, 자네가 믿기 힘든 건 나도 이해해. 하지만 당시 사실이 모든 걸 있는 그대로 말해 주고 있다고."

오쿠마 노인은 점점 말이 많아지기 시작했다. 전직 특고 형사의 위세가 되살아난 듯했다.

"어떤 사실을 말씀하시는 겁니까?"

"슈지는 1936년 6월 10일생이야."

그 단호한 선언은 도모이치에게 충격으로 다가왔다. 도모이치는 슈지의 생일을 몰랐던 것이다.

"그래서요. 그게 어쨌다는 겁니까?"

"자네 아버지는 1935년 4월에 치안 유지법 위반으로 체포돼 두 달간 구치소 생활을 하고 징역 6개월 형을 받았다가 4개월 후 가석방됐지. 그러니까 1935년 4월부터 그해 연말까지는 옥중에 있었던 셈이야. 이 사실과 이듬해 6월 10일이라는 슈지의 생일을 맞춰서 생각하면 계산이 나오지 않나?"

"말도 안 돼!"

도모이치는 유난히 밝고 환한 가로등 불빛에 반사되는 오쿠마의 옆얼굴을 노려봤다.

툭 튀어나온 광대뼈에 들러붙은 마르고 주름진 피부. 그 얼굴은 마치 요괴를 연상시키기도 했다.

노인은 짧아진 담배를 붉은 궤적을 그리며 강에 던졌다. 담뱃불은 물에 뜬 나무에 한 번 튕겼다가 그 너머 강물에서 낮은 소리를 울리며 꺼졌다.

그리고 오쿠마는 그때 이미 새 담배를 꺼내 들고 있었다.

도모이치보다 더 심한 골초일까. 아니면 흥분해서 그런 걸까. 도모이치는 흥분하면 오히려 담배에 손이 가지 않았다.

강물에서는 시큼한 향이 섞인 생나무 냄새가 올라왔다. 이곳은 기바로 이어지는 목재 저장용 수로였다.

노인은 꼭 어린아이를 다루듯 도모이치를 대했다. 원래 성격이 거만한 탓일 수도 있지만 어릴 적 도모이치를 알기 때문일 수도 있다.

"말이 되든 안 되든 사실은 사실이야. 못 믿겠으면 직접 조사해 봐. 날 불쾌하게 여기며 더럽다고 생각할 수도 있겠지. 상관없어. 어차피 오래전부터 그런 소리를 들으며 살아왔으니까. 그런 인간이라고 생각해도 좋다는 거다. 하지만 그런 인간도 사람을 사랑할 수는 있지. 요즘 식으로 말하자면, 사람을 사랑할 권리가 있는 거야. 그리고 난 자네 어머니를 사랑했어. 자네 어머니는 정말 아름다웠으니까."

"그만해!"

"아니, 그만 안 해. 여기까지 말하게 했으니 계속해야겠어. 그게 짝사랑이든 뭐든 난 내 방식대로 진심을 다해 자네 어머니를 사랑했어. 심지어 자네 어머니를 위해서라면 자존심을 꺾고 동정을 구걸해도 괜찮다고 생각했지. 노예가 돼도 좋았어."

그런 말을 입에 담자마자 갑자기 고개를 돌려 도모이치를 빤히 쳐다보는 오쿠마에게서 사디즘의 기운이 느껴졌다. 동시에 자신의 사랑론 따위를 뻔뻔하게 떠드는 태도에는 마조

히즘도 담겨 있었다.

그 두 가지가 뒤섞일 때 형언하기 어려운 이질적이고 불쾌한 기운이 피어올랐다. 그는 이제 범죄자나 다름없었다.

"……난 악역이야. 언제나 적 역할이었지. 자네 아버지를 조사하고 몰아붙여서 체포한 첫 번째 이유는 물론 당시 국가 정책의 큰 흐름에 따른 것이 분명해. 하지만 내가 그렇게 끈질기고 악의적으로 굴었던 데는 무의식중에 사적인 질투심이 작용했다는 걸 부정할 수 없겠지. 처음부터 자네 어머니를 계획적으로 어떻게 하려고 한 건 아니야. 다만 때가 되면 뭔가 일어날 거라고 믿으며 가만히 기다렸지. 그리고 그때가 마침내 실제로 찾아왔어. 자네 아버지가 체포된 거야. 당시는 내 재량 하나로 조사를 질질 끌며 미결 상태로 오래 붙잡아 두는 게 가능했어. 이후 자네 어머니는 몇 번이고 날 찾아와 나에게 온정을 베풀어 달라고 간청했고."

"그만해! 혼자만의 황당한 상상 따위 듣고 싶지 않아!"

"혼자만의 상상이라고 생각한다면 그렇게 생각해도 좋아. 하지만 그럼 자네 어머니는 왜 그렇게 어릴 때부터 슈지를 친정에 맡겼을까? 형편이 어려워서 그랬다는 핑계를 댔을지 모르지만, 자네는 지금껏 단 한 번도 이상하다고 느낀 적이 없나?"

"없어!"

도모이치의 단호한 어조는 오히려 내면의 동요를 숨기려

는 뉘앙스를 풍기고 있었다.

"자네 어머니가 남편의 사망 직후 슈지를 친정에 맡긴 건, 나에게서 슈지를 최대한 멀리 떼어 놓고 내 눈에 보이지 않는 곳에 숨기고 싶었기 때문이야."

"그래. 그랬을 수도 있겠지. 하지만 어머니의 진심은 제멋대로 황당한 망상에 사로잡힌 당신 같은 사람이 슈지 주변을 얼씬거리는 게 불쾌했기 때문일 뿐이야."

"그래도 사실은 사실이지. 그렇다면 내가 왜 쓰루마이 같은 외딴 동네까지 일부러 찾아갔는지가 설명이 안 되지 않나? 자네와는 이제 더 이상 할 이야기가 없어."

"그래, 좋아. 하지만 그런 말도 안 되는 이야기를 남들에게 떠벌리고 다니지 마. 그건 우리 어머니에 대한 모독이야! 무엇보다 어머니가 슈지를 당신 아이라고 인정한 적은 없지 않나?"

"그건 그래. 인정할 리 없지. 하지만 나와는 몇 번의 육체 관계가……."

"그만하랬지! 집어치워!"

꽉 쥔 도모이치의 두 손에는 땀이 배어 있었다.

"당사자 중 한 명인 내가 확실하다는데도 못 믿겠나?"

"그래도 슈지가 당신 아이일 거라는 보장은 없어."

"그럼 자네는 자네 어머니가 다른 남자들과도 놀아났다고 주장하는 건가?"

전직 특고 형사의 교활함이 고개를 들었다.

"아버지가 옥중에 있었던 시기와 동생의 생일이 어쩌고 저쩌고하는, 그런 계산부터 터무니없다는 거야."

"자네 어머니도 그렇게 우기더군. 아기가 꼭 열 달 열흘 만에 태어나는 건 아니라고. 한두 달 빨리 나올 수 있고, 반대로 늦어질 수도 있다고……. 하지만 슈지가 자라면 자랄수록 그 생김새와 분위기가 말없이 사실을 증명하기 시작했지."

"내 동생 이름 함부로 입에 놀리지 마!"

도모이치의 머릿속은 분노의 붉은 불길로 활활 타오르고 있었다.

"그래도 내 아들인 걸 어쩌겠나. 그리고 그런 아들이 전시 중 어머니 혼자 아이를 키우는 가정에서 먹을 것이 부족해 눈에 띄게 야위어 가는 모습을 지켜보는 건 정말 안타까웠지. 다행히도 그때 난 직업상…… 별로 자랑할 일은 아니지만 옆길로 이런저런 물자를 손에 넣을 때가 많았어. 그래서 몇 번인가 자네 어머니에게 조용히 다가가 그런 것들을 나눠 주려고 했지만, 완고하게 거절하더군. 자네 어머니도 남편 영향을 받았는지 어딘가 고집스럽고 원칙적인 구석이 있었어."

"당신처럼 비열하지 않았을 뿐이야."

오쿠마 고조는 아랑곳하지 않고 이야기를 이어 갔다. 그는 어두운 확신으로 똘똘 뭉친 인물이었다. 레스토랑을 하는 아들 집에 얹혀 무력한 삶을 살며 그동안 분출하지 못한 에너지를 지금 이 자리에서 폭발시키는지도 몰랐다.

"난 몰래 숨어서 슈지를 지켜봤어. 그러는 사이 전쟁이 격화돼 슈지는 학동 소개로 도쿄를 떠나게 됐지. 걱정이 돼서 견딜 수가 없더군. 아이가 굶주리지는 않을까, 무슨 병에라도 걸려 몸이 상하지는 않을까. 그렇게 생각하면 도저히 가만있을 수 없어서 결국 몰래 그곳을 찾아가고 말았어. 다행히 걱정할 정도는 아니었지. 슈지는 역시 내 아들이야. 그런 역경 속에서도 꺾이지 않고 꿋꿋하게 잘 자라고 있었어……."

"그만해! 그런 이야기는 어머니에게도, 슈지에게도 폐가 될 뿐이야!"

도모이치는 소리쳤다.

그러나 노인은 조금도 흔들리지 않았다. 이런 상황에서는 그가 한 수 위였다. 산전수전을 겪어 온 인물이다. 거칠고 빛바랜 종이처럼 주름진 뺨에는 심지어 미소까지 떠올랐다.

"그래. 그렇겠지. 그래서 나도 지금껏 꾹 참고 아무 말 없이 지내 왔던 거야. 그리고 이 비밀을 평생 가슴에 묻고 무덤까지 가져갈 생각이었지. 그런데 자네가 불쑥 날 찾아와 '소개지에 있던 슈지를 찾아간 게 당신이지? 왜 아버지를 사칭하며 찾아갔지?'라고 캐묻길래 결국 사실을 말했을 뿐. 자네 덕분에 오랫동안 쌓여 있던 가슴속의 응어리를 털어낸 기분이야. 속이 다 시원하다고나 할까."

오쿠마가 입꼬리를 올려 히죽 웃었다. 담뱃진 때문에 누렇게 변한 이가 가로등 아래로 또렷이 보인다.

그 순간 도모이치는 살의를 느꼈다. 어제 미오와 이야기했던 인간의 살의에 대한 의미가 뼛속까지 와닿았다.

진정한 살의란 이토록 단순한 것이다.

몇 번을 죽여도 시원찮을 인간이 이렇게 눈앞에 존재할 때는.

2

9월 16일(월)

눈을 떴지만 한동안 자신이 어디 있는지 알 수 없었다.

처음에는 야마쿠라에 있는 하나시마 의사의 집이라고 착각했다. 그러다 서서히 자기 집 서재에서 자고 있었다는 걸 인식했다.

창밖을 보니 밝은 빛이 들어왔다. 부엌에서는 벨소리가 울리고 있다. 현관의 초인종과 연결된 것이다. 누군가 찾아온 듯했다.

이렇게 하나하나 상황을 더듬으며 도모이치는 겨우 현실로 돌아온 듯한 기분이 들었다. 그만큼 거의 죽은 사람처럼 깊이 잠들어 있었다.

초인종은 조심스럽게 아주 짧게 한 번 눌렸을 뿐이다. 하지만 일정 간격을 두고 반복해서 계속 누르고 있다. 방문자는 이 집에 사람이 있다고 확신하는 듯했다.

도모이치는 이불에서 몸을 일으켜 비틀비틀 부엌으로 향했다. 인터폰 버튼을 눌러 응답했다.

─아사카와예요. 아사카와 마키코예요.

지금은 솔직히 만나고 싶지 않지만, 그래도 피할 수 없겠다는 생각이 들었다.

잠시 기다려 달라고 하고 다시 이불이 깔린 방으로 돌아가 옷을 갈아입었다.

"어젯밤 끝내 전화가 없었고 오늘 아침에도 몇 번이나 전화를 걸었는데 연락이 안 돼서…… 걱정돼서요."

도모이치가 겨우 옷을 갖춰 입고 현관문을 열자 마키코가 밝고 하얀 얼굴로 부드럽게 웃으며 그를 맞이했다.

일단 현관 옆에 있는 좁은 응접실로 그녀를 안내했다. 오래된 일본식 주택에서 흔히 볼 수 있는, 현관 옆 다다미 넉장 반짜리 방을 신소재와 벽지로 어떻게든 서양식처럼 꾸며놓은 공간이었다.

"몸이 안 좋으셨던 거예요?"

"아뇨. 그냥 너무 피곤해서……."

"생각보다 그곳에 오래 계셔서 무슨 일 있었던 게 아닐까 걱정했어요……."

"네. 뭐, 일이 있긴 있었죠."

"무슨 일이었나요?"

마키코는 이맛살을 찌푸렸다.

"아니, 이런저런 일들이 있었는데……. 지금은 저도 정리가 안 돼서 조금 더 지나면 말씀드리겠습니다."

무뚝뚝하게 군다는 건 도모이치 자신도 느끼고 있었다.

하지만 지금은 정말 아무 말도 하고 싶지 않았다. 절망, 실의, 후회, 권태……. 그런 온갖 불쾌한 감정이 온몸 구석구석까지 시커멓게 스며든 기분이었다.

마키코는 슬픈 표정을 지었다.

"조금이라도 이야기해 주실 수 없을까요?"

도모이치는 당황하며 변명하듯 말했다.

"딱히 말하고 싶지 않은 건 아니고요. 그냥 결국 아무것도 알아낸 게 없어서……."

"혹시 뭔가 안 좋은 일이라도 있었던 건 아니에요?"

"뭐, 안 좋다고 하면 조금 그런 일도 있었지만……. 아무튼 우선 차라도 좀 내오겠습니다."

어색하게 얼버무리고 도모이치는 문득 난감함을 느꼈다.

평소 같으면 이쯤에서 어머니가 차를 내오셨을 것이다. 하지만 지금은 그런 어머니가 계시지 않는 데다가 자신은 부엌에 가서 차를 어떻게 준비해야 할지도 전혀 모른다. 생각해 보면 어머니가 돌아가신 뒤 집에 손님을 맞이한 건 이번이 처음이었다.

그때 부엌 쪽에서 벨소리가 울렸다. 창밖을 보니 현관 앞에서 또 다른 사람의 기척이 느껴졌다.

도모이치는 부엌 인터폰으로 응답하지 않고 방 바로 밖 현관으로 나가 말을 건넸다.

─나야.

문 너머에서 사가와 미오의 목소리가 들렸다.

도모이치가 안에서 문을 여는 동안에도 미오는 초조한 듯 말을 멈추지 않았다.

"대체 어떻게 된 거야? 연구실에 가서 결과를 알려 주겠다고 해 놓고 아무 연락도 없고. 어젯밤에도 오늘 아침도 몇 번이나 전화했는데……."

그 순간 미오의 시선이 아사카와 마키코의 구두로 향했다. 미오는 고개를 들어 도모이치를 보며 말없이 '손님이야?'라고 물었다.

"응. 저번에 이야기했던 사람 기억하지? 아사카와 마키코 씨. 슈지의 초등학교 시절 친구였던 사람. 들어와."

도모이치는 미오도 응접실로 안내해 두 사람을 서로 소개시켰다.

두 여자 사이에서 긴장감이 흐르지 않았다고 하면 거짓말일 것이다. 그렇다고 노골적인 불꽃이 튀었다고까지 할 정도는 아니다. 그저 어딘가 어색한 동시에 날카로운 공기가 은근히 피어오르는 느낌이었다.

"지금 차를 내오려고 했는데, 어머니가 안 계시니 뭐가 뭔지 잘 모르겠어서……."

도모이치의 푸념에는 그곳에 감도는 어색한 분위기를 풀어 보려는 의도도 다소 섞여 있었다.

"괜찮아. 내가 끓여 올게."

미오가 대답했다. 애써 아무렇지 않은 척하지만 그런 노력만으로 분위기를 바꿀 수는 없었다.

"괜찮아요. 안 그래도 슬슬 가 보려던 참이라……."

마키코를 붙잡을 만한 배포는 도모이치에게 없었다. 정리되지 않은 말을 두어 마디 건네긴 했지만 마키코는 결국 자리에서 일어섰다.

"내가 뭔가 실례한 것 같네."

마키코가 현관을 나가자 미오가 입을 열었다. 진심으로 안쓰럽게 여기는 기색이 느껴지지만 그 안에는 어딘가 승자의 여유 같은 안도감도 묻어 있다. 미오는 곧바로 화제를 돌렸다. 그런 감정에는 별로 시간을 쓰고 싶지 않다는 듯한 태도였다.

"용의자들 대부분의 알리바이를 확인했어. 우리 비밀 탐정국의 눈부신 활약 덕분이지. 부엌에 가자. 홍차라도 끓여 줄게. 마시면서 이야기해."

앞장서서 부엌으로 향하는 미오의 뒤를 도모이치는 기운 없이 따라갔다.

테이블과 의자를 들여 어떻게든 다이닝키친처럼 꾸며 놓은 그 부엌에는 미오도 두세 번 정도 들어온 적이 있었다.

그럼에도 자세한 구조나 위치는 잘 알지 못하는지 그녀는 선반을 위에서부터 하나하나 확인하며 필요한 재료와 도구를 찾았다. 그러면서도 입을 멈추지 않았다.

"그래서, 연구실에서 확인한 결과는 어땠어?"

"당했어. 바꿔치기돼 있었어."

"역시! 당신이 보기에 수법은 어땠어?"

"교묘하더군. 어떤 사실만 없었다면 나조차 아무 의심 없이 처음에 둔 시험체라고 믿었을지도 몰라."

"그 어떤 사실이라는 게 뭔데?"

도모이치는 전반적으로 의욕 없고 우울한 모습이었다.

하지만 전문 분야의 이야기가 나오자 조금은 집중이 됐다. 그는 변온실 온도 그래프에 나타난 미묘한 선 변화에 대해 설명했다.

"그렇다면 범인은 역시 이 안에 있는 사람 중 한 명이야. 이걸 봐."

미오는 홍차를 따르던 손을 멈추고 테이블 위에 둔 커다란 마닐라 봉투에서 서류를 꺼냈다.

"맨 위 문서부터 봐 줘. 메모가 너무 복잡하면 보기 불편하니 전에 정리한 알리바이 중 문제가 되는 날짜들을 알파벳으로 나눠 놨어. 그걸 먼저 머릿속에 넣어 두고 다음 문서

들을 확인하면 돼."

  A = 9월 3일 (범인이 야마쿠라에 사전 조사하러 가서 목격된 날)
      오전 5시 전후, 오후 6시 30분 전후
  B = 9월 7일 (범인이 도모이치를 습격한 날)
      오후 10시 10분 전후
  C = 9월 12일 (범인이 기치 영감을 살해한 날)
      오전 11시부터 오후 12시 30분 사이
  D = 9월 14일 (범인이 하나시마 의사를 살해한 날)
      오후 6시 50분경

  그 아래에 있는 첫 번째 문서는 구로이와 교수의 알리바이를 조사한 내용이었다.

  구로이와 도쿠오
  A = 오전 5시 전후 – 없음 (취침 중. 증인 없음)
      오후 6시 30분 전후 – 없음 (영화 관람. 증인 없음)
  B = 있음 (긴자 바 '캐슬'에서 오후 7시부터 9시까지)
  C = 있음 (오후 1시부터 3시까지, 대학 105번 강의실에서
      '건축 개론' 강의. 증인 다수)
  D = 있음 (긴자 술집 '버디'에서 오후 7시부터 9시까지.
      증인 있음)

도모이치가 첫 장을 다 읽은 걸 확인하고 옆에서 미오가 말했다.

"야마쿠라에서 도쿄까지는 차로 아무리 빨리 가도 기본 세 시간은 걸려. 여기서 말하는 도쿄는 에도가와를 건너 도쿄도에 들어선 지점부터를 뜻해. 그러니까 야마쿠라에서 오후 6시 50분쯤 범행이 있었고, 10분 후인 오후 7시에 도쿄에 있었던 게 확실하다면 그건 당연히 알리바이가 있는 걸로 보는 거야."

"그럼 9월 3일의 A를 제외하면 구로이와 교수는 전부 알리바이가 있다는 말이네."

"물론 이건 따로 알리바이 공작을 하지 않았다는 전제야."

"구로이와 교수가 알리바이 공작을 했다는 건가?"

"물론 바 나 클럽의 호스티스를 매수해서 거짓 증언을 시키는 것도 이론상으로는 가능해. 그런데 실제로는 어렵겠지. 구로이와 교수 주변을 조사한 사람 말로는 호스티스들의 말이 거짓말 같지는 않았고, 애초에 그 많은 사람을 매수해서 입을 맞추는 것도 거의 불가능하다고 해."

"그렇군……."

"이 C의 9월 12일 알리바이도 마찬가지야. 범행이 있었던 것으로 추정되는 시간이 오전 11시부터 오후 12시 30분 사이인데, 야마쿠라에서 도쿄 초입까지 차로 최소 세 시간은 걸리니까 오후 1시에 학교에서 강의를 한다는 건 도저히 맞지 않아."

"기차로도 불가능할까?"

"고려 대상도 안 돼. 구루리선과 보소니시선 급행을 타고 료고쿠까지 가더라도 순수 열차 탑승 시간만 두 시간 20분이야. 거기에 가즈사카메야마에서 쓰루마이까지 버스로 50분은 걸리니 이것만 해도 벌써 세 시간 10분. 여기에 환승 대기 시간, 쓰루마이에서 야마쿠라까지 이동하는 시간까지 더하면 최소 네 시간은 잡아야 해. 추리 소설에는 열차 시각표를 활용한 알리바이 무너뜨리기 같은 것도 자주 나오니 나도 반장난삼아 이리저리 계산해 봤지만, 도저히 불가능했어."

도모쿠라 아키스케

A = 오전 5시 전후 - 없음(취침 중. 증인 없음)

　　오후 6시 30분 전후 - 있음(대학 연구소에 있었음. 증인 있음)

B = 없음(교토 출장 중. 오후 3시까지 교토대 연구실에 있었다는 알리바이는 있음. 이후 시내에 머물다가 오후 7시경 귀가. 단, 증인 없음)

C = 없음(교토 출장 중. 감기 기운으로 하루 종일 호텔 방 안에 있었음. 단, 증인 없음. 오후 7시 30분에 시내 레스토랑에서 친구와 식사)

D = 있음(신주쿠 술집에서 친구와 오후 6시부터 7시까지.

이후 찻집에서 오후 8시경까지. 증인 있음)

"A의 오전 5시 전후 같은 때는 대부분 알리바이가 없지 않나?"

"응. 다들 자고 있을 시간이니까. 이다음에 나올 아이하라 씨처럼 동료와 댐 감시소에서 야간 근무 중이던 경우만 빼면 전부 알리바이가 없어."

"그럼 아이하라 씨는 범인이 아닌 거 아니야?"

"그건 너무 단순한 생각이야. 혹시 전문 분야만 벗어나면 바로 사고 회로도 망가지는 거야? 그런 식이면 A, B, C, D 중 어느 하나라도 알리바이가 있는 사람은 전부 범인에서 제외되는 거잖아. 이다음에 나올 사람들을 보면 알겠지만 다들 어느 하나에는 알리바이가 있어."

"그럼 모든 항목에 알리바이가 없는 사람은 없는 건가?"

"응, 없어. 그러니까 핵심은 오히려 '알리바이가 있음' 항목 중에 어떤 게 교묘하게 조작된 가짜인지를 간파하는 거라고 생각해."

"야마쿠라와 교토까지는 거리가 꽤 되는데 도모쿠라는 어떻게 B와 C 두 항목 모두 알리바이가 없는 거지?"

"큰 호텔에 묵으면 대개 그래. 도모쿠라 씨가 묵은 곳도 그런 대형 호텔이었어. 대형 호텔에서 손님 한 사람 한 사람은 별로 중요한 존재가 아니야. 호텔 측에서 가장 신경 쓰는 건 손님의 기분을 최대한 해치지 않으면서 손님을 자신들이 만들어 놓은 시스템, 그러니까 컨베이어 벨트 같은 것에 잘 태우는 거거든. 그래서 나중에 '그 손님이 어떤 행동을 했는가'를 조사하려고 하면 존재 자체가 불확실해지는 경우가 많아. 직원 중 누구도 그 사람의 얼굴이나 행동을 기억 못 하는 거야. 호텔 입장에서는 손님이 기록상 숙박했고 숙박비만 제대로 냈으면 그걸로 끝이지. 즉, 대형 호텔에 묵는 손님들은 겉보기에 뭔가 특별해 보이지만, 실제로는 개성이라고는 지워진 오직 '손님 1'에 불과해지는 거야. 재미있지? 이런 점을 노리고 호텔을 무대로 한 추리 소설 같은 걸 쓰면 분명 대박일 텐데."

"그런 소리는 됐고, 그래서 뭐 어쨌다는 거야?"

미오는 깜짝 놀란 눈으로 도모이치를 바라봤다.

"왜 그래? 오늘따라 유난히 예민하네."

도모이치는 불안정한 감정을 억누르며 조용히 말했다.

"피곤해서 그래. 계속해 줘."

"아무튼 도모쿠라 씨도 대형 호텔에 묵는 바람에 완전히 존재감 없는 손님 1이 돼서 알리바이가 사라져 버린 셈이야. B의 9월 7일에는 오후 7시쯤 호텔에 돌아왔다고 하지만 프런트 직원들은 수많은 손님을 상대한 탓에 전혀 기억을 못 한대. 키를 받을 때도 단지 룸 넘버가 적힌 카드를 내밀고 키와 바꾸는 식이라 언제 출입했는지 같은 건 기록에 안 남아."

 "하지만 오후 3시까지 교토에 있었던 건 확실하지 않나? 그리고 그날 야마쿠라에서 문제 되는 시간은, 내가 범인에게 습격당한……."

 "오후 10시 10분 무렵. 신칸센을 타면 도쿄까지 세 시간도 안 걸리니 이후 차를 몰고 서둘렀다고 가정하면 시간상으로는 가능해. 도쿄역에서 내려 료고쿠까지 가서 거기서 열차를 갈아타고 야마쿠라로 가는 방법도 생각해 봤는데 이건 힘들겠더라. 열차 시각표를 보고 단순하게 계산해도 불가능하다는 결론이 나와. 그리고 C의 기치 영감을 살해한 날 알리바이도 마찬가지야. 낮 동안 그가 호텔 방에서 내내 쉬었다는 걸 증명해 줄 사람이 아무도 없어. 다만 그 방을 맡은 메이드 직원이 문제의 방 문손잡이에 'Do Not Disturb(방해하지 마시오)'라는 팻말이 걸려 있던 걸 확실히 기억한다고 증언했대. 하지만 이것도 그냥 안에 있는 척하려고 걸어 둔 걸 수도 있으니……."

 "혹시 범인은 A, B, C, D 전부에 알리바이가 있는 녀석 아닐까? 범인 입장에서는 완벽한 가짜 알리바이를 만들어 두고 싶었을 테니까."

 "그런데 말이지. 참 묘하게도 전부 다 알리바이가 있는 사람은 없어. 다음 아이하라 씨 걸 보면 알겠지만, 다 괜찮아 보이는데 D만 아예 알리바이가 없거든."

아이하라 후사오

A = 오전 5시 전후 - 있음 (미사와 댐 감시소에서 전날 밤 10시부터 밤샘 근무. 증인 있음)

　　 오후 6시 30분 전후 - 있음 (미사와 댐 직원 숙소 식당에서 저녁 식사. 증인 다수)

B = 있음 (미사와 댐 숙소 응접실에서 TV 시청. 증인 다수)

C = 있음 (오전 11시경부터 20분경까지 간토 대학 공학부 건축 재료과 연구실 방문. 증인 다수)

D = 없음 (오후 2시까지는 본사 기술부에 있었고 그 뒤로 간다의 서점, 긴자의 레스토랑, 술집 등을 돌며 저녁을 보냄. 오후 11시 30분에 간다의 비즈니스호텔에 투숙. 단독 행동이었으므로 증인 없음)

"A의 9월 3일 밤샘 근무 말인데, 아이하라 씨가 동료들 눈을 피해 혼자 댐을 순찰한 시간도 있다고 해. 그런데 길어도 40분 정도밖에 안 된대. 군마현 깊은 산속에 있는 미사와 댐에서 지바현의 야마쿠라까지는 기차를 타든, 차를 몰든 편도로 대여섯 시간은 걸리는 거리야. 근무 중 몰래 다녀올 수 없어."

"그 이야기를 들으니 생각났는데, C의 건축 재료과 연구실 방문은 명확한 사실이야. 기치 영감이 병원을 떠난 11시에서 딱 10분쯤 지났을 때 그가 야마쿠라에 있는 나한테 전화를 걸었거든. 지금 연구실인데 내가 없어서 물으니 야마쿠라에 갔다고 들었다고……. 그러니까 그는 내가 야마쿠라에 갔다는 사실도 모르고 있었던 거야."

하이타니 다케오
A = 오전 5시 전후 - 없음 (취침 중. 증인 없음)
　　오후 6시 30분 전후 - 있음 (오후 7시부터 간다의 기쿠스이 회관에서 열린 동창회 참석. 증인 다수)
B = 없음 (오후 5시경부터 심야까지 자택 서재에서 연구 논문 집필. 증인 없음)
C = 있음 (오전 10시부터 12시까지 대학 105번 강의실에서 '건축 미학' 강의. 증인 다수)
D = 있음 (신주쿠 바 '세븐 컬러스'에서 오후 8시부터 10시까지. 증인 있음)

"이렇게 보니 우리 과 교수님들도 술과 유흥을 꽤 즐기시네."
"그렇군."
"어째 대답이 영 시큰둥한걸?"
"아직 더 남았어?"
"한 명 더. 다음은 오이즈미 그룹의 요코카와 미치오 씨야."

요코카와 미치오

A = 오전 5시 전후 – 없음 (취침 중. 증인 없음)

    오후 6시 30분 전후 – 있음 (오후 6시경부터 동료와 함께 간다의 술집에서 식사. 오후 7시부터 11시경까지 간다의 마작집. 증인 있음)

B = 있음 (오후 7시경부터 11시 30분경까지 마작집. 증인 있음)

C = 있음 (간다 본사에서 근무. 12시 30분경 점심 식사를 위해 외출. 증인 있음)

D = 없음 (낮에 퇴근 후 긴자 부근에서 쇼핑. 저녁에 신주쿠 가부키초 방면으로 이동. 귀가는 새벽 2시경. 상세 행적에 대해서는 본인이 함구. 증인 없음)

"마작을 엄청 좋아하는 사람인가 보군."

도모이치는 여전히 마음이 무거운 것처럼 씁쓸하게 말했다.

"그리고 유흥도. D의 9월 14일 외출이 만약 사실이라면 꽤 수상한 곳에 간 게 아닐까 싶어."

"'본인이 함구'라는 걸 보니 누가 이 남자를 직접 만나서 물어본 건가?"

"응, 대부분 직접 만났어. 하지만 질문 이유는 각각 다르게 말했대. 예를 들어 어제 당신이 갔던 술집에서 도난 사건이 있었다느니, 결혼 관련 신상 조사라느니 식으로."

"이 안에 진짜 범인이 있다면 해당 날짜들에 켕기는 게 있다는 말인데 그런 이유를 곧이곧대로 믿었을까?"

"당연히 안 믿었겠지. 그래도 괜찮아. 원래 범인은 경계하면 할수록 긴장하고 궁지에 몰린다는 느낌 때문에 허점을 드러내기 마련이거든."

"그래서 이 알리바이 조사로 범인에 대해 감이 좀 잡히기는 했어?"

"범인의 '알리바이 있음'은 제대로 파고들면 결국 '없음'으로 드러날 수밖에 없어. A부터 D까지 전부 '알리바이 없음'이돼야 하는 게 마땅해."

"그건 그렇겠지."

"그리고 그 '있음'을 '없음'으로 바꾸는 열쇠가 바로 그 연못에 떠 있었다는, 트롤링용 낚싯줄이 달려 있던 새빨간 말뚝이라고 생각해. 누가 그런 이상한 짓을 하고 싶어서 하겠어? 반드시 그렇게 하지 않으면 안 될 이유가 있었던 거야."

"하지만 그게 밝혀진다 한들 뭐가 달라지지? 콘크리트 시험체는 이미 바꿔치기돼 버렸는데……."

도모이치는 깊이 한숨을 내쉬었다. 뒤이은 목소리에는 허탈감조차 담겨 있었다.

"바보 같은 짓을 한 거야. 동생 일 같은 건 신경 끄고 그냥 연구에만 집중했다면 모든 게 잘 풀렸을 텐데."

"이제 와서 후회해도 소용없어. 그건 그렇고, 당신 조금 이상해. 왜 그렇게 초조해하고 안절부절못하는 거야? 어제

야마쿠라에서 돌아오는 길에 마을에서 그 여관 아주머니라는 사람을 만났을 때부터 그래. 내 촉은 틀리지 않아. 그 사람한테 무슨 이야기를 들었지?"

"그 이야기는 그만해! 아니, 싹 다 그만둬! 동생의 죽음 따위 이제 상관없어. 하물며 기치 영감이나 하나시마 선생을 누가 죽였든 내 알 바인가? 죽을 운명인 사람은 결국 죽을 수밖에 없고, 벌어진 일도 이미 벌어진 일이야. 내 연구는 깡그리 날아가 버렸어. 거기에 내 인생도……."

"그렇지 않아!"

미오는 도모이치의 넋두리 같은 말을 중간에 잘랐다. 그의 상태가 어딘가 무서울 정도로 위태로워 보였다.

"벌어진 일이기는 하지만 아직 돌이킬 수도 있어. 콘크리트 시험체는 그저 바꿔치기됐을 뿐이잖아? 그럼 진짜 콘크리트가 어딘가에 숨겨져 있을 거야. 일단 범인을 잡으면 돼. 그리고 진짜가 어딨는지 털어놓게 해서 다시 찾아오면 되는 거잖아."

절망과 혼란으로 흐려져 있던 도모이치의 눈에 갑자기 생기가 되살아났다.

"맞아! 바로 그거야! 내 연구는 아직 끝난 게 아니야!"

"그래. 절망할 필요 없어."

그러나 도모이치는 다시 주춤했다.

"그렇다고 해도…… 난 이제 어떻게 해야 하지?"

"잘 생각해 봐. 사건을 처음부터 찬찬히 다시 정리해 보는 거야. 먼저 상상력을 바탕으로 가설을 세우고 그걸 입증해 가는 게 내 방식이야. 그로써 사건의 첫 단계 정도는 파악했지만 이제 한계인 것 같아. 앞으로는 과학자인 당신이 논리적인 가설을 세우고 그걸 증명해 줘야 할 차례야."

"안 되겠어. 이런 쪽으로는 도저히 머리가 안 돌아가."

"몸이 피곤해서 그래."

"아니. 조금 전까지 거의 죽은 듯이 잤으니 피로는 이제 다 풀렸을 거야."

"그래도 야마쿠라에서 쌓인 피로가 아직 남아 있을 수 있어."

"아니야. 오히려 거기서는 더 제대로 쉬었어. 특히 머리를 얻어맞고 난 뒤부터는 하나시마 선생의 엉터리 진단 덕에 하루 종일 빈둥거리기만 했으니까."

"게다가 밤에는 모르는 사이 수면제를 먹고 푹 자기도 했지."

"그래. 그러고 보니 그 수면제 말인데, 네가 오해하고 있는 부분이 있어."

"오해?"

"그건…… 아마 9월 12일이었나. 내가 평소와 달리 아침 일찍 일어난 걸 두고 넌 약병 속 약이 바뀐 덕분이라고 보는 것 같지만, 그게 아니야. 뭐 결과적으로 그 약이 수면제였던 건 맞겠지만……."

"잠깐. 그게 무슨 소리야?"

미오는 안달 난 것처럼 이야기를 재촉했다.

"하나시마 선생은 그 전날 밤에 이제부터는 약을 안 먹어도 된다고 했어. 그래서 난 네가 바꿔치기했다는 그 영양제조차 안 먹었던 거야."

미오의 큰 눈이 더 휘둥그레졌다.

"뭐? 하나시마 선생이 약을 더 이상 안 먹어도 된다고 했다고?"

"그래."

"왜 진작 말하지 않았어?"

"말하려고 했는데, 그때 넌 그다음 이야기까지 한 번에 설명하게 해 달라고 했잖아. 그리고 네 이야기가 끝났을 때는 나도 깜빡 잊어버렸고."

"그럼…… 하나시마 선생은 그 시점에 이미 머리 충격으로 인한 후유증 같은 건 없다고 당신이 믿어도 괜찮다고 판단한 걸까……."

미오는 자신이 말해 놓고 곧 다시 부정했다.

"아니, 그럴 리 없어. 그 후에도 하나시마 선생은 존재하지도 않는 뇌신경외과 전문의의 답변 같은 걸 들먹이며 계속 질질 끌었는걸."

미오의 표정이 점차 밝아졌다. 지적 승리의 기색은 그녀에게 잘 어울렸고 그녀를 한층 매력적으로 보이게도 했다.

"슬슬 알 것 같아. 그럼…… 이제 뭘 해야 하지. 그래, 역시 야마쿠라에 가야겠어!"

미오는 의자에서 벌떡 일어섰다.

"지금 야마쿠라에 가겠다고?"

"응. 서둘러 다녀오면 밤에는 올 수 있어."

"뭘 하러?"

"음, 결정적인 증거라고 할까……. 그래, 사진을 찍어 올게. 그리고 당신한테도 보여 줄게. 혹시 카메라…… 그, 폴라로이드 카메라라고 하나? 사진 찍으면 바로 나오는 그거. 혹시 안 가지고 있지?"

"응, 없어."

"그렇구나. 알겠어. 가는 길에 싸구려라도 하나 사야겠다. 얼굴만 제대로 찍히면 되니까."

"무슨 소리를 하는 건지 도통 모르겠네."

"추리 소설로 치면 바로 지금이 범인을 추리할 수 있는 모든 단서가 다 나온 시점이야."

사가와 미오는 들뜬 목소리로 그렇게 말하고 도모이치의 집을 뛰쳐나갔다.

제5장

균열 파국

1 해결

(앞장에 이어) 9월 16일(월)

─지금 당장 택시 타고 달려와 줘!

미오의 전화가 연구실로 걸려 온 건 오후 8시가 조금 넘은 시간이었다.

도모이치는 멍하니 앉아 있었다. 얼마나 시간이 흘렀는지 알 수 없다. 구로이와 교수와 도모쿠라가 돌아가고 나서 두 시간은 지났을 것이다. 두 사람은 도모이치의 상태를 보고 결국 사후 대책에 대한 상의도 없이 자리를 떠났다.

미오의 목소리를 들을 때도 도모이치는 정신이 온전히 돌아온 상태가 아니었다.

"뭐야…… 무슨 일이야?"

맥 빠진 그의 목소리를 듣고 수화기 너머에서 미오는 초조한 듯 외쳤다.

―무슨 일이긴! 사건 말이야! 사건의 범인! 완전히 알아냈어!

"그래……?"

―얼른 와 줘! 원래 있던 콘크리트 시험체를 숨긴 장소도 찾을 수 있을 거야.

그 말에 도모이치는 비로소 정신을 차렸다.

"어디로 가면 되지?"

―긴자에 있는 '캐슬'이라는 바야. 택시 타고 바로 와!

"학교 근처에서는 택시를 잡기 힘들 텐데……."

―그럼 가까운 콜택시 회사에 전화해.

"콜택시 회사라니…… 어떻게 하면 되는데? 회사에 전화만 하면 되는 거야?"

미오가 초조해하는 기색이 전화선 너머에서도 느껴졌다.

―됐어! 내가 전화해서 목적지랑 바 위치를 다 전할 테니 지금 당장 연구실에서 나와서 교문 앞에 있어. 학교에서 자주 부르는 근처 콜택시 회사에 전화할 거니 금방 데리러 갈 거야. 기사님한테 '나카조 도모이치 교수님인가요?'라고 물으라고 할 테니 그럼 바로 차에 타면 돼."

여전히 일 처리 하나는 군더더기 없이 깔끔하다. 도모이치는 꼭두각시처럼 움직였다. 애초에 오늘 그는 인형처럼 넋이 나가 있었다.

연구실에서 교문까지는 제법 거리가 있다. 5분은 족히 걸렸을까.

도모이치가 교문을 나서자 채 1분도 지나지 않아 택시가 다가왔고, 약속한 대로 기사는 "나카조 도모이치 교수님인가요?"라고 물었다. 도모이치는 "맞습니다"라고 하고 택시에 탔다.

운전을 하지 않는 도모이치는 지리를 잘 모르기 때문에 차가 어디를 달리고 있는지 알 수 없었다.

창밖을 보니 처음에는 밤의 장막에 둘러싸인 숲과 밭이 펼쳐졌지만, 점차 불빛이 하나둘 늘더니 어느 순간부터는 끝없이 이어지는 빛의 흐름 속에 들어섰다. 어느 지점에서 고속도로에 접어든 듯했다. 밤이 꽤 깊어진 터라 차는 제법 빠른 속도로 달렸다.

이쯤 되자 도모이치의 눈에도 얼핏 익숙한 장소들이 들어오기 시작했다. 아마 여기는 이케부쿠로 부근이고, 그다음은 고코쿠지쯤인가 하고 생각하는 사이 차는 어느새 경사로를 내려가고 있었다.

그다음부터는 다시 어디를 달리는지 알 수 없게 됐고, 전광판과 네온사인으로 가득한 빛의 도시를 몇 번인가 굽이친 끝에 차가 멈춰 섰다.

기사는 창밖으로 고개를 내밀고 앞뒤를 둘러보더니 "아, 저기 있네요! 3층입니다"라고 했다.

그는 세로 일렬로 늘어선 전광판 중 하나를 가리키고 있었다. 분명 그곳에는 '캐슬'이라는 글자가 보였다.

도모이치가 요금을 내려고 하자 기사는 괜찮다며 손을 내저었다. 아무래도 따로 계산이 끝난 듯했다.

도모이치는 어딘가 불안하고 주저하는 발걸음으로 간판이 붙은 빌딩으로 들어갔다. 안에 들어가 오른쪽으로 꺾자 엘리베이터 문이 바로 눈앞에 나타났다.

버튼을 누르자마자 엘리베이터 문이 입을 쩍 벌려서 흠칫 놀랐다.

엘리베이터 내부는 검은 가죽으로 고급스럽게 꾸며져 있었다. 하지만 꽤나 지저분했고 가죽이 찢겨 속이 드러난 곳도 몇 군데 보여 실망스러웠다.

엘리베이터에서 내리자마자 이번에는 육중해 보이는 문이 바로 코앞을 가로막았다. 단단한 나무 패널이 끼워진 금속제 문틀이 있고 문에는 리벳이 박혀 있다. '캐슬'이라고 새겨진 동판 속 글자를 읽고 도모이치는 잔뜩 주눅이 든 채 문을 열었다.

빛과 어둠이 뒤섞인 가라앉은 분위기가 그 안에 흐르고 있었다.

카운터 끝 쪽 스툴에 앉아 있던 실루엣이 손을 들었다. 그 사람이 틀림없이 미오임을 확인하자 도모이치는 안도의 숨을 내쉬었다.

"콘크리트 시험체를 회수할 수도 있다고 해서 온 거야. 그게 아니었으면 난 지금 이런 데 올 정신이 아니야."

도모이치는 불쾌한 기색을 숨기지 않았다.

"여기가 아니면 이야기를 시작할 수도 없어."

도모이치 옆에 앉은 여자 종업원이 희석한 위스키를 건넸다. 미오는 그 여자에게 조금 복잡한 할 이야기가 있으니 잠시 자리를 비켜 달라고 했다.

"아무튼 다행이다. 딱 맞춰 와서. 언제 갑자기 일어나 돌아가겠다고 할까 봐 걱정했거든."

"누가 돌아간다는 거야?"

"저길 봐. 저 구석 테이블에서 두 여자 사이에 앉아서 기분 좋게 웃고 있는 남자 말이야."

미오는 고개를 전혀 돌리지 않고 눈빛만으로 그 방향을 가리켰다.

30대 중반쯤 돼 보이는 남자였다. 재킷을 대충 걸쳤고 넥타이도 매지 않은 차림이다.

"저 남자가 왜?"

"잘 봐 봐. 왠지 어디선가 본 것 같지 않아?"

"그렇게 말하니 뭔가 낯익은 것 같기도 한데……."

"어디서 만났는지 기억 안 나?"

"글쎄……. 우리 학교 사람인가?"

"정답! 공학부 기계과 연구실에 있던 조교야. 이름도 정확히 아는데, 호리고메라고 해. 5년 전쯤 학교를 그만두고 어디 회사에 들어갔다고 들었는데……."

"그래서, 저 사람이 왜?"

"사장님!"

미오는 카운터 맞은편 끝에 있는 여자를 불렀다.

부름을 받고 여사장이 다가왔다.

"사장님. 뭐 좀 여쭤볼게요. 저 테이블에 계신 분, 성함이 어떻게 되죠?"

그러자 여사장은 잠시 망설이더니 양쪽 손님에게 지장이 가지 않게 조심하듯 낮은 목소리로 말했다.

"구로이와 씨라고 하는데……."

"간토대 교수님 아닌가요?"

"어머, 알고 계셨어요?"

"말도 안 돼……."

도모이치의 목소리가 커지려고 해서 미오는 여사장이 보지 못한 곳에서 그의 손을 꽉 움켜잡았다.

"안다고 해도 저 교수님 강연을 들은 적이 있을 뿐이에요. 아주 재밌더라고요."

"그렇다고들 하더라고요. 라디오에도 나오신다고."

"여기 자주 오세요?"

"네, 자주요. 벌써 1년 가까이 된 단골손님이에요."

"그렇군요. 고맙습니다."

여사장이 자리를 뜨자 미오는 낮고 빠르게 말했다.

"자꾸 목소리 높이지 마. 그리고 너무 저쪽을 보지 말고 이야기해."

"이게 대체 무슨 일이야?"

"그러니까 저 사람은 가짜 구로이와 교수인 거야. 하지만 여기 여사장을 비롯한 모든 직원들은 진짜라고 믿고 있어."

"아, 그래! 그러고 보니 '캐슬'이라는 이름…… 분명 알리바이가 문제 된 9월 7일 밤에 구로이와 교수가 있었다는 바 이름이잖아? 그 리스트에 적혀 있었던 것 같은데."

"맞아. 사실 그날 '캐슬'에 있었던 사람은 저 가짜 구로이와 교수였던 거야. D 항목의 9월 14일 밤에 갔다는 술집 '버디'에도 마찬가지로 저 가짜 구로이와 교수가 갔던 거고."

도모이치는 어제부터 마음에 걸렸던 의문을 지금 이 순간 전부 잊었다. 그의 사고는 오직 사건에 집중됐고 말투도 또렷하고 단호해졌다.

"생각났다! 내가 야마쿠라에 가기 며칠 전 구로이와 교수가 자기를 사칭하며 술집을 돌아다니는 사람이 있다면서 화를 냈었지. 혹시 그게……."

"응. 그 사칭범이야."

"하지만 구로이와 교수는 그 사람을 찾아내서 문제를 해결한 거 아니었어?"

"아니었어. 찾아내기는 했지만 그걸 모두에게 폭로하는

대신 이용할 계획을 세운 거야."

"이용한다고?"

"그래. 자기 알리바이를 만드는 데."

"자기 알리바이? 그럼…… 넌 지금 구로이와 교수가 날 습격하고 하나시마 선생을 죽인……."

"범인이야."

도모이치는 잔을 입에 가져가 위스키를 한 모금 마셨다. 잠시 이야기에 몰입한 사이 얼음이 녹아 제법 밍밍해져 있었다.

"그러니까 자기 범행 시간대에 알리바이가 성립되도록 그 시간에 맞춰 바나 술집에 가서 술을 마셔 달라고 저 가짜한테 부탁했다는 건가?"

"부탁했다기보다 협박했겠지. 그러지 않으면 네 사기 행각을 세상에 폭로하겠다거나 경찰에 넘기겠다고 으르지 않았을까."

"그렇군. 얼굴이나 분위기가 구로이와 교수와 꽤 다르지만, 바나 술집 여자들은 이미 그가 맞다고 믿고 있으니 의심하지도 않았겠네."

"저 가짜는 대학에 있을 당시 구로이와 교수와 직접 알고 지낸 건 아니지만 멀리서 보고 들으며 알고 있었을 거야. 그 후 구로이와 교수가 유명해지니 문득 그런 사기 행각을 떠올렸겠지."

"뭐? 잠깐만."

"쉿, 목소리 낮추랬지. 아직 저 가짜에게 들키면 안 돼."

"7일과 14일은 이제 이해가 돼. 하지만 12일은 어떻게 설명할 수 있지? 그날 구로이와 교수는 수많은 학생, 그러니까 다수의 증인들 앞에서 강의를 했잖아. 나와 교대한 '건축 개론' 강의 말이야. 설마 그때도 가짜 구로이와 교수일 리는……."

"그날의 알리바이는 특별히 정교하게 꾸며졌어. 앞뒤 가짜 알리바이들은 솔직히 좀 허술한 편이지만, 12일의 가짜 알리바이를 탄탄하게 만들어서 전체를 보강한 거야."

"말해 줘 봐. 그 가짜 알리바이라는 게 뭔지."

"그전에 이걸 봐."

미오는 카운터 끝 벽에 기대어 세워 둔 핸드백에서 사진을 한 장 꺼냈다.

가게 안은 조명이 어두웠지만 반신만 찍힌 사진이라 충분히 확인할 수 있었다.

"기치 영감이잖아. 어디서 구했어?"

"내가 직접 찍은 거야."

"언제?"

"오늘. 사 간 폴라로이드 카메라로 찍었어. 내가 오늘 당일치기로 야마쿠라에 다녀온 진짜 목적이 바로 이거야."

도모이치는 한동안 사진을 뚫어지게 바라봤다.

"……그럼 기치 영감은 살해된 게 아니었나……."

"아니, 기치 영감은 살해됐어. 왜냐하면 이 사람은 기치 영감이 아니니까. 이 사람은 오카시와 신페이라는 분이고, 기치 영감의 집 근처 산에 혼자 살아. 근처라고는 해도 작은 골짜기를 사이에 둔 반대편 산이지만. 아무래도 당신이 단단히 착각을 한 것 같아."

"착각이라니?"

"기치 영감 집에 찾아간 날을 떠올려 봐."

"나에바 교코 씨에게 길을 물어서, 석불이 있는 갈림길까지 갔고……."

도모이치의 목소리가 절로 멎었다. 가슴에 뭔가가 턱 하고 걸린 느낌이었다.

"그래……. 그때 난 거기서 오른쪽으로 가야 할지 왼쪽으로 가야 할지 헷갈려서……. 외딴곳에 혼자 사는 괴팍한 기치 영감이라면 오른쪽처럼 전선 하나만 지나는 좁은 길 쪽이 맞겠거니 싶어서……."

"전선 하나만 지나는 길? 그건 이상하지. 그날 밤 기치 영감은 복통을 호소하며 하나시마 선생에게 왕진을 와 달라고 전화했잖아. 산속에 혼자 사는 영감님이 그렇게 아픈 상황에서 어디 가서 전화를 걸었겠어? 기치 영감의 집은 전선 하나만 지나는 오른쪽 길이 아니라, 전선뿐만 아니라 전화선도 함께 지나는 왼쪽의 넓은 길에 있었던 거야."

"이런. 그래. 내가 터무니없는 착각을 했다는 건 인정할게.

이 노인의 얼굴을 처음 봤을 때 생각보다 젊어 보인다고 느끼기는 했지만 그 이상 의심하지 않았어. 그래서 이 사진 속 노인한테…… 이름이 뭐랬지?"

"오카시와 신페이."

"그래. 이 신페이 씨에게 직접 '이바 기치스케 씨신가요?'라고 물으면서 확인한 것도 아니야. 처음부터 철석같이 믿고 바로 본론으로 들어가 버렸지. 게다가 신페이 씨는 전형적인 시골 사람처럼 과묵하고 좀 둔해 보이는 인상이었거든. 그가 내 질문에 처음부터 끝까지 '그래'와 '난 아무것도 몰라'라고만 대답한 것도 그런 이유 때문이라고 여겼고. 하지만 지금 다시 생각하면 이 '아무것도 몰라'라는 대답은 정말 관련자가 아니라 모른다고 한 거였어……."

"하나시마 선생도 당신을 몰래 미행하며 당신이 그렇게 착각하고 있다는 걸 알아차리지 않았을까? 설령 그때 뒤쫓지 않았다고 해도 왕진 가서 진짜 기치 영감과 이야기를 나눴다면 확실히 알았을 거야."

"그렇다면 왜 그 사실을 나한테 말하지 않았을까?"

"시간을 끌어서 당신을 최대한 야마쿠라에 붙잡아 두기 위해서지. 그걸 위해 하나시마 선생이 온갖 노력을 기울였다는 걸 이제 우리도 알잖아. 그러니까 당신의 그 착각은 하나시마 선생에게 천운처럼 굴러들어 온 기회였던 거야. 또 그건 구로이와 교수도 마찬가지였어. 그는 하나시마 선생의 보고를 듣고 그대로 내버려두라고 지시했을 거야. 하지만 그때까지만 해도 그걸 기치 영감을 살해하는 데 이용해야겠다는 생각은 없었을걸. 그걸 떠나 그 시점에는 기치 영감을 살해할 계획 자체가 없었을 테고."

"그럼 12일 오전 10시 40분에서 11시 사이 병원을 찾아온 사람도 신페이 씨였다는 건가?"

"내가 그걸 깨달은 건 바로 그 전날 밤 하나시마 선생이 당신에게 수면제를 먹지 않아도 된다고 했기 때문이야. 당신을 좀 더 야마쿠라에 묶어 둬야 할 상황인데, 그는 왜 갑자기 그런 말을 했을까? 이 질문에 대한 답은 간단해. 당신이 아침부터 깨어 있기를 바랐기 때문이지. 그럼 왜 아침부터 깨어 있기를 바랐을까? 아침에 뭔가 중요한 일이라도 있었던 걸까? 답은 하나야. 바로 기치 영감의 방문. 그리고 돌이켜보면 그날 하나시마 선생의 행동은 전부 당신이 기치 영감을 직접 보도록 유도하려는 시도였다는 걸 알 수 있어. 이제 곧 기치 영감이 올 거라고 당신에게 알려 주거나, 일부러 진료실 창문을 열어 둔다거나…… 이 모든 게 당신한테 '기치 영감을 잘 봐 두라'라고 한 행동 같지 않아? 그리고 그때 어째선지 간호사인 나에바 교코 씨와 선생 집을 봐주는 가정부 할머니도 그곳에 없었다는 걸 알게 됐을 때, 난 내 주특기인 상상력을 발휘해서 가설을 세운 거야."

"기치 영감은 가짜였고, 하나시마 선생이 범인……. 그러니까 구로이와 교수의 지시에 따라 일부러 내가 볼 수 있게 그 시간에 신페이 씨를 병원에 불렀다는 거지?"

"아까 신페이 씨한테 직접 이야기를 듣고 왔어. 그때는 이즈 온천에 가기 위한 여비와 용돈을 받으러 갔던 거래."

"온천에 갔다고?"

"응. 하나시마 선생이 이런 제안을 했대. 어떤 온천 여관에서 자기를 무료로 초대했는데 바빠서 갈 수 없게 됐다. 그렇다고 이 좋은 기회를 그냥 놓치기는 아까우니 나 대신 가 보지 않겠냐. 여비와 용돈은 드리겠다. 다만 이런 좋은 제안을 당신에게만 했다는 게 알려지면 마을 사람들이 질투할지 모르니 절대 비밀로 해라. 그리고 내가 괜찮다고 할 때까지 계속 그곳에 머물러 있어라……. 가만 생각해 보면 수상한 이야기지만, 하나시마 선생은 말솜씨가 좋아서 교묘하게 잘 구슬린 듯해. 게다가 신페이 씨는 당신 말대로 사람이 조금 둔하고, 또 좋은 제안이라면 덥석 물어 버리는 시골 특유의 욕심쟁이 영감님이라 전혀 의심하지 않았던 거야. 그래서 그는 하나시마 선생에게 여비를 받자마자 곧장 이즈의…… '구모미'라는 온천에 가서 아무 걱정 없이 실컷 쉬었대."

"그러니까 내가 다시 신페이 씨를 못 만나게 할 목적으로 그곳에 보냈다는 거네."

"맞아. 그런데 오늘 아침 하나시마 선생의 지인이라는 사람이 여관에 있는 신페이 씨에게 전화를 걸어 와 대뜸 하나시마 선생이 죽었다는 소식과 함께 야마쿠라로 돌아가라고 했다는 거야. 물론 전화를 건 사람은 구로이와 교수였겠지."

"내가 야마쿠라를 떠났으니 이제 신페이 씨를 돌려보내도 괜찮다고 판단한 거구나. 그런데 미오, 그렇게 되면……내가 실제로는 한 번도 만나지 못한 그 기치 영감이 살해된 건 결국 언제였던 거야?"

"당신이 기치 영감이라고 착각한 신페이 씨가 병원을 찾기 훨씬 전이야. 정황상 그날 아침 9시 이전이 아닐까 싶어."

"어떻게 그런 시간이 나오지?"

"구로이와 교수는 그날 오후 1시부터 강의가 있었잖아. 야마쿠라에서 도쿄 초입까지는 차를 아무리 빨리 몰아도 세 시간, 거기서 도부도조선을 타고 교외에 있는 대학까지 한 시간이니 도합 네 시간이야. 그러니 강의를 하려면 오전 9시까지는 야마쿠라를 출발해야 해. 그리고 이 진짜 범행 시간과 조작된 범행 시간 사이의 차이를 고려하면, 그 낚싯줄이 묶인 말뚝이나 거기 칠해져 있던 빨간 페인트, 불타서 끊어진 낚싯줄 같은 것도 전부 자연스럽게 설명이 돼."

"그러니까 범행 시간의 차이와 그 이상한 증거물들이 연결돼 있다는 건가?"

"맞아. 실제 범행 시간은 오전 9시 이전이지만, 구로이와 교수는 자신의 알리바이를 만들기 위해 가짜 기치 영감을 이용해 범행 시간을 오전 11시 이후로 연출했어. 하지만 만약 시신이 일찍 발견돼 의학적으로 사망 추정 시각이 나온다면 어떻게 될까? 사후 시신 변화에 대해 나도 자세히는 모르지만, 특별한 지식이 없어도 죽은 지 얼마 안 돼 발견한 시신일수록 사망 추정 시간이 더 정확해진다는 건 누구나 짐작할 수 있을 거야.

예를 들어 오전 9시에 사망한 시신이 대여섯 시간이 지난 오후 2시나 3시에 발견된다면, 오전 9시를 전후로 30분 정도의 오차를 둔 '오전 8시 30분에서 9시 30분 사이'가 사망 추정 시간으로 나오겠지. 아무리 빗나가도 '오전 11시 이후'라는 결과는 절대 나오지 않아. 그럼 이야기의 앞뒤가 맞지 않게 되고, 모처럼 공들인 기차 영감을 이용한 트릭도 들통날 수밖에 없게 돼. 하지만 반대로 시신 발견이 늦어질수록 사망 추정 시간의 범위가 넓어져 가짜 범행 시간과 겹칠 수 있어. 그래서 범인인 구로이와 교수는 시신 발견을 늦추기 위해 그 기묘한 장치들로 구성된 트릭을 생각해낸 거야. 즉, 그건 피해자를 죽이기 위한 장치가 아니라 시신 발견을 늦추기 위한 장치…… 동시에 너무 늦어지지도 않게 조절하는 장치였던 거지."

"뭐? '너무 늦어지지도 않게 조절하는 장치'는 또 뭐야?"

"시신 발견이 너무 늦어지면 이번에는 사망 시간이 지나치게 넓게 추정돼 오히려 구로이와 교수의 알리바이가 성립하지 않게 돼 버리잖아. 예를 들어 시신이 사흘 후에 발견돼서 사망 추정 시간이 '9월 12일경' 같은 식으로 너무 넓어지면 가짜 기치 영감을 쓴 트릭이 무의미해지는 거야."

"그럼 결국 그 이상한 장치들은 사망 추정 시간을 조절하기 위한 장치였다는 거네?"

"맞아."

"그럼 기치 영감은 실제로 어떻게 살해당한 거지?"

"그 말뚝 같은 걸로 심장을 찔러 죽은 건 확실해. 다만 그냥 손으로 직접 찔렀기 때문에 낚싯줄이나 빨간 페인트, 불타 끊어진 낚싯줄 같은 건 실제 살해와 전혀 관련이 없었어. 그래도 그런 장치들로 살인에 어떤 물리적인 트릭이 있었던 것처럼 보이게 해서 수사를 교란시키려고 한 건 분명해. 어린 상수리나무에 묶인 채 끝부분이 타서 끊겨 있던 그 낚싯줄도 그런 착각을 유도하고, 살해 장소를 연못 북쪽 기슭으로 믿게 하기 위한 연막에 불과했어."

"결국 그 나무에는 아무 장치 같은 것도 없었다는 말인가?"

"응. 낚싯줄도 애초부터 그 정도 길이와 모양으로 그냥 매달아 놓고 끝부분만 살짝 태웠을 뿐이야. 당신이 쓰던 라이터나 담뱃갑을 근처에 떨어뜨려 둔 것도 마찬가지로 범행 현장을 그곳으로 연출하려는 목적이었고. 물론 라이터에는 다른 목적도 두 가지 있었어. 당신을 범인으로 보이게 하려는 목적, 그리고 다키 할머니가 시신을 발견하는 계기를 만들기 위한 목적. 그렇게 전부 세 가지 목적이 담겨 있었던 셈이야."

"그럼 진짜 살인 현장은 따로 있다는 건가?"

"맞아."

"어딘데?"

"연못 위쪽에 있는 용신 사당 근처. 구로이와 교수는 어떤 이유를 들며 기치 영감을 그 사당 근처로 데려가 미리 풀숲이나 나무 뒤에 숨겨 둔 말뚝으로 범행을 저지른 거야. 문제는 그다음이지. 시신이 당장은 발견되면 안 돼. 하지만 그러면서도 일정 시간이 지나면 반드시 발견돼야 해. 그래서 그 도구들이 비로소 의미를 갖게 되는 거야."

미오는 다시 여사장을 불러 숟가락과 이쑤시개, 그리고 실을 부탁했다. 하지만 실 같은 게 술집 카운터에 있을 리 없다.

여사장은 가게 한쪽 구석에 있는 직원용 탈의실로 보이는 작은 문 너머로 사라졌다가 잠시 후 30센티미터 정도 되는 검정 재봉용 실을 들고 왔다.

여사장이 무슨 일인지 의아해하는 눈치였지만 미오는 그럴싸하게 둘러대고 그녀를 다시 안으로 돌려보냈다.

미오는 섬세하고 유연한 손놀림으로 이쑤시개에 실을 묶었다.

"자, 이게 그 말뚝과 낚싯줄이라고 생각해 봐. 그리고 이건 숟가락. 이 숟가락 목 부분 아래에 실을 이렇게 한 바퀴 돌리고 다시 돌아와 이쑤시개와 실이 묶인 곳에서 실을 아래에서 위로 잡아당겨 주고 다음으로 숟가락을 들고 있던 손을 놓으면…… 자, 봐. 숟가락이 이렇게 매달리게 돼. 실제 사건에서는 이 실이 낚싯줄이고, 숟가락이 시신이야. 낚싯줄을 시신의 겨드랑이 근처에 감아서 똑같이 하면, 봐, 이렇게 매달리게 되는 거야."

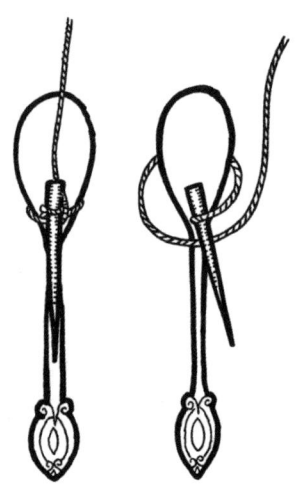

미오는 카운터 앞쪽 공간에 숟가락을 매달아 보였다.

"그러니까 지금 네 말은…… 시신이 용신 연못 절벽 위에서 이것과 같은 방식으로 매달려 있었다는 거야?"

도모이치가 기가 막힌 듯이 묻자 미오는 고개를 끄덕였다.

"맞아. 절벽 위쪽은 나뭇가지와 잎들로 덮여 있고 시신은 그 뒤에 가려져 있었으니 만약 누군가가 아래쪽 기슭을 지나갔어도 전혀 보이지 않았을 거야. 그리고 낚싯줄의 다른 한쪽 끝은 아마 용신 사당 안쪽에 있는 격자문 근처에 묶여 있었던 게 틀림없어. 팽팽하게 당겨진 낚싯줄 위에는 불붙은 양초가 세워져 있었겠지. 위치는 아마 격자문 바로 앞에 있는 바위 부근 아니었을까. 바로 이게 낚싯줄을 끊는 자동 절단 장치였던 거야."

"즉, 양초가 점점 짧아지며 그 불꽃이 낚싯줄에 닿아서 불타 끊어졌다는 거네."

"낚싯줄이 얼마나 시간이 흘러야 끊어지게 돼 있었는지는 정확히 모르겠지만, 적어도 12일 낮 동안에는 끊어지지 않게 돼 있었던 건 확실해. 해가 져서 이제 아무도 연못 수면을 들여다볼 수 없는 시간이 되면 양초 불꽃이 줄에 닿도록 계산돼 있었어. 게다가 촛불이 사당 안에 있다는 것도 범인 입장에서는 행운이었어. 날씨가 바뀌어 비가 오거나 강풍이 불더라도 불이 꺼질 염려가 없으니까. 아무튼 이렇게 해서 낚싯줄은 불타 끊어졌던 거야."

미오는 카운터 위에 있던 성냥에 불을 붙인 후 실에 갖다 댔다.

그러자 잠시 후 숟가락이 바닥에 떨어졌다. 아래에는 카펫이 깔려 있어서 낮은 소리가 울렸다. 숟가락은 한 번 튕기며 이쑤시개와 엮인 실과 분리됐다.

"대체로 이렇게 됐을 거야. 처음부터 그저 감아 놓기만 하고 묶은 건 아니니 실이 자연스럽게 풀릴 수밖에 없지. 시신과 말뚝을 연결한 낚싯줄 역시 마찬가지야. 실제로는 시신이 떨어진 곳이 물 위라 부력 때문에 더 쉽게 분리돼서 멀리 떨어졌을걸. 만약 상황이 안 좋아서 낚싯줄이 시신에 엉킨 채로 발견된다고 해도 어디에도 매듭 같은 건 없으니 트릭이 들통날 염려는 없어. 자, 이제 남은 건 다키 할머니가 3이 붙은 날 평소 하는 대로 사당을 청소하러 와서 시신을 발견하는 것뿐이야.

구로이와 교수는 마을 사람들 중 누군가, 또는 하나시마 선생에게 다키 할머니가 용신 사당을 관리한다는 이야기를 듣고 그걸 영리하게 활용할 방법을 생각해냈어. 시신을 물에 떨어뜨린 뒤에는 다시 시신이 너무 늦지 않게 발견되도록 해야 했으니까. 그래서 그는 일부러 눈에 띄는 빨간색 페인트를 말뚝에 칠해 놓은 거야."

"그런 건가? 우리는 빨갛게 칠해진 말뚝을 보고 기치 영감이 가까이 다가갔을 때 튀어 나간 말뚝이 흉기가 되어 심장을 찔렀다는 식으로 생각했는데……."

"시선을 끌 목적으로 빨간 페인트를 칠했다는 건 틀리지 않았어. 다만 그건 기치 영감의 시선을 끌기 위한 게 아니라 다키 할머니의 시선을 끌기 위한 거였지. 용신 연못은 물이 워낙 맑은 데다가 시신이 물을 흡수하지 않아 반쯤 떠 있어서 보통 때보다 눈에 띄기 쉬웠을 거야. 그래도 연못 물가에서 얕은 각도로 보면 수면에 비치는 아침 햇살의 비스듬한 반사광 같은 것 때문에 쉽게 보이지 않을 수도 있지. 실제로 다키 할머니도 기슭에서 빨간 무언가를 봤지만 그게 정확히 뭔지 알아보지 못했고, 사당으로 향하는 산길 중턱까지 올라가서야 시신을 발견했잖아."

"그렇지."

"설령 다키 할머니가 연못 기슭에서 빨간 말뚝을 발견하지 못했더라도 그 산길 중턱의 전망 좋은 지점에서는 절대 놓칠 수 없어. 거기는 경치가 아주 좋고, 게다가 가파른 오르막길이라 누구라도 한 번쯤 숨 돌리며 아래를 내려다보게 되는 곳이니까."

"그런데 정말 운이 없어서 다키 할머니가 거기서도 시신을 못 보고 지나쳤다면 어떻게 됐을까?"

"최악의 경우에는 하나시마 선생에게 연락해 어떤 이유로든 연못에 가게 해서 우연히 시신을 발견한 것처럼 꾸미는 계획도 있지 않았을까. 다른 사람도 아닌 구로이와 교수라면 거기까지 계산했을 게 분명해. 상수리나무에 묶어 둔 가짜 낚싯줄 끝을 태우거나, 실제 범행 현장에서 어떻게든 피해자의 피를 가져와 풀에 묻혀 놓는다거나 해서 범행 현장이 연못 위 절벽이라는 사실을 아무도 유추하지 못하게 한 것도 그런 치밀한 계산 중 하나였어. 게다가 트릭을 설치한 현장에 남는 도구들도 주변 물건에 섞여 눈에 잘 띄지 않게 했고, 어차피 나중에는 다키 할머니가 그것들을 치울 거라는 것까지 모든 걸 계산에 넣었던 거야."

"그렇구나! 그러지 않아도 그 사당 안에는 등불용 초가 타다 남은 찌꺼기나 녹은 밀랍 자국 같은 게 잔뜩 묻어 있었어. 그러니 낚싯줄을 태운 양초 흔적도 그 안에 묻혀서 눈에 띄지 않게 된 거네……."

"그래도 격자문에는 낚싯줄이 짧게나마 남아 있었을 거야. 하지만 거긴 워낙 어둑해서 눈에 잘 띄지 않고, 게다가 애초에 사건과는 별 상관없는 곳처럼 보이니 주의 깊게 들여다보는 사람도 없었겠지. 혹시라도 알아챘다면 그건 사당을 청소하러 온 다키 할머니 정도일까. 하지만 다키 할머니 역시 그게 사건과 관련됐다고는 전혀 생각 못 할 테니 그냥 풀어서 쓰레기로 치워 버렸을지도 몰라. 어쨌든 아까 내가 조사하러 갔을 때는 격자문에 아무것도 없었어. 다키 할머니를 직접 만나서 물어보고 싶었지만, 하필 기사라즈에 있는 친척 집에 가 계신다고 해서 못 만났어. 만약 다키 할머니가 그곳에 낚싯줄이 있었다고 증언하거나 그 낚싯줄을 수거라도 했다면 확실한 증거가 될 거야."

"내가 사당 앞에 불려 가서 이것저것 질문받을 때 다키 할머니가 마침 사당을 청소하고 있었거든. 어쩌면 그때 우리 눈앞에서 초나 낚싯줄 같은 결정적인 증거들이 처분됐을지도 모르겠어."

"물론 그때도 다키 할머니는 낚싯줄을 못 보고 그냥 뒀을 수 있어. 하지만 그래도 상관없어. 구로이와 교수가 그다음 날 하나시마 선생을 죽이기 위해 야마쿠라에 몰래 나타났으니까. 그때 회수하면 되는 거야. 구로이와 교수의 범행 계획은 유연함과 신중함, 거기에 대담한 도박까지 섞여서 대단하다는 감탄이 절로 나올 정도야. 낚싯줄이 발견되지 않을 거라는 계산은 잘 맞아떨어지게 해 놨지만, 마지막 단계에는 과감하게 도박을 건 부분도 있어. 당신이 기치 영감의 시신을 보지 못할 거라는 예측이 그중 하나야. 시신이 발견되는 건 아침 이른 시간인데 마을 사람도 아닌 당신이 시신 확인을 위해 불려 갈 일은 없다고 본 거지. 당신이 현장에 나타나는 건 훨씬 나중일 테니 시신을 볼 기회가 거의 없을 것이다. 그렇게 계산해 마지막에 도박을 건 거야."

"하나시마 선생을 죽이려는 계획은 언제 세우기 시작했을까?"

"기치 영감을 죽이기로 결심했을 때부터라고 봐. 그전까지 구로이와 교수가 자기 계획이나 그동안 해 온 일을 하나시마 선생에게 어느 정도까지 털어놨는지 알 수 없지만, 워낙 신중한 사람이니 최대한 말을 아꼈겠지. 하지만 결국 기치 영감을 죽이기로 결심한 이상 너무 많은 걸 알고 있는 데다가 마음도 약한 하나시마 선생을 그대로 둘 수는 없겠다고 판단했을 거야."

"기치 영감을 죽임으로써 어쩔 수 없이 다른 살인까지 저지르게 된 건가."

"원래 한 번의 살인은 다음 살인을 부르는 법이지."

"그렇다면 문제는 첫 번째 살인을 왜 결심했느냐는 거야. 그 목적이 단지 내 연구 결과를 방해하는 거였다면……."

"반드시 이해 못 할 일은 아니지 않을까? 전에 당신도 말했잖아. 현대 사회에서 남자가 일의 목표를 달성하려고 하는 건 사냥 본능 같은 거라고. 구로이와 교수에게도 당신의 연구를 방해하는 게 사냥이자 일 아니었을까?"

"그렇다고 자기 손으로 사람을 죽이다니……."

"어차피 지금 여기서 남자의 본능이나 살인의 동기 같은 건 논해 봐야 소용없을 것 같아. 어쨌든 구로이와 교수의 목적은 점점 이루어지고 있는 느낌이야. 아까 들었는데, 오늘 있었던 나루카와 댐 입찰은 결국 마야마 건설이 따 갔대."

"14일의 'C=16 배합법에 결함 없음'이라는 임시 경과 보고가 전제된 거겠지?"

"그렇겠지."

"그렇다면……."

도모이치의 목소리는 굳어 있었고 눈빛이 기이하게 빛나기 시작했다.

"결국 C=16 배합법에 결함이 있다는 확신이 있으니 구로이와 교수는 처음에는 '결함 없음'으로 밀고 나가려고 한 걸까? 그러니까 네가 전에 말한 것처럼 입찰이 성사되고 계약이 거의 확정된 상태에서 C=16의 결함이 드러나면, 마야마 건설의 수주는 아무 이의 없이 백지화되고 다시 만회하는 것도 불가능해지겠지. 하지만 상황을 그렇게 끌고 갈 수 있다고 구로이와 교수가 확신한 근거는 대체 뭐였을까?"

그 의문에는 미오도 당혹스러워했다. 점점 자신의 생각에 자신감을 잃어 가는 눈치였다.

"이 부분은 내 상상력에 기반한 가설의 약점일 수도……. 어쩌면 구로이와 교수는 C=16 배합법에 결함이 있다는 상황을 만들기 위해 앞으로 또 뭔가 꾸미려는 걸지도 몰라."

"젠장! 진실은 하나뿐이야! 그렇게 제멋대로 결함이 없다느니 있다느니 내 연구를 마음대로 주무르게 놔둘 수 없어! 이건 더는 대충 넘길 수 있는 일이 아니야!"

"뭐야. 대충 넘기다니? 지금껏 그렇게 생각하고 있었던 거야?"

도모이치는 당황했다. 하지만 당황하면서도 일부는 인정했다.

"그래, 조금은 그런 마음도 있었지. 하지만 이제는 아니야. 이 일만큼은 반드시 끝장을 보고 말겠어."

"그래도 너무 흥분하지는 마. 진짜 콘크리트 시험체를 찾아내고 결론을 확실히 내는 게 목적이라면 '구로이와, 네놈

짓이구나!' 하고 들이닥쳐 봤자 아무 의미 없잖아. 처음부터 부인할 게 뻔하니까. 그보다는 우회적으로 천천히 압박을 가해서 상대에게 심리적 중압감을 주고, 일시적으로는 타협하는 척하더라도 우선 콘크리트 시험체를 숨긴 장소를 알아내는 게 중요해."

"역시 권모술수의 대가답네. 뭔가 계획이라도 있는 거야?"

"응. 조금씩 그림이 그려지고 있어."

"그럼 저기 있는 가짜 구로이와는 어떻게 할 건데?"

"당분간 그냥 두자. 지금 추궁하면 바로 구로이와 교수의 귀에 들어갈 테니까. 게다가 중요한 증인이라 도망이라도 가 버리면 곤란해."

"그럼 이제 어떻게 할 건데?"

"우선 자연스럽게 구로이와 교수에게 전화를 걸어서 지금 어디 있는지부터 확인할 거야."

"뭔가 답답하네. 지금 당장 가서 그 자식 멱살을 잡고 실토하게 할 수는 없는 거야? 나도 앞으로 시간이 없을지도 모르는데."

"부탁이니 흥분하지 마."

미오는 스툴에서 내려와 카운터 끝에 있는 전화기로 다가갔다.

그러나 얼마 안 돼 다시 돌아왔다.

"집에 없대. 어머니가 받았는데 언제 돌아올지도 정확히 모른다고…….”

도모이치는 카운터 위에 놓인 숟가락과 실이 묶인 이쑤시개를 노려보고 있었다.

미오의 말에 대답하지 않고 이쑤시개를 집어 손끝으로 실을 쭉 편다. 그리고 실을 붙잡고 허공에 매달아 봤다.

"잠깐만 다녀올게!"

"뭐? 왜 그래? 아직 이후 계획도 제대로 안 정했잖아!"

"그전에 꼭 해야 할 일이 생겼어."

"잠깐만! 이상해. 조금 전까지만 해도 예전 모습으로 돌아온 것 같았는데, 또 이상해졌어."

두 사람은 바 출입문 근처에서 실랑이를 벌였다.

가게 안에 있는 모두의 시선이 두 사람에게 쏠렸다.

미오가 낮고 날카롭게 말했다.

"설마 혼자 구로이와 교수를 잡으러 가는 건 아니지?"

"아니야. 그냥 잠깐 정리해야 할 일이 있어."

"대체 무슨 일인데? 어제부터 사람이 왠지 좀 이상해진 것 같아."

도모이치는 문을 밀치고 밖으로 뛰쳐나가 엘리베이터 옆 계단을 정신없이 내려갔다.

빛과 색이 넘실거리는 거리를 앞뒤 재지 않고 걷기 시작했다. 그걸로 충분했다. 여기가 어디고 어디쯤 와 있는지는 중요하지 않았다. 어쨌든 목표로 한 공중전화 부스를 발견했으니까.

안에 뛰어들자마자 도모이치는 망설임 없이 다이얼을 돌렸다.

"아사카와 씨……. 나카조 도모이치입니다. 드디어 깨달았습니다. 제 동생 죽음의 진실을! 그리고 더 크고 심각한 것들도 알게 됐고요. 제가 야마쿠라에서 겪은 여러 사건의 진실 말입니다. 지금 바로 그쪽으로 가겠습니다. 네. 한 시간 아니, 한 시간 반 정도면……."

2 또 하나의 해결

(앞장에 이어) 9월 16일(월)에서 9월 17일(화)

"도모이치 씨가 그런 일들을 겪었고, 그런 사람이 범인이었다니……. 전혀 몰랐어요. 그랬군요. 그래서 그렇게 오랫동안 야마쿠라에 머무르셨던 거군요……."

마키코는 빈 홍차 찻잔의 받침에 놓인 스푼을 만지작거리며 말했다.

시간은 어느새 11시가 넘었다.

마키코의 등 뒤 창밖에는 아래쪽에서 희뿌연 빛을 발산하는 가로등이 보였다.

가로등은 길 건너편 저택의 짙고 울창한 수풀을 은은히

비추고 있다.

계절은 이제 완연한 가을이었다. 도모이치의 이야기를 듣던 중 마키코는 "날씨가 많이 쌀쌀해졌네요" 하고 반쯤 열려 있던 창문을 닫으러 가기도 했다.

"아무튼 그래서 동생의 죽음에 대해서는 한동안 미뤄져 있었습니다. 하지만 미오의 추리를 듣는 동안 전 그 안에 동생의 죽음과 관련된 중요한 단서들이 숨어 있다는 걸 발견하게 됐죠."

"그런데 지금 이야기로는 야마쿠라에서 일어난 사건은 단지 도모이치 씨를 그곳에 붙잡아 두려는 목적이었고, 슈지의 죽음과 별 관련이 없었던 거 아닌가요?"

"아뇨. 그 점에 있어서는 미오가 틀린 겁니다. 아니, 미오는 그 밖의 몇몇 부분에서도 약간의 착오를 범하거나 섣부른 판단을 했죠. 그런데 그럴 만도 합니다. 그녀는 저와 비교해 조사한 양이나 시간이 훨씬 적으니까요. 그래도 전 그녀에게서 추리 방식에 대해 많은 걸 배웠습니다. 그리고 그렇게 배운 방식으로 지금껏 조사한 것들을 다시 검토하니 전 조사 초기 당신을 만났을 때부터 이미 중요한 실마리를 쥐고 있었다는 걸 깨달았습니다."

"절 만났을 때부터요?"

"네."

"제가 무심코 한 말 중에 슈지의 죽음에 관한 진실을 알리는 뭔가가 있었다는 말인가요……?"

마키코의 온화한 표정이 천천히 어두워지며 진지해졌다.

"바로 그 '슈지'입니다."

"네?"

"처음 만났을 때도 당신은 제 동생을 '슈지'라고 불렀습니다. 그때도 살짝 마음에 걸리긴 했지만 곧 잊어버렸죠. 하지만 지금에 와서 생각하면 그 안에는 의심해야 마땅한 부분이 있었던 겁니다."

"의심해야 마땅하다뇨……?"

"미오는 그랬죠. 추리에는 상상력을 바탕으로 한 가설이 필요하다고요. 그걸 적용하면 당신은 동생의 이름을 '슈지'라고 부름으로써 제 동생이 아직 살아 있다는 걸 증명하고 있었던 것입니다."

"……."

마키코가 대답하지 않아도 도모이치는 아랑곳하지 않고 말을 이어 갔다. 전처럼 조심스럽고 따뜻한 연인의 모습은 온데간데없고 오히려 말과 행동에 증오마저 스며 있다. 마키코도 그걸 민감하게 느꼈는지 점점 두려워하는 기색을 보이기 시작했다

"……전쟁 전 엄격하게 자란 도쿄의 초등학생들은 학교 안에서 친구를 이름만으로 부르는 일이 거의 없었습니다. 남자아이들끼리는 '나카조'처럼 성만 부르거나 성에 '군'을

붙여 불렀고, 여자아이들은 '아사카와 씨'처럼 성에 '씨'를 붙여 불렀죠. 남자아이가 여자아이를 부를 때는 '아사카와'라고 불렀지만, 여자아이가 남자아이를 부를 때는 예외 없이 '나카조 씨'처럼 성에 '씨' 자를 붙였습니다. '도모이치'나 '마키코'처럼 성이 아닌 이름으로 부르는 건 대개 이웃에 사는 절친한 아이들끼리였고, 그 아이들 역시 학교에 가면 데면데면하게 이름이 아닌 성으로 서로를 부른 겁니다. 저희 집과 아사카와 씨의 집은 거리가 꽤 멀었으니 아사카와 씨와 제 동생은 서로를 이름으로 친근하게 부를 만한 사이가 아니었습니다. 서로를 부를 때 성에 '씨'를 붙여서 부르는 게 보통이었을 거라는 말입니다. 그런데도 당신은 '슈지'라는 성이 아닌 이름, 그것도 모자라 '씨'까지 빼고 동생을 불렀습니다. 당신 외에도 저는 아오타 게이코 씨와 혼조 아키라 씨를 만났는데 절친이자 남자인 혼조 아키라 씨는 '슈지'라고 했지만, 아오타 게이코 씨는 제 동생을 '슈지 씨'라며 '씨'를 붙여서 불렀죠. 분명 초등학생 시절에는 '나카조 씨'라고 어색하게 성으로 제 동생을 불렀을 당신이, 어째서 지금에 와서는 '슈지'라는 이름으로 친근하게 부르게 됐을까요?"

일리는 있지만 그리 강력한 논리라고는 할 수 없다. 그런데도 마키코가 흔들리기 시작한 건 그녀가 본래 마음이 여린 사람이기 때문일 것이다. 그렇다고 해서 완전히 굴복한 것은 아니었다.

"그건 그냥…… 그다지 깊은 뜻은 없고, 정말 아무 생각 없이 이름으로 불렀을 뿐이에요……."

"전 그렇게 생각하지 않습니다. 당신은 실제 제 동생이 여전히 살아 있다는 걸 알고 있고, 그래서 지금도 '슈지'라고 그를 부르며 관계를 계속 이어 가고 있기 때문이라고 봅니다."

"살아 있다니요? 말도 안 돼요. 슈지는 학동 소개 때 소개지에서 이미……."

"아뇨, 죽지 않았습니다. 그때 실제로 죽은 건 슈지가 아닌 다른 아이였던 겁니다. 아니, 더 정확히 말하면 그 아이는 살해당했습니다. 살해당한 아이는 다에미 요시노리…… 즉, 당신들이 그때 그 저택의 곳간 창문에서 언뜻 얼굴을 봤다는 창백한 얼굴의 아이입니다."

"도모이치 씨. 지금 뭔가 크게 착각하고 계신 거 아닌가요……? 다에미 요시노리는 병이 낫고 나서 다카사키 쪽으로 갔고, 그곳에 있는 학교에 입학한 것으로……."

"어떻게 그렇게 자세히 알고 계시죠?"

그러자 마키코가 눈에 띄게 당황했다.

"누군가에게…… 그런 이야기를 바람결에 들었어요."

"그게 누굽니까?"

"그건 잘 기억나지 않지만……."

"병이 나은 뒤 다카사키의 초등학교, 중학교에 다닌 사람은 사실 다에미 요시노리가 아닌 제 동생 슈지였습니다. 즉, 그 익사 사건 때 두 사람이 바뀐 겁니다. 슈지는 요시노리가 됐고, 요시노리는 슈지가 되어 익사된 것으로 처리됐습니다."

"대체 무슨 말씀이신지……."

마키코는 힘없이 중얼거렸지만 그 이상 말을 잇지 못하고 조용히 입을 다물었다.

도모이치는 뭔가에 홀린 사람처럼 이야기를 이어 갔다. 단순한 설명이 아니라 그 안에는 격한 감정과 깊은 사색이 담겨 있었다.

"동생이 죽은 직후 어머니가 보였다는 태도를 듣고 전 도저히 이해할 수 없는 뭔가를 느꼈습니다. 어머니가 소식을 듣고 현장에 달려갔을 때 동생은 이미 화장 중이었다고 하더군요. 그런데 어머니는 화를 내지도, 항의하시지도 않았습니다. 전 그때 너무도 터무니없는 처리 방식 때문에 어머니가 일단 분노를 꾹 눌러 삼키고 언젠가 복수를 다짐하며 물러선 게 아닐까 생각했습니다. 어머니는 그 뒤로도 가슴에 원통함을 가득 품은 채 끊임없이 그 사건을 곱씹으며 살아가셨다. 그러다 결국 당시 너무 이른 화장은 슈지의 죽음에 뭔가 수상한 점이 있기 때문이라는 확신에 이르렀고, 그것이 끝내 '슈지는 살해당한 거야'라는 말이 되어 나온 것이라고 추측했습니다.

하지만 실은 훨씬 더 간단하면서도 납득할 수 있는 해답이 있었습니다. 어머니는 죽은 사람이 슈지가 아니라는 걸, 그러니 화장된 사람도 당연히 슈지가 아니라는 걸 잘 알고 계셨기에 항의도, 분노도 하지 않았다. 다시 말해 어머니는 슈지와 요시노리가 바뀐 사실을 알고 있었고…… 아니, 오히려 그 일을 적극적으로 주도하셨을 거라고 저는 지금 이해하고 있습니다.

그렇다면 왜 그런 기이한 행동을 하셨을까? 그 답은 아무래도 다에미 요시노리라는 사람의 선천적인 병에 있었던 것 같습니다. 아까도 잠깐 언급된 나에바 교코 씨의 말에 따르면, 요시노리는 태어날 때부터 정신 질환을 앓았다고 합니다. 그래서 그걸 숨기기 위해 일찌감치 마을 사람들 눈에서 멀리 떨어진 별채 곳간에서 아이를 키웠다는 겁니다. 그 때문에 나에바 교코 씨 같은 사람은 태어날 때부터 다에미 가 저택에 살았는데도 나이가 꽤 들 때까지 집에 그런 아이가 있다는 걸 몰랐다고 합니다.

그런데 말이죠. '태어날 때부터 정신 질환을 앓았다'라는 건 정확히 무슨 뜻일까요? 영아기의 정신 질환 같은 건 아이가 일정 성장 단계에 이르기까지는 명확히 파악할 수 없는 법입니다. 그리고 이렇게 생각하면 이 일의 진상이 거의 짐작이 됩니다. 사실 요시노리에게는 단순히 정신적인 것뿐만이 아닌, 다른 더 중대한 문제가 있었던 게 아닐까요?

그게 정확히 무엇이었는지는 당신의 상상에 맡기겠습니다. 어쨌든 그 아이는 야마쿠라 마을의 독재적인 수장이 될 자격을 도저히 갖추지 못했던 게 분명합니다. 다에미 가 입장에서는 가문을 유지하기 위해 뭔가 조치를 취해야만 했던 거죠. 즉, 향후 가문을 끌고 갈 후계자를 정한다는, 그런 은밀하면서도 거대한 고민을 안고 있던 시기에 제 동생 슈지가 '초대'를 받아 당신과 함께 다에미 가에 나타난 게 틀림없다고 저는 짐작합니다."

연거푸 담배를 피우던 도모이치는 짧아진 담배를 재떨이에 비벼 끄고 새 담배에 불을 붙였다. 그리고 짧은 공백조차 참지 못하겠다는 듯이 다시 말을 이었다.

"……아시겠지만 제 동생은 보기만 해도 소위 '눈치가 빠르고 영리한' 인상을 주는 아이였습니다. 게다가 나이도 그 요시노리라는 아이와 비슷했죠. 다에미 가 사람들은 그런 동생을 단박에 마음에 들어 했고, '이 아이가 다에미 가의 아이가 된다면……' 하고 상상하기 시작했을 겁니다. 다에미 가의 부모와 저희 어머니가 어디서 어떻게 연락을 주고받고, 어떤 대화를 나눴으며, 어떤 식으로 합의에 이르렀는지 정확히 알 수는 없습니다. 다만 어머니가 그전에 몇 차례 '비공식 면회'를 갔다는 것, 그때 어머니와 슈지 외에 우에키 선생까지 함께 뒷산 같은 곳에 가서 이야기를 나눴다는 것, 또 우에키 선생이 저희 아버지의 사상에 공감하며 어머니에게 특별히 호의적이었다는 것 등은 확실한 단서가 될 거라고 봅니다."

그때 아사카와 마키코가 조심스럽게 끼어들었다. 말에는 희미한 한숨이 섞여 있었다.

"그래도 어머님께서 아들을 그렇게 선뜻 보내기로 결심하셨다는 게 저는 잘 믿기지 않아요."

도모이치는 침묵하다가 잠시 후 단호한 어조로 말했다.

"그건 저희 어머니에게도 그만한 사정이 있었기 때문입니다. 무엇보다 그런 선택이 동생에게 더 나은 삶과 행복을 줄 거라고 어머니는 확신하셨을 겁니다."

도모이치는 서둘러 이야기를 본래대로 돌려놓았다.

"어쨌든 그렇게 해서 마침내 대담한 계획이 실행된 겁니다. 외부와 단절된 깊은 산골 마을, 그것도 작은 독재 체제 같은 집단에서 벌어진 일이라 실행 자체는 그리 어렵지 않았을 겁니다. 개처럼 다에미 가에 충직했다고 알려진 기치 영감이 주인의 엄명을 받은 실행자였습니다. 그는 다에미 요시노리를 용신 연못에 데려가 익사를 가장해 아이를 살해했습니다. 그러고는 마치 우연히 시신을 발견한 것처럼 꾸몄습니다. 연못에 달려온 이시이케 순경과 다에미 가의 하인 나에바 고키치는 모두 다에미 가의 명령 아래 이 계획에 가담하고 있었기에 요시노리를 슈지로 인정했습니다. 시신을 검시한 혼고 의사도 마찬가지죠. 그리고 소식을 듣고 달려온 우에키 선생도 계획에 가담하고 있었으니 슈지가 죽었다는 사실을 그대로 인정합니다.

두 번째 초대까지는 당신과 함께 갔는데 우에키 선생이 슈지의 짝을 갑자기 아오타 게이코로 바꾼 것에도 분명한 의도가 있었습니다. 당신은 반 여자아이들 중 가장 똑똑했다고 들었습니다. 어디서 어떻게 실수가 생겨 계획의 일부를 눈치챌지 모르니 우에키 선생은 그 세 번째 초대에 한해서만, 이렇게 말하면 조금 실례겠지만 다소 둔한 편인 아오타 게이코 씨를 일부러 슈지의 짝으로 보낸 겁니다.

이렇게 많은 사람들이 짜고 벌인 일이니 모든 게 순조롭게 진행될 것 같지만, 원래 악행은 어딘가에서 반드시 새어 나가는 법이라 위험한 순간도 몇 번 있었던 것 같습니다. 예를 들어 당시 아직 어린아이였던 나에바 교코 씨는 기치 영감의 어깨에 업혀 저택에 들어온 아이 시신을 보고는 아버지에게 호되게 꾸중을 듣고 쫓겨났다고 합니다. 다행히 얼굴까지 보지는 못했기에 일이 커지지는 않았지만요. 너무 빨랐던 화장도 사실 위험한 수였습니다. 원래대로라면 어머니가 도착한 이후 하고 싶었겠지만, 시신을 오래 두면 누가 언제 볼지 모르니까요. 그래서 다소 부자연스럽더라도 서둘러 화장에 나선 겁니다. 그리고 당시에는 별 의심 없이 넘어갔지만, 아이러니하게도 23년이 지난 지금 제가 그것을 눈치채 진실을 밝히는 하나의 단서가 됐습니다.

또 사건 직후 기치 영감에게 책임이 있다거나, 그가 아이를 죽였다는 식의 이야기가 퍼진 것도 단순한 헛소문이 아니라 의외로 상당한 근거가 있었을지 모릅니다. 조금 전 기치 영감이 살해된 사건에 대해 이야기할 때 잠깐 언급했지만, 원래 익사체는 보통 사망 직후 물에 가라앉는 법입니다. 제 동생 사건에서도 정말 익사였다면 시신은 분명 연못 바닥 쪽에 가라앉아 있었을 겁니다. 그 연못이 아무리 맑다고 해도 물가에 선 사람이 발밑 부근을 제외하고 그렇게 깊은 곳까지 들여다볼 수는 없습니다. 그래서 구로이와 교수도 사람들의 시선을 끌기 위해 물에 새빨간 말뚝을 띄우는 것 같은 행동을 했던 겁니다. 그런데 정황상 기치 영감은 슈지가 죽자마자 너무도 쉽게 시신을 발견한 것처럼 보입니다. 이상한 일이지요. 마을 사람들은 이런 점에서 뭔가 수상하다는 걸 느꼈고, 그것이 '슈지가 살해당했다'라는 식의 소문으로 이어졌을 수 있습니다.

아니, 어쩌면 누군가는 기치 영감이 슈지, 그러니까 다에미 가의 아이를 물에 밀어 넣는 장면을 어떤 식으로든 목격했을지도 모릅니다. 그런 외딴 산속 마을은 겉보기에 조용하고 인적이 드문 것처럼 보여도, 실은 은밀하고도 예민한 눈과 귀가 곳곳에 숨어 있습니다. 얼마 전 제가 직접 그곳에 가서 실제 경험하기도 했죠. 하지만 그것이 결국 단순한 소문으로 끝난 건, 죽은 아이가 외지에서 온 아이였기 때문일지 모릅니다. 마을의 폐쇄적인 태도와 냉담한 시선 속에서 그렇게 사건이 묻힌 겁니다. 혹은 기치 영감의 범행을 본 목격자 자신이 일부러 입을 다물었을 수도 있습니다. 그 일을 공론화하면 같은 마을 사람과 이웃을 고발하는 셈이 되니까요. 아니, 설령 그 목격자가 뭔가 말했더라도 마을의 실세인 다에미 가의 당주와, 심지어 마을 주재 경찰관까지 얽힌 사건이기에 금세 다시 덮였겠죠. 어쨌든 이런 식으로 모든 면에서 폐쇄적인 야마쿠라 마을의 풍토가 진실을 덮었고, 그래서 단지 소문이라는 형태로만 겨우 세상에 드러난 셈입니다.

물론 이 바꿔치기 계획에는 슈지의 동의도 중요한 요소였습니다. 그렇다고 해서 동생이 모든 사실을 알았던 건 아닐 겁니다. 아마 다에미 요시노리라는 아이의 존재는 듣지도 못했고, 그저 다에미 가의 양자가 된다는 것 정도만 어머니나 우에키 선생에게 들었겠죠. 어머니는 집안 형편 등을 이유로 슈지를 간곡히 설득했을 겁니다. 어린 나이에도 워낙 똑똑한 아이였으니까요. 명확히 알지는 못해도 뭔가 불가피한 사정이 있다는 걸 본능적으로 느끼지 않았을까요. 게다가 제 동생은 어릴 때부터 타지에 맡겨졌고, 그 후 또다시 학동 소개를 떠나는 등 불운을 계속 겪어 왔으니 그런 운명에 익숙해져 있었을 수도 있죠. 어쨌든 슈지는 슈지 나름대로 그런 상황을 받아들였던 겁니다.

슈지가 죽기 전 혼조 아키라라는 친구에게 '닛타마루호'

모양의 유리 문진을 선물했다는 이야기는 전에 제가 말씀드렸죠? 그건 사실 친한 친구에게 작별의 의미를 담아 건넨 선물이 아니었을까 저는 추측합니다. 정말 특별한 일이 아니고서는 어린아이가 그렇게 아끼던 물건을 남에게 선뜻 줄 리는 없으니까요.

슈지는 문제의 그날, 익사체가 발견되기 조금 전쯤에 사람들의 눈을 피해 야마쿠라를 빠져나와 그대로 다카사키로 향했습니다. 동생을 데려간 사람은 아마 다에미 요시로 씨의 아내겠죠. 아오타 게이코 씨가 낮잠을 자고 있을 때 동생이 물에 빠졌다고 알리러 온 사람이 그 아내였다고 아오타 씨 본인과 당신이 증언했습니다. 그런데 다음 날 야마쿠라를 찾은 구도 선생은 다에미 가의 부인이 여행 중이라 집에 없었다고 했습니다. 그 소란스러운 와중에 다음 날이 되자 집안에서 부인만 홀연히 사라졌다는 건 대체 무슨 의미일까요? 이 사실은 부인이 동생과 함께 야마쿠라를 빠져나갔다는 제 가설과 정확히 들어맞습니다.

그들이 서둘러 야마쿠라를 떠난 이유는 명백합니다. 주변에서 슈지의 모습이 목격돼 슈지가 살아 있다는 게 알려지기라도 하면 모든 계획이 물거품이 되니까요. 슈지가 초등학교의 남은 기간과 중학교 시절까지 단 한 번도 야마쿠라에 돌아오지 않은 진짜 이유도 이걸로 확실해졌죠. 과거의 슈지를 기억하는 이들이 남아 있는 동안에는 돌아올 수 없었던 겁니다. 그리고 그 사이 '요시노리의 병이 완전히 나았다'라는 소문을 천천히 퍼뜨리고, 고등학생이 된 뒤부터는 이따금 야마쿠라에 모습을 드러내며 확고한 사실을 조금씩 쌓아올려 갔던 겁니다."

도모이치는 잠시 말을 멈추고 담배에 불을 붙였다. 아사카와 마키코의 침묵은 당연한 것처럼 받아들였다.

"여기까지 이야기했는데도 아사카와 씨는 '그런데 다에미 요시노리가 된 슈지도 결국 나중에 자살해서 죽은 게 아니냐'라고 반박하지 않으시는군요."

도모이치의 말투에는 왠지 모를 악의가 서려 있었다.

마키코는 슬픈 표정을 지으며 힘없이 대답했다.

"자살했다니…… 전 그런 이야기는 들어본 적이……."

"들어본 적이 없다는 건가요?"

마키코는 고개를 끄덕였다. 이로써 그녀는 모든 걸 고백한 거나 다름없었다.

하지만 도모이치는 성급하게 추궁하지 않았다. 오히려 자기 설명에 몰두한 것처럼 이야기를 이어 갔다.

"……그럼 알려드리죠. 1957년 여름의 일입니다. 스물한 살이 된 다에미 요시노리는 야마쿠라 저택의 자기 방 안에서 약을 먹고 자살한 채로 발견됐습니다. 만약 이게 사실이라면 요시노리는 슈지였으니 이 시점에 제 동생이 죽은 게 됩니다. 그렇다면 슈지는 살아 있다는 제 가설이 무너지는 거죠. 하지만 전 그때도 역시 슈지는 죽지 않았다고 확신하고 있습니다.

 기치 영감 살해, 그리고 슈지의 수수께끼 같은 죽음······. 이 두 사건을 곱씹다 보니 전 그 안에 하나의 일관된 흐름이 있다는 걸 깨달았습니다. 바로 '인간 바꿔치기'라는 것입니다. 피해자가 어떤 방식으로든 다른 사람으로 대체되고 있는 거죠. 그리고 또 유사한 점이 있습니다. 동생의 위장 익사 사건에 가담한 인물들 중 일부가 그 사건에도 관여하고 있다는 사실입니다. 다에미 가의 부인, 주재소 순경인 이시이케, 그리고 혼고 의사······.

 하지만 여기서도 역시 악행은 새어 나가기 마련이라, 그 죽음과 관련된 수상한 정황이 하나둘 드러납니다. 사건은 독극물을 복용한 자살로 처리됐지만, 바로 그다음 날 다에미 가의 큰마님이 저택 뒤뜰 구석에서 피 묻은 옷을 태우는 걸 봤다는 목격 증언이 나온 겁니다. 목격자는 저택에서 일하던 하녀였습니다. 그리고 앞에서도 여러 번 언급한 나에바 교코라는 여성은 당시 다에미 요시노리······ 아니, 정확히는 슈지를 좋아했습니다. 다른 사람들과는 사뭇 다른 눈빛과 태도로 슈지를 바라보고 있었죠. 그런 그녀는 평소 슈지에게 스스로 목숨을 끊을 만한 기미는 전혀 없었다고 했습니다. 그걸로 모자라 '피 묻은 옷' 같은 수상한 이야기까지 듣게 된 겁니다. 또 다에미 가 부인의 지시 때문에 나에바 교코 씨는 슈지의 죽음을 꽤 늦게야 통보받았고 시신의 얼굴도 보지 못했다고 했습니다. 그래서 그녀는 이 자살에 납득할 수 없는 점이 많다며 강하게 의문을 제기했죠. 하지만 결국 그녀의 주장도 폐쇄된 마을에서는 그저 하나의 소문으로 치부되며 묻히고 만 겁니다.

그리고 이야기를 순서대로 차근차근 따라가다 보면 또 한 가지 분명히 드러나는 게 있습니다. 저희 어머니가 남기신 '슈지는 살해당한 거야'라는 말입니다. 어머니는 슈지가 다에미 요시노리가 되어 멀쩡하게 잘 지내고 있다는 걸 알고 계셨습니다. 그런데 누군가의 전언이었는지…… 아니면 단지 떠도는 소문을 들었는지 몰라도 다에미 요시노리가 자살했다는 소식을 듣게 됩니다. 익사 사건 이후 한 번도 야마쿠라에 가지 않았던 어머니가 왜 그 직후 두 번이나 그곳을 찾았는지도 이로써 이해가 됩니다. 그리고 어머니는 당시 마을에 도는 소문이나 혹은 나에바 교코 씨의 이야기 등을 통해 요시노리의 자살에 뭔가 납득할 수 없는 점이 있으며, 그가 어쩌면 누군가에게 살해당했을지도 모른다고 느끼게 된 겁니다. 하지만 어머니 역시 그 이상은 어찌할 도리가 없었습니다. 원통한 마음을 가슴에만 담아 둔 채로 그저 침묵할 수밖에요. 그리고 그런 마음이 결국 임종을 앞두고서야 '슈지는 살해당한 거야'라는 말로 나온 겁니다. 슈지가 살아 있는 걸 아는 당신이라면 이 말이 잘못된 것임을 누구보다 잘 아시지 않았나요?

　아니, 분명 살해당한 사람은 있었습니다. 하지만 그는 요시노리, 즉 슈지가 아닌 비슷한 또래의 다른 야마쿠라의 청년이었다고 전 확신합니다. 바로 오카시와 나미라는 분의 아들이죠. 그는 다에미 요시노리가 자살했다고 알려진 바로 그해, 즉 1957년 여름에 마을을 뛰쳐나가 행방불명이 됐습니다. 당시 그의 나이는 슈지와 같은 스물한 살 전후였고 그 뒤로는 일절 소식이 없었다고 합니다. 이게 과연 단순한 우연의 일치일까요? 다에미 가의 부인이 뒤뜰에서 불태우고 있었다는 피 묻은 옷이 바로 여기서 의미를 갖게 됩니다. 그의 어머니인 오카시와 나미 할머니는 지금도 언젠가 아들이 돌아올 거라고 믿으며 틈만 나면 집 마당에서 마을 어귀 쪽 길을 바라보고 있습니다. 하지만 안타깝게도 그날은 앞으로 영원히 오지 않겠죠. 누군가가 살해된 후 슈지의 대역으로써 화장된…… 12년 전과 똑같은 일이 또 한 번 되풀이 됐으니까요."

　"하지만…… 그래도 살해까지는……. 그분이 정말 마을을 떠난 후에 행방불명됐을 수도 있지 않나요?"

　"당신이 그렇게 믿고 싶어 하는 마음도 이해합니다. 하지만 슈지가 여전히 살아 있다는 걸 당신도 이제는 은연중에 인정하고 있죠? 그렇다면 다에미 요시노리의 자살 사건 당시 처리된 그 시신은 어디서 나온 걸까요? 하늘에서 뚝 떨어졌을까요? 그런 걸 그렇게 딱 맞춰서 준비할 수도 없는 노릇입니다."

"전 그런 이야기는 슈지에게서……."

"듣지 못했다는 건가요?"

"네. 그냥 야마쿠라에서 사는 게 너무 답답하고 앞이 안 보여서 뛰쳐나왔다고만……."

"그렇게 간단히 그 마을을 빠져나가는 건 다에미 가 사람에게는 불가능한 일입니다.

다에미 가가 야마쿠라에서 봉건 시대 영주 같은 존재였다는 건 당신도 잘 알 겁니다. 실제로 지금도 여전히 '어르신'이라고 불릴 정도니까요. 그런 어르신께서 대뜸 '난 이제 여기 있는 게 싫다'라고 하며 모두를 버리고 혼자 훌쩍 떠난다? 그럴 수는 없는 겁니다. 무엇보다 땅이며 저택이며 재산을 전부 버리고 떠나는 건 아까운 일이기도 하죠. 전쟁 이후 팔아치운 게 많다고는 해도 다에미 가에는 여전히 상당한 재산이 남아 있었을 겁니다. 하지만 그대로 계속 야마쿠라에 머물며 가문의 권세를 유지하기는 어렵고, 앞으로도 점점 쇠락의 길을 걸을 뿐. 그렇다면 슈지는 마을을 떠나되 나중에 마을 사람들에게 비난받지 않을 방법, 그러면서도 재산만은 확실하게 챙겨서 가져가는 방법을 떠올린 겁니다. 애초에 슈지는 야마쿠라에서 나고 자란 사람이 아니고, '소파'의 피를 이어받지도 않았습니다. 그런 만큼 그런 부분에서는 훨씬 냉정한 판단이 가능했겠죠. 그리고 이 계획은 다에미 가의 부인…… 그러니까 슈지에게는 양어머니의 지지도 있었던 것 같습니다. 그녀는 다에미 가를 지키기 위해 12년 전의 끔찍한 계획에 가담했던 인물이죠. 저는 의연함을 넘어 인간적인 정이라고는 느낄 수 없는, 아주 냉혹한 여성으로 그녀를 상상하고 있습니다.

어쨌든 슈지는 다에미 가의 재산을 하나씩 은밀히 정리해 현금화하기 시작했습니다. 그중에는 '소파'의 비전서 같은, 원래는 외부에 절대 유출돼서는 안 되는 역사적 문서도 있었던 것 같고요. 그리고 이쯤 되면 마을 사람들 모르게 도둑질을 하는 감각이었을 테니 마을의 공동 재산에도 손을 댔습니다. 아니, 어쩌면 처음부터 그게 목적이었을지도 모르죠. 전후 토지 개혁이나 재산세 등으로 다에미 가의 사유 재산은 꽤 줄었을 테니까요.

하지만 이런 일들을 끝까지 비밀로만 묻어 둘 수는 없는 법입니다. 그래서 슈지는 스스로 여자를 밝힌다든가, 금전 감각이 없다는 식의 소문을 일부러 퍼뜨려 자신의 진짜 의도를 감추는 것을 잊지 않았습니다. 슈지를 좋아했던 나에바 교코 씨는 그가 여자를 밝히는 건 사실이 아니라고 부정했습니다. 이는 사랑하는 사람을 향한 편파적인 감정이라기보다 실제 사실이었을 가능성이 큽니다.

또 그녀는 그런 소문을 다에미 가의 부인이 직접 퍼뜨렸을 거라고도 했는데, 그것도 아마 사실일 겁니다. 그녀 역시 계획의 공범이었으니까요. 나에바 교코 씨는 그걸 '아들을 빼앗길까 봐 질투하는 어머니의 행동'쯤으로 착각했던 것 같습니다만…….

슈지는 그렇게 다에미 가의 재산을 하나하나 몰래 정리해서 돈으로 바꿔 어딘가에 축적한 후 마무리를 단행했습니다. 용신 연못 사건 때와 같은 인물들을 끌어들여 누군가 한 사람을 죽이고 자살처럼 꾸민 뒤, 실제로는 돈을 들고 야마쿠라를 떠나 새로운 삶을 시작한 겁니다. 다에미 가의 부인은 한동안 야마쿠라에 남아 있었던 것 같지만, 그 후 행방불명이라는 형태로 모습을 감추고 실제로는 먼저 도망쳐 있던 슈지와 어딘가에서 재회했겠죠.

슈지는 어릴 때부터 약삭빠르고 영리한 아이였고, 때로는 조금 음흉해 보일 때도 있었습니다. 그리고 이 위장 자살 사건에서 슈지의 그런 면모가 보인다고 느끼는 건…… 제 과한 생각일까요?"

도모이치가 새 담배에 불을 붙이는 틈을 타 아사카와 마키코가 입을 열었다. 다소 흥분한 듯한 변명조였다.

"그래도 전, 슈지가 사람을 죽이면서까지 그런 일을 벌일 사람으로는……."

"보이지 않는다는 겁니까?"

"네."

"만약 그 밖에도 몇 건의 살인이나 상해 사건에 관여했다고 해도요?"

"슈지가 다른 살인까지 저질렀다는 말씀인가요……?"

"시치미 이제 그만 떼시죠. 조금 전 저에게서 듣지 않았나요? 구로이와 교수가 기치 영감을 죽이고 하나시마 선생도 살해했다는 이야기를요. 그리고 그 **구로이와 교수가 바로 슈지라는 걸 당신은 알고 있잖습니까.**"

두 사람 사이에 4, 5초 정도 되는 짧은 정적이 흘렀다.

도모이치가 다시 입을 열었다.

차분해지려 애쓰며 감정을 필사적으로 억누르는 목소리였다.

"구로이와 교수가 곧 슈지라는 증거는, 이번 야마쿠라 사건 속에도 몇 가지 사실로 숨어 있었습니다. 그리고 안타깝게도 사가와 미오 역시 그 점에 있어서는 오해하거나 그냥 지나쳐 버렸습니다.

미오는 저를 습격한 범인이 굳이 절 죽이지 않은 이유를 '붉은 머리 연맹'의 논리, 즉 **죽일 필요가 없었기 때문이라고** 추리했습니다. 물론 일리 있는 해석이죠. 하지만 잘 생각해 보면 **죽일 필요가 없었다고 하더라도 죽인다고 해서 문제 될 것도 없었습니다.** 아니, 오히려 죽이는 편이 나중을 생각하면 훨씬 나았을 겁니다. 하나시마 선생을 협박해 제 머리에 후유증이 있는 것처럼 연기를 시킬 필요도 없고, 기치 영감을 죽여서 절 용의자로 몰아가는 식의 번거로운 조작도 안 해도 되니까요. 그리고 콘크리트 실험 연구 결과와 관련해서도 절 없애 버리면 그 후 자신이 원하는 결론을 마음껏 만들 수 있었을 겁니다. 그런데도 구로이와 교수는 왜 군이 그런 손이 많이 가는, 번거로운 수를 택했을까요? 답은 하나입니다. 감정적으로 저를 죽일 수 없었던 겁니다.

다른 측면에서도 몇 가지 의미심장한 점들을 찾아볼 수 있습니다. 사가와 미오는 이렇게 추리했죠. 구로이와 교수는 나에바 다키 할머니가 3이 붙은 날 아침 해가 뜰 무렵에 용신 사당을 청소하러 간다는 걸 미리 알고 그 시간에 기치 영감의 시신이 발견되도록 트릭을 꾸몄다고요. 하지만 구로이와 교수가 야마쿠라에 전혀 연고가 없는 외지인이라면 어떻게 그런 정보를 알 수 있었을까요? 설령 다키 할머니가 구로이와 교수를 봤듯이 구로이와 교수도 다키 할머니가 용신 사당에 가는 걸 우연히 봤다고 칩시다. 하지만 단지 그걸 본 것만으로 '이 노인은 매달 3이 붙은 날 아침마다 용신 사당에 반드시 청소하러 간다'라고 정확히 파악하는 건 불가능하지 않을까요? 그렇다고 마을 사람 중 누구에게 들었다고 보기에도 무리가 있습니다. 아와타 순경의 조사에 따르면 3일에 야마쿠라에 나타났다는 도시풍의 남자, 즉 구로이와 교수는 마을의 어떤 집도 방문하지 않고 마을 사람 누구와도 만나지 않았습니다. 물론 단 한 명 예외는 있죠. 바로 하나시마 선생입니다. 하지만 차량 사고를 두고 서로 협박하고 협박받는 두 사람 사이에서 다키 할머니의 용신 사당 청소 같은 한가로운 이야기가 오갔을 리는 없습니다. 그렇다면 가장 자연스러운 해석은 이겁니다. 구로이와 교수는 애초에 야마쿠라에 대해 잘 아는 인물이며, 다키 할머니가 용신 사당을 청소하는 습관에 대해서도 알고 있었던 인물이다.

기치 영감이 살해된 장소에 대해서도 같은 의문을 제기할 수 있습니다. 저희는 처음 그 장소를 연못가라고 생각했습니다. 하지만 실제 범행 현장은 연못 절벽 위, 용신 사당 근처였다는 게 밝혀졌죠. 만약 구로이와 교수가 야마쿠라에 아무 연고도 없는 외지인이라면 얼굴도 모르는 기치 영감을 그런 곳까지, 그것도 이른 아침에 어떻게 데려갈 수 있었을까요? 물론 교묘한 말로 구슬렸을 가능성도 완전히 배제할 수는 없겠지만, 가장 자연스러운 설명은 이겁니다. 구로이와 교수는 야마쿠라를 잘 아는 사람이고, 기치 영감과도 이미 아는 사이였다.

슈지가 구로이와 교수라는 걸 암시하는 단서는 또 있습니다. 기치 영감 살해에 사용된 흉기, 즉 낚싯줄이 묶인 창 모양의 말뚝입니다. 전 그 살해 도구를 보고 문득 '닌자도'라는 걸 떠올렸습니다. 닌자나 소파 계통 자객들이 사용하던 칼인데 그 칼집에는 일반적인 칼보다 훨씬 긴 끈이 달려 있다고 합니다. 닌자는 그 끈을 무언가에 감거나 사람을 묶는 등 다양한 용도로 썼다더군요. 제가 본 닌자도는 다에미 가에서 전해져 내려왔다는 것이었습니다. 그리고 아까 술집에서 사가와 미오가 숟가락과 실을 써서 구로이와 교수가 쓴 트릭을 재현해 줬을 때, 전 퍼뜩 깨달았습니다. '이 역시 닌자도의 사용법 중 하나일 수 있겠구나'라고요. 혹시 구로이와 교수는 그걸 참고해 트릭으로 활용한 게 아닐까. 그렇다면 그는 그런 사용법을 알 수 있었던 인물…… 혹은 다에미 가와 관련 있는 사람……. 이런 식으로 연상이 이어지며 마침내 '구로이와 교수=다에미 요시노리'라는 터무니없는 가설을 떠올리게 된 겁니다. 하지만 곧 알게 됐죠. 그 가설은 결코 터무니없는 게 아니라는 걸요. 그 가설을 바탕으로 생각해 보니 그동안 이해할 수 없었던 사실, 별로 중요하지 않다고 여겨진 사실들이 앞서 설명한 것처럼 하나하나 또렷한 의미를 띠기 시작했으니까요.

그리고 그렇게 생각하고 나니 기치 영감 살해에 더 중대한 의미가 담겨 있다는 것도 깨닫게 됐습니다. 미오의 추리처럼 그 안에는 저를 범인으로 몰아세우려는 의도도 있었겠지만, 진짜 목적은 따로 있었던 겁니다. 바로 전쟁 중 벌어진 익사 사건과 그 후 다에미 가 당주의 자살 사건…… 그 두 사건의 음모를 아는 핵심 인물을 제거하는 것이었죠. 이 두 사건에 가담한 사람은 다에미 가의 당사자들을 제외하면 이미 대부분 세상을 떠났습니다. 남은 건 기치 영감 정도뿐.

그러니 그의 입만 막으면 더 두려울 게 없는 셈이죠. 구로이와 교수는…… 아니, 이제는 그냥 슈지라고 하죠. 슈지는 이 일거양득을 노리고 기치 영감을 죽인 겁니다."

도모이치는 재떨이에 담배를 거칠게 비벼 껐다.

"야마쿠라에 가기 전 저는 당신을 두 번 만났습니다. 그리고 그때 사실 사건의 본질에 닿을 만한 이상한 부분이 몇 가지 있었습니다. '슈지'라는 호칭이 그랬고, '자시키와라시' 이야기도 그중 하나였죠. 아오타 게이코 씨에게서 들은 자시키와라시 이야기를 꺼냈을 때 당신은 처음 듣는다는 표정을 지었습니다. 하지만 제가 '아오타 게이코 씨는 당신에게 그 이야기를 들었다고 했다'라고 지적하자 당신은 앞뒤가 맞지 않는 논리로 얼버무리며 깜빡했다는 식으로 넘어가려고 했죠. 당신은 살아 있는 슈지의 입을 통해 익사 사건의 비밀을 들었고, 자시키와라시 이야기는 그 사건의 어두운 진실을 암시하는 요소였습니다. 그래서 당신은 그런 건 모른다는 식으로 은근슬쩍 넘어가려고 했던 겁니다.

그래도 이건 심각한 실수는 아닙니다. 당신은 그보다 훨씬 더 큰 실수도 저지르고 말았습니다. 제가 처음 이곳을 방문했을 때 일입니다. 제가 어머니께서 임종 직전 남긴 말에 대해 꺼내자 당신은 이렇게 말했죠. '뭔가 착오가 있는 게 아닐까요? 아니면 혹시 어머님께서 고열 때문에 정신이 혼미해지신 나머지……'라고요. 잘 생각해 보면 이것도 이상

합니다. 왜냐하면 그때 저는 어머니가 어떤 병으로 돌아가셨는지 한마디도 하지 않았기 때문입니다. 그런데도 당신은 어떻게 그런 말을 할 수 있었을까요? 답은 하나입니다. 누군가가…… 그러니까 어머니의 죽음에 대해 잘 아는 누군가가 당신에게 알려 줬던 거죠. 그 누군가는 당연히 구로이와 교수일 테고요.

슈지와 구로이와 교수는 이렇게 수많은 점에서 완벽하게 겹칩니다. 그렇게 생각하고 나니 제가 당신을 처음 찾아갔을 때부터 당신이 보인 반응과 행동이 하나하나 납득이 가기 시작했어요. 제가 '슈지의 형'이라고 하며 집에 들어섰을 때 마치 유령이라도 본 것처럼 놀라던 당신의 모습, 그리고 어머니의 마지막 말이 착오일 수 있다는 무의미한 반박……. 다음 날 당신이 적극적으로 먼저 걸어 온 여러 통의 전화, 심지어 오늘 아침에는 저희 집에 찾아온 것까지, 실제로는 그 모든 게 뒤에서 슈지가 지시한 행동이었던 겁니다. 당신에게 제 조사의 진행 상황을 떠보라고 시켰겠죠. 그런데 전 그걸 전혀 다른 의미로 착각했던 거고요……."

"아니에요!"

마키코는 날카로운 목소리로 말을 가로막았다.

"물론 부탁을 받기는 했어요. 하지만 그걸 구실로 당신을 만나고 싶은 마음이 더 컸어요……."

마키코의 간절한 눈빛도 분노에 사로잡힌 도모이치의 눈에 전혀 들어오지 않는 듯했다.

"제가 슈지, 그러니까 구로이와 교수의 얼굴을 처음 본 건 아마 1년 반쯤 전이었을 겁니다……. 교수회의 자리였던 것 같네요. 그때 '피는 물보다 진하다'라는 식으로 뭔가 본능적인 감정 같은 게 고개를 들었다면 좋았겠지만, 솔직히 말해 그런 건 전혀 없었다고 고백할 수밖에 없습니다. 동생은 어릴 때부터 다른 곳에 맡겨졌고, 진정한 의미에서 저희가 함께 보낸 시간은 동생이 초등학교 2학년 때의 단 1년 정도뿐이었습니다. 제 기억 속 동생은 얼굴도, 모습도 흐릿한 형상에 불과했습니다.

거기에 20년이 넘는 세월이 흐르며 모든 게 과거라는 어둠 속으로 흘러가 버렸습니다. 긴 세월은 형제나 친구, 지인이라는 관계조차 무정하게 지우는 법입니다. 그걸 잘 보여 주는 예가 바로 당신이 저희 어머니와 재회했을 때입니다. 그때는 종전 후 고작 15, 16년밖에 지나지 않았는데도 어머니는 당신을 곧장 알아보지 못했다고 하셨죠. 그리고 당신 역시 '나카조'라는 문패가 걸린 집에서 어머니가 나오지 않았다면 떠올리지 못했을 거라고 하시지 않았습니까. 하물며 제 동생의 경우라면 더 말할 것도 없습니다. 동생은 청소년기에 급격한 신체 변화를 겪었고, 제 머릿속에서 동생의 얼굴과 모습도 흐릿해진 상태였습니다. 그리고 결정적으로 전 동생이 죽었다고 믿고 있었죠. 아무리 동생이 제 눈앞에 서 있다고 해도 아무것도 연상하지 못한 건 너무도 당연했습니다.

그런데 이 대목에서 또 떠오르는 게 있습니다. 전 다에미 요시노리가 이과 계열 공부를 하고 싶어 했다는 이야기를 들은 적이 있습니다. 또 야마쿠라를 뛰쳐나가 대학에 가고 싶다고 나에바 교코 씨에게 털어놓았다는 이야기도 들었죠. 이런 걸 보면 역시 피는 못 속인다고 해야 할까요……. 저와 동생은 결국 같은 건축 분야, 그것도 같은 대학의 교수가 되었으니 참 아이러니한 일이죠.

구로이와 교수는 세타가야에서 어머니와 단둘이 산다고 들었습니다만, 아마 그 어머니라는 인물은 나중에 야마쿠라를 빠져나가 실종된 것으로 알려진 다에미 가의 부인일 겁니다.

구로이와 교수는 현재 언론계의 여러 분야에서 활약하고 있습니다. 그런데 이상하게도 TV 출연만은 절대 하지 않지요. 전 그 모습을 '속세와 선을 긋는 훌륭한 태도'라고 생각해 감탄하곤 했습니다. 하지만 아무래도 그의 본심은 다른 데 있었던 것 같습니다. 그는 그저 과거 자신을 아는 사람들, 다시 말해 그가 다에미 요시노리라는 걸 아는 사람들에게 얼굴을 들키고 싶지 않았던 겁니다. 그는 야마쿠라에서 '위장 자살'이라는 형태로 사라졌고, 그로부터 겨우 10년 남짓밖에 지나지 않았습니다. 게다가 청소년기를 지나 성인기에 이른 사람은 그 뒤로는 얼굴이나 체형이 크게 달라지지 않으니까요. 초등학생 시절부터 20년 이상 지난 경우와 전혀 다르죠.

하지만 이쯤에서 이런 이야기는 끝내려고 합니다. 아직 남은 이야기가 있다면 그건 슈지 본인의 입으로 듣고 싶기 때문입니다. 아사카와 씨. 전 이미 슈지가 이곳에 와 있고, 바로 옆 부엌에서 귀를 기울이고 있다는 사실도 알고 있습니다. 전 차에 대해 잘 모르지만, 그래도 구로이와 교수의 그 유난히 눈에 띄는 알파 로메오 정도는 알아봅니다. 아까 이 아파트에 들어오기 전, 그 차가 조금 떨어진 길가에 주차돼 있는 걸 봤습니다. 긴자의 바에서 이 고텐야마까지 아무리 천천히 와도 택시로 대략 40분 정도면 옵니다. 그런데도 굳이 제가 한 시간 반이나 간격을 두고 온 건 슈지를 이곳에 오게 하려는 목적이었습니다. 구로이와 교수, 아니, 부르기 어려우니 이제 그냥 슈지라고 하겠습니다. 슈지, 나와 줘."

몇 초간의 의미심장한 정적이 흐른 후 조용히 문이 열렸다. 넥타이 없이 캐주얼한 짙은 갈색 코트를 걸친 구로이와 교수가 모습을 드러냈다.

그의 얼굴에는 침착한 미소가 서려 있었다.

"도모이치 교수…… 아니, 당분간 좀 어색하겠지만 저도 이제부터는 형이라고 부르죠. 전 지금껏 굳이 따지면 형이 평소 공상 같은 건 하지 않고 오직 사실 하나만 중시하는 성격이라고 생각했는데, 꼭 그러지도 않았네요. 아니면 사가와 미오 양의 영향일까요? 어쨌든 추리 소설식으로 말하자면 정말 훌륭한 추리였습니다."

슈지는 방 한쪽에 있는 아담한 소파에 앉았다. 이 공간에 익숙한 느낌이다.

마키코는 잠시 두 사람의 모습을 번갈아 봤다. 그러나 곧 어찌할 바를 모르겠다는 듯이 두 사람 사이 허공을 멍하니 응시하기 시작했다.

"……형의 이야기를 보충하려니 어디서부터 시작해야 할지 조금 고민되네요."

슈지가 입을 열었다. 평소처럼 막힘없이 조리 있는 말투다. 하지만 오늘만큼은 어딘가 허세를 부리는 듯한 느낌이 없지 않았다.

"우선 형의 훌륭한 추리를 칭찬하는 의미에서 제가 마키코와 다시 만나게 된 계기부터 말씀드리죠. 재회는 2년 전이었습니다. 즉, 21년 만이니 형의 추리대로 이제 얼굴이나 겉모습만으로 서로를 알아볼 수 없는 상태였지요. 마키코가 잘 지내고 있다는 걸 알게 된 건, 우연히 어떤 잡지에서 삽화를 그린 작가 이름이 그녀와 똑같다는 걸 발견했기 때문입니다. 혹시나 싶어 출판사에 전화를 걸었고, 은근슬쩍 그녀의 근황이나 주소를 물은 끝에 그 작가가 초등학교 시절 동급생인 아사카와 마키코와 동일 인물이라는 걸 확인할 수 있었죠.

하지만 그렇다고 '내가 나카조 슈지'라고 밝히고 찾아갈 수는 없었습니다. 세상에서 그런 사람은 이미 죽은 걸로 돼 있고, 제 이력상으로도 그건 비밀이니까요. 그래서 적당한 가명을 써서 출판사 편집부 직원인 척하며 마키코를 찾아갔습니다. 꽤나 짜릿하고 흥미로운 경험이었죠. 저처럼 복잡한 사연을 짊어진 사람이 아니면 결코 겪을 수 없는 일이에요. 사실 이런 식으로 저는 한참 전 혼조 아키라의 가게를 찾은 적도 있습니다. 펌프 설치를 의뢰하겠다는 핑계를 대고요. 그는 아버지의 뒤를 이어 계속 같은 자리에서 장사하고 있었기에 잘 지낸다는 걸 전부터 알고 있었습니다…….

두 사람 다 제가 예전 그 나카조 슈지라는 걸 전혀 눈치채지 못했습니다. 아까 숨어서 듣고 있을 때 형이 '20년이 넘는 세월의 무정함'에 대해 언급했죠. 그 말이 정말 맞을지도 몰라요. 하지만 어쩌면 그런 세월 동안 저 자신이 외형적으로 완전히 달라졌을 수도 있지 않을까요? 환경이 인간의 겉모습을 얼마나 바꿀 수 있는지는 꽤 흥미로운 연구 주제라고 생각합니다. 게다가 저는 스스로 의식적으로 나카기 슈지를 버리고 다에미 요시노리가 되기로 했으니까요. 저도 모르는 사이 정말 새로운 '다에미 요시노리'라는 존재가 돼 있었는지도 모르죠. 어쨌든 그렇게 전혀 다른 사람이 되어 혼조 아키라나 아사카와 마키코와 모르는 척 얼굴을 다시 마주하는 건 정말이지 아찔하고도 흥미로운 경험이었습니다."

"너다운 짓이군. 남의 집 초인종을 누르고 가만히 서 있던 그 장난과 비슷해. 치밀하고도 교묘한, 악질적인 장난이라고 할까……."

도모이치의 목소리에는 분노와 씁쓸함이 섞여 있었다. 그러나 슈지의 목소리는 조금도 흐트러지지 않았다. 오히려 달콤하고 부드럽기까지 했다.

"혼조 아키라 때는 그냥 그렇게 다녀와도 딱히 문제 될 게 없었습니다. 하지만 마키코의 경우는 달랐죠. 단순히 업무상 방문으로 끝내는 것만으로는 도저히 만족할 수 없었던 겁니다. 그래서…… 마키코와 가까워지기 위해서는 제 비밀을 털어놓는 게 가장 빠르고 효과적인 방법이라고 판단했죠……."

"하지만 너한테 유리하게 적당히 걸러서 말했겠지."

도모이치의 날 선 지적에 슈지의 여유로운 태도가 처음으로 흔들렸다. 감정이 표면에 드러났다.

"그게 무슨 뜻이죠?"

"예를 들어 그 가짜 자살 사건 같은 건 쏙 빼놓고, 과거의 위장 익사 사건만 이야기했다거나."

도모이치는 날카롭게 마키코를 바라봤다.

"아사카와 씨. 슈지는 당신에게 어떻게 야마쿠라를 빠져나왔다고 했습니까?"

마키코의 시선이 또다시 두 사람 사이를 빠르게 오갔다.

갈피를 잡지 못한 것처럼 슬픈 표정이다.

"그냥…… 아마쿠라에서의 삶에 의미를 찾을 수 없어 나왔다고만……."

"가짜 자살극을 꾸몄다거나, 그 때문에 누군가를 죽였다거나 하는 이야기는?"

그러자 마키코는 조용히 고개를 흔들었고, 슈지가 날카롭게 소리쳤다.

"그만해! 그건 전부 형이 멋대로 상상한 거야!"

"아니, 추리로 빚어낸 상상이지."

"형이 자랑하는 그 추리니 뭐니 하는 것도 결국 어설픈 추측일 뿐이야. 내 심리나 행동에 대해서는 그야말로 일방적이고도 독선적인 망상으로 가득해. 진정 추리적 상상력을 갖춘 사람이라면 어머니에게 다에미 가의 양자가 되어 달라는 부탁을 받았을 때 내 심정이 어땠을지부터 이해하려고 해야 하지 않나?"

도모이치는 순간 말문이 막혔다.

"어머니는…… 그만큼 절박했던 거겠지."

"그 정도는 어린 나도 느끼고 있었어. 물론 구체적인 건 몰랐지만 감각, 그러니까 직감적으로 그렇게 해야 한다고 이해한 거야. 게다가 어린아이였으니 왠지 그런 상황이 스릴 있는 모험처럼 느껴지기도 했고. 그래도 어머니가 '곧 반드시 데리러 올게'라고 약속해 주지 않았다면 나도 고개를 끄덕이지 않았을 거야. 언젠가 반드시 집에 돌아갈 수 있다, 이건 어른들이 하는 일종의 의식 같은 놀이일 뿐이다……. 그게 당시 내 인식이었어.

하지만 아무리 기다려도 어머니는 날 데리러 오지 않았어. 전쟁이 끝나고, 초등학교를 졸업하고, 중학교에 들어가도 전혀 그런 기미가 없었지. 아이들은 참 놀라울 정도로 환경에 잘 적응하는 존재야. 난 점차 다에미 요시노리로서의 삶에 익숙해졌고, 어느새 스스로도 진짜 다에미 요시노리가 되어 갔어. 나카조 슈지였던 과거는 일상의 흐름 속에서 희미해지고 만 거야. 다에미 가의 양어머니도 점차 진짜 어머니처럼 느껴지더군. 그래도 가끔 문득 술에서 깬 듯한 공허한 기분으로 '난 원래 나카조 슈지다. 언젠가 어머니가 날 꼭 데리러 올 거다'라고 떠올리고는 했지.

하지만 중학생이 되고 조금씩 어른스러운 분별력이 생기기 시작하자 점점 **현실**을 깨닫게 됐어. 결국 어머니에게 나는 방해되는 존재였던 거야. 날 싫어했던 거야. 아니라면 왜 막 젖을 뗀 나를 시골로 보내 버렸겠어? 그 뒤로 한 번은 곁에 다시 두었다지만, 왜 다시 남의 집, 그것도 피 한 방울 안 섞인 집안에 양자로 보냈겠어? 아무리 경제 사정이나 식량난이 심각했다지만, 아들을 남의 집 양자로 보낼 만큼 절박한 상황이었다고는 도저히 생각할 수 없어. 그리고 그걸 떠나 당시 난 학동 소개로 쓰루마이에 가 있었잖아. 그런 상태가 계속된다면 어머니에게는 어떤 부담도 되지 않았을 텐데.

그러다 중학교 2학년 여름이었을까. '엄마는 정말 날 데리러 올 생각이 없는 걸까', '엄마랑 형은 지금 대체 뭐 하면서 지내고 있을까'. 그런 생각이 머리를 떠나지 않아서 결국 다카사키에서 몰래 도쿄로 올라온 적이 있어. 예전 집은 전쟁 때 불타 없어졌지만, 이사한 곳이 바로 근처라 해 질 무렵쯤에는 집을 찾아 문 앞까지 갈 수 있었지.

지금은 어떻게 바뀌었는지 모르겠지만 그때는 집 주변이 허술한 나무 울타리였어. 난 쉽사리 용기가 나지 않아 집 주변을 두어 바퀴 정도 돌았어. 그러다 집과 집 사이, 사람 하나 없는 골목 쪽에 난 울타리 틈으로 안을 들여다볼 수 있다는 걸 알게 된 거야. 눈을 갖다 대 보니 거의 정면에 거실이 보이더라. 여름이라 창문이 활짝 열려 있었고, 살짝 어두운 주황색 전등 불빛이 방 안을 은은하게 비추고 있었어. 그 안에서는 형과 엄마가 찻상을 사이에 두고 마주 앉아 밥을 먹고 있었고. 형은 밥을 먹으면서도 찻상에 펼쳐 놓은 책을 열심히 읽었고, 엄마는 그런 형을 향해 뭔가를 말했어. 아마 식사 중에는 책을 읽지 말라고 잔소리했겠지. 멀어서 소리는 안 들렸지만 형이 고개를 들어 뭔가 대꾸했고, 그 말에 어머니도 또 뭔가 말하며 두 사람은 말다툼을 벌이는 듯했어. 그러다 잠시 후 형은 책을 탁 덮더니 엄마의 얼굴을 보며 씩 웃었어. 그러고는 말없이 밥을 먹기 시작했지.

이 장면은 너무도 평범하고 가정적인 분위기였기에 나에게는 더 큰 충격으로 다가왔어. 그곳에는 소박하지만 단단히 뿌리내린 성처럼 이미 하나의 완성된 세계가 있고, 난 이제 절대 그 안에 들어갈 수 없다는 사실을 온몸으로 느꼈다고 할까. 이때부터 난 내 입장을 명확히 정리한 거야. 난 다에미 요시노리다. 나카조 슈지라는 존재는 어디에도 존재하지 않는다. 그리고 그 존재는 어머니에게도, 형에게도 거부당했다……."

"잠깐! 난 네가 죽었다고 굳게 믿고 있었어. 그리고 어머니는…… 사실 그렇게 할 수밖에 없는 훨씬 더 중대한 이유가 있었어. 널 양자로 보내고 일단 세상에서 없어진 존재로 만들어 사람들의 시선에서 숨기려고 했던……."

슈지의 얼굴에는 조롱 섞인 웃음만 떠올라 있었다.

"조금 전부터 듣고 있었는데 어머니에게 중대한 이유가 있었다느니 뭐니 하며 형은 구체적으로 아무것도 설명하지 않고 있잖아? 혼자 어머니의 사랑을 독차지하고 좋은 아들로 자라 온 당신이 어머니를 감싸려는 마음을 이해 못 하는 건 아니야. 하지만 어머니가 날 사랑하지 않았다는 사실은……."

"아니야! 그렇다면 어머니는 왜 임종 직전에 널 걱정하는 듯한 마지막 말을 남겼겠어? 또 어머니는 네가 야마쿠라에서 스스로 목숨을 끊었다는 소식을 듣고 두 번이나 그곳을 찾기도 하셨어!"

말해서는 안 될…… 아니, 말할 수 없는 진짜 이유 앞에서 도모이치는 속이 타들어 갔다.

"그만!"

슈지가 외쳤다. 얼굴에서 경련이 일었다.

"형의 이기적인 변명 따위 듣고 싶지 않아. 형은 아까부터 그 자랑스러운 '추리적 상상'이라는 걸 들먹이며 내 인생을 제멋대로 재단하고 있어. 예를 들어 내가 형과 같은 이공계열, 그것도 비슷한 학과에 심지어 같은 대학의 교수가 된 걸 혈연 때문이라고 해석했지? 정말 웃기지도 않아. 형과 같은 세계에 살며 형을 뛰어넘기 위해 내가 얼마나 노력하고 또 고생했는지 형은 전혀 모를걸. 난 의도적으로 형과 같은 길, 같은 직업을 택하며 형에게 가까이 가기 위해 애써 왔어. 형과 어머니가 저녁을 함께 먹는 모습을 보며 나 혼자 따돌림을 당한 듯한 무거운 감정을 안고 자리를 떠날 때부터 그렇게 하기로 마음먹은 거야. 같은 부모에게서 태어났는데 왜 나만 소외돼야 하나. 이 억울함과 분노를 어떤 식으로든 갚아 주지 않고는 견딜 수 없었어. 이건 복수야. 하지만 평범한 복수와 달라. 결코 끝나지 않을 복수. 앞으로도 **평생** 형과 어머니의 곁을 그림자처럼 따라다닐, 그런 복수라고!"

"역시 그렇군! 누가 나카조 가 사람이 아니랄까 봐 집요해! 끈질긴 게 아주 타고났어!"

도모이치는 무심코 목소리를 높였다. 그러나 흥분한 슈지의 귀에는 의미 없는 감정적 외침으로만 들리는 듯했다.

"⋯⋯형은 야마쿠라 사건에서 내가 형을 죽일 수도 있었는데 죽이지 않은 걸 무슨 혈육으로서의 특별한 감정 때문이라고 생각하는 것 같던데 그것도 완전한 착각이야. 진실은 **죽이면 안 되니까 죽이지 않았을 뿐**. 난 앞으로도 그림자처럼 형에게 들러붙어 형의 앞길을 가로막고 복수를 계속해야 하니까. 하지만 죽여 버리면 그럴 수 없잖아. 이건 평생토록 이어지는 느리고도 집요한 복수야. 그래서 난 서두르지 않고 느긋하게 기다리고 있었어. 그러던 중 형 쪽에서 내게 먼저 불쑥 다가오더군. 바로 C=16 배합법의 결함 연구라는 것 때문에.

그리고 처음 찾아온 이 기회가 나에게 두 마리 토끼를 안겨다 줄 수 있는 기회라는 걸 깨달았어. 형에게 타격을 가하는 동시에 나와 관련된 오이즈미 그룹에도 엄청난 이익을 안겨 줄 기회. 그 액수도 어마어마했지. 그래서 난 먼저 오이즈미 그룹에 다가가 의견을 타진했어. 물론 구체적인 내용은 함구하고. 그렇게 어쨌든 결과적으로 마야마 건설에 치명적인 타격을 입히는 걸 조건으로 상당한 보수를 약속받았던 거야. 복수와 실리를 동시에 챙긴 셈이랄까."

슈지의 미소를 보며 도모이치는 격분했다. 목소리는 이미 반쯤 고함이었다.

"결국 내 연구 결과는 어떻게 됐지? 넌 마지막 그 나흘간의 추가 테스트를 위해 그렇게까지 큰 위험을 감수한 건가?"

슈지의 목소리는 부드러웠지만 그 안에는 헤아릴 수 없는 악의가 숨겨져 있었다. 그는 천천히 상대를 몰아붙이려는 듯 말했다.

"형은 C=16 배합법의 결함 이론에 대해서는 확신이 있지 않았어?"

"그래. 물론이지."

"그럼 애초의 균열 예정일에 아무 일도 일어나지 않은 것에 대해서도 좀 더 다른 식으로 생각했어야지. 형은 거기서 완전히 기가 죽어 버린 거야. 어릴 때와 조금도 변하지 않았다고 할 수 있어. 우스운 이야기지만, 그 점에 있어서는 오히려 내가 C=16의 결함에 더 큰 확신을 가지고 있었던 셈이야. 형에게 연구 협력을 요청받고 그 이론을 읽었을 때 조금 이상한 말이지만 솔직히 '역시 내 형이구나' 하고 감탄했어. 이건 틀림없다고 믿었지. 그 후 콘크리트 시험체를 활용한 모델 실험 프로그램 논문이 제출됐고, 이 역시 훌륭했어. 다만 딱 한 가지, 시험체 내부의 열전도율과 그 변화 계산에서 아주 사소한 실수로 실제보다 온도를 지나치게 낮게 추정하고 있다는 걸 내가 발견한 거야. 이런 성가신 수식 파트는 전문가일수록 오히려 게으르게 '저자를 믿는다'라는 명분으로 대충 넘겨 읽는 나쁜 습관이 있지만, 난 그러지 않았어. 솔직히 말해 다른 논문이라면 나도 대충 넘겨 읽었겠지만 형의 논문이기에 더 꼼꼼히 읽었지. 뭔가 꼬투리를 잡을 수 있지 않을까 기대하면서 말이야.

곧장 다시 계산해 봤어. 시험체 내부 온도를 실제보다 낮게 추정했으니 당연히 균열이 발생하는 순간도 형이 계산한 예정일보다 늦어져 9월 5일부터 9일 사이로 나왔지. 추가 검증 테스트 기간과 정확히 겹치는 거야. 그런 점에서 형의 계획은 틀리지 않았어. 이 기간에 균열이 관찰된다면 형은 잃었던 자신감을 되찾고 계산을 다시 해서 스스로 오류를 찾아낼 수 있을 거라고 생각했지.

난 실험이 진행되는 걸 조용히 지켜봤어. 절대 조급해하지 않으면서. 이런 건 원래 서두르면 안 되는 법이니까. 만약 아무런 기회를 잡지 못한다면 이 일은 그냥 넘기려고도 생각했어. 그렇게 여름방학 동안 형의 실험은 조금씩 진행됐고, 그 사이 아주 큰 일이 하나 터지고 말았어. 어머니의 급작스러운 죽음이야. 난 친아들인데도 다른 아들의 '지인' 자격으로 어머니의 장례식에 참석했지. 영정 앞에서 두 손을 모으며 내가 속으로 어떤 말을 했을지는 형의 상상에 맡길게. 그때 내가 무슨 악담을 퍼부었더라도 신이 날 벌하지는 못할걸."

"잠깐! 아까도 말했지만 거기에는 분명한 이유가……."

그러나 도모이치의 말은 슈지의 더 큰 목소리에 끊기고 말았다.

"아들을 그렇게 내팽개친 어머니에게 어떤 이유가 정당화될 수 있겠어!"

"그럼 다시 묻지. 어머니는 왜 임종 직전에 너를 걱정하는 말을 남기셨을까?"

"그건 죄책감의 무게를 견디지 못한 어머니의 마지막 참회였을 뿐이야. 아이러니하게도 그 말은 어떤 의미에서 내게 축복이기도 했지. 내가 계산한 진짜 균열 예정일에 형이 실험실을 비우겠다고 했으니까. 난 즉시 계획을 세우고 실행에 옮겼어."

"그래서, 그 결과는? 네가 무슨 짓을 저질렀는지는 이제 됐어! 그보다 콘크리트 시험체를 언제까지 실험했던 거야? 그리고 그 결과는?"

"정말 알고 싶어?"

낮고 간지럽히는 듯한 목소리였다.

"그래, 알고 싶어. 어떻게 됐지?"

"별관에 가 봐. 내가 바꿔치기한 진짜 시험체를 사실 그곳 남서쪽 구석 벽 앞에 그대로 놔뒀으니까. 위에 나무 조각이나 판자 따위를 덮어서 감췄을 뿐. 가짜 시험체로 바꾸고, 하중 장치에 연결하고, 측정 장치를 부착하는 데 손이 엄청 가더군. 그래서 진짜 시험체를 멀리 옮겨서 폐기하는 걸 나중으로 미루다 보니 그렇게 된 거야."

"진짜 시험체를 제거하기 전에 균열은 어땠지? 만약 균열이 생겼다면 미사와 댐을 비롯해 여러 댐에 긴급히 연락해야 해. 이건 사람 목숨이 걸린 문제야!"

"그런 걸 걱정할 형이 아니잖아. 사람 목숨을 걱정할 형이었다면 동생인 나부터 걱정했겠지."

"그러니까 난 네가 죽은 줄로만 알았……."

도모이치는 한숨과 함께 입을 열려다가 말을 끊고 토해내듯 외쳤다.

"넌 미쳤어! 완전히 제정신이 아닌 범죄자야! 그것도 타고난……. 그래. 어릴 때 네가 했던 장난들도 지금은 완전히 다르게 보여. 너, 그 소개지에서도 아주 교활하게 굴었다지? 혼조라는 네 친구도 그 시절 그대로 성장했다면 자신들은 범죄자가 됐을 거라고 확신하더군. 하지만 그때부터 이미 넌 범죄자였던 거야.

그리고 또 하나 떠오르는 게 있어. 어릴 때 우연히 들은 이야기라 까맣게 잊고 있었는데…… 네가 초등학교 1학년을 마치고 시골 할머니 댁에서 돌아오게 된 이유가 '교육상의 문제'라고 들은 적이 있어. 그 문제가 바로 너에게 남의 물건을 자꾸 훔치는 버릇이 있다는 거야. 물론 어머니는 그 말을 믿지 않았어. 뭔가 오해가 있을 거라고 했고, 나도 그렇게 믿었지. 그래서 금방 잊어버렸던 거야.

하지만 이로써 마지막까지 남아 있던 단 하나의 의문도 명확해졌어. 위장 자살 당시 벌어진, 바꿔치기를 위한 살인 말이야. 난 실제 그 살인을 저지른 사람이 누군지 확신하지 못했어. 개처럼 다에미 가에 충직했던 기치 영감이 익사 사건 때처럼 그 사건의 실행자일 수 있다고 추측했지. 하지만 지금은 단언할 수 있어. 그때의 살인자도 바로 너라는 걸!"

"맞아. 그래. 그 계획을 처음 떠올린 사람은 바로 나고, 중요한 일들도 전부 내가 처리했어. 고등학생이 되어 야마쿠라로 돌아가기 전까지 난 내가 바꿔치기로 양자가 됐다는 걸 전혀 몰랐거든. 다에미 가에는 아이가 없다는 이야기를 어렴풋이 듣기만 했지. 그러니 다에미 가에 갑자기 다 큰 아이가 생겼다고 하면 마을 사람들이 의심할 테니 일단 다카사키에 보내 거기서 지내게 하고, 그동안 마을 사람들에게 내 존재를 인식시키자는 식으로 어른들끼리 말한 거야. 돌이켜보면 이상한 점투성이지만 어린 난 전혀 의심하지 않았어.

하지만 고등학생이 되어 야마쿠라에 돌아가고서부터 마을 사람들의 이야기와 소문을 통해 점차 진실을 알아차리게 됐어. 그리고 어느 날, 난 그 일을 양어머니에게 따져 물었지. 어머니는 내 앞에서 모든 걸 털어놓았어. 울먹이는 목소리로 다에미 가의 아들로 남아 달라고 하더라. 하지만 굳이 그런 말을 하지 않아도 난 이미 다에미 요시노리로 살아갈 수밖에 없잖아? 나카조 슈지로 돌아가려는 날 친어머니가 차갑게 내팽개쳤으니까. 내가 다에미 가의 재산을 몰래 처분하고 야마쿠라를 떠날 계획을 세운 동기 중에는, 그런 친

어머니와 형에게 보내는 내 첫 번째 메시지라는 의미도 컸던 거야. 물론 양어머니는 그런 건 전혀 몰랐지. 그저 다에미 가의 일원으로 사는 삶을 정리하고 도시에 나가 좀 더 편하게 살겠다는 단순한 이유로 믿었을걸. 양어머니도 야마쿠라에서 다에미 가의 권세를 지키는 삶에 지쳐 있었고 허무함도 느끼기 시작했으니까.

나와 양어머니가 야마쿠라를 빠져나갈 계획을 세울 때 내가 어릴 적 있었던, 형이 지적한 그 '인간 바꿔치기'라는 수법은 아주 좋은 힌트가 됐어. 그래서 난 그 방법을 한 번 더 써먹기로 했지. 기치 영감을 죽였을 때의 바꿔치기는 어떻게 보면 저절로 굴러들어 온 기회였어. 하지만 그걸 나 아닌 다른 누가 그렇게 멋지게 활용할 수 있었을까? 활용이라는 면에서는 그 닌자도도 마찬가지야. 그건 나도 스스로 감탄했을 정도라니까. 사실 그 트릭을 짤 때는 닌자도 같은 건 전혀 고려하지 않았어. 하지만 전에 비전서를 통해 다양한 활용법을 접했고, 그게 무의식중에 머릿속에 남아 있어서 자연스럽게 나온 것 같아. 이제 와서야 알겠더라고."

"이 무서운 자식! 결국 넌 사람을 셋이나 죽인 거야!"

"형은 또 내가 타고난 살인자라고 몰아붙이고 싶겠지? 그럼 묻겠는데, 그 타고난 피는 대체 누구에게 물려받았을까? 어머니? 당연히 어머니지! 자식을 속이고, 버리고, 끝내 돌아보지도 않은 그 냉혈함을 나도 물려받은 거야!"

"아니! 피가 달라!"

"뭐야, 그건 또. 피가 다르다니?"

도모이치는 숨을 죽였다. 소리쳐서 대화를 일부러 흐트러뜨리려고 했다.

"피 같은 건 아무래도 상관없어!"

"아니, 상관있어! 난 내 안에 살인자의 피가 흐른다는 걸 인정해. 지금 이렇게 형과 마주하고 있는 동안에도 그 피가 내 몸을 세차게 흐르고 있다는 게 느껴져. 견딜 수 없을 만큼 짜릿하고, 심지어 기쁠 정도야. 자, 이걸 봐. 아까 부엌에서 형이 이야기하는 걸 들으며 슬쩍 챙겨 둔 건데……."

슈지는 주머니에서 뭔가를 꺼내 티 테이블 위에 툭 던졌다. 끝이 뾰족한 조리용 칼이었다.

"……이게 바로 내게 살인자의 피가 흐른다는 걸 보여 주는 증거야. 옆 부엌에서 형의 이야기를 들으며 난 점차 강렬한 살의에 사로잡혔어. 첫째, 내 입장은 전혀 고려하지도 않은 형의 일방적이고 독선적인 비난을 참을 수 없었고, 둘째, 이렇게까지 내 범죄를 들켜 버린 이상 형을 그냥 둘 수는 없겠다고 생각했고, 셋째, C=16 배합법의 결함 연구 결과를 여기까지 끌고 온 이상 이제 와서 발을 빼는 건 불가능해. 그래서 난 살의를 품고 이 칼을 주머니에 넣은 거야."

"왜 그런 이유를 장황하게 늘어놓지? 죽이고 싶으면 긴 말 없이 그냥 죽이면 될 텐데."

"내가 혈육이라는 것 때문에 아직도 망설이고 있다고 생각해?"

슈지가 칼을 집어 들고 일어섰다. 결코 빠른 동작은 아니었다.

그런데도 마키코가 반사적으로 빠르게 반응한 건 여성 특유의 과민함 때문이었을지 모른다. 아니면 상황을 해석하는 방식이 남자들과 전혀 다르기 때문일 수도 있다.

"안 돼!"

마키코는 소리치며 자리에서 벌떡 일어나 슈지를 향해 손을 뻗었다. 하지만 한두 걸음 더 나아가지 않으면 닿지 않는 거리였다.

순간 슈지가 칼을 든 손을 뒤로 뺐다. 아니면 들어 올렸을까.

어쨌든 도모이치의 눈에는 슈지가 칼을 들어 올린 것처럼 보였다. 사랑하는 사람을 지키고자 하는 마음이 그렇게 보이게 한 것이 틀림없다.

먼저 도모이치의 입에서 고함이 터져 나왔다. 몸이 움직인 건 그다음이었다.

"뭐 하는 짓이야!"

도모이치와 슈지는 티 테이블을 사이에 두고 꽤 떨어져 있었다.

도모이치는 테이블 모서리에 다리를 부딪치며 슈지를 향해 몸을 날렸다.

칼을 든 팔을 아래에서 비틀어 올렸다.

세 사람의 몸이 뒤엉켰다.

마키코의 행동은 거의 본능적이고 맹목적이었다. 슈지를 어떻게 하려는 뚜렷한 계획이 있어 보이지 않았다. 그저 그의 몸에 매달려 있으면 어떻게든 될 거라고 생각하는 듯했다. 그런 그녀의 머리 위에서 칼을 든 손과 그렇지 않은 손이 뒤엉켜 싸우고, 잠시 후 칼을 든 손이 서서히 아래로 내려왔다.

하지만 도모이치의 강한 의지력이 팔에 다시 힘을 실었다. 그는 다시 슈지의 팔을 비틀어 올리며 상대의 팔을 통제하기 시작했다.

도모이치의 바로 눈앞에 붉게 상기된 얼굴로 악을 쓰는 슈지의 얼굴이 보였다. 그 순간 도모이치는 혐오스러운 무언가를 본 듯한 느낌을 받았다. 어제 마주한, 그 용서할 수 없는 노인의 얼굴이 슈지의 얼굴에 겹쳐 보인 것이다.

순간 도모이치는 피가 거꾸로 솟는 것을 느꼈다. 이성이 무너졌다. 오직 증오라는 감정만이 그의 온몸을 지배했을 때…… 찔렸다! 슈지가 쥔 칼이 도모이치의 힘에 굴복해 슈지 자신의 몸을 찌른 것이다. 우연인지 의도된 것인지는 알 수 없다. 어쨌든 칼이 꽂혔다. 그것도 정확히 심장 부위에.

"피야! 안 돼! 피가!"

거의 비명에 가까운 마키코의 외침이 도모이치의 흐릿한 의식에 희미하게 스며들었다.

슈지는 도모이치와 마키코 사이에 끼인 채 테이블과 소파 사이 좁은 공간으로 무너지듯 쓰러졌다. 상반신을 반쯤 소파에 기댄 자세로 움직임을 멈췄다.

남색의 얇은 사선 무늬 폴라 천 위에 붉은 얼룩이 빠르게 번져 면적을 넓혔다. 칼은 여전히 가슴에 그대로 꽂힌 채였다.

도모이치의 손이 그 칼의 손잡이 쪽으로 살짝 다가가다가 멈췄다.

"어떻게 해야…… 이제 어떻게 해야 하죠?"

마키코의 절규는 두 남자 중 누구의 귀에도 들어오지 않는 듯했다.

슈지는 자기 가슴에 꽂힌 칼의 손잡이를 뭔가 기이한 것이라도 바라보듯 응시하고 있었다.

잠시 후 슈지가 고개를 들었다. 눈빛이 이상하리만치 형형하게 빛났다.

"형…… 어머니한테 이유가 있었다고 했지……? 그건…… 어떤 이유였어……?"

목이 메는지 드문드문 말이 끊겼다.

"넌 이유 따위 있을 리 없다고 하지 않았나?"

"그건…… 거짓말이었어……. 역시…… 이유가…….."

도모이치는 크게 숨을 들이쉬며 뭔가를 말하려다가 멈췄

다. 슈지의 머리가 앞으로 툭 떨궈졌다. 그 후 그의 몸이 소파 가장자리에서 좁은 틈새 바닥으로 미끄러지듯 쓰러졌다.

도모이치는 무릎을 꿇고 맥을 짚었다. 감긴 눈을 들여다봤다. 경험은 없지만 슈지가 죽었다는 것만은 분명히 알 수 있었다.

도모이치는 마키코를 올려다보며 천천히 고개를 흔들었다.

"사고예요! 저, 확실히 봤어요!"

마키코의 외침을 도모이치는 단호하고 냉정한 목소리로 끊었다.

"아뇨, 제가 죽인 겁니다."

"아니에요. 그저 당신은 슈지의 칼을 빼앗으려다가, 실수로……."

"당신 눈에는 그렇게 보였을지 몰라도…… 사실은 그렇지 않습니다……. 전 알고 있습니다."

도모이치의 말은 끊기고 뒤엉켰지만 그 안에는 스스로를 필사적으로 추스르려는 의지가 담겨 있었다.

하지만 마키코는 완전히 혼란에 빠진 상태였다.

"……그래도…… 그건 아니에요! 죽였다니, 그런 건……."

제정신이 아닌 듯 혼란스러워하는 마키코를 진정시키기 위해서라도 도모이치는 침착해져야 했다.

"아사카와 씨. 지금은…… 그보다 당신에게 더 이상 폐를 끼칠 수는 없습니다. 당신 역시 내 동생에게 휘말린 피해자니까요……."

 도모이치는 갑자기 무언가 떠오른 듯 말을 멈췄다. 그리고 다시 차분히 말을 이었다.

 "그리고 저에게도…… 꼭 해야 할 일이 하나 남아 있습니다. 아사카와 씨, 운전할 줄 아십니까?"

 "네."

 "그럼 부탁드립니다. 도와주세요. 지금은 그것만이 유일한 길인 것 같습니다……."

 창밖은 어느새 날이 훤히 밝아져 있었다.

 마키코는 그대로 콘크리트 바닥에 주저앉았다. 허리로 스미는 냉기조차 이제 신경 쓰이지 않았다. 이대로 그냥 누워 잠들 수 있다면 얼마나 편할까 하는 생각이 들었다.

 손도 발도 온통 진흙과 땀, 기름투성이다. 이 정도면 얼굴이 얼마나 참담한 상태일지 굳이 거울을 보지 않아도 짐작할 수 있다.

 무려 다섯 시간 넘게 황량한 이 창고 같은 공간에서 쉬지 않고 일했으니 어쩔 수 없다. 그리고 그 대부분 여자의 힘으로 감당하기 어려운 일이었다.

 손으로 돌리는 베이비 윈치를 움직이고, 굵고 무거운 와이어 로프를 훅에 걸고, 프레스카를 밀고…….

 처음에는 도모이치도 마키코를 배려해 힘든 일은 시키지

않으려고 했다. 하지만 시간이 흐를수록 도모이치가 점점 초조해하고 짜증을 내는 게 눈에 보였다. 아직 해야 할 일이 산더미처럼 남아 있기 때문일 것이다.

처음에는 조심스럽게 마키코에게 도움을 청하더니 얼마 후부터 그는 거의 고함치듯 이것저것 지시하기 시작했다.

"그 테이블 리프터 더 내려!", "송신 단자는 저 빨간 표시 된 곳에 붙여!", "모니터 표시 확인해!"

그렇게 말해도 초보가 이해할 리 없지 않은가.

이제 도모이치의 눈에 마키코는 아예 여자로 보이지 않는 듯했다. 연구실 조교, 그 이상 그 이하도 아니었다.

남자란 원래 이렇다. 뭔가에 열중하면 전혀 다른 사람이 돼 버린다.

하지만 이렇게까지 무자비하게 달라지는 남자는 불과 얼마 전 이후로 처음 봤다.

그렇다. 불과 얼마 전…… 슈지가 그런 괴물로 돌변할 줄은……. 슈지가 괴물로 돌변한 건, 나카조 도모이치가 갑자기 집에 찾아왔다고 마키코가 알렸을 때부터였다.

―형한테 데이트를 신청해서 무슨 조사를 하고 있는지 알아내.

―형에게 어머니의 유언은 망상이었다고 믿게 만들어.

슈지는 마키코를 사람이 아닌 도구처럼 여기며 온갖 명령을 쏟아내기 시작했다.

그때부터 마키코의 마음은 슈지를 떠나 도모이치에게 향했다.

하지만 도모이치 역시 지금 다른 형태의 괴물이 되어 있다. 역시 두 사람이 형제라 그런 걸까.

눈물이 날 것 같았다. 슈지에게, 그리고 이번에는 도모이치에게까지 배신당했다는 슬픔도 있다. 그러나 그보다 더 큰 것은 두 형제의 삶의 소용돌이에 휘말려 계속해서 끌려가는 자신의 운명을 향한 비통함이었다.

도모이치가 뭘 하려는지 마키코가 마침내 이해하게 된 건 창밖이 희미하게 밝아 오기 시작할 무렵이었다.

그의 목적은 건물 구석에 숨겨진 진짜 콘크리트 시험체를 꺼내 다시 계측기에 걸어 보는 것이었다.

모든 걸 끝내기 전 딱 한 가지 해 두고 싶은 일이 있다고 도모이치는 말했다. 바로 이것이다. 진짜 콘크리트 시험체에 균열이 발생했는지를 확인하는 것.

하지만 그것은 더 이상 균열이 생겨 댐에 사고가 날지를 걱정해서도, 학문적 성과를 얻기 위해서도 아니었다.

그는 그저 뭔가에 홀린 사람처럼 결과만을 원했다. 창 한 자루만 손에 들고 밤낮없이 먹잇감을 쫓던 원시 사냥꾼의 본능이었다.

여자인 마키코는 더는 이해할 수 없는 영역이었다. 도모이치의 눈에 서린 광기가 그저 두려울 뿐이었다.

지금 도모이치는 그런 눈으로 계측기를 노려보며 다이얼을 돌리고 스위치를 누르고 있다.

마키코는 자리에서 일어나 벽 한 켠에 붙은 세면대로 천천히 다가갔다. 온몸에서 힘이 빠져 다리가 휘청거렸다. 그런 자신의 모습이 묘하게 허무하고 우스꽝스럽기까지 했다.

수도꼭지를 비틀었을 때 갑자기 전화벨이 요란하게 울렸다. 천장이 높은 건물 안에서 벨 소리는 거슬릴 정도로 크게 메아리쳤다.

주변을 둘러본 마키코는 10미터 이상 떨어진 테이블에서 전화기가 울리고 있는 것을 발견했다.

도모이치나 마키코가 여기 있다는 걸 아는 사람은 없을 터였다. 잘못 걸려 온 전화일까.

조정실에서 기계 조작에 몰두 중인 도모이치에게는 전화 소리가 전혀 들리지 않는 듯했다.

마키코 역시 전화를 받아야겠다는 생각이 들기도 전에 벨소리가 멎어 버렸다.

마키코는 손을 씻고 세수를 했다. 이미 닳아 녹아내린 비누가 지저분하게 세면대 모서리에 놓여 있었다. 이런 걸로는 얼굴에 묻은 때가 완전히 씻겨 나갈 것 같지 않았다.

거울이 없어서 얼굴의 더러움이 얼마나 씻겼는지, 머리가 얼마나 헝클어졌는지도 알 수 없었다. 빗도 없다. 가방은 차에 두고 왔고, 차는 실험실에서 약 50미터 떨어진 곳에 주차해 됐다.

가방을 가지러 차에 다녀오겠다고 하려고 마키코는 조정실에 있는 도모이치 뒤로 조용히 다가갔다.

푸른 스크린 위에서 전파의 펄스가 파형을 그리고 있었다. 도모이치는 그 화면을 뚫어지게 응시하며 낮고 날카롭게 뭔가를 중얼거리고 있었다.

"갔다! 금이 갔다! 균열이다! 안쪽에…… 균열이!"

그때 금속문이 거칠게 열리며 몇 사람이 안으로 들어오는 발소리가 울렸다.

마키코는 가슴이 철렁 내려앉아 뒤를 돌아봤다.

남자 넷에 여자 하나. 그중 한 명은 경찰이고, 또 한 명은 제복을 입은 대학 경비원, 그리고 여자는 사가와 미오였다.

"당신이 여기에……!"

마키코를 본 미오는 깜짝 놀라 소리쳤다. 뒤이어 공포에 찬 눈으로 주변을 둘러보다가 도모이치를 발견하고 곧장 뛰기 시작했다. 달려가며 외쳤다.

"이런 뜻은 아니었어! 당신은 설명도 없이 뛰쳐나가 버렸고, 구로이와 교수는 행방을 알 수 없었고……."

도모이치가 고개를 돌렸다. 그 동작은 무척 느렸고 오직 눈빛만 이글이글 빛나고 있었다.

미오는 말을 멈추지 않았다.

"그래서 어쩔 수 없이 경찰에 부탁해 구로이와 교수를 찾아 달라고 했어. 눈에 잘 띄는 은색 알파 로메오를 단서 삼아서. 그리고 나도 여기저기 짐작 가는 곳을 뒤져 보고 학교 경비실에도 전화했는데 구로이와 교수의 차가 새벽 1시 30분쯤 교정으로 들어갔다고……. 그런데 난 정말 몰랐어! 경비 아저씨의 설명이 뭔가 애매했고, 운전자가 누구였는지도 못 들어서 난 당연히 구로이와 교수가 운전했다고만……. 설마 구로이와 교수가 죽어서…… 트렁크에 있을 줄은……."

미오는 그 말을 하며 마침내 사건의 진상을 알아챈 듯 정신이 번쩍 든 얼굴로 아사카와 마키코를 봤다.

"그럼 운전은, 당신이……?"

마키코는 굳은 표정으로 천천히 고개를 끄덕이고 간신히 한마디를 내뱉었다.

"트렁크 안도 보셨군요……."

"네. 전 아무것도 모르니 경비 아저씨에게 차나 사람의 기척이 느껴지는 건물에 가서 구로이와 교수를 찾아 달라고……. 그런데 경비 아저씨가 차 트렁크 틈새로 삐져나온 옷자락과 그 아래 바닥에 피처럼 보이는 얼룩이 떨어져 있는 걸 발견해서 곧장 경찰에 신고했다고……."

"그건 사고예요!"

마키코는 소리쳤다.

"슈지는 사고로 죽었어요! 제가 똑똑히 봤어요!"

"슈지?"

미오가 놀란 나머지 말을 멈춘 찰나, 양복 차림의 건장한 남자가 앞으로 성큼 나섰다.

"도모이치. 이게 대체 어떻게 된 일이야?"

거기까지 말한 남자는 문득 말을 멈췄다. 도모이치의 눈이 광기에 물들어 먼 허공을 응시하고 있다는 걸 깨달은 것이다.

"도모이치. 나야. 다카미네야. 오늘…… 아니, 정확히 말하면 어제저녁, 고토구 도요스 운하에서 오쿠마 고조의 익사체가 발견됐어. 그런데 실종 직전 네가 그를 찾아갔고, 넌 나에게 전직 특고 형사인 오쿠마에 대해 물었지. 그렇게 네 행방을 좇던 중 사가와 미오 씨가 너와 구로이와라는 교수를 찾는다는 이야기를 듣게 돼서……. 설마 네가 오쿠마 고조의 죽음에 관련된 건……."

도모이치는 대답 없이 돌아서서 계측기의 스위치를 껐다. 스크린이 어두워졌다.

다시 고개를 돌린 도모이치의 눈빛은 조금 전까지의 광기와 사뭇 달랐다. 심지어 맑고 청량해 보이기까지 했다.

그는 그런 눈으로 아사카와 마키코를 바라봤다.

"슈지의 죽음…… 그건 분명 아사카와 씨 눈에 사고로 보였을 수 있겠죠. 하지만 그렇지 않습니다. 방금 이야기에 나온 운하의 시신을 봐도 알 수 있을 겁니다. 슈지가 말한 것처럼 어머니에게 숙명의 피가 있었는지도 몰라요. 나와 슈지는, 둘 다 그 피를 물려받아서……."

아마 도모이치의 말은 그 자리에 있는 누구도 제대로 이해하지 못했을 것이다.

"······다카미네, 가지. 가서 말할 수 있는 건 전부 말할게."

도모이치는 조용하고 침착하게 자리에서 일어섰다.

그때 전화벨이 울렸다.

미오가 다가가 수화기를 들었다.

"여보세요······ 네? 미사와 댐이요? 아, 아이하라 씨······ 네? 균열이······?"

그녀의 목소리는 거칠게 여닫히는 금속문 소리에 묻혀 도모이치의 귀에 닿지 않았을 수 있다.

혹은 들었더라도 그는 이제 아무 관심이 없는지 모른다.

도모이치는 경찰과 함께 말없이 밖으로 걸어 나갔다.

해설
미쓰다 신조

해설
미쓰다 신조

가지 다쓰오와의 첫 만남은 제23회 에도가와 란포상을 수상한 『투명한 계절』(1977)이었다. '별책 보석' 52호에서 데뷔한 그는 그전에 미스터리 단편, 아동서, 그리고 번역서까지 다양한 분야에서 활동했지만, 본격적인 미스터리 작가로서의 출발점은 바로 이 작품이라고 할 수 있다.

이야기는 전쟁 중 구 제국 중학교에 부임한 장교가 학교 근처 신사 경내에서 총에 맞아 숨진 채 발견되며 시작된다. '포케고리'라는 별명으로 불리던 피해자는 평소 학생들에게 조롱당하는 동시에 두려움의 대상이기도 했다. 다카시는 가까운 곳에서 벌어진 살인 사건 때문에 흥분하면서도 한편으로는 짝사랑하는 연상 여성 가오루의 안위를 걱정한다. 왜냐하면 그녀는 포케고리의 아내이기 때문이다.

이 작품을 실시간으로 접한 나는 상당히 몰입해서 읽었던 기억이 있다. 당시 내가 본격 미스터리를 좋아하는 고등학생이었기 때문이라는 이유가 크다. 하지만 정작 내 마음을 사로잡았던 것은 작품의 미스터리 요소보다 주인공 다카시의 중학생 시절 가혹한 현실과 애틋한 사랑의 행방이었다. 본격 미스터리를 최고로 여기던 고등학생의 마음을, 작가는 정작 추리 요소가 아닌 사회 풍속과 청춘의 감정으로 멋지게 사로잡은 셈이다. 거의 재독을 하지 않는 내가 이 작품만큼은 몇 번이나 되풀이해서 읽었으니 틀림없는 사실이다.

다카시는 후속작 『바다를 보지 말고 육지를 보자』(1978)에서 한층 성장한 모습을 보여 준다. 『나의 호색 천사들』(1979)에서는 패전 직후 암시장이 무대가 된다. 이로써 작가는 '전쟁 청춘 미스터리' 3부작을 완성한다. 이후 그의 작품 세계는 '구 제국 고등학교 시리즈'라고 불리는 『리어왕 밀실에서 죽다』(1982), 『젊은 베르테르의 괴사』(1983), 『가나자와 땅거미 살인 사건』(1984), 『청춘 미로 살인 사건』(1985)으로 계승된다. 각각 '제3고등학교', '제2고등학교', '제4고등학교', '제1, 3고등학교' 학생들이 사건에 휘말리는 이야기를 그리며 사회 풍속과 청춘의 정서를 짙게 담아냈다. 나는 그 작품들을 읽으며 말로 형언할 수 없는 매력을 느꼈다. 물론 작가에게는 현대를 무대로 한 작품도 많지만, 가지 다쓰오의 진면목은 바로 이쪽에 있다고 난 확신한다.

그렇다면 정작 중요한 '추리 소설'로서 가지 다쓰오 작품의 완성도는 어땠을까. 이 문제에 대해 공교롭게 작가 자신도 단행본 『용신 연못의 작은 시체』(1979) 속 '후기(를 대신한 가공 대담)'에서 이렇게 언급하고 있다. '가지 작가님은 풍속파 추리 작가로 불립니다', '네, 극히 일부 평론에서는 제 작품에 추리 요소가 다소 약하다고들 하더군요'. 가지 다쓰오 작품의 애독자였던 나도 사실 비슷한 감상을 가지고 있었다. 그렇다고 해서 그의 작품에 대한 내 평가가 낮았던 것은 아니다. 앞서 말했듯 미스터리 외의 다른 요소, 특히 사회 풍속과 청춘 소설로서의 매력이 충분했기 때문이다. 또 변명처럼 들릴 수 있겠지만, 작가는 결코 추리 요소를 등한시한 적이 없었다. 각 작품마다 충분한 고민과 아이디어가 담겨 있었다. 그럼에도 불구하고 '추리 요소가 다소 부족하다'라는 평은 나올 수밖에 없었고, 본격 미스터리를 숭상하던 고등학생으로서 나 역시 수긍하지 않을 수 없었다.

그러나 이 문제가 거의 완벽하게 해소된 작품이 바로 본 작품 『용신 연못의 작은 시체』다. 가지 다쓰오의 모든 작품을 읽은 것은 아니기에 단언할 수는 없지만 아니, 아마 단언해도 틀리지 않을 것이다.

가지 다쓰오의 본격 미스터리 최고 걸작은 『용신 연못의 작은 시체』다.

나카조 도모이치는 대학 건축 공학과에서 콘크리트 균열에 관한 실험을 진행한다. 그 실험 결과가 신경 쓰이기는 하지만 그에게는 더 큰 걱정거리가 있었다. 얼마 전 세상을 떠난 어머니가 죽기 직전에 이런 말을 남겼기 때문이다. '네 동생은 살해됐단다. 슈지는 살해당한 거야'.

도모이치의 아버지는 전쟁 중 특고 형사에게 찍혀 여러 번 체포돼 고문을 당했고, 결국 그로 인해 목숨을 잃는다. 어머니는 도모이치와 그의 동생 슈지를 홀로 키우며 고생스럽게 살아간다. 이윽고 학동 소개로 슈지는 혼자 지바현 시골 마을로 보내지고, 그곳 연못에서 익사하고 만다.

어머니, 그리고 형인 자신과도 거의 함께 지내지 못한 슈지를 뒤늦게 애처롭게 여긴 도모이치는, 중요한 실험 결과를 신경 쓰면서도 당시 동생의 소개지에 가서 그때 무슨 일이 있었는지 조사하게 된다. 그러나……

현대의 사건이 본격적으로 발생하는 건 이야기의 중반 이후지만, '정말 동생은 살해당한 것인가?'라는 수수께끼가 독자의 호기심을 강하게 끌어당긴다. 추리 소설에서 '회상의 살인'이라는 테마는 독자의 흥미를 자극하는 주요 장치 중 하나이기 때문이다.

43년 만에 다시 읽은 작품이지만 범인 설정, 메인 트릭, 대담한 미스디렉션*, 치밀한 복선까지 나는 전부 기억하고 있었다. 그런데도 여전히 흥미롭게 읽을 수 있었던 것은, 내가 잊고 있던 세세한 복선과 착각을 유도하는 장치들이 작품 곳곳에 숨어 있었기 때문이다.

* 독자의 시선을 다른 곳으로 돌려 실제 일어난 일을 숨기는 기술.

본격 미스터리의 완성도를 높이는 가장 중요한 요소는 '복선'이며, 나는 그 질과 양이야말로 평가의 핵심이 되어야 한다고 생각한다. 복선이란 기본적으로 독자의 추리를 돕는 단서를 말한다. 반대로 그 추리를 잘못된 방향으로 이끄는 것은 '레드 헤링', 즉 가짜 단서다.

　이 두 요소는 본 작품에서 매우 효과적으로 기능하며 수많은 추리의 기반이 되고, 동시에 놀라운 반전을 만들어낸다. 추리 소설에서 무엇보다 복선을 중시하는 내가 이야기의 상당 부분을 기억하는, 어찌 보면 불리한 조건에서 재독했음에도 불구하고 흥미롭게 작품을 읽을 수 있었던 것 역시 바로 그 복선이 매우 치밀하고 풍부했기 때문이다.

　복선의 정교함이란, 예컨대 '3-1＝1'이라는 상식적으로 나올 수 없는 의외의 해답을 도출하기 위해 다른 장소에 '-1'을 당당하게 숨기는 것에 있다. '당당하게 숨긴다'라는 말은 언뜻 모순처럼 들릴 수 있지만, 에드거 앨런 포의 『도둑맞은 편지』(1845)를 떠올려 보자. '당당함'에 마땅한 이유와 필연성만 있다면 얼마든 독자의 시선을 엇나가게 할 수 있다. 물론 이는 추리 소설을 쓰는 작가의 감각이 필수인 영역이다.

　또 이 작품의 큰 특징 중 하나로, 정교하게 펼쳐진 복선들 이상으로 높이 평가할 만한 요소가 하나 더 존재한다. 경우에 따라서는 '언페어(unfair)'하다는 말을 들을 수 있을 정도의 몹시 과감한 미스디렉션이다.

처음 이 책을 읽었을 때 나는 이것에 완전히 뒤통수를 맞았다. '비겁하다'라는 말이 목구멍까지 나올 뻔했지만 이내 다시 '아니야, 이건 분명 페어(fair)해'라고 생각을 고쳐먹은 기억이 난다.

왜 그토록 비겁하다고 느꼈을까. 또 왜 결국 공정하다고 납득했을까. 이를 설명하려면 스포일러가 되기에 여기서는 말할 수 없지만, 분명 작품을 읽은 독자라면 모두 같은 딜레마에 빠질 것이다. 작가의 '한 방 먹었지?'라는 미소가 눈앞에 그려지는 듯해 오히려 유쾌하기도 하다.

유쾌하다고 하니 '4장 살의의 순간' 마지막에 등장인물 중 한 명이 이렇게 말하는 장면이 있다. '추리 소설로 치면 바로 지금이 범인을 추리할 수 있는 모든 단서가 다 나온 시점이야'.

이만큼 본격 미스터리를 좋아하는 독자를 유쾌하게 하는 대사도 드물지 않을까.

이 장면은 등장인물의 입을 빌린 작가의 당당한 '독자에의 도전'이다. 실제 다음 장인 '5장 균열 파국'의 첫머리부터 수수께끼 풀이가 시작된다. 총 464페이지 중 381페이지부터 해결 편에 돌입하는 셈인데, 다소 빠르다고 느낄 수도 있겠지만 걱정할 필요는 전혀 없다. 한 장 전체를 통째로 활용한, 격렬한 추리의 파도가 몰아닥치기 때문이다. '추리 요소가 다소 부족하다'라는 비판에 대한 작가의 훌륭한 응답이 이곳에 담겨 있다.

이렇듯 지금껏 작품을 칭찬했지만, 사실 꽤 큰 문제 하나를 설명하지 않은 채 그대로 두고 있다는 결점도 존재한다. 과거와 현재 사건을 해결하기 위해서는 반드시 짚고 가야 할 장애물인데도 작가는 이에 대해 전혀 언급하지 않는다. 결코 간단히 넘어갈 문제가 아니기에 '그건 어떻게 된 거지?'라는 의문이 남는다. 처음 읽을 때는 눈치채지 못했지만 그냥 지나칠 수 없는 흠이라고 할 수 있다.

그리고 처음 읽을 때는 별로 기억에 남지 않았지만 재독을 통해 유독 가슴에 깊이 남은 건, 소설로서의 마무리 방식이다. 추리 소설로서 수수께끼는 전부 풀렸지만 그 후 작가는 이야기를 어떻게 마무리했는가.

이런 여운 역시 가지 다쓰오 작품의 특징이다. 이런 식의 마무리가 개인적으로 마음에 들 때도, 그렇지 않을 때도 있지만 이번에는 과연 어땠는지 굳이 밝히지 않겠다.

그리고 해설에서는 이례적일지도 모르지만, 43년 만에 이 작품을 다시 읽을 기회를 마련해 준 도쿠마쇼텐에 마지막으로 감사의 뜻을 전하고 싶다.

복간 레이블 '도쿠마 특선!'의 성공을 기원합니다.

미쓰다 신조(三津田信三)

옮긴이의 말

복선의 신, 깨어나다
- 40여 년 만에 부활한 전설의 본격 미스터리

　오래전, 일본 미스터리 마니아들에게 전설처럼 회자되는 작품이 있었습니다. 이 작품은 미스터리 애호가들 사이에서 밀도 높은 전개와 신들린 복선 회수, 그리고 마지막에 드러나는 충격적인 반전으로 명성을 얻었습니다. 한 번 읽기 시작하면 숨죽이며 끝까지 달려갈 수밖에 없는 치밀한 구성, 모든 단서가 마지막에 완벽하게 맞물리는 쾌감은 오랫동안 독자들의 뇌리에 깊이 각인되었습니다. 그러나 1979년 출간 이후 오랫동안 절판된 탓에 그 시절 직접 책을 구입해 읽은 독자가 아니라면 정식으로 이 작품을 접할 기회는 극히 드물었습니다. 시간이 흐를수록 점점 더 중고본이 희귀해졌고, 자연스레 이 소설은 '전설'이라는 이름을 얻게 되었습니다. 작품의 진가에 대해 소문으로만 전해 들은 독자들은 서로 정보를 공유하며 알음알음으로 어렵게 책을 구하거나, 중고 시장에서 고가의 프리미엄이 붙은 절판본을 울며 겨자 먹기로 구입해야만 했습니다. 그렇게 이 작품은 오랜 세월 동안 소수의 열성적인 독자들 사이에서만 비밀스럽게 전해지며 '숨겨진 명작 미스터리', '읽은 자만이 그 진가를 안다', '복선의 신' 같은 신화적 명성을 쌓아 갔습니다. 호기심에 사로잡힌 수많은 미스터리 팬들은 언젠가 이 전설적인 작품을 다시 만날 수 있기를 간절히 바랐고, 그 열망은 점점 더 커져만 갔습니다. 결국 팬들의 이런 간절하고 열화와 같은 요청에 호응해 2022년 일본의 어느 출판사가 작가가 쓴 작품의 전체적 복간 계획을 세웁니다. 그렇게 도쿠마쇼텐 출판사의 '경악 미스터리 대발굴 컬렉션' 제1탄으로 당당하게 세상에 다시 모습을 드러낸 전설적인 작품이 바로 본 작품, 가지 다쓰오 작가의 『용신 연못의 작은 시체』입니다.

이야기는 충격적인 고백으로부터 시작됩니다. 간토 대학 공학부 건축 학과 교수인 주인공 나카조 도모이치는 어머니의 임종을 지키던 중 "네 동생은 살해당했다"라는 말을 듣게 됩니다. 전쟁 중 학동 소개를 떠난 지바현의 산골 마을 '야마쿠라'에서 동생이 불운의 사고로 익사했다고만 알고 있었던 그는, 어머니의 마지막 말을 따라 진실을 찾기 위한 여정에 나섭니다. 전후 일본 농촌의 폐쇄성과 불안, 그리고 저주와 광기가 뒤섞여 있는 듯한 깊은 산골 마을, 소문의 발신자가 되기를 꺼리며 계속해서 뭔가를 숨기는 듯한 마을 사람들, 닌자처럼 활동하던 도적 떼의 활동 거점으로 이어져 내려온 수상한 마을 역사와, 그곳 명문가에 얽힌 비밀과 불신 등은 사건의 진실을 더욱 미궁 속으로 이끕니다. 동시에 이런 공간적, 심리적 긴장감 위에 작가는 치밀한 복선과 트릭을 쌓아 올립니다. 충격적 진실이 밝혀지기 전까지 모든 게 퍼즐 조각으로 기능하며 독자는 마지막까지 한 치 앞을 예측할 수 없는 전개에 이끌리게 되지요. 특히 저처럼 요코미조 세이시 유의 일본 고전 미스터리를 사랑하는 독자라면 이 모든 설정이 참을 수 없을 정도로 매혹적으로 다가올 게 분명합니다.

무엇보다 작품의 해설을 쓴 미쓰다 신조도 강조했듯 『용신 연못의 작은 시체』의 가장 큰 미덕은 본격 미스터리의 정수라 할 만한 논리적 완결성과 결말부의 복선 회수의 쾌감에 있습니다. 등장인물의 행동과 대사, 심지어 사소한 묘사 하나까지도 모두 복선으로 작용하며 결말에 이르러 모든 퍼즐 조각이 맞춰지는 순간, 독자는 "이 모든 게 하나로 이어져 있었구나"라는 전율을 경험하게 됩니다. 여기에 물리 트릭, 알리바이 트릭 등 현란한 트릭의 나열과 후반부의 '독자에의 도전' 등 미스터리 애호가의 기대를 만족시키는 요소들이 종합 선물 세트처럼 담겨 있습니다. 또 이 작품은 단지 본격 미스터리로서의 즐거움을 추구하는 것에만 머무르지 않습니다. 과거의 미제 사건을 파헤치는 '슬리핑 머더' 형식을 빌려 전시 중 참혹한 일본 사회 분위기와 전후의 상실감, 가족을 둘러싼 죄의식, 그리고 인간 심연의 어둠까지 본격 미스터리라는 틀 안에서 치밀하게 탐구한 게 특징입니다. 이렇듯 『용신 연못의 작은 시체』 마니아들 사이에서 '복선의 신'이자 '전설'로 끊임없이 회자되며 40년 만에 다시 세상의 빛을 볼 자격을 충분히 갖춘, 모범적인 클래식 미스터리 작품이라 할 수 있습니다.

작품을 쓴 가지 다쓰오는 1928년 기후현에서 태어나 게이오대학 문학부 영문과를 졸업한 후 출판사에서 근무하다가 1952년 잡지 '보석'에 단편 「하얀 길」을 발표하며 본격적으로 추리 소설계에 발을 들였습니다. 1990년 식도암으로 타계할 때까지 그는 대표작이자 제23회 에도가와 란포상 수상작이기도 한 『투명한 계절』, 『리어왕, 밀실에서 죽다』, 『기요사토 고원 살인 별장』, 『청춘 미로 살인 사건』 등 특유의 치밀한 플롯으로 주로 전쟁에 얽힌 일본 사회의 그늘과 인간 심리의 어두운 결을 생생하게 그린 미스터리를 다수 남겼습니다. 일본 팬들은 그의 작품을 두고 '읽는 이의 예상을 번번이 배신하는, 균형 잡힌 완성도의 집약체'라고 평합니다. 그 첫 번째 상징이자 대표작인 『용신 연못의 작은 시체』를 시작으로 일본에서 가지 다쓰오 작품의 복간 프로젝트는 미스터리 독자들의 가열 찬 지지를 받으며 2025년 현재도 계속 진행 중입니다. 오랜 세월 절판과 망각의 그늘에 가려져 있었지만, 일본 본격 미스터리의 황금시대를 대변하며 후대에까지 정통 미스터리의 본질이 무엇인지 알려 주는 가지 다쓰오의 작품 세계를 국내에서도 앞으로 꾸준히 접할 수 있게 되기를 기원합니다. 그리고 책을 다 읽고 나서 해설에서 미쓰다 신조가 지적한 '흠'이 무엇인지 가늠해 보는 것도 이 작품을 즐기는 마지막 즐거움이 될 것입니다.

2025년 가을
이연승

용신 연못의 작은 시체

1판 1쇄 인쇄 2025년 10월 14일
1판 1쇄 발행 2025년 10월 22일

지은이 가지 다쓰오　**옮긴이** 이연승
발행인 송호준　**편집장** 민현주　**총괄이사** 황인용
표지 디자인 야마가미 아야(やまがみ彩)　**본문 디자인** 송재원
마케팅 소금　**제작** 송승욱　**제작처** 블루엔
발행처 블루홀식스　**출판등록** 2016년 4월 5일 제 2016-000100호
주소 경기도 파주시 회동길 483-1　**전화** 031-955-9777　**팩스** 031-955-9779
이메일 blueholesix@naver.com

ISBN 979-11-93149-59-1 03830

· 저자와 출판사의 서면 허락 없이 내용의 일부를 무단 인용하거나 발췌하는 것을 금합니다.
· 책값은 뒤표지에 있습니다. 잘못된 책은 구입하신 곳에서 교환해 드립니다.